1997년 화실에서 애견 투투와 함께

소설전집을 펴내며

　일제말에 유년기를 보내면서 90년대의 소위 문민정부에까지 삶이 걸쳐져 있는 세대의 두드러지는 특징은 무엇일까 하고 가끔 생각한다. 이 말은 모든 시대를 골고루 살았다거나 견뎌왔다는 그런 뜻이 아니라, 보다 일반적인 의미의 잠재의식 같은 것을 가리킨다. 독단인지도 모르지만 나의 경우는 어떤 선험적 동기 때문인지 웬만한 기복에는 면역이 생겨, 떠도는 일이 업이 되고 소멸이 근원적인 안식이 된다. 선인들이 의연히 밟고 간 길의 끝에서 어디에도 안주를 못 하고, 될수록 낯선 데로 이끌리고, 그러면서도 앞은 믿지 못한다. 내가 소설을 계속 써야 한다면 아마 그 동기를 밝히는 일과 그런 이면의 불안이나 공포가 까닭일 것이다.

　아직도 헤매고 있으면서 전집을 묶는다는 일이 어쩐지 덜 계면쩍어지는 것 역시 그 면역성 때문일지 모른다. 단편집에 들어갔던 「유자약전」과 「밤의 창변」이 장편으로 묶이느라 일탈한 것 외에는 비교적 씌어진 연대순의 배열을 따랐으나, 주제들의 이행이나 마무리 때문에 중간에 씌어져 끼어든 것도 있고, 상당히 첨삭이 가해진 작품도 있다. 정본을 만들게 해준 '문학동네'에 감사한다.

이제하

이제하 소설전집 5

나그네는 길에서도 쉬지 않는다

이제하 소설집

나그네는 길에서도 쉬지 않는다

문학동네

작가의 말

　세번째 소설집이 되는 이 책의 표제를 '용'에서 '나그네는 길에서도 쉬지 않는다'로 바꾸기로 한다. 표제의 이미지는 해당 작품의 이미지를 으레 따라간다고 생각하고 있었는데 '용'보다 '나그네는 길에서도 쉬지 않는다'가 독자들에게 더 친근하게 느껴지지 않겠느냐는 주위 사람들의 권유에 따른 것이다. 그 까닭을 곰곰 생각하면서 혼자 웃는다.

1999년 3월
이제하

차 례

작가의 말 · 5

나그네는 길에서도 쉬지 않는다 · 9

용(龍) · 47

강설(降雪) · 92

풀밭 위의 식사 · 143

소렌토에서 · 168

권투 · 189

눈[眼] 이야기 · 211

양말 · 237

굴절(屈折) · 260

해설/백지연　부조리한 일상을 구원하는 심미성의 세계 · 279

작가 연보 · 291

나그네는 길에서도 쉬지 않는다

1

계해년(癸亥 : 1983)이 저물던 12월 중순 해질 무렵에 있었던 일이다. 물치 삼거리에 잠깐 선 속초 시내 버스에서 몇 사람이 내렸다. 방한 점퍼들을 여미고 벙거지에 륙색을 메거나 세면 도구용 가방을 달랑 손에 든 사내 서넛은 산행(山行)길인 듯, 엇 추워 뭐라고 떠들면서 길가 가게 쪽으로 곧 몰려 걷기 시작했고, 뒤따라 내린 중늙은이 하나도 시내에서 횟감을 구해 오는 길이었던 모양으로 꾸러미를 든 채 어기적거리며 그 뒤를 따르고 있었으나, 마지막에 내린 사내 하나만이 전차에 받힌 듯한 얼굴을 하고 우두커니 그 자리에 못박힌 채 서 있었다. 코르덴 점퍼에 옛 시골 면서기의 그것 같은 낡은 가방을 늘어뜨린 모습으로, 버스 꽁무니가 사라진 쪽을 눈여겨보고 있는 눈치였으나 실은 길 건너편을 그는 바라보고 있었다. 눈이 닿는 한 온통 그것뿐인 듯한 바다가 통째 바로 앞에 펼쳐져 있었던 것이다.

거의 충동에 쫓기다시피 서울 터미널에서 차에 오른 이래 그동안 심심치 않게 물을 보며 흔들려 온 것은 사실이었지만, 좀전 멈춘 차창 너머 갑자기 들이닥친 바다는 그런 것들과는 전혀 느낌이 달랐다. 자신도 모르는 힘에 떼밀려 마지막 순간에 급하게 그가 차에서 몸을 내린 것도 그 때문이다. 무어랄까, 그것은 창졸간에 앞을 막아선 절벽과도 같았다.

서울 바닥의 그것 같진 않아도 관광 버스니 뭐니 그런 차량들이 그대로 끊이지 않는, 그 부근만 4차선의 세 배쯤 돼 보이는 더 넓은 광장 같은 아스팔트 한끝에서 곧바로 물은 시작되고 있었다. 무의식적으로 진저리를 한 번 치고, 주춤거리며 낭떠러지를 피하듯 조심스럽게 그는 길을 건너기 시작했다.

행락객들을 위해선지 길 중간중간에는 시멘트 화단 같은 것이 만들어져 있기도 했으나, 딛고 선 바닥이 모로 서는 듯한 세찬 바람 속에서 그것들은 한없이 왜소하고 짜부라져 보였다. 두어 자 높이의 길 축대를 내려서자 십여 미터쯤 돼 보이는 폭의 자갈 사장 속으로 그는 걸어 들어갔다. 들고 있던 가방을 내려놓고 그가 허리를 굽혔을 때 정지! 움직이지 말아, 하는 고함이 들렸다.

"세 발짝 물러서! 그냥 두고."

"……"

소총을 겨누고 다가온 초병은 그가 열어놓은 가방을 기웃이 들여다보더니 표정이 누그러졌다.

"이게 뭐요?"

"제미……" 하고 그가 말했다.

"보면 몰우? 난수표하고 미싯가루……."

"이 아저씨가?"

가방 속이라야 내의 몇 벌과 세면 도구와 비닐 봉지 하나밖에는 없다. 초병이 쭈그리고 봉지를 뒤적이고 있을 때 넌 벌써 죽었어, 하는 생각이 그의 뇌리를 스쳐갔다. 간첩이라면 이 틈을 놓치지 않았을 것이다. 가방 속에 무기를 넣고 다니는 얼간이가 이 세상에 있을까.

"뭐요, 이거? 가루 같은데…… 석회 아뇨?"

봉지 아구리에서 꺼낸 손가락을 문대며 들여다보고 있는 초병을 언짢은 심사로 바라보다가 그는 작심하고 그쪽으로 다가갔다.

"미싯가루라고 했잖우?"

"이 아저씨가 정말? 어, 뼈군……."

"……."

"뿌리고 빨리 올라가슈."

"……."

"……빨리 올라가슈."

십오륙 년 전 훈련병 시절에, 안전핀을 뽑은 수류탄을 든 채 어쩔 줄 몰라하다가 엉뚱한 곳에 투척해 동료 하나의 팔을 날려버린 사고를 그는 목격한 일이 있다. 주위에서 아무리 발을 구르고 제 방향을 손가락질하며 외쳐대도 그 훈련병은 더욱 시뻘게진 얼굴로 게걸음만 치고 있었는데, 초병에게서 봉지를 채뜨려 받자 그는 자신이 흡사 같은 꼴이 된 것 같아 울화통이 치미는 것을 느꼈다. 가방을 주워들고 두말없이 그는 길 쪽으로 올라갔다.

'매운탕'이라고 종이로 유리에 써 붙인 두어 집 간이 식당의 들창이 길 건너 먼빛으로도 심하게 바람에 덜컹거리고 있다.

그가 원컨 식당의 문을 열고 들어섰을 때 아까 버스에서 같이 내린 예의 사내들이 난로를 끼고 앉아 술추렴을 하고 있다가 그를 돌아봤다. 류색을 메었던 사내가 안면이 있다는 얼굴로 쉬이 고개를 돌리지 않고 있었으나, 개의치 않고 그는 한쪽 구석으로 걸어가 맹꽁이 의자에 몸을 앉혔다.

"이 자식이 왜 여태 안 와? 실패한 것 아냐?"

"쌔고쌘 게 그것들인데 아무리…… 그 반대겠지."

"반대라니?"

"이년들 찟짜나 붙지 말았으면 좋겠는데…… 잘못 응응 했다간 떼로 따리붙는다니깐."

"미리 기를 지질러 오지 김 장군이 어련할까…… 남으면 함께 조지지 뭐, 둘이고 셋이고 힛……."

"짜아식, 들이밀자 싸면서 엄포는……."

"이거 왜 이래 임마? 나 안직 끝장 안 났다구. 것두 연장 나름이 야. 파이프만 맞아봐, 한 시간을 내리……."

"신세 타령 한번 던적스럽다, 다 늙어빠렸군. 관들 두라구……."

낄낄대며 다시 떠들기 시작한 사내들 뒤쪽에서 중늙은이가 샛문을 열고 나와 그에게로 왔다.

"매운탕 하시겠수, 것뿐인데?"

"고기는 뭐요?"

"광어…… 것도 그뿐이우, 쇠주도 하고?"

"대포루 주쇼, 한 잔만. 밥 좀 주고……."

깍지낀 손을 들여다보고 있다가 그것을 풀고 그는 습관적으로 담배를 꺼내 물었다.

이 양반 나 좀 보겠수…… 하고 예의 중늙은이가 샛문 저쪽에 서 다시 그에게로 온 것은, 주모가 날라준 찌개와 밥을 비운 그가 두번째 담배를 붙여 물고 잠시 무료하게 눈을 감고 있을 때이다. 이때는 옆자리의 사내들도 기다리고 있던 동료가 들이닥치자 와자하니 떠들면서 이미 자리들을 뜬 뒤여서, 가게는 텅 비어 있었다. 그들은 등산을 구실삼아 엽색 행각을 나온 패거리들인 듯했다. 중간에 나타난 베레모의 사내는 젊은 여자 네댓을 함께 끌고 왔고, 짝이 맞지 않아 그들은 실랑이가 벌어졌던 것이다.

"난 필요없다고 했잖아?" 하고, 류색의 사내가 볼멘 소리를 했다.

"필요없다고 했는데 남아돌게 데려오면 어떡허라는 게야?"

"아따 자슥 폼잡아쌓는다…… 까이 싫다는 놈 첨 보네. 수효대로 끌고 왔는데 웬 말이 그렇게 많아? 정말 필요찮여?"

"필요찮여."

"필요찮음 관둬라, 내가 처분할 테니…… 그 대신 네 까이한테는 손가락 하나 까딱 않을 테야. 돈만 늬가 내라구."

"이런 때려 죽일 인종지말자 같은 자슥……"

"늬 마누라한테나 알러바쳐, 고자 같은 그런 소리……"

영자야 춘자야 하고, 베레모의 사내는 여기저기 나앉아 일부러 휘둥그레 눈을 뜨고 있는 여자들을 밖으로 몰고 나갔고, 마지막으로 나가던 류색의 사내가 또 그를 돌아봤다.

"산으로 오실 거요?"

그가 대답을 않고 우물거리고 있자 류색은 벙거지 챙을 앞으로 당겨 내렸다.

"같은 길이거든 '백설 여관' 으로 오슈. 고스톱이나 칩시다. 노형은 광을 파시든지……"

밖에서 사내들이 택시를 부르는 소리가 들려왔다. 그는 숟가락을 멈추고 귀를 기울였다. 몸을 팔러 왔다고는 해도, 섞여서 들리는 여자들의 깔깔대는 소리는 사내들의 그것보다 훨씬 활기에 차 있었다. 그는 류색의 사내가 왜 두 번씩이나 알은 척을 하려 했는지 가늠이 서지를 않아 멀거니 들창을 바라보았다. 광 팔아 님을 사서 산으로 들꺼나…….

암말 말고 이리 따라오우, 하고 중늙은이가 그를 이끌고 간 곳은 샛문 뒤의 한 방이었다. 식당은 그러니까 원래는 헛간 같은 것이었던 데를 앞쪽으로 달아낸 모양으로 쪽문을 들어서자 처마가 납작한 작은 고가(古家)의 뜰이 바로 이어져 있고, 부엌이 따로 없는지 툇마루와 뜰 여기저기에 을씨년스런 그릇들과 김을 내는 솥 같은 것이 걸려 있었다. 이 방이우…… 해서 열어젖뜨려주는 데를 들여다보기는 했으나, 더이상 움직일 생각을 않고 그는 축담 앞에서 중늙은이 쪽으로 고개를 돌렸다.

"저 선상님 월산(月山) 부근까지 모셔다드리시우" 하고 중늙은이가 말했다.

"십만원 내놓겠대유. 여든이 넘은 선상님이 사흘째 저 지경이우."

"환자군요."

그는 다시 힐끗 방으로 눈을 주었으나, 오늘은 액만 끼는 날이군…… 싶어 돌아설 채비를 했다.

"왜 절더러?"

"사흘째 기다려두 쓸 만한 사람이 없수. 이녁이면 되겠는데?"

"택시가 있는데 왜 그러쇼?"

"월산 길엔 차가 못 다니우. 길도 없고…… 휴전선 너먼지 이쪽인지, 원…….."

"……."

"그 부근까지만이라두 가겠다는 거유. 서화까진 들 수 있을 거유."

'쓸 만한 사람'이라고 중늙은이가 말하는 것은 힘깨나 씀직한 상판을 가리키는 것임이 분명했다. 방 속에는 가슴이 덜컥할 지경으로 두 눈을 부릅뜬 노인 하나가 머리를 비튼 채 누워 있고, 간호사 차림의 여자가 바람벽에 등을 기댄 채 무표정한 얼굴로 이쪽을 바라보고 앉아 있었다.

"아저씨가 모셔다드리지 그러슈?"

"내가 선상님을 업어?"

화난 얼굴로 중늙은이가 말했다.

"교통빈 별도루, 십만원 내놓는대잖아?"

"난 산으로 가는 길요, 안 되겠어요."

"길에서 만난 처지끼리 너무 빡빡하군, 이 양반? 얼마면 되겠나?"

"왜 이러쇼, 이거?"

"안 되겠나?"

"딴 사람 찾아보슈."

"억지로 그러시지 말아요, 아저씨."

간호사 차림의 여자가 방 속에서 억양 없는 소리로 말했다. 그는 돈을 내겠다는 사람이 병든 노인인지 간호사인지 가늠이 가지를 않아 돌쳐서서 나오면서도 꺼림칙한 기분에 휩싸였다.

가게 앞에서 길 건너를 넘겨다보았으나 갈뫼빛이었던 바다는 이미 짙은 잿빛의 암청으로 바뀌어 있고, 초병은 보이지 않았다. 하지만 자갈 사장 속으로 한 발을 들이밀기만 하면 노리쇠 소리를 내며 또 어디선가 불쑥 모습을 드러내리라.

삼거리에서 산 쪽으로 꺾어드는 버스를 얻어타고 벌써 캄캄한 땅거미에 먹혀들기 시작한 들녘을 밖으로 내다보면서도, 그는 같은 기분에서 쉬이 벗어날 수가 없었다. 병든 노인을 팽개쳤다는 꺼림칙함뿐이라면 또 모르지만, 그런 기분은 오히려 간호사 차림의 여자한테서 받은 인상 때문에 오는 듯했다. 그는 그 간호사가 겨우 스물 안팎의 애송이인지 아니면 서른이나 마흔이 가까운 그런 얼굴인지 도무지 가늠이 서지지가 않았다. 방 속에서 낮게 흘러나오고 있던 카세트 라디오의 판소리 가락과 함께 알전등 불빛 밑에서도 그 얼굴은 이렇다 할 윤곽 같은 것이 전혀 잡혀 있지가 않았고, 그것이 묘한 거부감을 그에게 불러일으켰던 것이다. 두터운 외투에 호사스런 털목도리를 한 노인은 차림새로 보아 돈깨나 있는 집안의 깐깐한 가부장쯤으로 보였다. 그들은 산에서 요양이라도 하다 병이 깊어져서 돌아가는 길인 듯했다. 팔자도 좋게……라기보다, 첫눈에도 중풍임이 분명했지만, 중늙은이가 휴전선 어쩌고 하는 말을 하지 않았더라도 그 부릅뜬 눈만 아니었더라면, 그는 그런 대로 제의에 응했을지도 모른다.

여관 동네에 내려서 '백설 여관'을 찾아들자 예의 류색의 사내가 그럴 줄 알았다는 듯이 이층 창문의 불빛을 등지고 그에게 손을 들어 보였다.

"올라오소. 틀림없다니깐……."

그가 올라가자 계단 입구에 내려오려는 자세로 사내가 서 있다가 "방은 따로 잡지 마쇼" 했다.

"넷이면 충분해요, 셋만 달랬더니 자릿값 하라고 뻗대는 거야, 주인이…… 올 때마다 들르는 덴데 우라질…… 저 녀석들은 앉아서 날샘들을 해요. 난 고스톱 취미 없어. 낼 아침 폭포 보러 안 가시려우, 운동삼아?"

"스톱 끼워주겠다고 오라시지 않았어요?"

"두어 시간 치다 주무슈. 그것 재미없어요. 갈 때나마 맑은 정신으로 내려가야지 이거 원, 밤낮……."

류색의 사내가 데리고 가준 방을 들여다보기는 했으나, 가방을 그대로 든 채 그는 사내의 뒤를 쫓았다. 그 다음 방이 사내의 방인 듯싶었고 투전판은 세번째 방에서 벌어져 있었다. 사내들 틈에 하나씩 끼어 앉은 여자들이 깔깔대거나 술과 안주를 먹여주거나 돈셈들을 거들고 있었는데, 그들은 아마 그 재미로 여자들을 부른 듯싶었다. 야야 여학생, 오늘은 내 대신 이 손님 잘 모셔…… 저녁은 하셨소? 어쩌고 하는 수인사 도중에 류색의 사내는 여자 하나를 끌어다 그 곁에 앉혔고, 기왕 붙으려거든 찰떡같이 붙어라 하고 딴 여자 하나가 그에게 묘한 시능을 해 보였다.

"따든 잃든 자정 전에는 주무쇼, 열내면 신세 망치우. 낼 아침 깨우리다…… 난 방에서 요가 연습이나 해야겠어……."

류색의 사내는 그가 판에 끼어들 태세를 갖추자 그런 말을 남기고 나가버렸다.

"저 새낀 뭐 땜에 산에 오는지 모르겠어. 밤낮 저래……" 하고 베레모의 사내가 입을 비쭉였다.

"고도리, 껍박, 똥싸개 다 있어요, 재규도 있고…… 아시죠? 광은 오원이고……."

"재규는 뭡니까?"

"광 뒤집어서 짝 없으면 하나씩 뺏는 거야, 닥치는 대로 따든 열끗이든…… 광만 안 돼, 좋다 마는 거지."

"왜 좋다 말아? 그게 어딘데."

딴 사내가 말했다.

"뺏은 판엔 스톱을 못 해요, 한 바퀴 돌고 나서…… 그새 임자가 나서면 신세 조지는 거지."

"임자라뇨?"

"다른 사람이 스톱을 건다 이거요. 두 배로 뒤집어써요. 안 해 보셨소?"

대답을 않고 지갑을 꺼내긴 했으나, 판이 상당히 크다는 것을 그는 깨달았다. 광 하나에 오천원, 점에 천원…… 게다가 낭아리까지 있고 보면 잘못하다간 여비까지 털릴지도 모른다.

투전판 재미는 생긴 대로 노는 꼴 재미란 말도 있지만, 일단 판이 벌어지자 그들은 물을 끼얹은 듯이 조용해졌다. 판을 키우기 위해 그들은 잡다한 규칙을 만들어넣은 듯싶었고, 여자들만이 그나마 지껄이거나 간간이 웃음을 터뜨려서 고개를 들게 했을 뿐이다. 곁에 앉은 여자는 앳돼 보였으나 어딘가 솜방망이로 얻어맞은 듯한 얼굴을 하고 있었다. 짬을 타서 안주를 집어준다 술을 따라준다 하고는 있었지만, 한마디도 말을 않았다. 주물리지 못하는 여자 술집에서도 소박맞는다고, 짝이 남아돈다는 사실이 아마도 그녀를 풀죽게 하고 있는 듯싶었다. 처음부터 짝을 정하고 온 것은 아니었지만, 류색의 사내가 자리를 피했던 것이다.

아홉시 가까울 무렵에, 여자 하나가 그 동안 자릿값 비슷하게 판마다 한옆으로 조금씩 떼내고 있던 돈에서 얼마를 챙기더니 일어나 밖으로 나갔다. 그리곤 곧 되돌아와 문 앞에 서서, 김 선생님 전화요, 했다.

"초저녁부터?"

김 선생이라 불린 사내는 열에 뜬 눈으로 얼굴을 찡그리고 여자를 바라보았으나, 죽쑤지 말고 만지고 와, 하고 옆 사내들이 부추겼다. 사내가 일어나 나가고 한식경이 지난 뒤에 둘은 같이 들어왔다.

열한시에 또 한 사내가 불려 나가 전화를 받고 왔고, 반 시간 뒤에 또 하나가 불려 나갔다. 이때는 그도 전화 받는 일이 무얼 뜻하는지 짐작이 가 무의식중에 앞에 쌓인 돈을 내려다봤다. 잃고 있을 때 그들은 액땜삼아 교접을 하고 왔던 것이다. 곁에 앉았던 여자가 문 앞에서, 전화 받으세요, 한 것은 열두시 반이 거진 넘었을 무렵이었다.

잠자코 앞서는 여자를 따라 끝엣방으로 가자 이미 펴 있는 이부자리 앞에서 여자가 옷을 벗기 시작했다.

"나 안 해" 하고 그가 말했다.

"별로 잃지도 않았는데 웬 전화야?"

"정말 안 해요?"

치마에 손을 댄 채 무표정한 얼굴로 여자가 그를 바라보았다.

"서지를 않아. 관두겠어."

"세워드릴게, 오세요."

"염병할!"

그가 말했다.

"관두겠다잖아?"

"정말이세요?" 하고, 여자가 말했다.

"아이 좋아라."

말처럼 좋아하지도 노여운 얼굴도 아닌 그대로 여자가 다가오더니 그의 허리를 팔로 끼고 뒤통수에 입을 맞췄다.

"좀 있다 들어가시거든 전화가 왜 그렇게 길어? 국제 전환가? 한마디 해주세요. 꼭요."

긴 국제 전화라…… 그는 여자 곁에 엉거주춤 앉은 자세로, 갑자기 몰려드는 피로를 느꼈다. 조금 따고 있는 형편이긴 했지만, 반 시간쯤 더 앉았다 일어나도 그들의 눈자위가 사나워질 것 같지는 않았다.

그가 자리에서 몸을 일으킨 것은 정확히 두시 사십오분, 제 방에 돌아오자 두어 시간 곯아떨어졌는가 싶었는데, 동틀 무렵에 어깨를 흔들리어 그는 눈을 떴다. 륙색의 사내는 그를 내려다보고 기묘한 모습으로 입을 오므리고 서 있었다.

"일어나슈. 사고가 생겼소."

까이 하나가 네시 반 조금 지날 무렵에 갑자기 오바이트를 하기 시작하더니 뒤로 넘어졌다. 넘어진 채 숨이 끊어졌다. 심장마비인 것 같다…… 설명을 들으면서, 부지중 그는 곁에 앉았던 여자를 떠올리고 긴장했다.

"미스 최라는 애?"

"짚이는 게 있소? 걔하고 전화는 하셨겠지, 노형이 물론……"

"아뇨" 하려다 단념하고 그는 사내를 바라보았다.

"그 때문에 걔가 쇼크를 먹었어요?"

류색은 어이없는 듯이 주의깊게 그를 바라보고, 억지로 웃음을 띠었다.

"노형도 쇼크 먹었군. 먼저 하산하쇼."

"……"

"경찰이 올 거요, 신고를 했으니까…… 이래뵈도 우린 공무원들요. 노형까지 골치 아픈 일에 끼어들 것 없잖아?"

"먼저 빠져나가쇼."

"……"

뒤처리는 어떻게 되는가, 의사는 왔는가 하고 물었으나 류색의 사내는, 심장마비가 거의 틀림없는 것 같다, 그런 대답만 하고 무겁게 입을 다물었다. 고맙다고 해야 할지 계면쩍다고 해야 할지 착잡한 기분인 채 어릿거리며 그는 여관을 빠져나왔다. 딴 사내들은 방 속에 모여 앉은 채 대책을 숙의하는 눈치들이었다. 그런 자리에서 소개받은 사내들의 이름이 일일이 떠오를 리는 없었지만 예의 류색의 사내와는 수인사조차 치르지 않은 것을 깨닫고, 하산을 단념한 채 그는 무작정 위쪽으로 걸어 올라갔다. 한 마장쯤 오르자 모텔 동네가 나타나고 파크 호텔의 스위스 풍 건물이 눈에 들어왔다. 수학 여행을 왔는지 중닭같이 볼썽사나운 머리들을 한 애들이 모텔 창 여기저기서 얼굴들을 내밀고 더러는 문 닫힌 기념품 가게 앞을 어슬렁거리고 있다. 눌린 듯한 청회색 하늘 이편으로 붉은 기가 서서히 섞여들고 있었으나 계곡을 끼고 양 옆을 꽉 막아선 산악 그늘로 주위는 으스스한 한기와 함께 아직도 부연 느낌이 가시지 않고 있었다. 호텔 정원에는 큼직한 모형 이티 (E.T.)가 조롱하듯이 그의 키를 넘겨다보고 있고, 계곡에서 얼어드는 듯한 물소리가 올라왔다. 송연한 심사로 그는 몇십만 광년 저쪽 우주의 어느 별에서 온 그 괴물을 지켜보았다.

이래뵈도 우린 공무원들요, 하던 말이 뒤통수에서 떨어지지 않고 있었다. 류색의 사내가 그 말을 한 것은, 자기들은 공무원들이니까 모든 책임을 지겠다는 뜻인지, 그런 신분이니까 뒤처리가 쉽다는 뜻인지 알 수가 없었다. 같은 패거리 외의 제삼자가 사고에 끼어 있었다고 하면 실속 없이 처리가 복잡해질 수도 있다. 그런 유의 공적 절차란 당자들이 넌더리를 치건 말건 으레 그런 식으로 꼬이게 돼먹어 있다. 검시 결과가 명료해져도, 그 사람은 뭐요, 왜 여기에 있었소? 하고 경찰은 물고늘어질 것이다. 만약에 사인 (死因)이 투전판과 관련이라도 지어지면 일은 더 복잡해진다. 동전치기로 오입을 해? 낯가죽이 얼마나 두꺼운진 모르지만 당신들 입 씻고 법정에서나 그런 소리 하쇼. 아무도 곧이듣지 않을 테니.

류색의 사내는 사십쯤 나 보였다. 눈빛은 온화했으나 새파란 구레나룻 자리 한복판으로 가끔 드러나는 이빨이 차가웠다. 난처한 입장을 피하게 해준 처사는 고맙기 짝이 없었지만, 그는 사내의 어딘가 보스연하는 태도가 거북살스러웠고, 피로를 무릅쓰고 간밤 그가 사내의 잠자리 권유 시간을 따르지 않은 것도 그런 인상 때문이었을지 모른다. '공무원'이란 말은 실은 자신의 입에서 나와야 했을 소리였던 것이다.

케이블카 부근을 어정거리고 호텔의 커피숍이 문 열기를 기다려 차를 마시고 하면서 그가 여관으로 다시 내려간 것은 그러나 열한시가 가까웠을 때이다. 여관은 텅 비어 있었다.

"그 문화부 사람들요?"

주인은 언제 그런 일이 있었냐는 듯이 시침을 떼다가 그가 투숙객이었다는 것을 깨달았는지 버럭 화를 냈다.

"원, 그 썩은 작자들이 문화부 사람들이라니 내 참 더러워서……함께 내려갔수, 순경이랑."

"어디루요?"

"경찰서지 어디긴 어듀?"

"의사는 왔습디까?"

"오면 뭘 해…… 여자만 불쌍하지. 왜 그러슈, 당신도 같이 그짓했소?"

문화부 뭐라고 여관 주인은 계속 투덜거리고 있었으나 신문산지 방송국인지 어디를 가리키는 말인지 그는 짐작할 수가 없었다. 경찰서라면 속초가 틀림없었다.

시내 버스로 속초를 향하다가 생각을 바꾸고 물치에서 그는 몸을 내렸으나, 드르륵 들창을 열고 들어선 예의 가게마저 휑뎅그렁하게 비어 있었다. 내던지듯이 아무 데나 몸을 앉히고 그는 중늙은이가 나오기를 끈질기게 기다렸다. 월산이라면 내설악 끄트머리 어디쯤에 붙어 있는 마을이라고 그는 짐작하고 있다. 언젠가 인제 부근을 지나다가 월학 월산 하는 그 비슷한 이름을 그는 들은 기억이 있고, 설사 휴전선 저쪽이라 하더라도 찻길 끊긴 거리가 얼마쯤인지는 모르지만, 서두르면 노인을 그 부근까지만이라도 데려다주고, 소양강 배편으로 오늘중 춘천에 들어설 수 있을지도 모른다. 춘천이라면 새벽 일찍 서울까지 대어 갈 수가 있는 것이다.

샛문 뒤로 소리를 쳐서야 나온 중늙은이는 전혀 생소한 얼굴로 우멍하게 그를 보고 있었다.

"그 사람들 아직 여기 있습니까, 그 노인 환자분?"

"떠났쇠다."

"사람을 구했군요."

"구하긴…… 원통 가서 기다리겠다구 새벽서껀 나갔수. 택시루 갔지만 거긴 사람 구하기가 더 어려울 텐데……."

"……."

"돈 있으면 뭘 해, 가지두 못할 땅…… 거기 가서 물어보슈. 왜, 생각이 변했소?"

"서화까진 들 수 있다면서요? 거기 갔다 오늘루 춘천 빠질 수 있어요? 그래야겠는데……."

"어려울걸? 조사가 좀 심해야지……."

아무리 검문 검색이 심하더라도 그것이 한나절을 잡아먹을 리는 없다. 그는 초조하게 중늙은이를 바라보고, 입술을 축였다.

"안 되겠는데…… 내일은 출근을 해야 해요."

세상 없어도…… 하는 말과, 나는 공무원요…… 하는 말이 목구멍까지 올라왔으나 그것을 누르고, 그는 요기를 시켰다.

2

가게 앞을 지나는 강릉행 버스에 오른 것은 두시, 강릉에서 생각을 고쳐먹고 경포 쪽으로 그가 향한 것은, 네시가 좀 지났을 무렵이다. 호반 앞에 내리자 하릴없이 그는 바다를 향해 걷기 시작했다.

아내의 뼈는 연연해서가 아니라 버릴 곳이 없어 그 동안 차일 피일 보관해오고 있었다고 할 수밖에는 없다. 장지(화장터)에서거나 아니면 어디 산자락 같은 데에라도 진작 처분해버릴 수 있었을 것을 어쩐지 지겨운 느낌 때문에 그날은 그냥 들고 돌아왔던 것인데, 허섭스레기와 함께 처박아둔 채 근 삼 년이나 까맣게 잊어버리고 있었던 것이다.

"고향이 원산은 아니라요."

심장판막증인가 하는 병으로 오 년여를 자리보전만 해오고 있던 아내가 어느 때 무심코 중얼거리던 말이 문득 떠올라 비닐 봉지 찾을 생각이 나긴 했지만, 아내가 태어난 곳이 막연히 동해안 어디쯤일 거라는 심증이 갔던 것은 아니다.

원산이 아니라면 그럼 어디냐고 물어보았으나 아내는 대답을 못 했다. 출생하자부터 우두망찰 아무리 이리저리 휘몰리고 곤두박질치는 와중을 흘러왔다고는 해도, 제가 태어난 연고나 그런 마을쯤은 기억에 있을 법했으나, 거짓말처럼 아내는 아무것도 모르고 있었다. 때로는 호남과 영남 사투리가 한꺼번에 튀어나오고 어떤 때는 평안도 사투리를 천연덕스럽게 쓰던 아내의 말투가 그런 스산한 역정을 뒷받침해주고 있었는지는 몰라도, 시장통에서 행상 노릇을 하다 술집 골목에서 처음 알게 되던 때만 하더라도 어딘가 총명한 인상에 끌렸던 아내의 그런 전면적인 무지가 그는 도무지 납득이 가지가 않았다. 고아원에서 자랐다면 누군가가 풍문으로 들었거나 엉터리로라도 가르쳐주었을 법하고 그렇지 않더라도, 한두 군데 지명쯤은 잠재 의식 속에 도사리고 있을 게 아닌가. 아내는 갑자기 말더듬이가 된 것처럼 얼굴을 붉히고 횡설수설 중얼대듯이 애를 쓰다 끝내는 고개를 돌려버리고 말았던 것이다.

원산이라고 한 것은 이쪽이 개성 사람이라니까 임기응변으로 그
렇게 끌어댈 수밖에 없었다는 것이다. 그때는 웃고 말았지만, 아내
의 마지막 흔적마저 없애버리려고 하는 지금 유독 그 일이 새삼
무직하게 상념 속에 떠오르는 것이 그는 이상했다.

경포에는 십여 년 전에 신혼 여행차 딱 한 번 온 일이 있다. 그
때나 지금이나 제철 아닌 행락지라는 것은 마냥 을씨년스럽게 마
련이어서, 잔 속의 달이 어쩌고 하는 소리를 노상 코에 내거는 이
곳도 예외가 아니었다. 철수한 바닷가 간이 횟집들의 잔해가 찌그
러지듯이 슬레이트 지붕들을 숙이고 바람을 견디며 있고, 용케 한
두 군데 문을 열고 있는 곳의 그런 처마 밑 시멘트 수족관에서 대
낮에 형광 조명을 받으며 움치거나 부유하고 있는 몇 마리 물고
기들이 황량한 사막을 그에게 연상시켰다.

주둥이를 싹둑싹둑 잘라놓은 물고기 한 마리를 손으로 가리키
고 이층으로 올라가 그는 술을 시켰다. 방바닥은 의외로 따뜻했다.
학꽁치라는 이름의 그 고기는 다른 놈들을 하도 못살게 굴기 때
문에 그런 조처를 취하고 있다는 식당 아낙의 해명이었지만, 입을
잘린 채로도 그것은 딴 놈들보다 오히려 활기차게 노닐고 있었다.
못살게 구는 정도가 아니라 뾰죽한 입으로 저보다 큰 몸집을 지
닌 놈의 급소를 공격해 단번에 마비를 시켜 바닥에 가라앉히는
독이라도 지니고 있었더라면 더 맛있고 비싼 고기가 되지 않았을
까 싶어, 그는 바다를 내려다보았다. 창을 열고, 가방 속에서 그는
비닐 봉지를 꺼냈다. 남쪽 지방에서라면 저녁답에는 바람의 방향
이 바뀌어 바다 쪽으로 향할 법도 했으나, 봉지 아구리를 기울이
자 뼈는 일순 회오리쳐오르면서 지붕을 넘어 반대켠인 호수 쪽으
로 흩어졌다. 털어버린 비닐을 바람 속에 던지고, 먹물같이 차올
라오는 수평선을 그는 지켜보았다. 제철이었더라면 심란하다고 할

수밖에 없는 마음의 이런 기미 따위 아랑곳없이, 밖으로 나가 숙소라도 우선 잡아두려고 허둥대지 않을 수 없었으리라.

탁자 위에 엎딘 채 술에서 깨었을 때는 밤이 되어 있었다. 돌아가야지, 하는 생각과 그러려면 시내로 나가야지 하는 상념이 번갈아 뇌리를 괴롭혔으나, 일어날 생각이 그는 없었다. 이 식당은 여인숙도 겸하고 있는가, 서울행 첫 버스는 새벽 몇 시쯤에 있는가 따위를 묻고 아래층에서 발을 닦고 올라왔을 때, 숙박계는 미처 준비를 못 했어예, 하면서 이부자리를 안고 따라 올라온 아낙이 "색시 있습니더" 했다. 그는 고개를 젓고 잠자리 펼 준비를 했다.

그쯤 단념했으려니 싶었는데 불을 끄고 누워 있을 때 한구석에 내팽개친 듯이 놓여 있던 전화에서 또 벨이 울렸다.

"손님, 참한 색시가 있어예."

대답 없이 거칠게 수화기를 놓았으나, 십 분쯤 뒤에 또 그것이 울렸을 때는 부지중 그도 몸을 일으키고 앉았다. 아낙의 장황한 설명을 끊으려고 그는 "잠깐은 얼마요?" 하고 물었다.

"나 좀더 자야겠소. 징징거리는 것 싫으니까 이따 열시쯤에 전화하고 시간으루 빨리 보내주쇼."

아내와의 비정상적인 관계가 장기화되면서부터 그는 달에 한두 번쯤 생리적 긴장을 풀어버리는 일에는 이미 익숙해져 있다. 그것은 또 그가 독학으로 5급 을류 시험을 따내던 기간이기도 해서, 필연적인 일이었을지도 모른다. 생계를 꾸려가는 낮일이 끝나 술을 끊고 책상 앞에 앉으면, 눈앞이 가물가물했다. 재수생도 아닌 주제에 싶어 바람을 쐬러 나간 것이 그 계기가 되었으나, 어쩌다가 그런 일탈이 집중력에도 도움이 된다는 것을 깨달았을 때는 이미 어찌할 수가 없었다. 자위 행위보다 나을 것이 없는 그런 일의 상대란 으레 술집 아이들이거나 골목 여자들이게 마련이어서 나름대로 안전 조처를 취해오고는 있었지만, 오늘은 준비가 없었던 터라 꺼림칙한 기분을 느낄 수밖에는 없었다. 열시에 벨 소리에 깨어나, 새삼 기구 부탁을 하기도 멋쩍어 단념하고 있었는데 여자가 오자, 그래서 그런지 잠깐 새에 그는 언덕 아래로 굴러떨어졌다. 돈을 치르고 여자를 내보내자 불을 끄고 그는 다시 잠을 청했다.

꾸무럭한 날씨의 호수 저쪽으로, 그 호수의 어느 한 부분만이 얼어붙듯이 아침 햇빛에 번쩍이고 있다. 운동장처럼 둥근 그 부근을 끼고 돌며 도로가 뻗쳐 있고, 도로 한복판 십여 미터쯤 전방에 여자 하나가 등과 어깨를 이쪽으로 보인 채 그와 비슷한 보조로 앞으로 걷고 있었다. 그의 의식은 깨어 있었으나, 이것이 꿈속의 일인지 아니면 곯아떨어졌던 잠에서 이제야 일어나 버스를 타러 시내로 나가는 길인지 쉬이 분간이 가지가 않았다. 길을 걷는 사람은 여자와 그 외에는 아무도 없었고, 그만큼 주위의 온갖 배경은 아득한 원경(遠景)으로 물러나 마치 슬로 모션 화면의 그것처럼 무리를 뒤집어쓰고 흐려 있었다. 앞뒤의 모든 움직임 모든 소리들이 일순, 일거에 정지하는 듯이 느껴졌다.

"이 추운 때 여긴 왜 오셨어요?"

"글쎄, 왜 왔던가…… 그러고 보니 오늘이 여편네 기일(忌日)인 것 같군……."

물은 것은 여자고 대답한 것은 자신인데, 앞에서 걷고 있는 여자는 분명 고개도 돌리지 않고 있었다. 그뿐이 아니었다. 물치 식당 쪽문 안쪽에서 들었던 그 흐린 판소리 가락마저 같이 들리고 있었다. 그는 그제야 이런 일이 불합리하다는 것을 느끼고, 이 대화가 간밤, 서로 끌어안기 전에 여자와 자기 새에서 오갔던 수작이었다는 것을 깨달았다. 그뿐으로 대화는 끊기고 여자는 몹시 이상하다는 얼굴로 어색하게 몸을 눕혔던 것인데, 그것이 따로 떼다 녹음을 한 듯이 지금 들리고 있는 것이다. 더구나 시간과 장소가 서로 다른 라디오 소리까지 겹쳐 있는 것을 보면 이건 환청이 분명했다. 전방에 갑자기 스크린이 펼쳐진 듯이 시야가 좁아지고 불타는 열사(熱砂)의 그것처럼 공기가 농밀해졌다. 여자의 등짝이 뒤로 무섭게 딸려오는 것처럼 확대되는가 싶더니 보조가 바뀌며 그것은 달리는 모습으로 변했다. 여자는 멀리서 이쪽으로 점점 모습이 커지고 있는 한 차량을 향해 돌진하고 있었다. 예감을 묵살하고 몸을 돌려 바다 쪽 순환 도로로 내딛으려고 발걸음을 있는 힘을 다해 다잡아 세우면서, 탈진한 채 그는 언덕바지 한옆에 있는 가로수 노송 밑에 주저앉아버렸다. 고개를 들지 않더라도, 부르짖는 사람들과 떠들며 그쪽으로 몰려가는 아이들의 모습이 떠올랐다. 코밑으로 두 가닥 핏줄기를 매단 채 죽어넘어진 간밤의 여자와 그 위로 방수포를 덮는 순경의 커다란 손이 보였다.

"제 발로 뛰어들었다니깐요."

한옆으로 머리를 처박은 차량 앞에서 초점 잃은 눈으로 운전사가 횡설수설하고 있다. 여자의 얼굴을 다시 한번 확인할 수 없을까 망설이면서, 사력을 다해 그는 몸을 일으켰다. 둥근 얼굴, 갈색 체크 무늬의 덧옷이라고는 해도, 불을 끄기 전이거나 일을 끝내고 나갈 때는 분명히 드러나 있었던 모습도 이런 일이 일어나면 조건 반사적으로 얼버무려지는 것인지도 모른다.

그의 눈앞은 텅 비어 있었다. 발 밑에 도로는 그대로 뻗쳐 있었지만 등을 보이던 여자도 그것을 타고 넘은 차량도 보이지 않았고, 멀리 몰려서 웅성거리던 사람들의 모습도 흔적이 없었다. 그는 머리를 흔들었으나 이때서야 비로소, 몇 년 전 아내의 죽음이 환영 같은 실상(實像)으로 좀전 갑자기 자신을 엄습해온 것을 깨닫고, 진땀에 젖은 손으로 담배를 더듬어 찾았다. 사고가 난 하루 뒤에야 연락을 받고 영문을 모른 채 그는 병원 영안실에서 아내의 모습을 보았었고, 도망친 차량을 찾을 수 없어서인지 아내의 죽음은 단순한 교통 사고로만 처리되어 있었던 것이다.

강릉 시내로 나오자 잘못 내린 터미널 쪽으로 한 마장 가량을 그는 걸었다. 거기서 또 한 번 생각을 바꿔 속초행 표를 다시 끊을까, 이대로 양양에서 갈리는 내설악 쪽 길을 택할까, 그는 주저했다. 속초를 새삼 떠올린 것은 류색의 사내와 그 작부의 일이 아직도 마음에 걸려 있었기 때문인지 모른다. 들여다볼 수 있으면 경찰서라도 기웃거리고, 진부령을 넘어 원통으로 빠질 심산이었다.

일단 양양까지 표는 끊었으나, 칫솔질을 거른 듯한 개운찮은 심사로 빵과 음료를 아침 대용삼아 사 들고 그는 무연히 차창 밖을 내다보았다. 신혼길에서는 그렇게나 청결해 보이던 시가지가 십여 년 뒤에 보니 전혀 그렇지가 못하다는 것을 그는 알았다. 그 동안에 도시가 변모했다는 것보다는 두 개의 그 서로 다른 모습이 순전히 자신의 마음 탓이란 걸 조만간 깨달았다고 하더라도, 짧다면 짧다고 할 수밖에 없는 세월 동안에 그토록 깊이 팬 그 마음의 수렁이라는 것이 어디서 비롯된 것인지 그는 헤아릴 길이 없었다. 아내에 대한 연민이거나 아내가 없어진 세상에 대한 스스로의 감정이 혹은 그 계기였을 수도 있다. 그런 몸을 해가지고도 아내의 생활력이랄까 삶에 대한 집착은 억새풀처럼 끈질기고 강했다. 몇 번이나 유산을 하면서도 아내는 계속 임신하기를 바랐고, 나가떨어지기 직전까지도 두 손에서 들것을 놓지 않았다. 자리보전밖에 안 되는 상태로 해를 넘기기 시작하면서 매사에 신경질이 는 것도 그런 집착의 한 변형이었을 것이다. 이렇게 사느니 나가서 콱 결단을 내버리겠어…… 눈을 홉뜨고 그런 트집을 부릴 때, 그래,

죽어……라고 윽박지른 적이 없었다는 건 아니다. 하지만 만약에 단 한 번이라도 그런 말을 진심으로 속에서 뇌까린 적이 없었다고 한다면, 그 따위 폭거를 감행할 심사가 어떻게 아내에게 깃들였을 것인가.

"오늘 차 끝났어요, 약수리까지밖에 못 가요."

양양 터미널에 내려 들여다본 창구 너머에서 아가씨가 그렇게 말했을 때도, 돈을 들이민 채 넋이 빠져 그는 우두커니 서 있기만 했다.

"대설주의보 땜에 못 간다고 몇 번이나 말해야 알겠어요? 곧 시작한대요. 오색리까지라도 끊어드려요?"

"서울 표는 있소?"

"강릉 가서 고속 버스 타셔야죠. 거기두 오후부턴 끊어질걸요?"

눈이 온다면 얼마나 오겠다기에 이러는 건가…… 여기서 길이 끊어지면 사방이 다 막히는 셈이 된다. 제일 안전한 방법은, 서둘러 강릉으로 도로 가서 바로 서울로 빠지는 길뿐이다…… 잘해드릴 테니 택시 타쇼, 라고 따라붙는 사내를 피해 오면서 그는, 벌써 하루를 경우에 따라서는 사나흘을 산통 깨고 결근해야 할지도 모를 원통행을 왜 강행하려는 것일까 하고 스스로 자문했다. 그 우라질 노인이 두 눈만 부릅뜨고 있지 않았더라면, 목에 감긴 그 호사스런 털목도리와 외투가 구역질을 불러일으키지만 않았더라면, 혹은 그 시건방진 간호사가 도도한 눈초리로 치사하게 떡밥만 내밀지 않았더라면 — 하는 그때의 악감정들은 이 경우, 가지 않아도 되는 구실이 되지 않는다. 가서 환자를 어떻게 해주겠다는 것보다도, 꺼림칙한 이런 기분으로는 도저히 그냥 돌아갈 수가 없다…… 그런 심정이었다.

"원통 가서 막힐 각오 하구 모셔다드린다잖아요?"

"버스 안 가겠다는 게 그 때문요? 약수터까진 간대는데?"

"거긴 어림두 없어요. 하산객들이 얼만 줄 아쇼? 떼루 몰려요. 부르는 게 값이지……."

"인제 가면 배는 탈 수 있소?"

"눈 온다고 배 못 떠요?"

생각나는 대로 내지르는구나 싶었으나, 마음을 정하고 그는 따라붙던 사내가 붙잡는 대로 걸음을 멈췄다.

원통까진 불과 두어 시간을 넘어서지 않는 거리로 그는 알고 있다. 볼 것 보면서라면 또 모르지만 그새 뭐가 어떻게 된다는 것일까 싶어, 대절 요금으로 옥신각신하면서 그는 종내 믿기지가 않았으나, 오색 약수리에 차가 이르자 과연 하산객들의 모습이 드문드문 창 너머로 보였다.

"저것 보세요, 비 오기 전 머구리 끓듯 내닫지들 않아요?"

운전사는 택시를 멈추고 창을 내리더니 밖으로 팔을 뻗었다.

"푸짐하게도 쏟는구나."

사내의 과장을 어이없어하면서도, 이때 그는 왠지 여태껏 맴돌고만 있던 쳇바퀴를 드디어 빠져나오는 듯한 기묘한 해방감을 느꼈다. 휴일이 끝났는데도 태연히 등산을 할 수 있는 사람들, 팔자 좋은 사람들, 그 여유작작한 사람들도 쫓겨 내려오는 길을 뭣이 좋아 나는 넘으려 하고 있단 말인가…… 피부로도 역력히 느껴지는, 찍어누르는 듯한 기압의 변화가 그런 심리적 반동을 불러일으켰는지도 모른다.

굽이를 몇 번이나 되돌듯 하면서 한계령으로 올라서자 회오리쳐오는 갑작스런 바람결 속에 눈발이 비쳤다. 그는 차창을 도로 내리고 담배를 꺼냈다.

그러나 본격적으로 눈이 오기 시작한 것은, 택시가 원통 입구까지 거진 다 내려와서이다. 그렇게 시작한 눈은 지척을 가릴 수 없는 강풍과 함께 삽시간에 폭설로 변하더니 두어 시간 새에 사방에다 흰 벽을 쌓아올리고, 그와 그가 내린 마을을 옴짝없이 그 속에 가둬버리고 말았다.

3

　전보라도 쳐두려고 우체국을 물었으나 찌개를 날라온 식당 아낙은 대답 없이 그의 아래위를 훑더니 휑하니 안으로 들어가버렸다. 무식한 양반 같으니, 이런 판에 우체국을 찾다니, 하는 얼굴 같아서 어안이벙벙한 채 무안이라도 당한 심사로 그는 입을 다물었다. 인제로 내려가야 해유, 했더라면 더욱 대책이 서지를 않았을 것이다. 폭설로 교통 두절, 사흘 결근…… 하루라면 또 몰라도, 말단 직원의 그 따위 변명이 어쩐지 구질구질하게까지 느껴져서 그는 따귀를 후려치듯 계속 들창을 때리고 있는 눈바람을 멍청히 내다보았다. 삼거리이자 마을 중심부인 듯한 거기서 보아도 한눈에 들어오는 집들 속에 숙박 업소 같은 것이 많아야 네댓도 되지 않을 것 같긴 했지만, 정작 한 집씩 뒤질 생각을 하고 보니 앞이 켕겼다. 설사 노인과 여자를 바로 맞닥뜨린다 하더라도 무어라고 말을 꺼내야 할 것인가.
　식당 맞은편에 보이는 가게로 뛰어들어 비닐로 된 등산용 우비 하나를 사서 뒤집어쓰고 정작 그가 밖으로 나선 것은, 바람의 기세가 약간 누그러지는 기미를 보이던 오후 세시경이다. 여인숙이니 여관이니 하는 쪼박 간판과는 달리 거개가 보통 가정집인 그런 곳의 방이거나 마당에는 간혹 발이 묶인 하산객들이 보기에도 심란한 모습들로 웅성거리거나 눈을 털고 있었고, 비어 있는 방은 동굴같이 캄캄했다.

그것이 마지막인 듯한 여섯번째 집까지 기웃거리며 문의를 해도 여자와 노인은 없었으나, 거기서 그는 같은 짓을 하고 있는 두 사내와 마주쳤다.

"저 사람들두 같은 이들을 찾느만유" 해서 돌아다보니, 흩날리는 눈발 너머로 마루에 걸터앉은 두 사내가 이쪽을 보고 있었다.

"미세스 최를 찾습니까?" 하고 호리호리한 사내가 몸을 일으켰다.

".........."

"여기 여관들 모두 찾아보셨어요?"

"……없는데요."

엉겁결에 어정쩡한 그런 대답을 하긴 했지만, 당혹해서 그는 가까이 오는 사내를 지켜보았다.

"우린 서화에서부터 뒤지고 오는 길예요."

달아낸 처마 밑까지 다가온 사내는 붙임성 있는 말투로 그를 올려다보고 입맛을 다셨다.

"없어요."

어째서 그 사람들을 찾는가 하는 의혹은 의당 그쪽에서 먼저 시비조로라도 물어올 법했으나, 삼거리로 같이 내려오자 그를 권유해 들어간 다방에 앉아서도 그들은 언급이 없었다.

"서흥, 월학리…… 죄 뒤졌어요. 애들이 여간 까다롭게 굴지 않던데요?"

애들이란 것은 검문 장병들을 가리키는 말인 듯했다. 호리호리한 사내는 차를 마시는 짬짬이 목을 빼서 밖을 살피며 입맛을 다셨고 눈을 내리깐 채 움치고 앉은 덩치 큰 사내는 운전기사인 듯 시종 말이 없었다.

"속초에서 환자분을 잠깐 뵙고 뒤따라오는 길입니다, 저는."

사내가 제풀에 지껄이는 말들로 사정을 대충 짐작한 그는, 기회를 보아 할 수 없이 이쪽의 자초지종도 간단히 털어놓을 수밖에 없었다.

"호오!" 하고, 감탄한 듯이 사내가 말했다.

"그러셨군요. 고향 가까이 가고 싶은 건 인지상정이죠."

맞장구치는 말이 요령부득이어서, 그는 사내를 눈여겨보았다. 미세스 최라는 간호사가 제멋대로 환자를 데리고 나와 빈사 상태의 노인을 끌고 어디론가 도망을 치려 하고 있다, 기어이 잡아서 데리고 가지 않으면 안 된다—좀전에 떠든 그런 내용과는 걸맞지 않은 대답이었기 때문이다. 저는 이런 사람입니다, 하고 자리에 앉으면서 내놓은 사내의 명함에는 'S기업 상무'로 되어 있었다.

"최라는 간호사는 환자 담당이었습니까?"

"회사 병원에서 차출된 애죠. 턱없이 시건방져서…… 시건방지니까 이런 짓을 저지르는 거예요."

미세스 최라는 애…… 그는 그 호칭이 기묘하다고 생각됐으나, 물어볼 일도 아니어서 창 밖으로 눈을 돌렸다.

"어떡허죠?"

덩치 큰 사내가 그제야 한마디 했다.

"어떡헌다? 인제로 가보지…… 틀림없이 거기 있어."

"거긴 올라오면서 대강 봤잖아요? 백담사로 올라간 거 아녜요?"

"이 사람이 농담하구 있어?"

호리호리한 사내가 갑자기 벌컥 화를 냈다.

"회장님 건강이 어떤 상탠데 거기까지 올라가? 길이 엇갈렸어. 우리가 서화 가는 새에 아래로 빠진 거야. 나쁜 여자…… 꼭 잡아낸다……."

그들은 아마도 차를 몰고 홍천 쪽으로 올라온 모양이었다. 터미널에서 산 간이 지도를 펼쳐보지 않더라도, 외가평으로 해서 백담사로 가는 길은 지금 귀신도 부들부들 떨 지경의 나락으로 변해 있을 것이다. 나쁜 여자……라고 이를 가는 시늉은 하고 있었으나, 사내의 그런 모습이 어쩐지 아이 역을 해내는 배우 같기만 해서 그는 웃음이 나오는 것을 참았다.

"선생님도 같이 가시죠? 어차피 서울로 빠지시려면 교통비라도 덜어드려야지."

"이 눈길에 어떻게…… 고맙긴 하지만……."

"빠질 수 있을 거예요. 빠질 수 있어요. 내일까지 못 들어가면 회장님께 큰일나요."

아까 회장은 노인을 가리키는 말이었지만 지금 것은 그 아들쯤을 지칭하는 말이라는 짐작이 갔다. 이 사내는 그 쌔고쌘 회장의 조카 상무쯤 되는지도 모른다. 사내의 호의를 어떻게 받아들여야 할지 그는 난감했다. 일이 이렇게 꼬이고 있는 지금 노인을 쉬이 찾아내더라도 간호사가 제 주장을 내세우기 시작하면, 더 난감한 처지에 빠질지도 모른다. 눈치로 짐작은 하고 있었지만, 간호사와 그들의 관계는 보통의 고용 관계가 아닌 것이 분명했다. 상식적인 관계라면 여자가 제아무리 시건방져도 혼자서 그런 일을 저지르지는 못했을 것이다. 노인과 그 아들 새의 심각한 알력 같은 것이 어렴풋이 느껴져, 그는 인제에서도 허탕칠 걸 바라면서 두 사내를 따라나섰다.

그들이 몰고 온 벤츠는 전혀 가망이 없어 보이던 길을 과연 용케도 헤쳐나갔다. 바람이 얼추 잦아들었다고는 해도 허연 소나기 줄기같이 죽죽 계속 내리고 있는 눈발 속을 별 요동 없이 차체는 밀고 나갔고, 그런 안정감이 되레 그를 무거운 기분으로 짓눌렀다. 기사도 사내도 더이상 말이 없었다. 벌써 밖은 어둑어둑해지려 하고 있었으나 그는, 이들이 인제에서 허탕을 치더라도 서울까지 동승은 말아야겠다고 생각을 굳혔다. 밤새 눈발이 약해지면 내일 쯤은 배가 뜨리라.

"기다리구 있어. 보고 오지……."

인제 초입으로 들어선 첫번째 여관 앞에서 차를 세우고 안으로 들어갔던 사내가 의외로 가로등을 등진 채 이쪽으로 손을 흔들고 있었다.

"찾았어. 여기 있어. 이리 와……."

이때 이변이 일어난 것이다. 기사는 차창을 내리고 있었으나 그 말에 따르려 하지 않았다.

"안 내리구 뭘 하는 거야?"

앙분한 얼굴로 다가온 사내에게 기사는, "우리 그냥 가요" 했다.

"이 새끼가 무슨 소릴 하구 있어?"

사내가 열린 창으로 기사의 따귀를 갈겼다. 얻어맞은 뺨에 손바 닥을 댄 채 고개를 숙이고 있던 기사가 순순히 차에서 내렸다. 그 들이 걸어 들어가는 모습을 보면서 그는 어쩔까 하고 한동안 망 설였다.

이제 와서는 완전히 국외자의 처지밖에 되지 못했으나, 싸움이 일어날 경우 말리기라도 해야 할 것 같아 그는 일단 차에서 내려 여관으로 주춤주춤 들어섰다. 벗어놓은 신발들로 거기라고 짐작이 가는 방 앞에 우두커니 서 있다가 그것조차 더 계면쩍게 느껴져 한옆 마루에 그는 웅크리고 주저앉았다. 주인인 듯한 아낙이 안방 문을 열고 내다보다가 일행이라고 생각했는지 다시 문을 닫았다.

"이것 받고 계약서 이리 주세요."

사내의 그런 목소리가 들렸으나 예상과는 달리 낮은 소리였고,

그럼 해결이 되는 건가요? 하는 여자의 목소리도 조용했다. 회장님도 미세스 최한테 감복하고 있어요, 하는 소리와, 이럴 수밖에 없겠군요, 고맙다고 전해주세요, 하는 여자 소리가 들렸다. 그가 몸을 피하려고 하는 동안에 방문이 열리고 노인을 업은 기사와 사내가 나왔고, 배웅하는 자세로 여자가 문설주 곁에 서 있었다.

"아, 이 아저씨!" 하고 간호사가 예의 억양 없는 목소리로 말했다.

"여긴 웬일이세요?"

노인을 업은 기사가 비틀거리는 듯했기 때문에 자연스레 그는 부축하는 시늉으로 그들을 따라나설 수밖에 없었는데, 환자는 여전히 가슴이 덜컥할 지경으로 두 눈을 부릅뜨고 있었던 것이다. 마치 노인은 하반신과 그 두 눈 부근만이 마비가 돼 있는 듯싶었다.

"선생님은 안 타세요?"

멀찍이 차에서 떨어져 서 있는 그를 보고 눈치를 챘는지 사내가 차 속으로 들어가면서 고개를 돌렸다. 그는 그렇다는 시늉으로 머리를 끄덕여 보였다. 여남은 걸음 굴러가던 차가 멎고 사내가 다시 고개를 내밀었다.

사내의 입에서 포효하듯 욕설이 터져나왔다. 그가 무의식적으로 그쪽으로 내딛으려 하자 사내의 머리가 들어가고 차가 떠났다.

여관을 나선 여자가 그쪽으로 다가왔다. 그는 우두망찰한 채 여자를 바라보고 있었으나, 사내가 왜 갑자기 그런 짓을 했는지 도무지 이해를 할 수가 없었다.

"안 떠나셨군요" 하고 여자가 말했다.

"여긴 어떻게 오셨어요?"

그는 난처해서 쫓겨난 아이처럼 입을 우물거렸다. 두번째 받는 질문이다.

환자를 길에 팽개친 게 걸려서…… 쫓아왔노라고 못 할 것도 없다. 그러나 지금 노인은 여기 없지 않은가. 그새 계산을 끝내고 나온 모양으로 여자는 가방을 챙겨들고 서 있었다. 흰 모자를 뒤통수에 붙이고 간호사 복장 위론 검은 외투를 깍듯이 받쳐입고 있었으나 희끄무레한 어둠 속에서도 무엇에 흠씬 두들겨맞은 듯한, 피로의 기색이 역력했다.

"휴전선 부근까지 데려다달라지 않았소?"

여자가 맥없이 웃었다.

"한 발 늦으셨군요. 어제 오셨더라면 사정이 달라졌을 텐데……."

"원통 있겠다고 하지 않았소? 물치 식당 그 늙은이가……."

"원통 있었어요."

여자가 말했다. 그는 의아하게 여자를 바라보며, 거짓말을 하는 게 아닌가 하는 생각이 들었다.

"아무 데서도 숙박한 일이 없다구 하던데?"

"여관이 아니라 방을 얻어 있었어요. 들락거리는 사람들 눈치 보기 싫어서요. 그러다 단념하고 일루 내려왔죠. 어제 오셨더래두 못 만났겠네요. 설마 일반 집 찾을 생각은 못 하셨겠죠?"

조롱기 비슷한 묘한 기미가 여자 말투에서 느껴져서, 그는 입을 다물었다.

"그래두 만날 사람은 만나요."

눈치를 챘는지 여자가 다시 웃었다.

"어디 딴 데루 가요, 우리. 제가 저녁 살게요. 내일 서울 가실 거죠?"

"글쎄, 배가 뜰지 모르겠소……."

"저는 강릉 가서 정선으로 빠져야 해요. 아버지를 뵙고 와야 해요."

"고향이 거기요? 모두 강원도 판이군……."

"선생님도 강원도세요? 정선이 아니고 여량…… 아우라지강이
란 이름 못 들어보셨어요?"

내가 아니라 죽은 여편네가…… 하려다가 그는 외면했다.

"아우라지강?"

눈투성이가 된 여자가 앞장서 간 곳은 식당이 아니라 다른 여
관이었다. 어정쩡해서 걸음을 멈추는 그를 돌아보고 여자가 재촉
했다.

"제대루 된 식당 하나두 없어요, 여기. 시켜 지어먹는 밥이 차라
리 나아요. 저녁 드시구 선생님은 딴 여관 가서 주무세요."

들고 나간 외투의 눈을 턴다, 음식을 시킨다 하고 여자가 다시
밖으로 나간 동안에, 방석 두어 개가 깔린 바닥으로 그는 손을 밀
어넣었다. 어제 오늘이 하릴없는 피로의 연속이어서 그런지 눈이
감겼다. 직장에는 뭐라고 변명을 하나…….

"아까 그 자식 뭐라 욕하고 달아났어요?"

손이라도 씻고 왔는지 말끔한 얼굴로 들어와 한결 바람벽에 주
저앉은 여자가 그를 바라봤다.

"듣지 못했소?"

"들었지만 분명치가 않아서요……."

"……."

"뭐라 했어요?"

욕지거리 따위를 왜 따지려는가 싶어 그는 물끄러미 여자의 얼
굴을 살폈다.

"그럴 줄 알았다, 이 자식아…… 뭐라 했지, 아마?"

"……그럴 줄 알았다, 그 갈보하고 잘 붙어먹어…… 그렇죠?"

여자가 또박또박 뇌었다.

"……"

못 볼 것을 본 듯이 힐끗 여자를 노려보다가 그는 딴 데로 고개를 돌려버렸다.

"저, 그런 소리 들어두 싸요."

"……"

"그런 짓 했거든요, 서류까지 꾸며서……."

"계약서 운운하던 게 그거요?"

"네."

여자가 눈을 내리깔았다.

"그 노인 간호를 이 년 동안 맡았어요. 병원으로 호출이 왔더군요. 관두거나 따를 수밖에 없죠. 회사 병원이니까. 목욕시키고 똥오줌 받는 정도가 아닌 특별한 일인데 해낼 수 있겠는가 물어요. 사장 육촌 누인가 갈비집 하는 사람이 있어요. 내용을 듣고 보니 계약서라도 받아둬야 할 것 같은 생각이 불현듯 들더군요. 더러운 짓을 구체적으로 명시한 계약서는 아니지만……."

"팔순 노인이 그짓 할 기운이 있소?"

노여운 것인지 심술궂은 것인지 그런 기분이 어느덧 들어 그가 물었다.

"더구나 중풍 아뇨?"

"핫빽이란 거 아세요? 왜…… 환자 찜질하는 물주머니…… 유담뽀라구두 하죠. 일본애들 것은 핫빽하군 좀 다르긴 하지만…… 유담뽀 노릇을 이 년 동안 했어요. 특별 간호라고 계약서엔 그렇게 적혀 있죠. 그것도 제가 우겨서 못박아놓은 말이긴 해도…… 이제 와서 그 계약서가 마음에 걸리기 시작한 거예요, 사장이. 저는 잊고 있었는데 하도 덜떨어진 인간이 돼놔서……."

"그래서 도망친 거요?"

고개를 끄덕이고, 의아한 얼굴로 여자가 눈길을 들었다.

"여기 오는 줄 모두 알고 있었어요. 여기말고 노인이 또 어디 갈 데가 있겠어요? 월산리 가구 싶단 소리는 병나기 전부터 하던 노랜데요. 노상 또 그것 땜에 싸웠구…… 서울서 자수성가했으면 서울이 고향인 줄 알아라…… 사장은 그렇게 윽박지르고 노인은 반대 고집을 피우고…… 구실이죠. 아버지한테 당했던 설움 이제 그런 식으로 갚는 것뿐이죠. 그 노인 왕년의 별명이 뭔 줄 아세요? 진도 불독…… 진돗개에다 불독이 보태진 거니까 아실 만하잖 아요? 그러다 이번 겨울에 또 쓰러졌죠. 이번엔 해를 못 넘기겠다 싶어 빠져나왔어요. 말은 못 해도 노인이 보채기 시작하면……."

"그 우환중에도 계약서 챙겨들고?"

"따지시는군요."

여자가 서글프게 웃었다.

"무슨 일 당할지 어떻게 알아요? 기신을 못 하면서도 욕심 때문에 온갖 방법으로 괴로워하는 사람들 병원서 저 너무 많이 겪었어요. 사장은 이 기회에 해고를 시키려구 빌미를 찾고 있었던 거구…… 아까 그 상무녀석이 좀 봐달라구 자꾸만 그러더군요, 딴 병원 얼마든지 있지 않느냐면서…… 사장 내년에 국회의원 나와요. 까십거리 모두 없애야죠……."

저녁상이 들어왔다. 여자가 맥주를 따라주었으나 마실 기분이 아니어서 잔을 도로 놓고 그는 젓가락을 집었다. 미세스 최라는 호칭이 그래서 예사로 불리어졌다면 이 여자도 참을성이 대단한 편이다. 일급 비서 정도의 월급을 받고 있었던 것일까…….

"멋도 모르고 따라온 셈이군, 내가……."

"선생님 여기 오실 것도 알고 있었는데요?"

부지런히 음식을 떠넣고 있던 여자가 고개를 들더니 애매한 표정을 지었다.

"설악산 가서 며칠 쉴까 했는데 도저히 힘이 부쳐서 안 되겠더군요. 옛날 면목동 가서 들은 점쟁이 말이 생각나기도 해서…… 거기서 기다렸죠. 왜 물치…… 서른에 물가에서 관(棺) 셋 짊어진 사람을 반드시 만난다…… 그 사람이 전생의 네 남편이다……."

"……?"

"점쟁이들 말도 어딘가 일리가 있어요."

"간호사도 그런 소릴 하는 거요?"

여자의 얼굴이 장난스런 그것으로 변했다.

"이것 보세요."

젓가락을 한쪽에다 치워놓고 여자가 손바닥을 내밀었다.

"이런 손금 보신 적 있어요?"

칼로 회를 친 듯이 난도질을 당한 듯한 그것을 덤덤히 내려다보고 있다가 짓궂게 그가 물었다.

"거기 내가 들르기 전이나 후에두 십만원 받겠다고 나선 녀석이 아무도 없었다는 거요? 그렇담 내가 아니잖소, 그 관 셋 짊어진 사나인가 뭔가……."

"누가 선생님이랬어요? 김칫국 마시지 마세요. 오실 줄 알았다는 거지…… 어디, 손금 좀 보여주세요. 혹 모르죠."

환자를 다루듯이 여자가 두 손을 앞으로 내밀었다. 어린애 같은 짓거리를 하기 시작하면서 노골적인 방심 상태를 보여오는 여자를 그는 멀거니 바라보았다.

"당신, 그럼 아직도 처녀란 거요?"

팔을 뒤로 빼며 무심히 그런 소리를 해놓고 그는 아차했다.

"처녀가 이런 소리 예사로 하나요? 서울 처음 갔을 땐 비빔밥도 먹을 줄 몰랐어요. 나물하고 밥을 따로 먹는 건 줄 알고…… 그땐 처녀였죠."

여자의 어조가 갑자기 풀이 꺾였다.

"처녀 아녜요."

불편한 기분에 사로잡혀 아래를 본 채 이때부터 그는 억지로 밥을 밀어넣기 시작했고, 여자도 입을 다물었다. 내가는 상을 거들고 나갔던 여자가 들어오더니 제복 주머니에서 쪽지를 꺼냈다.

"퇴직금 받았어요 아까. 이 수표 어떡하죠?"

영문을 몰라 그가 올려다보고 있자 여자가 선 채 말했다.

"찢어버릴까요?"

"돌았소?"

"그런 짓 하고 번 돈 찢는다고 도는 건가요? 삼백만원인데……아버지 방 한 칸 마련해드릴 수 있긴 하지만……."

"웃기지 마쇼."

그가 말했다.

"없앤다고 뭐가 해결돼? 그쪽만 바보 되는 거지. 몇 살요, 당신 도대체?"

"그럼 찢겠어요. 바보가 훨씬 낫죠."

수표를 쥔 여자의 손이 부들부들 떨기 시작했다. 울면서 여자가 말했다.

"못 찢겠어……."

여자의 몸이 허무하게 무너져왔다. 그는 얼결에 여자를 받아 안았으나, 내장 바닥으로 갈앉아가는 신음 소리 때문에 커다랗게 눈을 뜨고 있었다. 길에서 이러면 이 여자도 죽어…….

어떻게 그 방에서 빠져나왔는지 알 수가 없다. 그가 등을 쓸기 시작하자 여자는 곧 울음을 그쳤고, 울음 사이사이 "혼자선 더이상 못 버티겠어……" 뭐라고 중얼거리던 여자의 말이 흐릿하게 기억에 남아 있다. 여자의 볼에 자신의 볼을 수없이 비벼댄 건 사실이었으나, 낼 아침 데리러 오리다……라고 했는지, 같이 서울 가겠소?라고 물었는지도 확실치 않다. 골목 밖으로 나오자 그 경황 중에도 방에서 갖고 나왔는지 맥주병 하나가 손에 들려 있었다.

그는 눈에 띄는 대로 다른 여관을 찾아 들어가 방을 잡았고, 이부자리를 펴자 내복 바람으로 그 위에 앉아 방 문틈을 약간 열어놓고 내리는 눈을 바라보면서 병술을 마시기 시작했다.

시키지도 않았는데 아침상을 들여놓고 나갔다 온 여관 아낙이 열시 반에 배가 뜬다는 전갈을 해왔다. 그는 그 때문에 잠이 깬 듯한 희미한 북 소리에 귀를 기울였다.

"오구굿 아뉴" 하고 여관 아낙이 말했다.

"작년에 아이 하나가 눈길에 미끄러져 물에 빠졌어유. 고개 너머 초시집 아인데……."

가방을 들어다 주겠다는 아낙을 뿌리치고 그가 갔을 때, 준비를 끝내고 있었던지 이내 여자가 방문을 열고 나왔다. 어색해서 외면한 채 골목을 나서자 그는 뱃머리 쪽으로 재게재게 걷기 시작했다.

두어 마장이 훨씬 넘어 보이는 그 길을 어떻게 그렇게 한마디 말도 없이 걸었는지 알 수가 없다. 언덕을 돌아들자 물이 누워 있었다.

멀찍이서 이쪽으로 방향을 돌린 무당 배를 보면서, 그는 주소와 직장 전화를 적은 쪽지를 여자에게 내밀었다.

"여량 갔다 바로 오겠소?"

"네."

"당분간 맞벌이해얄 각오 해얄걸? 집칸이라두 마련하려면……."

"벌써부터 그런 소리 하시기예요?"

"배를 타야겠소. 차는 있답디까?"

"있을 거예요. 제설 작업 하던데요."

어제 오후 한 번의 결항인데도 하산객들 때문인지 배 난간은 대부분이 벌써 메워져 있었고, 발을 바꿔 딛으며 선객들은 긴장한 새삼스런 얼굴들로 떠들고들 있었다. 굿이 끝나 돌아오는가 했는데 뱃머리 한쪽에 댄 배에서 내린 무당이 바가지의 물을 다시 두덕 여기저기다 뿌리기 시작했다. 바가지를 던져버리고 무당은 장구잡이와 북잡이한테서 부채와 요령을 받아들었다. 요령을 흔들자 다시 북이 울렸다.

"조심하세요" 하고 여자가 말했다. 배로 건너오는 그에게서 눈을 떼지 않은 채 우두커니 방파제 위에 서 있던 여자가 갑자기 웃었기 때문에, 부신 듯이 딴 데로 시선을 돌리고 그는 담배를 꺼냈다.

동해 동방 해룡 신님
서해 서방 지장 신님
무간지옥 이 풍진 시상
굽어 살피시사 굽어 살피시사 엇쇠!
술술히 내리소서, 술술히…….

무당 근처엔 모닥불이 지펴졌고, 객선 전송을 나왔던 사람들과 동네 아이들이 곧 그것을 둘러쌌다.

무슨 사태가 벌어지고 있는 것인가 하고 그가 번쩍 정신이 들었을 때는, 여자 곁에까지 춤을 추며 다가온 무당이 이미 부채를 내밀고 있을 때였다.

"받아!" 하고 무당이 소리를 질렀다.

……만경 창파 수살 영산 다시 볼 줄 몰랐더니

어이구 내 딸아, 불쌍한 내 딸아

황천길이 구만린데 어데 갔다 인제 오노…….

"받아!" 하고 넋두리를 외던 무당이 번쩍이는 눈으로 다시 소리를 질렀다. 간호사의 얼굴이 시뻘게졌다. 밀어붙이듯이 무당은 계속 부채를 내밀었고, 거기 따라 허우적대듯이 여자의 몸이 뒤로 밀려났다.

가방을 떨어뜨리고 두 손으로 부채를 잡은 여자의 몸이 와들와들 떠는 것이 보였다. 여자의 뒤통수에서 모자가 떨어졌다.

"야아, 뭐 하는 거야 저거…… 신 내리는 거 아냐?"

"저런…… 간호사군…….."

배 난간에 몰렸던 구경꾼들 틈에서 감탄하는 소리와 혀 차는 소리가 동시에 들렸다. 죽은 아내의 것인지 간호사의 것인지 어디선가, 여보! 하는 절규 소리가 들려왔다.

배에서 뛰쳐나가려고 그가 마악 한 발을 내딛었을 때, 여자의 눈빛이 변했다. 여자는 한 손으로 옷을 잡아뜯고, 다른 손으로 부채를 흔들면서 어느덧 춤추는 걸음이 되었다.

기우뚱하더니 물 위로 배가 떴다. 콰르르 하고 배 밑창으로 썰물 빠지는 소리가 들리고, 눈 덮인 맞은편 산봉 위로 거대한 손바닥 하나가 걸렸다.

그것이 꿈인지 환각인지 분간을 못 한 채, 여태껏 무심히 보아오던 자신의 손바닥의 금들이 세 개의 방형(方形)을 그리고 어지러이 엇갈리며 달리고 있는 것을 그는 눈을 부릅뜬 채 보고 있었다.

(1985)

용(龍)

1

술 한잔 권한 것이 화근이 되어 기차에서 꺼들려 내려졌다고는 하나, 갈 길이 바쁘다는 정도가 아니라 이런 법도 있느냐고 처음부터 배짱대로 뻗대고 나갔으면 날중으로 볼일을 끝낼 수 있었을지도 모른다. 같이 꺼들려 내린 운동모의 사내는 잠에서 후들려 깬 얼굴을 하고 있었다.

"여가 어됴?"

질금거리고 오던 소주에 그는 혼자 취해 있었던 것이다. 둑길 밑은 그야말로 발이 푹푹 빠지는 엉망의 개흙 진창이었고, 불과 반오리 정도를 남기고 둑 위에 잠깐 섰던 기차는 아득히 뵈는, 제가

서야 할 역 앞에서도 이미 보이지 않았다. 꼬물거리며 역을 빠져 나가는 몇 사람의 승객이 눈에 띄었다. 철로 뒤켠 한쪽은 그대로 강이었으나 둑 이쪽 길까지 이 지경인 것을 보면 지난번 장마로 범람이 있었던 게 분명했다. 멈춘 객차 창으로 기웃대며 일제히 머리통들을 내밀고 무슨 일인가 소동을 치던 사람들을 나는 생각했다. 재수없으려면 벌렁 자빠져도 코가 깨진다더니 이 무슨 창피라 싶은 생각이 새삼 관자놀이를 얼얼하게 했다.

짜부(형사)에 틀림없는 그 사내는 우악스럽게 우리들의 등을 떠다밀었다.

"족 놀려, 빨리 가잔 말야!"

죄수를 호송할 때 기관차 바로 뒤칸이거나 맨 끝칸에 태우는 것은 일종 터부에 가까운 수사관들의 습성일지 모른다. 만약의 일이 일어날 경우, 중간에 있는 승객들에게 피해를 안 입히려는 배려에서라기보다 신속한 행동을 취할 수 있다는 계산이 본능적으로 거기엔 작용하고 있을 것이다. 앞칸의 경우에는 즉시 차를 세울 수 있다는 이점이 있을지 모르지만 맨 뒤칸이라면 빨리 뛰어내릴 수 있기라도 하다는 뜻인가…… 혹은 짜부들은 앞칸이고 중간이고를 가리지 않는 것일까…….

그 만약의 경우를 당한 형사는 차마 면바로 볼 수 없을 정도로 앙분해 있었다. 일을 보게 해달라고 화장실로 그를 달고 나갔던 죄수가 불의에 뒤통수를 후려치고 수갑째 차에서 몸을 던진 것이다. 확실한 경위는 알 수 없었지만, 짐작은 대개 그러했다. 혹은 빨리 볼일을 끝내라고 윽박지르는 형사의 성화에 못 이겨 이판사판으로 그는 몸을 굴렸을지도 모른다.

부산에서 차에 오르면서, 맞은편 자리에 앉은 둘 중에 창쪽으로 앉은 어린 한 사내의 손이 앞으로 모아져 점퍼에 휘덮인 것을 보

고 심상치 않은 사이라는 것을 애초 눈치는 채고 있었다. 피할 수
도 있었을 것을 자리가 없다 보니 양해를 구하고 나는 앉을 수밖
에 없었고 운동모의 사내가 엉덩이를 비틀어 길을 열어줬다. 그런
데 기묘한 것은, 그들이 띄엄띄엄이기는 하나 계속 얘기를 하고
있었다는 점이다. 낮은 소리여서 잘은 알아들을 수 없었으나 짜부
가 묻고 어린 죄수가 웃으며 고개를 끄덕이거나 대답을 했고, 혹
은 죄수의 물음에 형사가 웃으면서 고개를 흔들었다. 혼자 소주를
홀짝거리고 있다 중간에서 내게 통성명을 했던 운동모의 사내가
맞은편에도 잔을 권한 것은 당연하다. 형사는 표정을 굳히면서 거
절했다. 그쯤으로 단념하고 내게만 잔을 돌리던 사내가 한참 만에
모자를 벗었다. 모자 속에서 진홍빛의 작은 공 두 개가 나왔다.

　"이것 보슈 높은 어른, 난 이걸로 먹고살우."

　사내가 비운 잔을 놓고 손가락 사이에 공을 끼우더니 재주를
부렸다. 손바닥에서 손등으로 들락거리던 공 한 개가 바닥으로 떨
어졌다. 형사가 허리를 굽혀 그것을 집었고, 사내가 혀 짧은 소리
를 했다.

　"알딸딸해지니 이도 이 모양이우."

　형사가 잔을 받은 것은 그런 일이 있고 나서이다. 하 끈질긴 권
유에 귀찮기도 했을 것이다. 잔을 비운 내가 맞은편으로 술을 돌
린 것도 당연하다. 두 잔을 마시자 형사는 다시 거절했고 운동모
의 사내도 그제야 단념했는지 더이상 지분대지를 않았다. 그들이
몸을 일으켜 화장실로 간 것은 그 직후의 일이었고 곧 소동이 터
졌던 것인데, 설마 그런 일이 꼬투리가 될 줄은 몰랐다. 문을 박차
고 뛰어들면서 형사는 기관실 쪽으로 돌진했고, 승객들이 더러 자
리에서 벌떡 일어났다. 공범으로 착각했던 것일까, 차가 멎자 짜부
는 태도가 돌변해서 으르릉대며 이빨을 드러냈던 것이다.

"못 뛰겠어, 당신?"

형사가 운동모의 사내에게 다가가더니 정강이를 걸어찼다. 사내가 주저앉으려다 비칠대며 일어났고, 우리는 다시 뛰는 시늉을 했다. 든 것 없이 차에 오르는 사람이야 드물겠지만, 운동모의 사내가 반대쪽 어깨로부터 비스듬히 둘러멘 가방은 특별히 끈이 길고 자루같이 생겨 있어서 그것이 걸음에 적잖이 걸리적거리는 듯했다. 둑 아랫길로 우리는 거의 곤두박질치다시피 떠밀려 내려갔다.

"물에 떨어진 거유?"

절름대며 강가로 따라와 묻는 운동모에게 형사가 눈을 흘겼다. 낚시꾼 쪽으로 다가간 형사가 무어라 수작을 하면서 강 저쪽과 둑길 쪽을 손가락질했다.

"강은 건느지 않았어. 독에 든 쥐다" 하고 형사가 소리쳤는데 외침에 이끌리듯이 운동모가 비슬비슬 그쪽으로 걸어갔다.

"무슨 고기가 이래?"

엉거주춤 쭈그리고 앉아 물가에 잠긴 그물 망태를 들여다보던 운동모가 얼굴을 이쪽으로 들고 눈살을 찌푸렸다.

"잉어도 아니고…… 잉어 누깔 빨갱인 건 알지만…… 이놈은 꼭 누깔이 새빨간 할망구 같잖아?"

"이 고기 이름이 뭐요?"

미심쩍어 내가 물었다. 삿갓 같은 밀짚모를 쓰고 동안(童顔)인 낚시꾼이 뭐라 했으나 알아들을 수가 없어 나는 형사를 바라보았다.

운동모의 사내가 땅바닥을 내려다보고 있더니 게우기 시작했다.

"에잇 퉤퉤…… 별 흉칙한 놈 다 봤다……"

오물을 내려다보며 그가 중얼대고 있었다.

형사가 달려가 또 그를 걸어찼다.

"색쓰지 말고 일어서!"

"너무하잖소?"

내가 형사에게 다가갔다.

"이런 법도 있소?"

"뭘 너무해?"

형사가 찬찬히 내 아래위를 훑었다.

"토낀 새끼 어떤 인종인지나 알아?"

"절도 살인에 강간범요?"

"난 못 가."

운동모가 씹어뱉듯이 말했다. 그는 몸을 일으키고 있었지만, 강 저쪽으로 먼산바라기를 한 채 형사를 쳐다보지 않으려 했다.

"알딸딸하다구……."

형사가 권총을 빼들었다. 노리쇠를 당기고 그는 망설이는 눈치 같았으나 이윽고 낚시꾼 쪽으로 걸어갔다. 그물 망태를 겨누고 형사가 쏘았다. 물이 튀고, 총소리가 들리고, 할머니 같던 생김새의 고기가 박살났다.

"가자구."

형사가 말했다.

"뛰어."

우리는 또다시 둑 위쪽 길로 쫓겨 올라갔다. 대체로 그런 경위 는 눈 깜박할 새에 일어났던 일들에 불과하다. 뛰다 걷다 하는 일 은 욕지기가 치밀 정도로 지루했고, 운동모의 사내는 거의 혼줄이 빠진 듯했다. 오백여 미터쯤 저쪽으로 역을 바라보는 거리에 슬레 이트 지붕의 가게 겸 주막 비슷한 집이 있었다. 그 앞에서도 형사 는 품속으로 손을 넣었으나, 단념했는지 그냥 몸을 들이밀었다.

우리는 그늘진 문간에 기대고 서 있었는데, 운동모의 사내가 달 아날 생각을 않는 것이 이상했다. 제깟놈이 함부로 총을 쏴? 난 가겠어. 그 고기 잡던 새끼는 지가 신선이야 뭐야. 그런 꼴 당하고도 왜 가만 있는 거야……라고 그가 계속 투덜대며 왔기 때문이다. 형사가 부풀어 뜬 듯한 얼굴을 하고 나왔다. 개자식들……이라고 누구에겐지 그가 중얼거렸다. 역에 이르자, 안으로 들어간 형사가 다시 전화를 했다.

“……연락 파출소로 줘”라고 수화기에 대고 그가 소리치고 있었다.

“외곽 차단 상황 계속 알려주고…… 연락 갔으니까 오늘중으로 서울서 누가 내려올 거야. 이리 올 테?”

그는 아마 읍의 지서로 전화를 걸고 있었을 것이다.

“……중대장한테두 알려, 대기하라고…… 뭐야. 예비군은 뒀다 뭣에 쓰자는 거야?” 하는 고함 소리가 또 들려왔다.

우라질……이라고 침을 뱉으며 나왔으나 이번에는 이쪽을 거들 떠보지도 않고, 그는 앞장서 걸었다. 운동모의 사내가 그 뒤를 바투 따라섰고, 역사(驛舍)의 낮은 목책을 우리는 뛰어넘었다.

파출소는 역전 마당을 빠져 바로 스무 걸음쯤 되는 거리에 있었는데, 안으로 들어가기 전에 운동모가 뭐라고 내게 귓속말을 했다.

“……공치게 생겼수, 한 이틀.”

“설마?” 하고 내가 말했다.

“경우가 따로 있지, 이틀까지야…… 곧 보내줄 거요.”

“이녁은 몰우.”

운동모가 입술을 축이며 말했다.

“난 여러 번 당했다구. 찰거머리 짜식들야, 저것들은…….”

“당신들 들어와” 하고 형사가 손짓했다. 순경 두 사람이 들어서 는 우리를 보고 있었으며, 책상에 앉았던 순경이 수화기를 놓았다.

"곧 이리로 오신다 캅니더."

"이 사람들은 뭡니꺼?"

서 있던 순경 하나가 동그란 눈을 하고 들고 있던 바인더를 내려놓았다.

"아무것도 아님더."

형사가 그 말투를 흉내내면서 책상 뒤로 손을 짚고 점퍼의 가슴을 젖혔다.

"당신들 주민등록증 내놔봐."

어떠냐는 듯이 운동모의 사내가 힐끗 나를 보면서 재빨리 뒷주머니로 손을 가져갔다. 형사는 내게 손을 내밀었다.

"당신" 하고, 놀랐다는 듯이 형사가 시선을 들었다.

"본적이 여기야?"

무어라고 더 말할 듯하다가 형사가 주민증을 순경에게 건넸다.

"이 주소루 곧 연락 좀 취해주쇼, 동회루…… 본부에 지문 조회되거든 함께 알아갖고 보고하라쇼. 김 형사가 찾으라면 동회서들두 즉각 움직일 거요. 둘 다 서울이군…… 부산엔 볼일로 내려갔었소?"

나는 우물쭈물했다. 주소는 서울이지만 부산서 산다고 하면 이 작자가 믿어줄 것인가…… 역에 마중 나와 있을 은사를 나는 생각했다. 기차를 타기 직전에 전화 따위는 말았어야 했을지 모른다. 까다롭기 짝이 없는 은사의 성미 때문에 취한 연락이었지만, 결과적으로는 당신을 곤혹 속에 밀어넣은 것밖에 되지 않는다. 은사는 어쩌면 밤까지라도 우두커니 대합실에서 기다리고 서 있을 것이다.

순경이 장거리 전화를 걸고 있었다. 거기서 나는 내 이름이 또박또박 발음되는 것을 들었다. 장순철이라는, 운동모 사내의 이름이 두 번 세 번 반복되었다. 형사는 코를 후비고 있었다. 사이드카의 부르릉거리는 소리가 들리고, 뚱뚱한 사내 하나가 안으로 들어섰다. 순경들이 경례를 붙였다.

"야, 서 과장 이 새끼, 뒈지지도 않았구마, 꼴 조오타" 하고 뚱보가 형사를 껴안았다.

"그래, 꼴값헌다 우라질……"

형사가 몸을 빼면서 말했다.

"제대루 조처했어, 증말?"

"에림 고개 삭정이 고개만 끊으면 자루 속 앙이가? 터미널 막고 초소에도 모두 연락 갔고…… 산으로 드는 기 문젠데 우리 아이들 달달 긁어서 오토바이 태와 보냈다. 논길 드는 거를 낚시꾼이 봤다 캤제? 지가 손기정이라 캐도 아직 산꺼정은 못 갔다. 더군다나 수갑꺼정 찼다면서? 동네로 들었을 끼다, 지금 덮칠 끼가? 오십칠번지라 캤제?"

"덮쳐두 없어, 가만 있자……"

형사가 점퍼 주머니에서 수첩을 꺼내 들여다봤다.

"맞어. 사문리 오십칠번지. 호주 박갑종…… 애빈가 할애빈가……"

"야아들아, 오십칠번지 박갑종이가 누고? 모르나?"

뚱보가 순경들 쪽을 돌아봤다. 순경 하나가 그쪽으로 가까이 갔다.

"오십칠이면 포도밭 부근 앙입니꺼. 박갑종이가 누구더라?"

"허탕이면 싸그리 끊고 한 집씩 이 잡을밖에…… 모두 해 삼백여 호쯤 되나? 예비군은 뭐가 어쨌다고 그러는 거야?"

형사가 볼멘 소리를 했다.

"야아, 말도 마라……" 하고 뚱뚱한 사내가 팔을 내저었다. "무신 삼백여 호? 사문동은 이백여 호가 채 못 된당이? 연락은 했다만서

도 중대장은 자네가 한 번 더 만나야 할 끼다, 원체 까다로워놔
서…… 그런데 우짜다 이 꼴고? 토깡이 한 마리 갖고……."
　"토깡이?"
　형사가 가래를 끓여올렸다.
　"재수없으려니…… 토끼 아냐."
　"큰 놈?"
　뚱보의 얼굴이 긴장했다. 그는 지서장인 것 같았다. 직접 지서장
이 와 이렇게 말까지 놓을 바에야 이쪽 사내도 보통 형사는 아닌
듯이 보였으나, 오십은 나 보이는 형사의 얼굴엔 초조한 기색이
역력했다.
　"왜 국물 좀 줄까 봐?"
　"와따매, 때려치아뿌리라, 자시라 캐도 안 묵는다. 키타나이데
수……."
　지서장이 눈알을 굴렸다.
　"잘헌다. 대가리가 쪽발이 말 퍽퍽 내질르구……."
　형사가 메마른 소리로 웃었다.
　"가지."
　두 순경이 권총 혁대를 벽에서 내려 허리에 둘렀다. 남은 한 순
경에게 우리 쪽을 턱짓하고 그들은 나갔다. 설마 보내주라는 뜻은
아니었을 것이다. 순경 하나를 역으로 가라고 지시하는 소리가 밖
에서 들렸다. 사이드카의 발동 걸리는 소리가 갑자기 콩 뛰듯 들
렸다. 지서장의 배불뚝이 허리를 껴안은 채 오토바이 뒷자리에 다
붙어 앉은 늙은 형사의 모습이 번개같이 파출소 창을 훑으며 지
나갔다. 그들은 죄수의 본가(本家)를 덮치러 가는 것 같았다. 운동
모를 뒤통수까지 젖혀올린 장순철이라는 사내가 질린 얼굴로 나
를 봤다. 어리석은 녀석…… 나는 생각했다. 본적지라면 숨을 데

가 만만할 줄 알았던 모양이지…… 여긴 가릴 데라군 없이 홀딱 벗은 미친년의 동넨데…… 얼간이가 아닌 담에야…….

"당신들 이리 오소" 하고 남아 있던 순경이 손가락질했다.

"당분간 이 구석에 처박혀 있으소."

2

형사는 저녁답이 가까워서야 혼자 파출소로 돌아왔다. 그는 코가 다 빠져 있었는데, 이를 악문 듯한 모습이었다. 허탕을 쳤던 모양이다. 지서장이 과장이라고 불러서 처음엔 나이를 쳐주느라 그러는가 싶었으나, 실제로 그는 무슨 과장인 것 같았다. 수사과장이란 말인가, 정보과장이란 말인가. 저렇게 나이든 과장이 직접 범인 호송에 나섰을 바에야, 일이 심상치 않게 돌아간다는 것을 나는 깨달았다. 운동모의 사내와 나는 한나절을 쫄딱 굶은 채 기다리고 있었으며, 순경은 세시쯤에 도시락을 꺼내 먹기 시작했다. 장순철이란 사내가 밥 좀 시켜 먹을 수 없느냐고 물었으나, 어 당신들 참 점심 굶었지, 라고만 말했을 뿐 그대로 음식을 씹으면서 조금만 기다려달라고 했다. 그 사이 파출소 부근에서 얼찐대는 행상 하나와 리어카꾼을 안으로 불러다가 호통을 치고 그는 훈방했으며, 벽에 걸린 현황판을 바로잡았고, 주머니에서 열쇠고리를 꺼내 손톱을 잘랐다.

"혼자 씹어돌리면 다요?"

장순철이 그를 노려보았다.

"입 닥치구 있으래이? 아구통 돌아가기 전에."

순경이 실실 웃으며 장순철을 바라봤다.

"조사도 끝내기 전에 무신 음식고?"

"보다보다 이런 염병할 덴 첨 보네."

장순철이 이죽댔다. 순경이 자리에서 일어날 태세를 취했다. 전화가 울렸다. 순경은 느슨한 혁대 앞으로 배를 내밀고 선 채 전화를 받으면서 우리 쪽을 돌아봤다. 알았심더…… 하고 그가 고개를 주억거렸다. 수화기를 놓자 조롱하듯이 이쪽을 보며 순경은 웃음을 띠었다. 그때 형사가 들어온 것이다.

순경이 형사에게 가서 뭐라고 수군댔다.

"당신, 교순가?"

형사가 내게 말했다.

"주민증에는 없던데?"

그것은 서울 본부에서 온 전화였을 것이다. 전과 없음……이라고 컴퓨터에 나오기라도 했더란 말인가. 창피한 배짱을 느끼며 나는 형사 앞으로 다가갔다.

"요기를 좀 해야겠어요…… 최근에 복직됐습니다. 강사예요."

"전임? 시간?"

형사가 주의깊게 나를 보고 있더니 고개를 끄덕였다.

"당신은 가도 좋아. 저 사람은 남고……."

장순철이 그것 보라는 듯이 어깨를 움찔하며 나를 봤다. 내가 말했다.

"점심도 안 됩니까?"

형사가 생각하는 얼굴을 꾸미고 있다가 다시 고개를 끄덕였다.

"배 채우고 당신은 다시 들어와. 한 시간 내로. 토끼면 진짜 맛을 보여준다, 알았지?"

형사가 운동모의 사내에게 눈을 주었다.

"알았심더."

장순철이 고분고분 사투리를 흉내냈다.

"마모산 기슭에……."

나가려는 우리를 형사가 다시 불러 세웠다.

"갱(坑)이 있었나, 전에? 당신 예가 본적지라고 했지?"

"모르겠는데요?"

내가 말했다.

"있었다면 일제 때겠죠…… 폐쇄됐을 겁니다, 있다는 소릴 들은 적도 없고……."

형사가 이쪽 설명의 애매모호함을 눈치챘는지 어쨌는지는 알 수 없다. 우리는 밖으로 나갔다.

다리 하나를 건너야 동네가 제대로 보이긴 하지만 파출소에서 백 보 거리 앞쪽이 바로 사문리의 시작이었고, 그 초입에서 눈에 띈 국밥집에 운동모의 사내를 데리고 들어가 앉자 나는 음식을 날라온 주모에게 투정 비슷한 말을 했다.

"국이 왜 이리 짜요?"

"진짜…… 소금이구먼."

장순철이 중얼댔다.

"무슨 소린교?"

개굴창 같은 얼굴을 우그러뜨리고 아낙이 눈을 희번덕이는 듯하더니 퉁명스럽게 내쏘았다.

"우리 국 짜다 카는 사람 또 첨 본당이? 간이 안 맞으면 묵지 말모 될 꺼 앙인교?"

"돈 내고 먹는 국을 버려요?"

"그랑께네 하는 소리제?"

따져봤자 말발이 설 것 같지 않아 나는 입을 다물었다. 장순철이 삽시간에 그릇들을 비웠다.

"어쩌실 거요. 파출소로 도로 들어가실 작정요?"

"끝장을 보겠수."

장순철이 말했다.

"제깟놈이 이기나 내가 이기나……"

처지가 뻔한데 왜 이러나 싶어 나는 그를 바라봤다. 보아하니 고무줄이거나 공 따위 재주로 사람들을 끌어모으는 행상일시 분명해서, 그런 떠돌이 신세로는 아무 데서나 한 이틀 발이 묶여도 아무렇지 않다는 얼굴빛을 그는 하고 있었다.

"그놈…… 못 잡아요."

혀로 입술을 축이며 그가 말했다.

"끝내 허탕치는 걸 보구서야 뜨겠수."

적반하장도 유분수지 싶어 웃음이 나왔으나, 나는 몸을 일으켰다.

"이녁은 바로 올라가슈?"

국밥집 앞에서 헤어지면서 그가 말했다. 고개를 끄덕이고 나는 돌아섰다. 제 고향인데 한 번쯤이라도 돌아봐야죠 하는 말이 목구멍까지 올라왔으나, 그 소리를 나는 눌러버렸다. 그가 파출소 쪽으로 걸어가는 게 보였다.

……근 삼십여 년 만에 다시 밟는 땅은 아닌게 아니라 세월이란 과연…… 하는 생각부터 들게 했다. 온갖 것이 옛 모습의 3분의 1쯤으로 줄어들어 있었다. 연기와 땟국에 전 채 망가진 장난감처럼 기울어진 정거장, 재를 폭삭 뒤집어쓴 듯이 퇴락해서 바닥으로 납작 엎딘 지붕들과 골목, 장대질을 하던 부근의 그 나무들은 겨우 눈 높이밖에 안 되는 난쟁이들이 되어 있었고, 손바닥만해 보이는 역전 마당은 그나마 군데군데 깨지고 패어 돌자갈들이 얼굴을 내민 새로 어디라 없이 흥건히 구정물들이 괴어 있었다. 못〔釘〕 대궁

이도 십 년이면 사그라든다고, 아무리 심리적인 문제라기는 해도 하긴 3분의 1 정도가 아니었을 것이다.

포장은 돼 있었으나 햇빛에 내몰린 지렁이처럼 발 밑으로 졸아든 길의 한끝을 밟고 서서 나는 이것이 그렇게나 멀게, 그렇게나 넓게 생각되던 신작로였던가 싶어, 한동안 머뭇거리고 있었던 듯하다. 산업화다 공해다 뭐다 하고 다른 데서는 아우성들인데 하다 못해 집들이라도 좀더 들어서지, 저주라도 받지 않았으면 여기는 아직도 왜 이 모양인가 하는 해괴한 느낌마저 들었다.

낯익은 강의 다리를 건너서, 암벽을 끼고 휘도는 신작로를 반 마장쯤 걷다 모퉁이를 돌아서자, 마모산이 보였다.

거기서부터 길은 급한 내리막으로 바뀌면서 동네 초입이 된다. 오백 미터 남짓 상거한 옛 동네가 자욱한 수풀과 습기와 웅크린 나무들에 휘덮여 십 리 저쪽으로 물러난 듯이 아슴아슴해 보였다. 동네로 들어설 것을 단념하고 나는 걸음을 멈췄다.

내리막길이 다시 평지로 바뀌는 그 부근에 있던 석교(石橋)만은 예 그대로의 모습으로 방치돼 있었다. 작은 둑 사이에 꽉 낀 전장 오 미터가 못 되는 그 다리는 밀려든 개펄과 잡초에 휘감겨 단번에 박아놓은 말뚝처럼 양쪽 뿌리마저 허리 부근까지 시퍼런 펄에 묻혀 있었고, 엉겨붙은 지각으로는 갈대가 비죽비죽 머리를 내밀고 있는 게 보였다. 강으로 이르던 그 아래의 작은 길도, 다리 위의 콘크리트 깃대도, 도로꼬(무개차)의 레일도 물론 흔적이 있을 턱이 없었다. 작은 둑은 양단이 된 채 못 보던 또 한 갈래의 길 앞에 버려진 자식처럼 누워 있었고, 그 잘린 부분에서만은 곧 묻어 날 듯이 아직도 붉은빛이 내배고 있었다.

마모산 기슭에서 얼음골을 지나 역까지 도로꼬가 다닌 것은 일제 때였다. 골짜기 깊숙이 뚫려 있던 갱에서 반짝이는 돌부스러기를 잔뜩 실은 도로꼬가 얼음골의 내리막 협궤를 구를 때는 계집의 가랑이가 찢어지고 사내의 불알이 으깨지는 듯한 소리가 났다고 한다. 그것은 할아버지 때의 일이어서, 거기서 나던 광물이 텅스텐인가 주석인가 물었을 때 할아버지는 우물쭈물했다. 둘 다 아닌 것 같다고 했을 따름이다. 송피(松皮) 죽으로 배를 채우던 시절이었으니까 같은 값이면 번쩍이는 금이거나 최소한 은이라도 캐냈다고 할아버지는 말하고 싶었을지 모른다. 석교 밑의 거지들 소굴로 우리가 각설이 타령을 배우러 다닌 것은 50년 무렵이었고, 그때까지도 레일만은 그냥 남아 있었다. 얼음골이 폐쇄된 것은, 그 삼사 년 뒤의 일이다…….

돌쳐서서 다시 다리를 넘어오자, 곧장 역으로 갈 것인가 택시라도 불러 타고 읍의 터미널로 빠질 것인가 나는 망설였다. 둘 다 기다리기는 마찬가질 것 같았으나, 역을 택했다. 검문 검색이 어느 정도나 진행되고 있는지는 알 수 없었다. 벌써 예비군들이 쫙 깔렸을지도 모른다. 파출소 앞을 지나게 되면 반드시 그쪽으로 고개가 돌아갈 것 같아, 눈에 띄는 다방으로 숨듯이 들어서면서 아무렇게나 나는 앉아버렸다. 오지 말아야 할 동네에 와서 보지 말아야 할 땅을 보아버린 덤덤한 탈진감이 피로로 바뀌어 눈이 감겼다. 이십시발 서울행 막차의 시간을 레지한테 물어서 확인하고, 나는 졸았다.

꿈자리가 사납다는 것은 대체로, 마음의 불균형을 뜻한다. 어떤 꿈이었던지는 곧 잊어버렸으나, 찻값을 치르자 싫은 것을 억지로 참고 나는 파출소 쪽으로 걷지 않을 수가 없었다.

운동모의 사내는 구겨박히듯이 하고 창문 저쪽 구석에 앉아 있었다.

"왜 또 왔소, 당신?"

　들어서는 나를 형사가 바라봤고, 워키토키를 들고 있던 지서장이 장순철 쪽으로 눈을 돌렸다. 혼자 도시락을 까먹던 순경이 시침을 떼고 딴전을 보고 있었다.

　"저 사람과 저녁이나 먹고 올라가려는데요?"

　무고한 저 양반 어째서 보내주지 않는 거요?라는 말이 왜 입에서 떨어지지 않는가.

　"안 됩니까?"

　"안 될 것두 없지."

　형사가 말했다.

　"당신, 밥 먹구 와."

　장순철이 일어섰다.

　"이것들 처너라."

　지서장이 책상 위를 턱짓했다.

　"그라고…… 한 번 더 하고 나가거라이."

　책상 위에 수북이 쏟아져 있던 물건들을 자루 속에 담으면서 의아한 듯이 장순철이 지서장을 쳐다봤다.

　"한 번 더 팔아보라 카이. 이번에는 전라도 말로."

　지서장이 눈을 부라렸다.

　물건들을 다 담은 장순철이 단념한 듯이, 고무 고리 하나를 손에 들고 입을 움직였다.

　"……새벽녘에 어인 일로 눈이 옴싹 뜨여 마누라 쪽을 살큼 봉께 천사 같더라 이 말여…… 하 오래 굶겼다 싶고 인생이 가련키도 하여 한 번 허기는 혀주야겠는디 이노무 물건이 서지를 않여. 별지랄을 다 혀봐도 서지를 않여. 아뿔사 이 일을 워짠디여?…… 이때 요것을 가만히 좆뿌리에 끼워주라 이거여……."

　장순철이 고무 고리를 쳐들고 흔들었다.

"관둬."

형사가 말했다.

"빨리 꺼져."

"나 밥 생각 없수."

장순철이 나를 보며 말했다.

"여기 있겠수."

그가 도로 구석자리로 들어가 쪼그리고 앉았다. 난처해서 나는
지서장 쪽으로 다가갔다.

"혐의도 없는데 왜 내보내지 않습니까?"

"어허, 이 사람이?"

지서장의 눈자위가 험악해졌다. 위키토키에서 찍찍대는 소리가
들렸다. 그것에 귀를 갖다 댄 지서장이, 알았다 마…… 하고 소리
쳤다.

"이리 데리고 오거라. 박 순경 최 순경은 남기고."

그놈 아부지가 일루 온단다…… 묘한 얼굴이 된 지서장이 형사
쪽으로 다가가며 말했다.

"보호 요청 시켜달라 칸다구마."

"보호 요청?"

"삼 년 만에 자식이 동네 든 기 사실이라 카면 무서워서 집에
못 있겠다 칸단다. 무슨 해꼬지를 할지 모른다고……."

어처구니없다는 듯이 형사가 비죽이 웃음을 띠고 지서장을 보
고 있었다.

"던적떨구 앉았네."

"어허, 사실이라 캉께네."

지서장이 예의 눈알을 굴렸다.

"사문리에 자식한테 도끼 맞은 애비가 있다 카더니 그기이 박

갑종이었구마. 아뿔사, 내가 왜 생각이 안 났을꼬. 그 사람 발목댕이 하나가 없다. 진짜 병신이라 캉께네."

믿어지지 않는 눈치로 형사가 몸을 바로 세웠다.

"보호 요청은 왜?"

"어허, 이 사람."

지서장이 아직도 눈치를 못 챘느냐는 듯이 한 팔을 들썩했다.

"애비 찍은 놈이 무슨 짓인들 못 할 끼고? 낌새가 안 나나? 듣기는 들었구마."

이를 쑤시면서 사복 차림의 사내 하나가 파출소로 들어섰다.

"확인됐습니다, 과장님. 정말 식사 안 하셔두 됩니까?"

"일없어."

형사가 말했다.

"체했을 때는 굶는 기 약야. 국장이 직접 했다던가?"

"벌써 하달이 갔을 거라구 하던데요. 그쪽 예비군 중대장이……."

"알았어."

형사가 몸을 일으켰다.

"차 타구 자넨 중대장 만나구 와, 확인할 겸…… 언제냐구 묻거든 낼 아침이라 하고."

사복 차림의 사내가 나갔다. 그는 아마 서울에서 방금 내려온 형사인 것 같았다. 장순철은 무릎 속으로 고개를 떨어뜨리고 앉아 있었다. 왜 그가 기를 쓰듯 이쪽을 보지 않으려 하는지를 몰라 나는 기분이 어색해지는 것을 느꼈다. 지서장이 또 워키토키를 작동시켰고, 형사가 책상 짚은 손가락을 천천히 움직였다. 우두커니 서서 나는 어두워져버린 밖을 내다보았다. 찌글거리는 통신기 소리가 말해봐야 소용없어…… 하는 생각을 내게 일깨웠다.

경찰차의 앵앵거리는 소리가 사라진 한참 뒤에 사이드카 소리가 엇갈려 들려왔다.

순경 하나와 목발을 양쪽 옆구리에 낀 재건복 차림의 사내가 안으로 들어섰다.

사내는 올백 머리를 하고 있었는데, 서슴지 않고 마치 건너뛰듯이 지서장 옆으로 다가갔다. 인사를 한 사내가 더듬더듬 무슨 말을 했다. 지서장이 고개를 주억거렸다. 사내가 재삼 확인하듯이 지서장을 빤히 들여다봤다.

"……되겠습니꺼?"

"우짤 끼고?"

형사한테 지서장이 말했다.

"무서워서 죽겠다 칸다. 악질 중에서도 인종지말잔갑다, 그 토낀 자슥……."

"울상 마쇼."

형사가 목발 쪽을 밑눈으로 건너다보며 말했다.

"무슨 보호? 여기서 재워달라는 거요?"

목발의 사내가 입을 실룩거리며 나를 보고, 형사 쪽으로 고개를 돌렸다.

"이번엔 날 해칠 끼 틀림없음더. 그 미친놈이……."

"알아요."

형사가 또 가래를 끓여올렸다. 그는 어디다 뱉을까 망설이는 눈치더니 몇 걸음 나가 파출소 밖으로 얼굴을 내밀었다.

"……집이 더 안전할 텐데?"

"여기 잠깐 찐득이 앉아 있다 가소 박 선생. 사람이 지키고 있응께네 거기가 더 안전타 캉이."

지서장이 사내의 어깨를 두들겼다. 목발의 사내가 뭐라고 또 입을 실룩이며 우물거렸다. 아마 방금 태워다 준 순경이 또 같이 가줄 거냐고 묻는 것 같았다.

"어허, 요롷게 머리가 안 돌깡이? 딴 우리 아아들은 그냥 자빠져 있다 카더나? 걱정 말라 캉이. 둘이 더 숨어 안 있나 거기에?"

겁먹었던 사내의 표정이 겨우 풀어지는 것 같았다. 사내는 다시 나를 바라보고, 목발을 조심스럽게 책상 한옆에 걸쳐놓으면서 지서장이 밀어준 의자에 등을 기댔다.

"이리 오쇼."

형사가 내게 말했다.

"이왕 왔으니 얘기 좀 합시다."

장순철 쪽을 바라보았으나 여전히 고개를 처박고 있어, 단념한 채 나는 형사를 따라나섰다. 지서장이 우리 뒤를 바투 쫓아나왔다.

"어디로 갈라 카노?"

파출소 안을 힐끗 돌아보고 지서장이 소리를 죽였다.

"좀 있다 보낼라 칸다. 연극 한번 기막히게 해치우는구마 병신이. 자네도 낌새가 진동하제? 밟는 기 문제다……"

"초입까지만 태워다 주고 돌아오라고 해."

덤덤한 소리로 형사가 말했다.

"소리만 내다 발동 끄고…… 허탕이긴 하겠지만."

무슨 소리를 하느냐는 듯한 얼굴로 지서장이 도로 들어갔다. 형사는 앞장서서 묵묵히 걸었다. 그 부근에서는 하나밖에 없어 보이는, 아까 들어왔던 다방으로 우리는 들어갔다. 형사는 비닐 의자에 등을 기댄 채 눈을 감고 있었다. 시커먼 커피가 날라져 왔으나 그는 눈을 뜨지 않았다.

"얼음골엔 갱이 몇 군데요?"

감은 눈으로 형사가 말했다. 나는 멍청히 잔을 내려다봤다. 형사가 주머니에서 사진 두 장을 꺼냈다.

"그 새끼 몇 살인 줄 아쇼?"

형사가 밀어준 사진을 잠깐 들여다보다가 나는 외면했다.

"열아홉 살짜리가 이런 짓을 하고 다녀. 여자 하나만이라면 모르지만 애까지는 용서 못 해."

형사가 난자당한 갓난애의 얼굴을 손가락으로 짚었다.

"정신 이상자라구 첨엔 믿었지만 그게 아냐. 당신은 몇이요 애가?"

"둘입니다."

내가 말했다.

"범인이 확실합니까?"

"무슨 소릴 하는 거요? 수배당한 지가 일 년요."

형사가 혀를 찼다.

"박갑종이 집 근처에도 우리 애가 한 달 넘어 잠복한 적이 있었소. 음료수 배달꾼인 줄 가게에서들은 알았겠지만…… 부산서 용케 걸렸는데 재수 옴 붙으려니……."

"……."

형사가 사진을 집어넣었다.

"몇 군데요? 짚이는 데가 없소?"

"폐쇄됐습니다."

내가 말했다.

"콘크리트 자갈들 죄 쓸어넣구 군이 폐쇄시켰어요. 서너 군데였는데……."

형사가 말없이 나를 보고 있었다. 더이상 견딜 도리가 없어 나는 입을 뗐다.

"54년인가 여름에 어떤 갱 입구에서 시체 하나가 바위를 밀치구 나왔어요. 별로 썩지도 않고…… 곧이들리지 않으실지 모르지만 얼음골이란 데가 그 부근만 그래요. 이건 과학으로도 아직 해명이 되지 않구 있습니다."

"한여름인데두 그렇다는 거요?"

"물론 얼음이 얼 정도는 아니죠. 최대치로 기온이 낮아졌을 때는 살얼음이 서릴 정돌까…… 중학교 지리 교과서에도 잠깐 나오는데요?"

"……."

"……운소면 사문리 냉골(얼음골)이라는 데는 산을 끼고 도는 강과 내륙 지방의 고기압 영향으로 특수한 이상 기온 지대가 형성된 부분도 있다…… 지금도 그런 구절이 책에 있는지는 모르지만, 아무튼 여름일수록 기온이 더 낮아져요. 골짜기 부근만 그런지 주위 범위가 어느 만큼인지는 확실히 몰라요. 탐사반들이 더러 가기도 했다는데 자세한 해명이나 발표는 아직 없었습니다. 동네 사람 하나가 시체를 첨 발견했어요. 전깃줄에 묶인 채 바위 옆에 앉아서 동네를 내려다보구 있더란 거예요. 군에서 나와 조사를 시작했죠. 전깃줄에 줄줄이 엮인 시체 열다섯 구가 갱 속에서 더 이끌려 나왔어요. 50년에 검속돼서 어디론가 사라진 보도연맹원들이라던가…… 동네에서도 울며불며 연고자가 일곱이나 나왔습니다."

"죽은 사람들이 제 발로 기어나왔다는 거요?"

"그게 밝혀지지 않았습니다. 일제 때 갱 자리가 있었다는 걸 알구 누군가가 혹시나 싶어 막힌 굴을 뚫다 발견했겠죠. 아니면 동네 누군가가 일부러 끌어내놨든가…… 산 속에 사는 용(龍)에게 시체들이 쫓겨나왔다는 맹랑한 소문도 돌았고…… 그후에 아주 폐쇄됐죠."

"용?"

"바위투성이로만 된 마모산이거나 강에 잠긴 산 뒤쪽의 깎아지른 암벽이거나 그런 산세와 조건이 낮은 미신이죠. 용이 산다는 전설 같은 것은 여기뿐만이 아니고 강이나 험한 산이 있는 마을마다 대개 있어요. 말이 울고 소 울음소리가 들린다는 산 이름도 아마 거기서 연유했겠죠. 해마다 용신제라고…… 제사를 지내구 있습니다, 요즘은 없어졌는지 모르지만……."

형사가 커피를 휘젓기 시작했다.

"노형이 동네를 뜬 것두 그 때문요?"

"……네?"

"그 연고자 일곱 중에 노형 집안도 들어 있었겠지. 아버지요?"

형사의 육감에 속으로 혀를 차고, 대답을 단념한 채 나는 고개를 돌려버렸다.

커피를 마저 들이켠 형사가 몸을 일으켰다.

"나갑시다."

"장순철이라는 저 사람, 보내주실 거죠?"

다방 앞에서 내가 말했다.

"그럽시다, 잘 가슈."

형사가 파출소 쪽으로 걸어갔다. 그 뒤를 지키면서 나는 새로 담배를 꺼냈다.

장순철은 한참 만에야 밖으로 나왔다. 그는 도로 들어갈 심산이었는지 계단을 다시 올라갔으나 지서장이 삿대질을 하며 내쫓는 게 보였다. 다방 처마 밑으로 들어서서 시계를 보고 나는 담배를 던졌다. 차 시간이 십오 분 전이 되어 있어, 그를 달랠 여유도 저녁 먹을 생각도 할 수가 없었다. 그나마 용케 기차에라도 맞아떨어진 셈이다. 운동모의 사내는 계단 앞에 한동안 서 있었고, 주위를 휘둘러보았고, 그리고 역으로 걸어갔다. 그가 대합실로 들어서는 모습이 잠깐 보였다. 작은 장방형의 그 불빛 속에서 움직이던 새끼손가락만한 모습의 승객들이 한쪽으로 쏠렸다. 삼 분쯤 늦어서 기차가 들어왔다. 차가 떠난 뒤에도 한참이나 나는 거기 서 있었으나, 운동모의 모습은 더이상 눈에 들어오지 않았다. 무엇이 그의 자존심을 그토록 상하게 해서 이쪽을 외면하게 했던 것일까.

제 뜻 아닌 수사관 앞에서 기구 파는 입담을 강제당하고 걸어차이고 한 모든 일들이 그의 심사를 여지없이 짓밟은 것에 틀림없었지만 그렇지 않았더라도, 이런 사건에 재수없이 휘말렸다는 사실부터가 아마도 그의 자존심은 용납치 않았으리라. 하지만 플랫폼에서 지금 다시 나와 맞닥뜨린다 하더라도, 별수 없이 그는 외면한 채 기차를 탈 수밖에 없었을지 모른다. 배고픈 인생에 무슨 유예가 있으랴. 국물 생각이 간절했으나, 여관부터 찾으려고 나는 길을 건넜다.

3

예비군의 수색 작업은 아침 여덟시 무렵부터 시작됐다. 열시쯤에 여관을 나와 들른 파출소에서 나는 그 사실을 들었다. 혼자 남아 있던 예의 도시락 순경은 포장된 담뱃갑을 받고서도 시무룩한 얼굴이었으나, 얼음골 이야기를 꺼내자 입이 열렸다. 1개 중대가 총동원돼서 읍을 뒤지고 사문리는 강과 길 쪽으로부터 보자기처럼 에워싸고 조여 들어간다는 것이었다. 한 집씩 뒤지는 수색인 모양이었지만 이런 일에 그 많은 인원이 동원될 수 있었다는 게 놀라웠다. 마모산도 물론 보자기 속에 들어 있었을 것이다. 해발 팔백 미터의 이 산은 뒤쪽이 바로 깎아지른 암벽투성이여서 발붙

일 틈이 없다. 순경은 갱 얘기를 더 듣고 싶은 눈치였으나, 윤색할 말이 나는 없었다.

"54년이면 휴전 이듬해가 아닌교? 열여섯 놈말고 시체는 더 없었구마? 그런 소리 와 내가 여태 못 들었을꼬."

"언제부터 근무했수, 여기?"

"이 년 반 되구마."

"주민들이 함부로 그런 얘기 할 것 같아요, 모두 집안일인데?"

"좌우지간 더럽게도 발전 없는 고장이라 캉이⋯⋯."

순경은 서른쯤 먹어 보였다. 이런 데 순경들은 대개 뜨내기처럼 인근으로만 전전하다 늙는다. 그는 도로 시무룩한 표정이 되어 또 열쇠고리를 꺼냈다. 파출소를 나서자 작심하고 나는 동네를 향해 걷기 시작했다.

걸을수록 동네는 뒤로 물러섰다. 도중에서 두 번이나 검문에 걸렸으나 주민증만 보는 둥 마는 둥 그들은 내게 관심을 두지 않았다.

석교 부근에 이르자 길을 바꾸고, 동네 외곽을 휘돌면서 올라가는 개울 속으로 나는 들어섰다. 군데군데 쫄쫄거리는 물줄기가 보였으나 큰 자갈들은 말라 있어 발 딛기가 쉬웠고, 개울 양쪽의 흙받이 언덕을 휘덮은 잡초들 뿌리에는 쓰레기 더미와 붉은 헝겊 조각 같은 것들이 너절하게 휘감겨 장사진을 이루고 있었다.

거기서 나는 개울 한복판에 돌자갈을 깔고 앉아 손바닥을 들여다보고 있는 어머니의 환영을 보았다.

"얘야, 이리 오지 말거래이."

음모(陰毛)를 있는 대로 다 드러내고 벌거벗은 채 쭈그리고 앉은 어머니가 말했다.

"이리 오면 모두 죽는다 캉이."

"가야겠어요."

내가 말했다.

"토낀 놈을 잡아야죠."

자갈들을 발길로 걷어차면서 계속 나는 올라갔다. 시커먼 잡초 더미 한 군데를 넘어서자 포구나무 숲이 눈에 들어오고 마모산 초입이 보였다. 동네의 3분의 2를 우회해서 나는 올라간 셈이다. 그렇게나 엄청나고 커 보이던 포구나무 숲이 눈 높이를 약간 넘 어서는 것에 나는 이미 놀랄 수가 없었다. 용신각(龍神閣)이 보이 고, 거기에 순경과 예비군들과 사람들이 몰려 서 있었다.

이장인 듯한 마흔쯤 돼 보이는 사내가 예비군 중대장인 듯한 중위와 얘기를 하고 있었고, 다른 사람들이 얼음골을 올려다보고 있었다.

까마득한 골짜기에서 움직이는 사람들이 눈에 들어왔다. 그들은 갱 주위에 몰려 있었다. 형사와 지서장과 총을 멘 한 떼의 예비군 들이 동네에서 나오는 게 보였다.

"당신 또 왔구마."

이번에는 지서장이 내게 말을 붙였다. 형사는 재수없다는 얼굴 을 하고 딴 데로 눈을 돌리고 있었다.

"뭐 할라꼬 왔소?"

"결과가 궁금해서요."

"결과?"

지서장이 코방귀를 뀌었다.

"설마 잡히지 말거라 기도드릴라꼬 온 거는 아니겠제?"

"성과가 없습니까?"

나는 계면쩍게 웃었다. 지서장은 사납게 이쪽을 흘기고, 이장인 듯한 사내에게 다가갔다. 골짜기에서는 사람들이 내려오고 있었

72

다. 형사는 용신각 추녀 쪽을 올려다보고 생각에 잠겨 있는 듯했다. 그가 말했다.

"이것도 문화재요?"

"아닙니다."

이장인 듯한 사내가 형사 쪽으로 다가가면서 말했다.

"오래됐다 뿐이지 이런 걸레 겉은 건물이 어떻게……"

형사가 입을 다물고 있자 이장이 설명했다.

"보십쇼. 반쪽 건물예요, 암벽에다 맞대고 기대놓은 게 돼놔서…… 옛날 동네 무슨 과부가 세웠다나 원……"

"그 과부 아직도 살아 있소?"

"무슨 말씀이세요?"

이장이 펄쩍 뛰었다.

"죽은 지가 언젠데? 저도 얘기만 들었어요. 제사두 그때 끊겼답니다…… 하찮은 사물예요. 읍에 있는 열녀각쯤 돼야 몇 년 뒤에나 문화재 신청할까……"

말투로 보아 이장은 동네에서 산 지 얼마 안 돼 보였다. 깍듯한 표준말 폼새로는 최근에 경기 지방 같은 데서 어쩌다 흘러들어왔을지도 모른다.

바싹 암벽에 다붙어진 채 나머지 덜렁한 두 개의 기둥만이 앞으로 받쳐져 있는 비각 속으로 들어서서 형사는 비스듬히 기울어진 지붕을 떠받치고 있는 막벽의 바위를 찬찬히 들여다봤다. 암벽에는 얼기설기 엉터리로 새기다 만 관음상 같은 것이 두드러져 있었고, 그 아래 울퉁불퉁한 굴곡들은 관음이 딛고 선 용의 모습인 것 같았다. 밑에는 제단 같은 넓적한 바위층이 있기는 했으나, 어설퍼 보이기는 마찬가지였다. 누가 기둥을 한번 세게 건드리기만 해도 사람 키의 두 길도 못 되는 폭삭 낡은 이 비각은 자욱한 재흙더미를 쏟으면서 허물어지고 말리라.

"이 앞에 있던 생이(상여)집은 어디로 가버렸죠?"

이장이 놀란 눈으로 나를 봤다. "이 고장 사람이우?"

"삼십 년쯤 전에 여기서 살았어요."

내가 말했다.

"옮겼습니까?"

"생이집 있다 카는 말 못 들었는데?"

이장의 말씨가 갑자기 사투리로 바뀌었다.

"언제 그런 기 있었소? 장례는 읍 장의사로 전화 한 통이면 안 되나?"

나는 묻기를 단념했다. 골짜기에서 내려온 사람들이 숲 저쪽 길로 들어섰다. 그들은 더러 총 대신 곡괭이니 삽 같은 것을 들고 있었는데 갱 조사를 하고 오는 게 분명했다.

"없심더" 하고 예비군 하나가 침을 뱉으며 말했다.

"콩쿠리트라 캐도 그렇게 싹 발라버릴 끼 뭐꼬? 왜놈들 토치카도 유분수지……."

"틈도 없더나?"

지서장이 다짐하듯이 말했다.

"싹 땜질해뿌렸다 앙입니꺼. 물도 안 새예."

"안에는 그래도 갱 구녕이 남아 있을 낀데?"

"말도 마이소."

예비군이 팔을 내저었다.

"죽을 똥을 싸고 입구를 우벼파 안 봤습니꺼. 안이 더 철벽이라예. 무슨 자갈하고 세멘트를 그리 많이 처넣었는지…… 네 군데가 다 그렇심더."

"우짤 끼고?"

지서장이 형사에게 다가가 속삭였다.

"새뿌맀는갑다……."

형사는 우울한 안색을 하고 있었다. 그는 지서장을 힐끗 보고 대책이 서지 않는 듯이 오랫동안 땅을 내려다보고 있었다.

"드는 거를 분명히 보기는 봤나? 자네가 잘못 본 거 앙이가? 그 낚시꾼놈이 거짓말 안 했으모 철교 뒤쪽으로 샜다. 그놈은 어디 사는 누고? 그 낚시꾼 인상이 우떻더노?"

어이없다는 듯이 형사가 고개를 들었다.

지서장이 다그쳤다.

"철수시켜야제?"

형사가 뭐라고 입속말을 했다. 지서장이 위로하듯이 형사의 어깨에 팔을 얹었다. 아무 말도 않았으나 형사는 곧 지서장의 팔을 떨궜다.

"동네 가서 석유 좀 얻어와."

그가 순경 하나를 불러 지시했다. 순경은 지서장을 바라보고 의아해하고 있었으나 형사가 계속 바라보자, 알았심더 하고 움직일 기미를 보였다.

"이걸 없애버리지."

형사가 눈 높이 위로 비각을 올려다봤다.

"이것 땜에 재수 옴 붙었어."

"용신각은 와?"

지서장이 불쾌한 기색을 감추지 않고 소리쳤다.

"아무리 하찮은 잿부스러기라 캐도 이기 범인을 잡아묵나?"

형사가 지서장을 노려봤다.

"내가 책임진다잖아?"

"책임 문제가 앙이다."

지서장이 언성을 높였다.

"이장, 말 좀 해봐라. 아무리 시시한 물건이라 캐도 동네 검부럭지 하나 우리는 맘대로 몬 한다."

"고정하세요."

이장이 형사 쪽으로 다가갔다. 형사가 땅바닥에 쭈그리고 앉았다. 그는 지치고 피로한 듯이 보였고, 시뻘겋게 눈이 충혈해 있었다.

"당신은 인제 꺼지거라이."

지서장이 내게 소리쳤다.

"더 욕보기 전에."

"서 과장님, 못 태웁니다."

그때까지 방관자연하고 있던 중위가 한마디 했다.

"군에서 허락 않을 겁니다."

몇 걸음 뒤로 물러나 있다가 나는 몸을 돌렸다. 지서장의 눈에도 핏발이 서 있었다. 아무렴 그들의 일에 미쳤다고 내가 참섭하랴 하는 생각이 내 뒤통수를 옭아맸다. 신작로로 들어서서 강쪽 길을 걸어 내려갈 때, 포구나무 숲 위로 새들 몇 마리가 날아오르는 게 보였다. 그것은 산비둘기였을 것이다. 그들은 어쩌면 총까지 빼들고 옥신각신했을지도 모른다. 계급이야 어떤지 모르지만 지서장이 어쩐지 형사한테 저자세였다는 생각이 새삼 떠올랐다. 비각 얘기가 나온 걸 구실로 지서장은 윽박지르면서 위신을 세우고 있었다. 나는 손목을 보았다. 한시 이십육분.

강을 끼고 읍까지 걷는 데는 꼭 삼십 분이 걸렸다. 예비군 트럭 한 대가 먼지를 일으키며 내 앞을 질러갔다. 얼핏이기는 해도, 지서장도 형사도 군인들 속에는 보이지 않았다.

터미널에서 나는 서울과 부산 쪽을 두고 망설이다, 부산 표를 끊었다. 읍에는 아직도 예비군의 검색이 계속되고 있었는데 버스가 출발할 무렵에 군인 하나가 올라와 한 바퀴 훑고 내려갔고, 면 경계선에서도 또 한 차례 검문이 있었다. 읍 식당에서 우겨넣은 고기가 걸렸는지 속이 불편해 나는 눈을 감았다. 부산으로 돌아가 말미를 채우지 못한 게 계면쩍어서, 아파트에 들지도 않고 먼발치로 아내와 자식들을 훔쳐보고 있는 자신의 모습이 떠올랐다. 십몇 년 만에 남편과 함께 독일에서 귀국한 은사의 딸…… 아내에게 거짓말까지 하면서 상경하려 했던 이유는 그것이었을까…….

주민등록 이전 때문이라고는 했지만 아내는 거의 믿지조차 않는 눈치였다. 다 안다는 듯이 생글거리면서 잘 다녀오라고 당부까지 했을 정도이다. 플라토닉 좋아하시네…… 아내의 눈이 그렇게 말하고 있었다. 거기까지 소요되는 한 시간 사십 분의 딱 절반이 되는 M시에서 나는 버스를 내려버렸다. 그리고 눈에 띄는 영화관으로 무작정 들어갔다. 밤까지 시간을 보내야 했지만, 먹고살기 위해 남자가 여자로 감쪽같이 변장을 하고 점점 진짜 여자로 되어가는 그 웃기는 영화 속으로 나는 빨려들어갔다.

여섯시 삼십분에, 영화관에서 나는 나왔다. 약방에서 소화제를 사 입에 털어넣고, 다방에서 커피를 마셨다. 향리행 버스에 다시 오른 것은 일곱시 십분. 건어물포에서 북어 한 줄과 김 두 톳을 사서 꾸려들고 차창 너머 어두워지는 시가지를 나는 내다보았다. 형사나 지서장을 따돌릴 생각은 애초 없었다. 철수를 했는지 아직도 비상망을 풀지 않고 있는지는 알 수 없었지만, 가지 않으면 안된다 하는 생각이 내 전신을 갉아대고 목구멍의 침을 말렸다. 왜 가지 않으면 안 된단 말인가…… 난자당한 아이와 기찻간에서 본 그 어린 죄수가 겹치며 떠올랐다. 용서 못 해…… 형사의 씹어뱉던 말이 몽롱히 생각났다…….

읍에 내린 것은 여덟시 칠분. 눈에 띄는 식당에 들러 억지로 나는 해장국을 떠넣었고, 소주 한 병을 꾸러미에 같이 챙겼다. 따로 걸친 서너 잔 탓인지 사문리 길로 들어섰을 때는 저절로 노래가 흥얼거려졌다. 강에서 바람기가 올라왔다. 자의 반 타의 반으로 비틀거리면서 나는 생각나는 노래란 노래는 모조리 하나씩 불러제꼈다. 택시의 불빛이…… 읍 쪽 길로 스쳐 나가면서 내 얼굴을 훑었다. 저기에 짜부와 지서장이 타고 있다, 고 나는 생각했다. 제발 좀 내 앞길을 막아달라고 걸음을 멈추고 기다렸으나, 그들은 서지 않았다. 그 다음에는 아무 검문도 나는 당하지 않았다…….

동네 초입에서 반 시간 이상이나 나는 우두커니 앉아 기다렸다. 동네는 어두웠고, 먹 같은 수풀 더미에서는 바람 한 가닥 흘러들지 않았다. 거기는 신작로 끝머리 공지였는데 돌멩이들로 가로대 같은 얕은 담이 쌓여 있어, 마실 가는 듯한 동네 아낙과 사내 두어 명이 앞을 지나치며 그 너머로 흘끔거렸으나 아무도 내게 말을 걸지 않았다. 그들은 날 잠복 형사로 오인하고 있었으리라. 그렇다. 박갑종 외에 이 동네에 또 누가 남아 있을 수 있었겠는가.

어떤 구실로도 동네에는, 더구나 옛 동네에는 들어설 방법이 없을 것 같았다. 설사 내가 3분의 1로 몸을 줄일 수가 있더라도, 조개처럼 완강히 주둥이를 다문 이 마을은 비집고 들어설 틈바구니조차 열어주지 않으리라. 설사 내가 괴물이 되어 몽둥이로 단매에 동네를 박살낸다 한들, 성냥개비처럼 많은 장작을 사정없이 흩뿌려 단번에 마을을 재로 살라버린다 한들…….

골목으로 들어서면서 다시 손목을 보았으나 어두워서 바늘이 보이지 않았다. 나는 라이터를 켰다. 바늘은 아홉시 사십오분에서 멎어 있었다. 시계를 끌러 새로 태엽을 감으면서, 돌담 안으로 나는 들어섰다.

박갑종은 대청 문설주에 걸린 삼십 촉 알전등 불빛 밑에서 마치 기다리고 있었다는 듯이 이쪽을 바라보고 앉아 있었다. 그는 가타부타 말도 없이 마루에서 몸을 일으켰는데 과묵하던 어릴 때 습벽 그대로, 목발 한끝을 들어 우물 쪽을 가리키며 씻으라는 시늉을 했다. 그 곁에 호위하듯이 나와 선 부인에게 북어와 김을 건네고 나는 우물로 갔다. 여전한 그 자리의 외양간, 여전한 그 자리의 장독대, 뒤란 쪽의 틈바구니에 비죽비죽 쑤셔박힌 잡동사니…… 달라진 것이 있다면 그 잡동사니 속에 경운기 부품인 듯한 철물과 타이어가 끼어 있고 지붕이 초가에서 슬레이트로 바뀌었다는 정도였을 것이다. 코뚜레 한 송아지 한 마리가 외양간에서 푸푸거리는 내 빰을 바라봤다.

"야아들아, 나와 인사하거라. 아부지 소꿉동무다."

박갑종이 처음으로 입을 열었다. 열어놓은 방문 밖으로, 식구들이 한꺼번에 마루에 나와 차례로 인사들을 하고 안으로 들어갔다. 큰딸은 물론이었지만 초등학교 6학년은 됨직한 막내 사내아이 하나와 중학생짜리 여자아이조차 한마디 입을 열지 않았다. 그저 고개들만 꾸벅했을 뿐이다. 어딘가에 아직도 숨어 있을 짜부들을 그들이 어떻게 눈치채지 못했겠는가. 마지막으로 박갑종의 부인마저 벙어리가 된 채 나를 바라보았으나, 그래도 웃음을 띠고 새삼 머리를 숙여 보였다.

"걸치기 전에 한판 붙을랑가?"

텅 빈 대청마루 쪽을 흘깃 내다보며 갑종이 말했다.

"도회지에 가더니 뼉다구만 남아 왔구마."

그 몸으로 괜찮겠어? 하는 말이 목구멍까지 올라왔으나 "좋지" 하고 내가 말했다. 술상을 한옆으로 치워주자 그가 방바닥에 엎드렸다.

팔씨름의 비결은 지구력에 있다. 도시에서 살아온 삼십 년의 세월과, 아내에 대한 증오와, 구역질나는 학장의 낯짝과, 무수한 차량의 타이어 자국과, 은사에의 경멸과, 온갖 쌍욕지기의 힘을 다 걸고 나는 버티었다. 팔은 저리고 항문에서는 방귀가 나왔으나 비기기만 간절히 바라면서, 나는 이를 갈았다.

"허," 하고 얼굴이 일그러지면서 가쁜 소리로 그가 말했다.

"결판이 안 난다 캉이. 밖에 나가야겠구마."

그가 먼저 팔을 풀었다. 그는 말없이 일어나며 목발을 찾아들었고, 말릴 도리가 없어 나는 뒤를 따랐다. 더듬대며 골목을 벗어나자 인적이 없는 신작로 한옆으로 절뚝이며 걸어가 그는 쭈그리고 앉았다.

"뭐 땜에 여기 왔노?"

"파출소에서는 왜 모른 체했어?"

"남이사."

웃지도 않고 그가 말했다.

"이녁도 모른 체하더구마."

"우리 집터는 이 옆에 그냥 그대로지?"

"거기는 와?"

눈을 감는 듯한 기색으로 박갑종이 말했다.

"공지 된 지가 옛날이대이. 내가 고마 안 사뿌렀나. 인제 돈 좀 모이면 새로 집을 지을라 칸다."

"남이사."

그의 말투를 흉내내며 내가 웃었다.

"집을 짓든지 말든지……."

"자식놈한테 도끼꺼정 맞은 내가" 헐떡이듯이 그가 말했다.

"인제 뭐가 무섭겠노?"

"그럼" 하고 내가 받았다.

"볼꼴 못 볼꼴 다 보고 살아왔지만 여자 찌르고 갓난애 짓이긴 놈은 나도 용서를 못 하겠어."

"허."

그가 말했다.

"그 못된 놈의 자슥이 대체 어디로 숨어뿌렸노? 형사자슥들이 잘못 본 거는 아니겠제? 아무리 내 자슥놈이라 캐도 귀신이 곡할 노릇 앙이가?"

"이 근처 어디엔가 있겠지. 차에서 뛰어내리는 걸 나도 분명히 봤으니까…… 집안 어디든지 용굴이든지……."

"용굴?"

그가 입을 비쭉이는 기색이 역력했다.

"늬가 농담을 하나? 그런 기 동네에 어디 있노?"

"옛날에는 있었잖아?"

나는 말끝을 흐렸다.

"거기 그대로겠지. 젯밥이야 없어 요샌 못 훔쳐 먹겠지만…… 자수시켜."

"웃기지 마라."

그가 말했다.

"자수한다 캐도 구녕으로 늘어지는 오랏줄 앙이가?"

목발이 날아왔다. 대체로 그의 저돌성은 옛날과 조금도 다름이 없었다. 어깨를 찍히면서 나는 목발을 움켜쥐고 뒹굴었다. 두어 번 모두박질을 치다 나는 그의 목을 조르며 걸타고 앉아 "자수시켜!" 라고 외치기 시작했다.

"이 자식아, 내 친구 동생도 같은 꼴을 당했어."

그런 소리는 실토하지 말았어야 했을지 모른다. 그가 울기 시작했다. 비칠대는 그를 끌고 집으로 돌아오기는 상당히 힘이 들었다.

갑종은 돌담 사립 앞에서 몸을 가누고 아랫도리를 털었다. 부인이 뜰아랫방 문을 열고 잠시 내다봤으나 괘넘치 않는 듯 도로 들어 갔다. 방으로 들어오자 넋이 나간 듯이 그는 한동안 내 쪽을 물끄 러미 바라보고 있었다.

"받게" 하고 그가 말했다. 술상 앞으로 그는 다가앉았지만, 내가 따르고 그가 잔을 받았다.

큰 주발의 막걸리가 번갈아 그와 나의 뱃속으로 흘러 들어갔다.

"어서 오너라이."

박갑종은 새삼스레 그제야 인사다운 인사를 했다.

"올 줄이야 알았다만서도……."

그가 엉금엉금 기어 상머리를 돌아오더니 내 한쪽 어깨를 틀어 잡고 입에다 주발을 디밀었다.

"잡생각 망상 다 때려치아뿌리고 배부터 채우거라. 이거 묵고 속 좀 채리거라이. 도회지에서 늬 얼마나 배곯았노? 아아가 통 기 운이 없어 보인다 앙이가."

흥 하고 코웃음치려 했으나 내 목구멍에서 꿀걱꿀걱 하고 술 넘어가는 소리가 바로 귀밑에서 들려왔다. 그 소리는 너무 또렷해 서 아득한 도시와 공장과 굴뚝에서 나오는 연기들을 내게 연상시 켰다.

"그놈, 짜부자식."

트림을 하면서 내가 말했다.

"어찌나 끈덕진지 바로 소심줄야, 절대로 물러서지 않을걸? 제 목을 걸구 있어."

"허어."

박갑종이 기운을 되찾았는지 크게 트림을 했다.

"지나 내나 한 번 죽지 두 번 죽나?"

이번에는 내가 그의 목을 아이처럼 무릎 앞으로 틀어잡고 입에
다 주발을 부어넣었다. 그는 허우적대면서 바람벽에 세워둔 목발
을 다시 움켜잡고, 숨 넘어가는 듯한 목구멍 소리를 냈다. 알전등
이 머리 위에서 흔들리고, 바닥에 깔린 풀돗자리에서 쁘직대는 소
리가 났다.

"에라이, 때려치우거라."

껄껄대고 웃으면서 그가 말했다.

"늬 말씨가 그기이 뭐꼬? 고향도 잊었나?"

"남이사."

내가 받았다.

"꼴같잖은 고향 생각하면 뭘 해."

방 속이 갑자기 어스름해지는 것을 보면서 벽 쪽으로 그림자가
어른대는 것 같았는데, 나는 쓰러졌다. 박갑종의 모습이 3분의 1쯤
으로 줄어드는 게 보였다. 그의 그림자가 내 앞을 막아서면서 벽
아래로 주저앉았고, 바닥을 기는 듯한 느낌과 함께 사라졌다.

방 속은 이제 완전히 어두워져 알전등이 꺼졌다는 걸 나는 알
았다. 얇은 이부자리 위에서 나는 뒹구는 시늉을 하고 있었으나,
그 처녀애가 언제 방 속으로 스며들었는지는 기억이 없다.

어렴풋이 의식이 돌아왔을 때 내 몸은 알몸뚱이의 처녀애에게
짓눌려 있었다. 아랫도리 쪽에 타는 듯한 감각이 왔고 그것은 한
정도 없이 곧장 위로 뻗쳐올랐다. 그녀는 나를 걸타고 엎드려 겨
드랑 쪽으로 자꾸 얼굴을 디밀려 했다.

"용서하이소."

허덕이듯이 울면서 처녀애가 말했다.

"아부지가 가라 캐서 들어왔습니더. 동생을 한 번만 봐주이소."

계속 울면서 처녀애가 내 팔을 핥았다.

이 구멍을 빠져나가지 않고는 누가 누구를 어떻게 용서한단 말인가…… 가물가물한 정신을 모으느라 발버둥을 치면서 나는 생각했다. 할망구 밑구멍이든지 보도연맹 밑구멍이든지 어느 밑구멍이든지…….

꿈이란 때로 생시와 흡사할 때가 있다. 그 처녀애의 일이 생신지 혹은 꿈의 시작인지 거의 분간이 가지 않았으나, 꿈속에서 내가 자리를 차고 몸을 일으켰을 때는, 방 속에는 이미 아무도 없었다. 밖은 아직도 캄캄해서, 마루 구석 대들보에 걸린 석유 램프를 나는 떼 들었던 것 같다.

헛간 뒤에서 예의 박갑종이 엉금엉금 기어나오면서 쉬잇 했다. 심지 바짝 낮추거라, 식구들이 깨겠제?

그는 밧줄로 전신을 찬찬히 동여맨 돼지 새끼 한 마리를 안고 있었는데 여전히 절름거리기는 했으나, 목발 없이 잘도 내 쪽으로 걸어왔다.

"꼭 가야겠단 말이제?"

식식대면서 그가 말했다.

"가지 않고 어쩐단 말인가……."

꿈속에서도 미어지는 듯한 심사가 되어 나는 그를 바라봤다. 길은 어차피 하나뿐이고, 가지 않아도 되는 길은 이곳이 아니지 않는가…….

돼지 새끼가 버둥거리고 소리를 지르려 했다. 조용히 하라 캉이…… 하고 박갑종이 돼지 머리통을 쥐어박았고, 그놈이 이내 조용해졌다. 늬나 내나 속절없는 데로 가얄 신센데 울면 어짤 끼고…… 어디선가 그런 소리가 들렸다.

우리는 돌담을 타넘고 옛날 우리 집터로 들어섰다. 옛날 그 자리, 그 숨어서 숨죽이던 장소를 어느 누가 모르겠는가. 뒤란으로 돌아 들어가자 자욱한 풀무더기가 나타나고 그것을 여섯 번쯤 헤치자, 작은 구멍이 나타났다. 내가 램프를 쳐들었고, 박갑종이 엎드리고 구멍을 들여다보았다.

"늬가 무슨 짓을 할라 카는지 알고 있제?"

박갑종이 이를 시리물면서 말했다.

"저 속에 짐승이 있다 캉이."

"짐승이사 옛날부터 있었잖아?"

내가 말했다.

"그놈 자식 살인 강간범이 숨어 있어 탈이지."

"늬도 참."

박갑종이 껄껄대고 웃으면서 말했다.

"엊저녁에 그놈 자슥하고 처남지간이 됐다 카면서도……"

"늬가 그라모 내 장인이가?"

사투리를 쓰면서 내가 말했다.

"그랑께네 영락없이 내 장인이 되는구마."

"나는 못 간대이" 하고 서로 다른 소리를 하며 박갑종이 뻗대었다.

"어느 호로 돌콩놈의 자슥이 방금 못 간다 캤노?"

그가 이를 박박 갈면서 나를 간질였다. 우리는 번갈아 머리통을 디밀고 넣었다 뺐다 하다 구멍 속으로 기어 들어갔다. 그 속은 무엇인가가 기어다녔고, 바람이 있었으며, 지독히도 어두운 것 같았다. 램프를 힘껏 쳐들어보았으나, 방금 귀를 깨물고 뒤쪽으로 날아간 것이 무언지 나는 알 수가 없었다. 가볍고 끈적끈적한 것이 얼굴에 휘감겼고, 어디선가 살려주세요 하는 소리가 들렸다.

더럽게 겁도 많다…… 기면서 나는 생각했다. 어차피 갈 길을 살려주면 뭐 하노.

"씨도 안 묵히는 소리 하지도 마라."

박갑종이 내 발꿈치를 이빨로 물어뜯으면서 으르릉거렸다.

"도야지가 살려달라 캤지 내가 언제?"

정말로 돼지가 살려달랬나 싶어 나는 뒤를 돌아보았다. 배 밑으로 흰 것을 게우면서 돼지가 눈물을 흘리고 있었다. 살려주세요…… 하고 또 그놈이 말했다. 돼지 배 밑에서 지독한 냄새가 났다.

구멍 속의 흙이 마르는 느낌이 있어, 밖으로 곧 나가게 된다는 걸 나는 깨달았다. 쉰내 같은 바람이 앞쪽에서 계속 흘러 들어왔고, 구멍 입구에 검불을 뒤집어쓰고 있던 형사가 몸을 일으켰다.

"여긴 어떻게 왔소?"

밖으로 기어나오면서 내가 소리쳤다.

"짜부가 가면 어디로 갈 끼고?"

사투리를 쓰며 형사가 이죽거렸다. 그는 우울하기 짝이 없는 얼굴을 하고 있었는데, 자꾸 우리 쪽을 흘끔거렸다.

"용신각 태우는 거 보고 눈치도 못 챘나? 구멍 속에 집 지으면 누가 모를 줄 알고?"

"당신도 여기서 끝장."

구멍에서 기어나오면서 박갑종이 지껄였다.

"용이 있다 캉이. 짐승이."

"용?"

웃기지 말라는 듯이 형사가 웃었다. 그는 권총을 뺀답시고 등뒤에서 엄청나게 긴 막대기를 자꾸만 뽑아냈는데, 뽑아도 뽑아도 그것은 계속됐다.

비탈 앞쪽에서 떡고물 같은 흙이 조금씩 부스러져 내려왔다. 흙부스러기는 바람에 휘말리며 자락을 펴고 일어섰으며 온갖 것들이 이미 분명히 보일 만치 먼동이 터오고 있었으나, 주위는 아직도 고요했다. 하지만 우리가 머릴 흔들며 새삼 눈을 뜨기도 전에, 불같은 짐승의 숨소리가 벌써 들이닥치고 얼음덩이 같은 그 비늘 비린내가 싸하니 얼굴에 끼얹혀왔다. 형사가 나동그라지고, 내가 눈을 떴다.

밖에서 돼지 울음소리가 들려왔다. 서성이며 목발을 짚는 소리가 그 사이사이에 들리고 있었는데, 꿈의 연장 같은 기분에서 채 깨지 못한 채 밖으로 나서자 박갑종이 나를 돌아봤다. 희부옇게 새는 날빛 속에서 그는 예의 그 우멍하고 과묵한 표정으로 돌아가 있었다. 김이 서리는 부엌에서 부인이 부산하게 움직이는 게 보였다.

"따라갈 끼가?"

다리가 묶인 채 깩깩거리고 있는 돼지 새끼를 내려다보며 그가 말했다. 안 갈 작정이면 왜 이렇게 나왔겠는가 싶은 생각이 그에게 들도록 나는 오랫동안 입을 다물고 있었다.

"형사자슥이 끝내 피를 보고 싶어항께네"라고 그가 말했다.

"제사라도 올려줘야제?"

그것은 사실일 것이다. 지서장과 예비군들이 깡그리 철수를 했다 하더라도 그만은 어딘가에 틀림없이 남아 있을 것이다. 그는 절대로 그냥 물러날 인간이 아니었다.

부인이 음식 보자기를 땅에 내려놓고, 돼지 새끼를 함지박에 담아 이었다. 돼지가 죽는 소리를 질렀고, 내가 음식 보자기를 들었다. 박갑종이 목발을 내딛으며 앞장을 섰다.

용신각까지 이르는 동안 아무도 뒤를 따른 것 같지는 않다. 동네를 벗어나 바지가 이슬에 흠뻑 젖으면서 풀과 함께 휘감기기 시작하자 나는 박갑종의 딸을 생각했다. 우리가 사립을 나설 때 그녀가 깨어 있었는지 어쩼는지는 알 길이 없다. 아마 울다 지쳐

잠에 떨어져 있었을지도 모른다. 일이 이렇게 된 이상, 사람부터 살려놓고 봐야지 않는가 하는 생각이 나는 들었다. 울음에 들먹이는 그녀의 등짝이 떠오르자 민망할 정도로 아랫도리가 다시 뻗치는 것을 나는 느꼈다.

비각은 냉기에 휩싸여 있었다. 초가을 날씨라 어디에도 아직 더운 기는 없었지만, 얼음골 입구라 그런지 그 부근은 유독 썰렁했다. 안으로 들어서자 부인이 바위층 위에다 주섬주섬 음식들을 늘어놓았고, 돼지가 든 함지박을 그 가운데다 들여놨다.

"임자는 절이나 몇 번 하고 내려가."

박갑종이 말했다. 부인이 주저하다 그 앞에 끓어앉아서 절을 세 번 하고 손을 비볐다. 부인의 입이 달싹거렸으나 갑자기 흑 하고 고개가 꺾어졌다.

"어허, 엔간히 하고 내려가라 캉께네."

박갑종이 억양 없이 뇌었다. 고개를 숙인 부인이 비슬비슬 뒤로 물러났다.

"무당 피 뿌리는 꼴 늬 생각나나?"

비각 기둥가에 쭈그리고 앉아 있기를 한식경, 박갑종이 답답한 듯이 입을 뗐다.

"어디를 우떻게 찔러서 죽이는지 모르겠다. 하도 아슴아슴한 기억이 돼놔서…… 무당 없어진 지가 보자 몇 해고……."

높아졌다 잦아졌다 하기는 했지만 여전히 깩깩대고 있는 돼지새끼와 광주리에 담겨 있는 칼을 나는 돌아봤다.

"죽이는 게 문제지 아무 데를 쑤신다고 뭐 어떻겠어? 용이 돼지를 좋아하는 것도 우습고……."

"배고픈 놈이 뭘 가릴 끼가?"

박갑종이 몸을 일으켰다.

“형사 양반 이리 나오소.”

그가 한 곳을 바라보며 계속 소리쳤다.

“사나이자슥이 뭐가 그리 땡겨서 엎드리고 있노, 쥐새끼도 아니고…… 고마 나오소!”

그가 향한 쪽을 보았으나 아무 기미가 없어, 의아한 심사로 나도 몸을 일으켰다.

“어허, 다 봤다 캉께네. 여기 잡아묵을 사람 아무도 없다 캉이. 고마 나오소!”

박갑종이 다시 고함쳤다. 형사와 사복 차림의 사내가 계면쩍은 얼굴로 바위 뒤에서 몸을 일으켰다. 이것은 내 착각이었을 것이다. 가까이 온 그들의 표정은 시무룩해서, 잘못 들켰다는 기색은 어디에도 없었다. 형사는 나를 똑바로 바라보고 무어라 입을 열 기세였으나, 지지 않고 나도 그를 빤히 쳐다봤다.

“용제(龍祭)라도 드릴라 카는데 대책이 없어 이러고 안 있소? 형사 양반이 피 좀 내주소.”

박갑종이 제 목소리로 낮게 말했다.

“다 늙어뿌려서 나는 인제 돼지 새끼 한 마리 못 잡아…….”

형사가 의심쩍은 듯이 박갑종을 흘겼다.

“아들놈 기다리지는 않고?”

“아들 아아 새끼고 나발이고.”

박갑종이 말했다.

“살아 있다 카믄 언젠가 만나겠제. 숨어 있다 카믄 나올 끼고…… 다 귀찮소.”

“영감님, 그만 자수시키시죠.”

사복의 사내가 말했다. 그는 껌을 씹고 있었는데 입을 움직이면서 한쪽으로 웃었다.

"뻗대셔야 소용없어요."

"야야, 숨어 있거든 이리 나오거라이!"

박갑종이 갑자기 커다랗게 소리치고 웃었다. 그는 광주리 쪽으로 목발을 끌며 가서 칼을 집어올리고, 그것을 형사 앞으로 던졌다.

"제발 돼지나 좀 잡아주소. 아들새끼 문제는 그 다음이고……보소, 이런 몸으로 나는 도리가 없다 캉이."

멀쩡한 놈이 곁에 있지 않나…… 하는 눈으로 형사가 나를 또 돌아봤다.

"왜 범인 조지는 것하고 돼지 잡는 일은 다른 겁니까?"

어떻게 해서든 약을 올려야겠다 싶어 내가 말했다.

"할망구 같은 그 물고기는 잘도 박살냈으면서……"

형사가 다가와 내 따귀를 후려쳤다.

"사람은 잘도 치는구나."

박갑종이 말했다.

"내사 마, 절이나 한두 번 하고 내려갈란다 캉이. 이녁들이사 살인범을 기다리든지 말든지……"

"자수하면 죽이지 않아요."

사복의 사내가 박갑종 옆으로 다가붙었다.

"도망다니는 거 지옥보다 나을 거 없어요."

"이래 죽으나 저래 죽으나 마찬가지 앙이가?"

박갑종이 이죽였다.

"오랏줄이나 굶어 죽으나……"

휴지를 꺼내 코피를 막으면서 나는 계속 형사를 지켜보았다. 박갑종이 소리없이 줄줄 울기 시작했다.

"제가 할까요?"

사복의 사내가 칼을 주워들었다.

"관둬."

형사가 말했다. 사내한테서 칼을 받아쥐자 형사는 제단 앞으로 걸어갔다. 꿀꿀대던 돼지가 갑자기 조용해졌다. 형사는 우두커니 돼지를 내려다보고 있었다.

피를 뿌린다 한들 그의 심사가 조금이나마 풀어질까 하는 의심이 내 뇌리를 스치고 지나갔다. 여태껏 보아온 그의 행동거지로는, 결정적인 순간에 범인을 놓쳤다는 사실이 자존심을 깡그리 밟아 문대고 그를 반쯤 죽여놓은 듯했다. 그도 늙어 있었고, 여기서 손을 들고 말면 끝장난다는 것도 알고 있었을 것이다.

칼을 내던진 형사가 권총을 빼들었다. 그가 겨누자 돼지가 별안간 죽는 소리로 꿱꿱대기 시작했다. 돼지의 눈빛은 거기서도 보일 만큼 웃는 시늉을 하고 있었다. 돼지 울음소리가 잦아들고, 형사의 팔이 공중으로 들렸다.

총소리가 났다.

사복의 사내가 허리춤에 손을 넣고 박갑종을 주시하고 있었다.

지붕 서까래 틈을 타고 내려온 피 한 방울이 낙숫물처럼 박갑종의 이마 위에 떨어졌다.

(1985)

강설(降雪)

1

　일자리를 옮긴 지 열흘쯤이 지났는가 하고 있는데, 또 눈이 내렸다.
　또, 라는 것은, 달포쯤 전에, 이럭저럭 삼 년 남짓을 용케도 배겨내던 직장을 뜰 결심으로 심란해하면서 그 반동인지 다 늦게까지 필요도 없는 일에 억지로 매달려 있던 무렵에 벌써 사나흘 간격으로 서너 차례나 눈이 왔던 터여서, 그 기억이 무슨 얼룩처럼 마음 한구석에 여직도 늘어붙어 있었던 모양이다. 버스 바닥으로 질척질척 구정물이라도 괴어오르는 느낌 속에서 나는 멍하니 차창 밖을 내다보았다. 여일한 콩나물 시루의 차 속은 불 나간 한증막처럼 차라리 후텁지근하고, 샨이 그린 사회파(社會派) 리얼리즘 풍의, 마디를 특히 강조한 그 흡사한 손들이 허공의 버스 손잡이에 무수히, 결사적으로들 매달려 있다.

그 너머로 흰 굵은 빗줄기처럼 거침없이 죽죽 내리는 눈발은, 오래 보고 있으려니 왠지 아래서부터 위쪽으로 갈퀴질을 하며 그어져 올라가는 무수한 세선(細線)의 착각을 불러일으킨다. 텅 빈 바다 한복판의 그 공허한 하나의 소실점으로 눈치도 보지 않고 가차없이 사라지고 있는 선들…… 눈을 축복으로 받아들이던 시대는 이제 끝났단 말인가…… 막연한 그런 상념에 짓눌리면서 사람의 냄새를 되도록 빨리 삼켜버리려고, 나는 깊이 숨을 들이쉬었다.

"조 부장이 기어이 만나야겠다고 '바보'에서 기다리고 있는데……"

우울한 출근길의 연장인 듯이 편집실에 들어서자마자 번역 담당의 김 선생이 곁으로 오면서 낮은 소리로 그런 전갈을 해왔다. 교정, 편집, 레이아웃 담당의 네댓 명밖에 안 되는 사람들이 그와 함께 외면하듯 고개들을 숙여버리고 있다. '기어이'란 말 속에 들어 있는 묘한 느낌을 뒤늦게 깨닫고, 자리에 앉자 나는 담배를 꺼내 물었다. 당신이 뭔데 그 자리에 앉아 있는 거요—설마 노골적인 그런 항의의 기미 같은 것이 전해져왔다는 것은 아니었지만, 뭐랄까 평정하달 수는 없는 감정의 앙분한 찌꺼기 같은 것이 희미하게나마 분명히 그 어조 속에는 들어 있어서, 우울이 겹치는 심사로 나는 고개를 돌렸다. 가늘어진 눈발 대신 바람이라도 이는 모양인지 창 너머, 돌 비늘 같은 설편(雪片)들이 때로 회오리치듯 유리를 때리며 을씨년스레 흩날리고 있다. 조 부장은 보름 전까지도 이 방의 책임자로 있었던 사람이다. 월간부에서 소년 잡지 편집을 맡고 있던 그가 이 작은 방으로 넘어올 때 한 파트를 함께 차출해왔던 터여서, 길든 짧든 잡지 일을 같이 해왔던 그들이 같은 호흡의 유대감을 갖고 있을 것은 당연하다.

제판까지 끝난 일이 책임자가 없어 달포째 겉돌고 있다—H신문에 있는 T선생의 호의에 겨운 그런 알선을 액면대로 받아들였다는 것은 아니었지만, 들어와놓고 보니 불과 대엿새 전에, 그것도 해고라는 형식으로 자리가 비어 있었던 것이다. 첫날, 인사들을 치를 때 편집진들이 왠지 이쪽을 보지 않으려는 눈치들 같아서 이상하게 생각했는데, 나이든 김 선생만은 그래도 보기에 딱했던지 퇴근길에 차를 마시면서 그간의 자초지종을 대강 설명해줬다.

'어린이 세계 명작 만화 전집' 전 백 권—이 년의 기간을 두고 파트가 해내야 할 일은 그것이었다. 삼 개월 간격으로 한 세트 이십 권씩이 완간되고 사이에 낀 여분의 이 개월씩이 검토, 보완, 선전 기간으로 할당됐다. 그러니까 한 해에 오십 권을 목표로 차질을 감안해서 약간씩 신축성을 둔 셈이다.

'다람쥐 세트' 이십 권의 첫 일이 착수된 것은 삼 개월 전으로, 스무 명의 만화가가 선정되고 출판부 쪽에서 기왕에 완간돼 있던 '소년 소녀 세계 문학 전집' 전 백 권 중의 한 권씩이 텍스트로 주어졌다. 권당 삼백 페이지, 원고 제작 기간 이 개월, 제판 인쇄 제본 일 개월. 첫 세트는 만화가 한 사람이 휴식 없이 매일 삼 내지 사 페이지씩은 그려내야 하는 셈이 된다. 강행군이긴 하지만 역량 있는 작가라면 못 해낼 것도 없다. 화료는 권당 삼백만원으로 책정이 됐으나 선진국의 그것을 운운할 계제가 못 될 바에야 그 반도 안 되는 통례적인 화료에 비하면 사뭇 후하다고 할 수밖에는 없다. 이십 권의 원고가 모두 들어온 것은 두 달이 좀 넘었을 무렵으로, 화료가 일시불로 지불됐다. 그때까지 월간부에서 잡지 일을 계속 보고 있던 사람들이 신임 편집진과 교체되면서 비로소 팀이 짜였다.

들통이 난 것은 그 십여 일 뒤다.

사장을 따라 방에 들어왔던 대학교수 한 분이 응접 소파 탁자 위에 쌓여 있던 제판의 스리(수정용으로 먼저 나오는 인쇄 원고)를 집어들고 무심히 봤다.

"이건 왕년의 아사떼 군 사자에 상이 아닌가. 산와리 군도 있군."

인쇄지를 한 장씩 들고 보던 교수의 얼굴이 일그러지면서 노성이 터져나왔다.

"한국놈들 대가리에서 이런 흉내말고 또 뭐가 나올 수 있다는 말이냐?"

한탄하는 어조였다면 또 모른다. 표정이 하얘진 교수가 탁자까지 주먹으로 내리쳤고, 그림들이 바닥에 흩어졌다.

"난 가네."

교수가 휑하니 밖으로 나가면서 말했다.

"내 이름 빼."

그는 모 명문대의 과장 교수였다. 이름을 빼라는 것은 물론 편집위원에서 제외시켜달라는 뜻이었다. 제작부터 시작해놓고 편집위원이 선정되는 통례와는 달리 이 기획은 웬일로 열 명의 편집위원이 먼저 확정된 채 일 년여의 공백기까지 두었다는 것이어서 제작의 중요성이나 면밀함이 그것만으로도 입증되는 일이었는지는 몰라도 어쨌든 이것 역시 파격이었다고 할 수밖에는 없다. 원로·인기 작가 각 한 사람, 미대(美大) 학장과 유명 화가 한 사람, 방송국 사장, 텔레비전의 어린이 프로 개그맨 한 사람, 컬럼니스트로 알려진 소비자 보호 협회의 주부 대표, 대학의 과장으로 있는 교수 둘, 그리고 마지막으로 사장 자신의 이름이 들어 있었다. 창창하다고 할 수밖에 없는 진용이었으나 자사(自社) 책에 사장의 이름이 들어 있는 것도 그렇고, 처음 그걸 보았을 때 나는 어딘가 묘하다는 느낌을 받았다. 판매를 감안한 배려라고 해도, 구색이 허전하기는 마찬가지다. 이를테면 당연히 한 사람쯤은 들어가야 할 원로 만화가의 이름도 없고, 초등학교장이거나 어린이 도서관 장의 이름 같은 것도 없다. 하긴 편집위원의 이름쯤이야 의례적인 것이어서 대수로운 일이 못 될지 모른다. 사장은 아마 평소의 교분을 바탕으로 최상의 멤버를 골랐을 것이다.

그 교수가 입에 올린 아사떼 군이니 사자에 상이니 하는 인물들은 물론 일본 일간지의 연재 만화 주인공들이다. 교수가 나가고 한참 뒤까지 어리벙벙한 표정으로 앉아 있던 사장의 히스테리가 드디어 발작했다.

"고료는 나갔어?"

안면 근육을 경련시키면서 사장이 중얼댔다. 스스로 결재 도장을 찍었고, 화료만도 한 장(일억)이 나갔다고 자랑삼아 뇌어오던 사장은 어딘가 얼이 빠진 것 같았다. 사태의 심각성을 깨달았던 모양이다. 책을 가져오라고 사장은 소리쳤다. 사장이 손수 일본서 들여왔던 참고용 주간·월간지들이 한아름씩 방으로 날라지고, 모두들 덤벼들어 원고와 그것을 일일이 대조하는 작업이 세 시간여나 계속됐다. 아사떼 군, 사자에 상 정도가 아니었다. 만화에 등장하는 동물이나 다른 인물들은 그렇다 쳐도, 주인공의 모습만은 유사한 데가 없기를 확인하는 작업이었지만, 거의 전부가 그것에 오염이 돼 있었던 것이다. 눈망울을 정도 이상으로 크게 그리고 안에다 반짝이는 점을 찍어넣는 이른바 순정극화(純情劇畵)류의 백설공주나 난쟁이들의 유형뿐만이 아니고, 「삼총사」나 「조로」에 나오는 자객의 모습은 검은 두건으로 입을 싸맨 닌자의 모습 그대로였으며, 「소공자」나 「쿠오레」가 만화화된 그 주인공들도 의상만 다르게 입혔을 뿐 인기 만화 주인공의 낯짝을 그대로 빼다박은 꼴이었다. 필체가 분명히 서로 다른 스무 명이나 되는 만화가가 이럴 수가…… 싶었으나, '캬!'이니 '핫?'이니 하는 대사 부호에 나오는 감탄사까지가 그대로다.

"정도 이상으로 성이 나면 사장은 비죽비죽 웃는 성질이 있어요. 소파에 엉덩방아를 찧은 채 그렇게 비죽대고 한참 웃던 사장이 당장 나가라고 그제야 고래고래 소릴 지르기 시작합디다. 조 부장이 맞섰죠. 월간부에서 여태 해온 만화 잡지가 그런 식으로 우려먹고 재미를 봐온 게 사실인데 무슨 소리냐, 판매 부수 톱을 자랑삼는 우리 잡지가 알톨 같은 필진 덕이라고 큰소리쳐온 게 누구냐, 그 베테랑들을 선발한 것밖에 내게는 책임이 없다, 기왕에 화료까지 다 나갔으니 어쩔 수 없지 않느냐—고 말이죠. 그게 화를 더 부채질한 것 같아요. 사장이 껍벅 넘어가더니 조 부장의 따귀를 친 거예요. 사람들 보는 앞에서 말입니다. 조 부장이 짐을 꾸립디다. 하지만 그걸루 해결이 나나요?"

말을 끝낸 김 선생이 살피듯이 내 얼굴을 봤다. 그러니까 조 부장은 지금 완전히 퇴사를 한 게 아니다, 당신 입장이 묘하게 됐다—그런 표정 같았다.

"어딘지 이상하네요. 월간부에서 그 만화 잡지 지령을 보니까 삼십몇 호까지 나갔던데…… 사장은 그럼 삼 년 동안이나 자기 잡지 필진들이 왜놈 주인공 그대로 베낀다는 사실도 모르고 있었습니까?"

"무슨 소리,"

김 선생이 펄쩍 뛰었다.

"가랑이가 찢어지게 바쁜 몸이긴 해도 빈틈없는 양반예요. 새 만화가 양성이 시급하다고 하면서 창간 당시 신인 만화가들까지 선발을 했어요. 그 사람들을 모아놓고 직접 브리핑까지 했죠. 왜놈 잡지를 펼쳐놓고 말이죠. 이런 형의 주인공 재미있지 않으냐, 이런 이야기는 어떠냐 하면서 말예요. 사주나 다름없었죠. 그 풋내기 만화가들이야 어쨌든 고정 필진이 되려고 아첨을 한 건 당연하고…… 본 기업인 전자 제품이 그쪽과 기술 제휴가 돼 있어서 일본을 제집 드나들듯 하죠."

"그렇다면 엔간히 하고 넘어갔을 텐데…… 왜 그렇게 훌떡 뒤집혔죠? 그 교수분한테 사실이 발각됐기 때문인가요?"

"한마디로 자존심이 까뭉개진 거지."

김 선생의 입가에 비웃음이 어렸다.

"잘은 모르지만, 교수하곤 아마 아주 까다로운 라이벌 비슷한 관계예요. 들켰다는 사실이 속을 짓밟아놓는 거야. 더구나 처음부터 싫다는 걸 억지로 간청해서 편집위원에다 끌어넣기까지 한 눈치였거든. 기업인이자 동시에 고고한 선비로 자처하고 있어요 사장은."

"선비요?"

"사장 수필 쓰는 줄 모르슈? 책이 두 권이나 돼요. 읽다 말아서 수준이야 어느 정돈지는 모르지만…… 좋은 수필 세 편만 얻는다면 이까짓 기업체 다 때려치워도 좋다—노상 입버릇처럼 뇌는 게 그 소리지. 갸륵하지 않우? 교수하고도 그 방면의 라이벌이지 아마? 한 편두 아니고 세 편이란 말에 기묘한 뉘앙스가 풍기지 않습니까? 좋은 수필 세 편이라…… 씨도 안 먹히는 거짓말을…… 어처구니가 없어."

"……"

"장삿속 들통나 상한 자존심을 그 알량한 수필가로서의 선비 정신이 상처받았다고 착각한 거야. 사원들은 짐승 부리듯 후려먹는 주제에 무슨 얼어죽을 선비고 수필가야?"

흥분했는지 김 선생의 언성이 높아졌다. 사장과 동년배쯤으로 보이는 이 김 선생이 회사와 어떤 고용 관계인지는 짐작이 가지 않았다. 번역이라고는 해도 주로 일본어의 그것일 것이다. 그렇다면 사장의 대학 동문쯤이라도 되는지 모른다.

조 부장은 카페 '바보'의 예의 그 구석자리에서 빤히 이쪽을 보고 앉아 있었다. 이걸로 세번째 만나는 셈이었으나, 입사 이튿날 처음 대면했을 때도 같은 자리에서 그는 흘기듯이 이쪽을 노려보고 있었던 것이어서, 저절로 시선이 비켜졌다. 자격지심으로 꿀리는 느낌―이라고까지는 할 수 없어도, 아무튼 유쾌한 기분은 아니었다. 별 경우를 겪고 보기도 했지만, 틈바구니에 꽉 낀 듯한 이런 곤혹감은 처음이었던 것도 사실이다. 나 아직 사표 쓰지 않았소, 당신이 도로 물러나시오 하고 단도직입적으로 나온다면 차라리 대처하기가 편할 것 같았다.

"어쩌고들 있습니까? 무슨 대안이라도 나왔습니까?"

수인사 뒤에, 노려보던 기세와는 달리 의외로 그가 그런 부드러운 말로 입을 뗐던 것을 기억하고 있다. 대안이라면 육천만원이나 나가버린 고료를 보상하는 방법과 공친 두 달이라는 기간을 어떤 식으로 까뭉개느냐 하는 것이었을 것이다. 생각할 겨를이 있을 리 없어 잠자코 있었더니, 주스를 홀쩍 들이켜고 조 부장이 말했다.

"그것들은 안 됩니다. 새 사람들을 쓰세요."

조 부장이 '그것들'이라고 부르는 것이 그 스무 명의 만화가들이라는 것을 한참 만에야 나는 깨달았다.

"그런 거금을 사장이 다시 고료로 내놓으려 하지 않을 텐데요. 그 사람들이 새로 그리려 들지 않을 거란 말씀인가요, 못 쓴다는 것은?"

"그깟 육천이 사장에게 돈입니까. 지독한 구두쇠긴 하지만 쥐어짜야죠. 만화 그리는 치들은 거기서 손이 굳다시피 한 햇병아리들예요. 한번 굳어버린 손은 풀리지 않습니다. 새로 그리라고 해봐야 그게 그거죠. 기초가 없단 말입니다. 데생력들을 갖추고 있지 않아요."

그것은 어렴풋이 나도 깨닫고 있었던 우려였다. 사장이 일본 잡지를 펼쳐놓고 신인 만화가들을 브리핑했다고 들었을 때, 그리고 삼 년 동안이나 그쪽 만화 주인공들이 유형화돼서 여일하게 재미를 봐왔다는 것을 알았을 때 저도 모르게 느꼈던 의아심이기도 하다. 대체로 선(線)에 자신이 있는 만화가는 아무리 처음엔 남의 흉내를 냈더라도, 지적당하거나 자각에 의해 조금씩 변형돼서 저 나름의 독특한 주인공으로 변모하게 마련이다. 아이들 잡지를 편집해온 십여 년 동안에 재미가 있었다면 그런 것을 깨닫는 것도 그 하나였을 것이다. '짱바우'니 '청개구리'니 이미 확고한 자기 분신이 돼버린 원로 만화가의 그것을 예로 들지 않더라도, 몇몇 사람들은 훌륭한 그런 자기 분신들을 갖고 있다. 풍자와 해학의 심도가 어느 수준이든 간에 그것은 만화가가 기본적으로 갖추어야 할 요건이다. 자신 없는 선이 그대로 굳어버리면 대책이 서지를 않는 것이다. 김 선생에게서 사정을 듣고 혹시나 하고 서점에 들러 딴 데서 나오는 애들 잡지들을 들춰본 적이 있다. 삼 년 동안에 그들은 인기 만화가들이 이미 돼버려서 여기저기 원고들을 팔고 있었으나, 그 얼굴이 그 얼굴의 주인공들이었다. 의상만 바뀌었을 뿐이다. 날품팔이 직업으로 아예 치부해버리고 공부조차 포기해버린 것이 분명했다.

"다시 그리라고 윽박질러봤자 호락호락 응하지도 않을 거구……"

"……."

"새 멤버를 짜라고 설득을 시키세요. 요행히 다음 세트는 아직 인선이 안 됐어요."

"김 선생이란 분은 사장과 친구지간인가요?"

물러나라는 소리는 못 하고 이런 지시조의 이야기만 하고 있는 게 아닌가 싶어, 차마 그것을 바로 물어보지 못하고 나는 딴 얘기를 꺼냈다.

"아첨꾼에다 감시역이죠. 이중 스파이라고나 할까…… 이쪽 저쪽에다 다리를 걸치구 있어요. 조심하세요. 사장 고교 선뱁니다."

"주로 일어 번역이겠죠?"

"교열 자문 비슷하죠. 스파이 역이라니까요. 일본어는 사장이 더 잘합니다."

두번째 대면했을 때야 조 부장의 거취를 물어볼 용기가 비로소 생겼다. 물러서지 않겠다면 이쪽에서 작파하고 새 일자리를 속히 찾아야 할 형편이기도 했다. 그는 펄쩍 뛰었다.

"아무리 얼굴에 철판을 깔았기로서니 아무것도 모르고 들어온 서 형을 내가 몰아내요? 따귀까지 맞았는데 밸이 없는 놈으로 보입니까 제가? 서 형이 나가면 딴 사람 들여앉히겠죠. 그냥 계세요. 나는 나대로 끝까지 싸울 테니……."

무슨 요량인지 짐작이 가지 않아 우두커니 나는 그를 보았다.

"허구많은 다방을 두고 왜 하필 내가 이 '바보'에서 서 형을 만나고 있는 줄 아십니까. 바보가 되기루 작심했기 때문예요. 사람 인권 이렇게 묵사발 만든 자식을 그냥 둘 수 없어요. 끝까지 싸웁니다……."

어이없다기보다, 갈수록 진퇴양난인 것 같아서 나는 입을 다물었다. 그날은 주로 비분강개한 어조의 회사 험구를 듣다 일어섰으나 그의 일에 관여 않기로 나는 마음을 굳혔다. 회사가 국내 4대 전자 제품 메이커의 하나로 부상하기까지 어떤 술수와 모략이 있어왔는가 하는 얘기도 험구 속에는 들어 있다. 신빙성 없는 피상적인 얘기긴 했으나, 그가 얼마나 사장을 미워하고 있는가 하는 실감은 왔다. 머리 회전이 빠르고 두뇌가 비상한 천재 장사꾼임을 전제로, 조 부장은 주로 사장의 '인간 됨됨이'를 공박했다. "나보다 한 살밖에 더 먹지 않은 새끼가" 하는 말투 속에는 적개심이 역력했다. 그런 천재가 별볼일 없는 출판에 왜 손을 대기 시작했는가고 물었을 때 조 부장의 대답은 김 선생의 관점과는 달랐다. 그는 '조직'을 우선 들먹였다. 대리점이나 전자 제품의 방대한 외판 조직을 잡지 판매에 시험적으로 이용하고 있다는 것이다. 끼워 팔기, 덤핑 같은 방법이 상호 지원으로 맞아떨어지고 있다는 것인데, 그렇더라도, 영리는 별도로 먹혀들지 않으면 그것은 불가능한 일이었다.

"여성지 인수 준비까지 하구 있어요. 지금은 애들 잡지하고 시시한 수필지 하나, 엉터리 단행본 종류지만 두고 보세요. 머잖아 출판계를 통째 먹으려 들 거예요."

두어 번으로 친숙감이 생겨서인지 오늘은 마주 앉자 꼿꼿한 눈길을 거둔 조 부장이 웃음을 보였다. 그가 웃는 것을 보기는 처음이다. 뛰어야 벼룩이라고, 출판계의 자리 이동이란 뜨내기 직업답게 거기서 거기가 보통인데, 이 조 부장은 그 동안 왜 지면이 없었을까 하고 이상한 생각이 나는 들었다.

"김 선생 보거든 내용 증명 보낼 절차 밟구 있다고만 전해주쇼."

"내용 증명이요?"

"법정 투쟁으로 밀고 가야죠. 부당 해고 보상을 어떤 식으루 치러야 하는지 본때를 보여줘야겠어요."

그게 가망 있는 일일까 하다가, 나는 생각을 멈춰버렸다. 그 말뿐으로, 이쪽에서 시켜놓은 차 따위는 아랑곳 않고 자리를 차듯이 그는 일어섰다.

2

호텔 식당에서 T선생 소개로 처음 인사를 했을 때, 사장의 인상은 어딘가 깡마른 듯한 그런 것이었다. 골똘히 이쪽을 쏘아본달 것까지는 없어도 언뜻 시선이 마주칠 때는 그 비슷한 느낌을 나는 받았다. 전체적으로 애늙은이 같은 풍모긴 했으나, 오십이 채 못 된 나이에 그 정도의 기업을 자수성가하다시피 장악했다는 걸로 미루어보면 남다른 노심초사가 있었을 것은 당연하다. 4대 메이커 운운해도, 방계 사업들을 여럿 벌이고 있는 것도 아니고 단일 업종의 그것인 눈치여서 말하자면 성공한 중소기업 중의 하나였을 것이다. 일을 맡기기 전에 상대를 탐색하는 과정은, 더구나 이력서 제출이 생략된 그런 과정은 기업주로서는 당연한 노릇이고 한두 번 겪는 일도 아니어서 태연한 체는 하고 있었으나, 결과 여부를 떠나서라도, 실상 그런 순간이 당사자에게는 가장 곤욕스럽기는 마찬가지다. 불유쾌하다는 정도를 넘어서 때로 그것은 생리적인 거부 반응까지도 일으킨다. 소개한 사람의 신임을 담보로, 그것도 비교적 후한 조건과 대우의 일자릴수록 술자리거나 점심을 빙자한 그런 사전 탐색은 집요하고 악랄한 구석까지 있다. 사장의 눈초리에서 받은 그같은 예감은 기우였을까. T선생은 싱글벙글하면서 뷔페 음식을 부지런히 날라다 먹고 있었으나, 사장도 나도 야채류 한 접시만으로 포크를 놓아버리고 있었다. 단둘이 대좌

할 때는 외면하듯이 창 밖을 물끄러미 보고 있는 것도 사장의 예의 독특한 버릇인 것 같았다. 그런 자세로 있다가 T선생이 새 음식 접시를 들고 돌아오자 사장은, 저번 일자리를 왜 그만뒀는가고 물었다. 애매한 대답밖에 나올 것이 없어 망설이다가 비교적 사실에 가까운 감정을 실토하는 기분으로, 권태 때문이라고 나는 대답했다.

사장의 눈이 번쩍이듯이 잠깐 열리다 닫혔다.

"권태? 일이 재미없었다는 얘깁니까?"

"어른들이나 보는 애들 잡지가 재미있을 리 없죠. 이쪽은 또 중구난방으로 난장판이어서 천덕스럽긴 했습니다만. 서점에서 봤어요."

될 대로 되라는 심정으로 내뱉은 말이었으나, 자기 회사 잡지 욕을 좋아할 사람이란 없다. 사장의 눈이 두번째로 열리다 닫혔다.

내가 편집하고 있었던 것은 가톨릭 산하의 어느 단체가 내고 있던 어린이 잡지였다. 30년대풍의 근엄한 교훈조 동화거나 교리용 소년 소설, 동시 등이 주 내용으로 만화도 일 할 가량 페이지를 할당받고 있었으나 표현 한계가 자연히 제한돼 있었다. 종교 단체 산하의 눈에 보이지 않는 그런 제약은 편집장의 재량이 미치지 못하는 영역이다. 요량껏 그 한계를 벗어나려 했다가 사소한 트러블 같은 것도 몇 번인가 있었고 결국 그런 일들이 내게 권태를 몰고 왔었다. 시중 만화 잡지가 아무리 앞이 아찔할 정도로 저속한 그런 것이라 해도 거기에는 아이들의 생생한 법석거림이 있다. 설교하는 어른보다는 쌍욕하는 애들 쪽이 사랑스럽지 않은가—내 대답은 그런 뜻으로 들렸을지 모른다. 호감을 주었다면 그것이었을 것이다. 더이상 탐색하는 질문도 없이 T선생에게 사장은 결정의 뜻을 말했다.

"서 형께 맡기려는 것은 잡지보다 훨씬 중요한 일예요. 단순한 망가가 아니라 이건 제 양심을 걸구 벌이는 일입니다……."

그러면서, 헤어지기 전에 사장이 손을 꽉 잡던 기억이 남아 있다. 의례적인 손아귀 힘이 아니어서 웬일인가 싶었는데, 결국 일이 이 지경이 돼버린 것이다.

건물 이층 중앙에 있는 사장실에서 고함치는 소리가 쩌렁쩌렁 울려오고 있다. 광고 경영직 사원 오십여 명쯤이 그 곁방에서 사무를 보고 있는 이 건물의 일층이나 여타의 공간은 창고 비슷이 대부분 회사 기자재나 제품으로 채워져 있어, 출판부는 버려진 듯이 가장 끝머리 부분의 방 세 개를 차지하고 있을 뿐이었으나, 고함 소리가 들리기는 마찬가지다. '사원들을 짐승 부리듯' 한다는 김 선생의 말마따나 이틀에 한 번꼴로 그 고함 소리는 들려왔다. 인천 쪽에 있는 공장에서 온 근로자 대표인 듯한 사원의 맞지르는 고함이 그새 두어 번 섞여 들렸으나 그것도 사장의 기세에는 녹아 없어져버리는 듯한 느낌이었다. 사나흘씩 찍 소리 없을 때도 있지만, 포효에 가깝다고 할 수밖에 없는 사장의 그런 일과가 출판부 쪽에 얼굴을 내밀 때는 갑자기 유순해져버리는 것은 기이한 일이었다.

대책을 의논하러 김 선생과 함께 처음 사장실에 불려 갔던 날, 그는 일명고화(逸名古畵) 족자 하나를 벽에 걸어놓고 머리를 갸웃거리고 있었다. 곁에는 신문 잡지 등에서 낯이 익은 영문학 교수 한 사람이 빙긋거리고 있었는데, 둘 다 들뜬 표정들이었다.

"단원(檀園)이라고 우기고 있는데 알면서도 내가 속는 거지, 아마?"

마주 웃으면서 사장이 말했다. 일명회화는 낙관이 없는 그림이다. 족자는 금강산의 일부를 그린 것인 듯했다.

"나두 그런 생각이 들기는 해. 하지만 필세(筆勢)는 예사가 아닌 것 같군."

교수가 맞장구를 쳤다.

"반으로 때려잡아보지 한번?"

"반? 3분의 1이면 되지 무슨 반야."

교수가 애매한 웃음을 띠고 머리를 긁듯이 글쎄…… 했다. 아마 그림 소개를 그가 주선하고 있는 눈치 같았다.

"생각 좀 해보셨어요 서 형?"

여전히 그림을 기웃거리면서 딴전 피듯이 사장이 중얼거렸다.

"세 가지 방법밖에는 없어……."

김 선생이 입을 열었다. 그것은 방에서 모두 같이 숙의가 된 대책이기도 해서 사장의 선택 여부에 달려 있는 일이었다.

"김 선배님은 쌍지팡이 짚지 말고 서 형이……."

사장에 대한 김 선생의 험구는 아마 이런 식의 경우가 쌓인 결과였으리라. 머쓱해하지도 않고 김 선생이 소파에 털썩 주저앉았다.

뾰족한 대책이 있을 리 없었다. 육천만원과 두 달이라는 기간을 제로로 돌려버리고 새 팀을 짜는 것과, 먼저 팀을 다시 그리게 하는 방법과, 다시 그리되 다음 세트 팀을 앞으로 당기고 첫 세트만 화가들이 자기류의 역량을 정비할 충분한 여유를 주는 방법…… 그들의 설득 문제나 공짜로 나간 화료 문제는 차치하고서라도, 어느 쪽을 택하든 두 달이라는 시간적 공백은 상쇄시킬 도리가 없었다. 방마다 액자에 넣어져 걸린 '시간은 금이다'라는 진부하고 단순하기 짝이 없는 사시(社是)도 이 일에는 먹혀들지가 않아…… 그런 생각을 하면서, 나는 첫번째나 세번째 방법을 권했다.

"좋은 생각이긴 한데 근본적인 문제를 놓치고 있어요, 서 형은…… 스무 명이나 되는 인재들이 폐품이 돼도 좋다는 거요? 모르고 왜색물이 들었다 해서 그 사람들을 나몰라라 하면, 사회 오염은 누가 책임집니까?"

"……."

"둘째번 방법으로 하세요. 보름이면 됩니다."

"무릴 텐데요. 체질 개선이 문제라면 충분한 여유를 줘야 합니다. 기능공이라도 불가능한 일인데…… 그 사람들은 작가들예요."

"작가? 글쎄, 하면 된다니까요. 여기서 큰 사람들이 아닌가. 다시 그리게 해."

눈꺼풀이 열리고 예의 번쩍이듯한 시선이 사장은 되어 있었다. 광기라고 해도, 이런 식의 것은 처음이어서 나는 말문이 막혔다. 일본 잡지를 우려먹다 갑자기 사회 오염 운운하는 적반하장은 그렇다 쳐도, 억지를 쓸 바에야 왜색이든 뭐든 불도저 식으로 그냥 밀어붙이려는 생각은 왜 처음부터 염두에도 없었던 것일까 하는 해괴한 생각마저 들었다. 라이벌 교수에게 무안을 당했다 해서 이런 기세의 사장이 타격을 받고 각성한다는 것은 도대체 믿을 수 없고 우스운 일이었다.

"가만 있자, 인쇄 제본 기간이 한 달 정도도 남지 않았잖아. 이 기간의 보름을 그쪽으로 돌려드리죠. 그래도 한 달쯤은 차질이 납니다. 또다른 차질 없도록 해주쇼."

방으로 돌아오자, 바로 이틀 전에 정식으로 이력서를 낸 것을 후회하면서 나는 사표를 썼다. 입사 일 주 만에 자퇴를 하는 셈이었다. 어처구니없다기보다는, 질려버렸다는 감정이 차라리 옳을지 모른다. 눈치를 살피다가 자청해서 그것을 빼앗아 들고 사장실로 갔던 김 선생이 한참 만에 어정쩡한 표정으로 돌아왔다.

"관두더라도 며칠이나 후에 그러라고 하시는구먼."

갑자기 경어로 바뀌어버린 사장에의 말투가 계면쩍지도 않은지 김 선생은 영문을 몰라 쳐다보고 있는 내게, "직접 본때를 보여주시겠대" 했다.

곧 스무 명의 만화가를 소집하는 요란한 전화들이 가기 시작했다. 내일 저녁때 회사에서 회식이 있다, 와야 한다—그런 간단한 내용이었으나, 영문을 알 수 없기는 마찬가지였다.

다음날 저녁때 그 스무 명이 하나도 빠짐없이 모였다. 마감 원고 때문에 안 된다, 양해해달라고 버티던 몇몇 작가들까지 결국 왔다. 시킨 요리와 시중 드는 여자들이 들어오기 한 시간쯤 전에 사장은 그 동안의 경과와 차질을 간단히 요약했다. 출판부 전 직원의 회식이어서 더 넓은 방이 빼곡 찬 느낌이었으나 잡담 한마디 들리지 않는 분위기였다. 인쇄 원고와 일본 잡지들을 만화가들 쪽으로 돌리면서 사장은 그 그림들의 어디가 표절인가를 내게 지적시켰다. 그 다음 거의 새 팀으로 들어온 월간지의 편집장을 일으켜 세워 왜 인기 연재물들을 부득이 곧 중단시킬 수밖에 없는가를 다시 설명하게 했다. 창피하다, 이건 모두가 자기 잘못 때문이라고 사장은 말했다. 그러면서 인수할 여성지 얘기며, 이 전집의 판매 전망 여하에 따라 화료 폭이 어느 선으로 인상된다는 얘기를 분명히 했다. 책은 당신들이 만든다, 나는 경비를 댈 뿐이라는 점을 사장은 강조했다. 다시 그리라는 얘기는 그 다음에야 나왔다. 내일부터 보름 동안 이 방에 스무 개의 책상을 넣는다. 경우에 따라서는 철야도 강행한다. 식사도 여기서 한다. 응하고 안 하고는 당신들 자유다……

동요라고는 할 수 없어도, 음식과 술이 돌면서 만화가들 새에 불만의 수런거림이 없었던 것은 아니다. 싸구려 만화가든 뭐든, 작가라는 것은 일종 완전주의자를 꿈꾸는 무리들이다. 당연한 일도 눈곱만큼 간섭받는다거나 억지나 협박의 기미가 느껴지면 그들은 흥분해서 물불을 못 가리고 덤빈다. 모두 작파하려 드는 것이다. 적어도 내가 여태 보아온 작가들의 공통된 속성은 그랬다. 양보나 타협이 될 일도 자신들의 자존심의 뒤틀린 변형이나마 내세워 으스댄 뒤에나 그것은 가능했다. 술이 취하자 비꼬면서 사장에게 대드는 언사들이 나오기 시작했다. 듣기 좋은 소리로 그럴듯하게 까발리긴 하는데 실은 돈 나간 게 배 아파서 그러는 것 아니냐. 딴데서는 찍 소리 없는데 왜 여기서만 찟짜를 붙는가. 표절 표절 하지만 이게 어디가 왜색이고 흉내인가. 당신 잡지 아니면 원고 팔아먹을 데가 없는 줄 아느냐…… 한번 그린 원고는 죽어도 손 못 대…….

　그러긴 했어도, 도구들을 꾸려 들고 출근하듯이 이번에도 하나 빠짐없이 나온 스무 명의 작가들이 이튿날 아침, 책상과 의자가 새로 놓인 그 방에 우줄우줄 들어갔다. 자장면, 설렁탕이나 김치찌개가 점심 저녁으로 배달되고, 밤 열시 무렵까지 작업이 강행됐다. 그런 일은 불가능할 것도 없다. 제멋대로임을 자처하고, 집필중에는 사소한 잡음에도 신경이 곤두서서 히스테리가 예사인, 탓할 도리 없는 소위 개성파 작가들이 한 울타리 안에 몰아넣어졌을 때 문제가 되는 것은 결과이다. 더구나 남의 눈을 지독히도 꺼리는 그들이 거기서 해야 할 일이란 굳어버린 제 손을 갈아끼우는 작업이다. 이미 되어 있는 원고의 그림만 바꾸는 간단한 일일지는 모르지만 그것은 원형을 뜯어고치는, 다시 말하면 제 심장을 제 손으로 바꾸어넣는 격이기도 해서, 이건 도저히 가망 없어―그렇게 생각하고 단념하고 있었던 것인데, 변고가 일어났던 것이다.

　사흘째, 그 방에 들러 한 장씩 빠지는 원고들을 곁눈질하던 나는 이거면 되겠다 하는 결론을 내렸다. 믿을 수 없을 정도의 새 그림들이 거기서 나오고 있었다.

3

　십이 일 만에 스무 권의 새 책을 남기고 그들은 방에서 나갔다. 식자로 쳐진 만화의 대사들을 일일이 뜯어서 다시 새 원고에다 붙이고 그들은 화장실에 가 손들을 씻었다. 아침부터 밤 열시까지, 한 사람이 하루 평균 삼십 페이지 정도씩을 그려제낀 셈이다. 숙달된 만화가는 닷새 정도면 백오십 페이지쯤 되는 웬만한 그림책 한 권을 만들어낸다. 하지만 이건 경우가 달라…… 도저히 믿을 수 없는 일이 눈앞에서 일어나고, 시무룩한 얼굴들로 인사도 없이 고개들을 숙인 채 회사 정문을 빠져나가는 그들을 보면서, 언뜻 나는 만리장성을 생각했다. 감상인지는 모르겠으나, 그것은 일종 슬픔의 감정이었다. 만리장성의 기적은 아무 힘도 대책도 없이 그냥 짓밟히며 동원될 수밖에 없었던 수많은 천민들의 도로(徒勞)의 결과이다. 그 수백만의 도로의 결과가 모여 그처럼 장대한 성을 이어놓기는 했어도, 실제의 전쟁에 그것이 무슨 소용이 있었더란 말인가.
　"이건 돌려드리기로 하지."
　새 원고들을 보이며 기분이 들떠서 그것이 어째서 기적에 가까운 일인가를 다시 감탄하고 있을 때, 사표 봉투를 내밀며 사장이 말했다.
　"속전속결 시대에 무슨…… 하면 되는 일예요."
　겸손해한다거나 그렇다고 득의만면한 표정이 그의 얼굴에 떠올라 있었던 것은 아니다. 무거운 눈꺼풀 밑으로 실눈을 뜨고 사장은 권태로운 얼굴을 하고 있었다. 속전속결이 만약에 기적을 일으킬 수 있다면, 그것은 파괴로서의 그런 것일 뿐일 것이다. 예를 찾을 것도 없이 얼핏 떠오르는 것은 '와우 아파트 사건'이고, '광주 사태'까지도 그런 졸속 정신의 참담한 결과로 나는 여기고 있다. 새 원형(原型), 새 주인공이 탄생했다는 정도가 아니라 그 주인공들의 발랄한 움직임과 자연스러움이 이루어놓은 책 한 권의 전체적인 창의성과 밸런스와 생기—를 말하는 이번 경우는, 그러나 그렇게 간단한 몇 마디로는 설명이 되지를 않는다. 하지만 한 번 훑고 내던지는 싸구려 만화책 한 권의 개성이 그에게도, 온갖 잡종 만화의 산더미에 에워싸여 있는 어린이들에게도 실상 무엇일 것인가.

짐짓 심각한 체하거나 노기를 띨 경우라도 출판부 쪽을 향한 사장의 그것은 유희거나 일종 도락의 제스처에 불과하다는 느낌을 나는 받고 있었다. 전자 제품부 쪽으로 내지르는 사장의 포효는 여일했다. 어느 아침 커피 자리에서 무심히 피력했던 자신의 말처럼 보따리 장수로 직접 육탄전을 벌이면서 이룩해놓은 기업이었으니만큼, 간단없는 그런 독려의 외침은 당연한 일이었을지 모른다.

삼천 부 정도의, 역시 보따리 장수로 시작해서 발행 부수 삼백오십만을 웃돌고 있는 일본의 P. H. P라는 잡지를 그대로 모방하고 있던 월간부의 미니 수필지가 월 결손 삼백만원이 넘어 집어치우느니 마느니 하는 소리를 들으면서, 파트는 광고 준비에 들어갔다. 광고부에서는 회사 제품인 오디오 시스템이거나 비디오, 텔레비전 제품 광고의 기왕 나가고 있는 스파트에 전집 광고를 끼워넣어 활용한다는 방안을 세워놓고 있었다. 인기 가수가 나오는 화면에 만화 컷들을 연속적으로 깔면서 '로빈슨 크루소'니 '빨강 머리 앤'이니 하는 제명으로 엮인 시엠송을 부르게 한다는 것으로, 상투적이기는 했으나 세련도나 화면 구성 여하에 따라서는 기발난 것이 될 수도 있었다. 그 내보내는 컷들이 애니메이션으로 바뀌어야 하는가 혹은 정지된 컷의 연속이나 책의 표지를 클로즈업시키는 쪽이 효과적인가 하는 문제가 의논되는 자리에서, 편집위원 문제가 다시 나왔다. 이미 전단 광고 원고가 대지(臺紙) 작업까지 되어 있었는데도 거기 대해서는 일언반구가 없었으므로, 궁금해서 이쪽에서 말을 꺼낸 것이다.

사장의 표정이 순간적으로 굳어졌다.

"박 교수는 안 돼!"

예사롭지 않은 어조가 내뱉어지더니, "빈 봉투 상(賞)이나 받는 주제에!" 하면서 사장은 코방귀를 뀌었다. 박 교수는 예의 '왜놈 흉내' 운운으로 편집실을 들쑤셔놓은 장본인이다. 그럼 누구가 좋겠느냐고 물었으나, 사장은 대답을 않았다.

"까짓, 교수 이름 나부랭이가 무슨 대수야? 싫다면 모두 뭉개버리지 뭐."

아마도 사장의 심사 헤아리기에는 이력이 나 있었던지, 곁에 있던 김 선생이 재빨리 말을 받았다.

"애들이 그것 보고 책 사나? 그 따위……"

사장은 무서운 눈초리로 김 선생을 노려보았다.

"편집위원이라는 것이 책에서 어떤 비중인지 서 형이 대신 말씀 좀 해주쇼!"

간신히 분통을 참는다는 어투로 사장이 내뿜었다.

박 교수를 다시 설득시켜야 하는 게 아닌가, 정작 그걸 원하면서도 자존심에 자격지심을 느껴 사장은 반대 반응을 보이고 있는 게 아닌가 하는 느낌을 내가 가진 것은, 물러나와 한참이나 지나서이다.

"빈 봉투 상이란 게 도대체 뭐예요?"

그 따위 으르릉거림에는 역시 이골이 나 있다는 얼굴로 짐짓 선선한 표정이 돼 있던 김 선생이 허어…… 했다.

어느 수필가 협회에서 주는 문학상을 작년에 박 교수가 받았는데 그 상금이 밖으로만 백만원으로 알려져 있지 실은 빈 봉투라는 것이다. 그 단체는 조촐한 수필지까지도 내고 있었으나 경영난으로 벌써 몇 년째 같은 짓을 해오고 있어 모두 이해가 가는 척은 하고 있지만, 정작 시상식에서 실제로 보면 여간 우습지가 않다. 사장이 빈정대는 것은 그것이 아니라 실은 그 상을 받고 싶어서이다―라는 얘기였다.

"웃기지도 않아. 사장이나 그 사람들 하는 짓거리들이…… 박 교수뿐이 아냐, 최 화백도 편집위원에서 빠졌으면 하는 눈치야."

"이번 편집위원은 주로 사장 교분 관계로 선별이 된 건가요. 최 화백은 또 왜 그러죠?"

"그림 몇 점 사줬으니까 마다고 할 처지는 아니지. 하지만 최 화백은 챙피해하구 있어. 약점이 잽혀 있다는 게……."

"약점이라뇨?"

"동란 전까지도 최 화백은 만화를 그리구 있었어요. 「허생전」이니 「장화홍련전」이니 본명 그대루. 궁하던 시절에는 그걸루 생계를 꾸렸지. 그 만화들을 어디서 구했는지 사장이 가끔 내보이면서 약을 올린단 말야. 시커먼 갱지에 나달나달한 물건들야. 동양 화단의 대가가 되어 있는 지금에사 최 화백은 그 만화들이 창피한 모양이지. 통탄할 사람들야…… 그게 뭐 어때서……."

김 선생 말대로 그건 그랬다. 제 손으로 만든 책을 처지가 달라졌다 해서 감추고 싶어할 지경이라면, 열 명의 편집위원들의 격이 어느 정도나 되는지 대충 짐작이 갈 수밖에 없었다. 박 교수만은 다시 설득을 시켜야겠다 싶어 김 선생을 통해 그런 의사를 전달했으나, 사장은 가타부타 답이 없었다. 승낙으로는 여겨졌지만, 찜찜한 기분인 채 나는 박 교수의 대학을 찾아 나섰다.

그 사이에 조 부장 문제가 폭발이 돼 있었다.

'바보'로 다시 나를 불러내지는 않고 조 부장은 그 동안 끈덕지게 김 선생에게 전화를 해오고 있었는데, 협상을 벌이고 있었던 것 같다. 내용 증명을 곧 보낸다는 엄포로 조 부장이 요구해온 것이 무엇이었던지는 알 바가 없다. 김 선생도 그에 대한 얘기만은 극비처럼 발설을 않아 거의 잊어버릴 지경이 돼 있었으나, 인천 공장 쪽의 근로자 대표 여남은 명이 회사 뜰에서 벌인 소규모 농성에 그가 합세했다는 것은 놀라운 일이었다. 농성은 그가 주도하는 듯한 양상을 띠고 밀고 당기는 육탄전으로까지 번졌던 모양이다. 사장실을 점거하려는 그들과 출입 현관문 쪽에서 그것을 저지하려는 소란을 이층에서 바라보고 있던 사장이 내려와, 조 부장과 근로자 대표 한 사람을 안으로 데리고 들어갔다.

근로자들의 요구는 반만 들어준다, 조 부장은 이 일에서 선동인가 단순한 가세인가, 무슨 역을 맡고 나선 것인가고 사장은 따졌다. 사장이 왜 조 부장의 이번 일의 성격을 물고늘어졌는지는 뒤에야 밝혀졌다. 멋도 모르고 그랬는지 오기로서인지 조 부장은, 자기가 일을 꾸몄다, 이놈의 회사 뒤집히는 꼴을 보고야 말겠다고 소리를 질렀고, 근로자 대표도 수긍하듯이 말이 없었다는 것이다. 테이프를 가져오라고 사장이 소리쳐 그 자리에서 그것이 틀어졌으며, 만화가들에게 나가던 화료의 오 퍼센트 정도씩을 착복해온 조 부장의 비위 사실이 폭로됐다. 벼룩의 간을 빼먹어도 유분수지 당신은 그 동안 남의 고료 삼천만원 이상을 가로채왔다, 내용 증명은 이쪽에서 준비중이다…… 사장이 소리소리 질렀다.

"……퇴직금까지 엔간히 주었는데 조 부장이 과욕한 게 화근야. 부인이 신장염을 앓고 있어요. 그놈의 테이프를 언제 녹음했는지 모르겠어. 만화가 한 녀석이 이번에도 십오만원을 떼이고는 그걸 덮어두지 못하고 저번에 내게 왔었어. 하소연으로 그쳤는가 했어요. 내가 달래 돌려보냈으니까…… 좌우지간 빈틈없는 양반이라구, 정 떨어져……."

말은 그렇게 하고 있었으나, 김 선생의 표정은 덤덤했다. 소름이 돋는 듯한 감각이 내 등을 훑고 지나갔다. 시장통의 아귀다툼이라면 또 모른다. 그런 와중에 악을 쓰며 깨닫는 참담함이나 패배감에는 순수한 열정의 느낌이라도 있다. 이전투구랄 수도 없는, 조직체의 틈바구니에서 새나오는 이 정 떨어지는 쓸개맛의 정체는 무어라 이름을 붙였으면 좋을까…….

어딘가 구라파 쪽 신사를 연상시키는 용모와 차림의 박 교수는 막무가내였다. 견본 원고를 일일이 보일 작정으로 한아름 싸들고 갔던 것이었으나, 한산한 구내 커피숍에서도 보자기를 그는 풀지 못하게 했다.

"내용이 달라졌다는 건 알겠어요. 창의적인 좋은 그림들이겠지 물론. 내가 이해할 수 없는 건 어째서 그 친구가 기를 쓰고 날 끌어들이려는가 하는 점예요. 아무리 생각해도 이율 모르겠어. 그 점이 싫다는 게야. 편집장은 알고 있소?"

김 선생이 말하던 라이벌 운운하는 얘기가 떠올라, 나는 망설였다.

"혹시 경쟁 관계 같은 거라도 아니세요 사장님과? 수필이나 무슨 다른 방면으로……."

무슨 소리냐는 듯이 박 교수가 메마른 웃음을 터뜨렸다.

"그 친구하고 경쟁할 이유가 어디 있어? 그 양반은 기업인이고 나는 접장인데. 여잘 사이에 두고 싸울 일이라면 차라리 재미라도 있지. 죽마고우라 해도 그래요. 그런 문제는 현실 감각을 끌어들이지 않고 그냥 두는 게 나아요, 추억이라도 손상시키지 않으려면…… 좌우지간 이번 일은 싫어요."

말의 내용으로 봐서는 간청하고 매달리면 될 법도 한 부드러운 것이었으나, 박 교수의 표정에는 어딘가 얼음 같은 냉엄한 기색이 있었다. 찔러도 피도 안 날 것 같은……이라면 표현이 뭣하지만, 이런 얼굴이 설득에는 가장 어렵다는 것을 나는 몇 번의 경험으로 알고 있다. 훈장과 장사꾼을 구분짓는 근본적인 갭을 그는 말하려 했던 것일까…… 재삼 청원하려는 내 입을 부드러운 말로 막고 훌쩍 일어서서 강의실 쪽으로 사라져가는 교수의 등을 복잡한 기분으로 나는 지켜보았다.

조 부장 일의 여파 때문인지 파트는 저기압에 휩싸여 있었다. 밖에서 얼었다가 스팀 기운이 더울 정도인 방으로 들어서자, 맥을 놓고 있는 동료들의 그런 모습과 박 교수에의 무력감이 가세해 나는 곤혹감에 빠졌다. 조 부장 사건을 김 선생의 재재바른 어조로 전해 들으면서, 결과 보고라도 가야지 싶었으나, 드러누워버리고 싶은 권태감에 몸을 맡긴 채 나는 복도로 나섰다. 월간부 쪽에서도 분위기는 마찬가지였다. 내달치 잡지를 제본소로 넘긴 만화 파트는 한가한 때라서 그런지 두엇이 책상을 지키고 앉아 낙서를 하고 있었고, 수필지 쪽의 서넛도 코가 빠져 아래만 내려다보고 앉아 있었다. 수기물이니 시시한 추리소설류니 하는 몇 종을 만들고 있던 단행본 파트는 아예 자리들을 비워버리고 있어, 나는 도로 돌아섰다. 그새 박 교수로부터 사장에게 직접 전화가 왔었던 모양이다. 태도를 분명히 한다는 식으로 박 교수는 새삼 전화를 해두고 싶었을지 모른다. 일종의 결벽증이 시킨 일이었을 것이다. 뒤에서야 안 일이었지만, 이 전화가 사장을 결정적으로 자포자기 상태에 빠뜨렸던 것 같다.

허둥거리듯한, 예외적인 모습인 채 이쪽으로 뛰다시피 오다가 복도에서 나를 본 김 선생이, 당분간 파트 일을 중단하라는 지시가 내렸다는 전갈을 해왔다. 그렇다고 해도, 벌써 기계로 넘어가 일부가 돌고 있는 본문 인쇄까지 연락해 스톱시키라는 지시여서, 아연한 느낌이었다. 제로로 돌린대, 모두…… 김 선생은 막연한 그런 말을 했다. 팀을 해체한다는 뜻인가고 물었으나 그는 우물쭈물할 뿐이었다. 이건 도대체 일이 어떻게 돌아간다는 것인가…….

할말을 잃고 우두커니 김 선생을 마주 보고 있는 곁을, 언제 이층에서 내려왔던지 사장이 스쳐 지나갔다. 시선은 이쪽을 향하고 있었으나, 눈만 뚫어놓은 가면을 뒤집어쓴 듯이 그는 아무도 보고 있지 않았다. 군중을 앞에 둔 연사들에게서나 가끔 볼 수 있는, 격앙됐으나 무기미한 그런 표정과 서슬이 그의 전신을 뒤덮고 있었다. 이런 경우 그 황폐한 감정의 피해를 입는 것은 오히려 무관한 상대편이다. 네모진 어깨에 소탈한 기업인의 폼처럼 아무렇게 걸쳐진 점퍼의 깃을 번갈아 구기고 접으면서 그는 현관문 쪽으로 걸어가, 발길로 그것을 열어젖혔다. 불의에 꽁무니를 걷어차인 개의 감정 같은 것이 스며들지 못하게 하려고 김 선생과 나는 결사적으로 그 등뒤를 바라보았다.

4

거들 일이 없어 그냥 앉아 있다는 것과 일을 빼앗기고 멍청한 상태라는 것은, 근본적으로 내용이 다르다. 한가하다는 사실이 휴식이라도 되어주는 것은, 제대로 한 일이나 해야 할 일이 앞뒤로 보증을 서주고 있을 때뿐이다. 파트는 일 주일째 그런 상태로 멀거니 앉아 있을 수밖에 없었다. 그것은 흡사 선고를 기다리느라 일 주일째나 법정에 머물고 있는 기묘한 피고들의 모습을 연상시켰다. 월간부에 가서 일손을 도울 여지도, "야, 맨날 이렇게 편했으면 좋겠다"고 웃고 넘기는 것도 하루이틀 정도였다. 담판을 지어야겠다 생각하고 일어서지 않았던 것은 아니나, 눈치를 챈 김 선생이 그때마다 앞을 막아서다시피 하면서 자기에게 맡겨달라고 나갔다 왔다. 발행 겸 편집 겸 주간은 사장 이름으로 돼 있었지만 김 선생은 아마도 천덕꾸러기 주간 역을 자청해서 떠맡고 있었다. 그가 받아온 대답은 아무도 만나고 싶지 않대…… 하는 요령부득의 것들이었다.

철부지 애도 아니고…… 하는 생각보다도, 이번 기획은 순전히 사적이고 즉흥적인 충동에서 벌인 것이 아닌가 싶은 심증이 내게 들었던 것도 그 무렵이다. 비상하게 돌아가는 머리로 영리 전망까지도 고려에 넣은 충동인지는 몰랐으나, 책의 기획이 정말로 그런 동기에서였다면 용납이 되지 않는다…… 하는 걷잡을 수 없는 감정이 내게 들기 시작했다. 이렇게 뒤틀리기 시작하면 당장 딴 일자리가 나서지 않아 해를 넘기며 전전긍긍 헤맬 경우가 닥치더라도, 어쩔 수가 없었다. 고질증이 내게도 도지기 시작한 것이다. 근처 다방으로 파트가 뿔뿔이 흩어지고 없는 텅 빈 방에서 나는 두 번째 사표를 썼다.

"아무도 안 만나고 싶댔잖아?"

경중 뛰면서 폭소라도 터뜨리고 싶을 만치 높은 소리로, 봉투를 팽개치면서 사장이 울부짖듯이 고함쳤다.

어린이의 퇴행증 비슷한 충격적인 느낌—을 거기서 받고 말없이 물러나왔던 것은 아니다. 그렇게 생각해서 그런지, 역시 텅 빈

방의 널찍한 자줏빛 소파에 이를 갈듯이 움치고 앉은 사장은 지독히도 고독해 보였다. 모르긴 해도 한 주일 내내 그는 그 자리에서 꼼짝도 않았던 듯한 모습을 하고 있었다. 어두운 갈색 커튼이 반쯤 열어젖뜨려진 대형 유리창 뒤쪽에서부터 부어져 들어오는 꾸무럭한 저녁답 날빛이 사장의 표정을 실루엣처럼 흐려놓고 있었다. 카펫 바닥에서 봉투를 주워 문을 닫고 나온 바깥에서 찢으면서, 나는 손바닥 속의 그 둘로 나뉜 사표를 내려다보았다. 그를 도와야겠다는 생각이 진심으로 내게 든 적이 있다면, 아마 이때가 처음이었을 것이다.

그렇게 구질구질하게 느껴지던 눈이라도 차라리 빨리 퍼부어주었으면 싶어 찍어눌리듯이 땅거미 지는 창 밖을 무료히 내다보던 퇴근 시간 무렵쯤에, 웬 여인의 목소리로 전화가 걸려왔다. 허스키한 목소리만으로는 도통 판별이 가지지가 않았으나, 여성 문제를 다루는 무슨 단체의 간부라고 듣고 있던 사장 부인은 이십대가 아닌가 여겨질 정도로 몹시도 젊어 있었다. 회사가 곧바로 내려다보이는 근처 스카이라운지의 구석진 자리에서 일어서면서 그녀는 서슴지 않고 내게 손을 내밀었다.

"저번 저녁 파티에 오시지 않아 어떤 분이신가 했어요."

"……."

"매달 한 번쯤 집에서 저녁 대접들을 하구 있죠. 저번엔 사원들이랑 편집위원분들이 오셨는데…… 편집장은 왜 초대하지 않았느냐구 했더니 이런 데 오실 분이 아니라는 거예요 애기 아빠가. 거부 반응을 일으키실 게 틀림없다는 거죠."

그것은 금시초문의 애기였다. 언제 때 일이었는지는 모르나 그렇다면 파트는 거기 갔다 오고서도 시침을 떼고 있었던 것이 된다.

"나쁘게 생각 마세요. 편집장을 몹시 어려워하구 있다고 하면 설명이 될는지 몰라…… 무서워한다면 말이 우습지만."

갈수록 이상한 말만 하고 있었으므로, 영문을 몰라 나는 그녀를 지켜봤다.

"너무 정직해 뵌다는 거죠. 호화 주택이라고 낙인 찍힌 집도 그냥 보아넘기시지 않을 거라면서……."

"집이 그렇게나 큽니까. 그건 어리석다는 얘기로도 들리는데요 제가…… 무슨 소린지 모르겠습니다."

"애기 아빠가 좀 그래요."

그러면서 그녀가 회사 쪽을 내려다봤다.

"저건 애기 아빠의 양심 같은 거예요……."

이 비슷한 소리는 어디선가 들었던 듯한 기억이 있다. 사장이 그랬던가 김 선생이 그랬던가. 그 양심이란 것은 출판부를 가리키는 말이었을 것이다. 건물 아래층 한쪽 귀퉁이에 내몰린 채 어디쯤인지 잘 보이지도 않는 회사의 그 추상적 심장을 나도 고개를 빼고 내려다봤다. 시간이 있으시다면 저녁이라두 대접하려고 하는데요…… 하는 소리를 전화로 들었을 때는 으레 사장이 동석하는 걸로 여기고 있었다.

웨이터가 왔다. 그녀는 이것저것을 권하면서 자신의 것으로는 내가 모르는 음식을 주문했다. 무엇무엇을 첨가해달라는 주문이었는데 아마도 여기는 사장과 자주 들르는 눈치 같았다.

"천천히 드시면서 실컷 좀 얘기해주세요. 어려운 점이라든가……."

사장에게 직접으로도 안 통하는 얘기가 뒤쪽이라고 통할까 싶기도 했으나, 어렴풋이 가는 느낌 같은 것이 있어서 나는 박 교수 얘기를 꺼냈다.

"저녁 파틴가 뭔가 거기 다른 한 분이 또 안 갔었죠?"

"박 교수 말예요?"

그녀에게서 즉각 반응이 왔다. 그녀도 편집위원 건을 알고 있는 게 분명했다. 예측한 반응이었기는 해도 내가 기대한 그런 것은 아니었다. 박 교수에 대한 존칭을 그녀는 빼버리고 있었다. 나는 자초지종을 말하고 그 때문에 전집 일이 스톱 상태라는 것을 설명했다.

"S사에서도 비슷한 기획을 하고 있다는 정보가 들어와 있습니다. 한 발 늦으면 큰일이죠. 서둘러야 할 텐데 그 건이 해결이 안 됩니다. 제 눈에는 하나도 걸릴 일이 아닌데 이해가 가지 않아요. 박 교수님을 빼고 딴 분을 넣어도 될 텐데……"

"박 교수 일은 걱정 마세요. 내일 당장 제가 해결하죠. 오전에 허락을 받아놓을 테니 오후에 애기 아빠에게 말하고 편집장이 한 번 더 거기 갔다 오세요. 형식적인 거니까…… 여자가 나서서 됐다고 소문이라도 나면 좋을 게 하나도 없죠."

"정말입니까?"

포도주 탓인지 희게 투명하던 그녀의 뺨이 분홍빛을 띠었다. 그녀가 조롱하듯이 고개를 끄덕였다. 이렇게 간단한 일인데도 한 방 사람들을 통째 일 주일 이상이나 공중에 매달아놓고 있었더란 말인가 하는 어이없는 느낌이 분노라기보다 허탈한 실감으로 전달돼왔다. 포크와 나이프를 들었으나 나는 건성으로 고기를 잘라 입에 넣었다.

"또 어려운 점은 없어요? 죄다 얘기해주세요. 이해가 안 가는 일처럼 재미없는 일이 또 없죠. 그게 사람을 타락시켜요."

그녀는 아마도 자신이 일하고 있는 단체에서의 경험을 말하고 있는 것 같았다. 위에서 모든 걸 주무르는 간부한테도 이해가 가지 않는 일이 있다는 것일까.

"따지기로 든다면 이번 일의 처음부터가 이해가 안 갑니다. 누구 발상인지는 모르지만 문학 전집을 만화 전집으로 고친다는 발상부터가…… 독해력이 부족한 아이들 상대니까 그럴 수도 있겠지만 문학 쪽은 쉽게 풀어서라도 문학으로 전달을 시켜야죠. 표현 양식이 근본적으로 다른 거니까. 승산 없을 게 뻔한데 웬일인지 자신만만한 판매 쪽 일도 이해가 안 가고……."

　"판매 쪽은 신경을 쓰지 마세요. 애기 아빠를 모르니까 하시는 말씀예요 그건. 그인 승산 없는 일은 하지 않아요. 그보다도 좀전에 하신 말씀이 좀 걸리네요. 좋은 이야기를 만화로 고친다는 건 불가능한 건가요?"

　"한계가 있다는 얘기죠. 그런 식으로 고쳐서 나온 그림책의 종류가 이십여 종이나 됩니다. 판매는 어땠는지 모르지만 아이들의 관심을 제대로 끌 수 있었을까 하는 점이 문제죠. 하도 과격한 스토리에 에워싸여 있어서 웬만한 내용에는 아이들이 눈썹 하나 까딱 안 합니다. 먹혀들지 않을 바에야 원본대로 좋은 표현이나 말의 기능만이라도 제대로 읽어 듣기도록 애를 써야죠. 만화로는 원래의 문학 언어를 반밖에 전달 못 합니다. 그것도 대사나 그림의 보조 설명으루…… 그 나머지 반을 보는 걸루 상쇄시킨다는 건데 쉬운 일이 아녜요. 그것도 스토리만이죠. 문학이 애들에게 전달하려는 건 사실은 스토리가 아니라 말의 기능이죠. 텔레비전 만화는 그걸 더 어렵게 하고 있더군요. 직접 대사도 나오고 움직이기도 하니까 문학의 배 이상이나 효과가 날 것 같은데도……."

　그러면서 나는 Y사에서 연전에 나왔던 비슷한 기획의 그림책 이야기를 했다. 그것은 국내 작가의 짧은 동화 한 편씩을 듬성듬성 원문으로 깔면서 A급의 순수 화가들로부터 그림을 받아 만들어진 것이었다. 화료도 파격적이었을 뿐 아니라 화가들은 아이들을 위한다는 일념으로 기꺼이 응해 전력투구를 했던 것이어서, 책은 수준 이상이었다. 광고비도 엄청났고 사회 각계에서도 추천이니 우량 도서상이니 하는 형식으로 적극적으로 호응했다. 왜 그것이 판매에서 완전히 실패해버렸는가 하는 데에는 여러 가지 이유가 있었겠으나, 내가 느낀 근원적인 차질은 아이들의 감각을 아예 도외시했다는 데 있다. 아이들이 뭘 좋아하는지 전혀 이해하려 하지 않은 것이다. 거기 실린 동화뿐 아니라 그림까지가 어른들이나 공감할 것이었지 아이들에게는 거의 절벽이었음에 틀림없다. 어른들은 모처럼 좋은 그림책이 나왔다고 사들고 들어가기도 했을 것이다. 호기심으로 덤벼들어 한두 페이지를 들추던 아이가, 에이 재미없어 거지 같애……라면서 팽개쳐버린다…….

"그처럼 비참한 일이 또 없죠. 아이들을 전문으로 다루는 사람들도 쩔쩔매는 일을 순수한 화가들이 자기들 역량이면 아이들에게도 통하리라 생각한 것이 애초 오산이었어요. 물론 기획의 책임이었습니다만……."

"듣고 보니 예삿일이 아니군요. 이번 일도 처음부터 그런 오산이 들어 있다는 거죠?"

"아이들의 감각이란 건 도대체가 레이다 망보다 더 복잡 미묘해서 아무도 짐작을 못 합니다. 접근도 어렵구요. 기껏 애들이 좋아하는 형식이나 어렴풋이 알고 있을 뿐이죠. 그 형식의 하나가 낙서벽이 발전한 만홥니다. 아이들이 지금 그렇게도 좋아하는 잡지나 그런 만화들도 실은 아이들 감각을 제대로 짚은 게 아닙니다. 변칙이죠. 아이들이 난폭한 것을 좋아한다, 혹은 차마 입으로는 말 못 할 상소리를 좋아한다 하는 주로 그런 측면을 물고늘어져 아첨을 하고 있어요. 뒤책임은 전혀 생각도 않고…… 용서할 수가 없어요."

"억진 줄 알면서 이런 일 계속하시는 것도 그 때문이군요."

포크를 놓고 냉수로 입가심을 하면서 그녀가 말했다.

"애기 아빠가 아까운 사람 하나 기어이 만났다고 칭찬이 자자하더니…… 또 얘기해보세요. 어떻게 해드렸으면 좋겠어요?"

고용주 부인한테서 그런 소리 듣는 건 기분 나쁠 것도 없었다. 아마도 사장은 낮에 소리지른 것이 뭣하고 직접 속을 털어놓기도 계면쩍어서 부인을 보낸 게 분명했다. 호화 주택 때문에 초대도 꺼릴 지경이었다는 소리가 사실이라면 그럴 법도 한 일이었다. 어떻게 해달랄 것이 있을 리 없어, 내친 김에 나는 이번 기획의 의미를 다시 말했다. 접근할 수 없는 아이들의 감각을 완전히 파악은 못 하더라도 기왕에 그들이 좋아하는 형식을 빌려 거기 가까운 어떤 것이라도 만들어줘야 한다, 표준이 될 만한 것조차 없으면 아이들은 걷잡을 수가 없다, 판매 쪽은 승산이 없어 보이지만 의의는 충분히 있다…… 그러면서 나는 저번 만화가들의 그 기적 같은 일을 말했다. 사장도 주위에서도 그 일은 대수롭지 않게 여기고 있었으나, 그런 기적은 두 번 다시 일어날 것 같지 않았다. 시중에 깔린 새달치 잡지들을 들춰보고 그 심증은 굳어질 수밖에 없었다. 그 일이 있었는데도 잡지 여기저기에 실린 그들의 원고는 의연히 원래의 왜색으로 돌아가 있었다. 연재 만화들이야 주인공을 바꿀 수가 없어 그렇다고는 하지만, 단회치로 끝나는 완독물조차 하나도 달라진 게 없었다. 그것은 기묘한 절망감이었다…….

"어머, 저 눈!……"

다음 세트의 만화가 인선은 신중을 기하지 않으면 안 된다, 사장의 독단이나 독선이 개입하면 그것도 어려워질 수밖에 없다……, 그런 말을 하려는데 창 쪽으로 고개를 돌린 그녀가 작은 외마디 소리를 냈다. 오랫동안 그쪽을 내다보고 있다가 얼굴을 돌린 그녀의 눈자위 부근이 놀랄 정도로 빨개져 있었다. 울었거나 갑자기 술이 올랐거나 둘 중에 하나였을 것이다.

"사실은 이번 책의 아이디어도 기획도 전부 제가 한 거예요."

"……."

"다시 한번 말씀해주세요. 이런 일에 왜 그렇게 열심히 매달리고 계시죠?"

먹고살기 위해 왜 직장에 나가느냐는 투의 물음으로 들렸다면, 되레 이쪽에서 어안이벙벙해 말문이 막혔을지도 모른다. 저렇게 피부가 매끄러운 유한 부인들 중에는 그런 질문을 해놓고도 늠름한 뻔순이들이 얼마든지 있다. 나는 여자를 지켜보았다.

"딸아이가 만화의 피해를 심하게 입었습니다."

"몇 살이에요?"

"열 살…… 부인도 애기 때문에 그런 아이디어가 떠오르신 겁니까?"

"아들은 제 전부죠. 저한테는 개밖에 없어요. 열한 살인데 이제 사학년예요, 생일이 늦어서……."

뿌리는 눈발 쪽으로 그녀가 다시 시선을 돌렸다.

주차장에서 나온 부인의 차를 보내고 집으로 전화를 해보았으나, 먼저 저녁을 먹고 아이가 일찍 잠들었다는 아주머니의 대답이었다. 아파트 문 단단히 잠그고 돌아가라 이르고, 미진했던 술 생각이 갑자기 북받쳐올라 나는 포장집을 들치고 들어섰다.

아빠는 도둑놈이야…….

동시를 쓰는 친구의 아들아이가 얼마 전에 느닷없이 그런 소리를 했다는 얘기를 들었을 때 내 머리에 떠오른 것도 그 만화였다. 급한 김에 아이의 저금통에서 만원 남짓한 돈을 언젠가 꾸어 쓴 적이 있는데, 까맣게 잊고 있던 반 년 전의 그 일을 들추고 나오면서 아이가 대들었다는 것이다. 친구의 아들은 일곱 살짜리였다.

겨우 떠듬떠듬 책을 읽을 정도여서 처음에는 찔끔하기만 했는데, 가만히 있자니까 제어할 수 없을 정도로 감정이 격해져서, 내가 왜 도둑놈이냐고 맞고함을 질렀다고 한다. 너한테 꾼 돈은 갚으라고 어머니한테 벌써 주었다, 도둑놈이란 말은 어머니한테 가서나 해라, 이봐, 얘한테 갚으라고 준 돈 어따 쓸어박았어?

그냥 '도둑'이라고만 했다면 덜했을지도 모른다, '놈' 자 하나가 더 붙는다는 사실이 이토록 사람의 감정을 천양지판으로 저울질할 줄은 몰랐다면서 친구는 요즘 아이들의 성장 속도를 한탄조로 감탄했다. 언어를 다루는 직업이 불의에 당한 역습이어서 고소를 머금고 듣고는 있었으나, 남의 일이 아니라는 생각이 들었다.

이 씨팔 자식아…… 하고 딸아이가 내게 덤벼든 것은 여섯 살 때였다. 그건 책의 영향이라고는 할 수 없다. 집 안에서 제일 쉽게 손에 잡히는 게 그런 것이어서 그랬던지 다섯 살로 접어들면서 한글을 읽기 시작한 아이가 닥치는 대로 잡지를 읽고 있었다고는 해도, 어느 책에도 그런 쌍욕은 적혀 있지 않다. 동네 애들에게 배운 소리였을 것이다. 몇 단계로 거치는 반항기의 그런 조포성은 차라리 자연스런 것이다. 화가 나면 아이들은 본능적으로 그것을 발산시켜버리지 않으면 견디지 못하고, 표현을 찾는다. 가슴이 아프다, 아프다는 말을 아이가 가끔 하기 시작한 것은 일곱 살로 접어들면서였다. 서너 번 비슷한 소리를 듣다 겁이 더럭 나서 병원으로 데리고 갔다. 의사는 이상이 없다고 했다. 몸을 씻기다 가슴 언저리에 손이 가기라도 하면 소스라치며 아이가 놀랐다. 왜 그러느냐고 물으면 죽이지 마 하고 갑자기 소리를 질러놓고 찔끔거린다. 아빠, 내 심장을 빼려구 그러지? 내장을 모두 들어내려구 그러지?

개미떼를 기어이 쫓아다니며 발로 문대버린다거나 작은 곤충을 돌로 짓이겨버리는 잔인성 같은 것은 그런 커다란 공포에 대한 본능적인 반작용이었을지 모른다. 잡지사 친구들 몇이 거나해져 전화도 없이 왁자지껄 집에 들이닥친 적이 있다. 잠에서 깬 아이가 홑이불을 둘둘 만 채 어두운 책상 밑으로 기어 들어갔다. 나오라고 아무리 달래도 바들바들 떨면서 아이는 구석으로만 파고들었다. 흡혈귀 군단이 물러간 거야?…… 친구들을 억지로 돌려보내고 나자 눈물투성이가 된 아이가 그런 말을 중얼거렸다.

말더듬이가 되었을 때, 나는 딸아이의 그것이 두어 주일쯤으로 끝나는 것이려니 했다. 생각날 때마다 잔소리도 하고 직접 들었을 때는 야단도 치면서 아이의 그런 말버릇에는 비교적 무심했던 것인데, 서너 달이 지나 심상치 않다는 것을 깨달았을 때는 이미 때가 늦어 있었다. 잠든 틈을 타 아이가 보던 책들을 전부 끄집어내 샅샅이 뒤진 끝에 연재 만화 주인공의 말투에서 그 원인을 찾아내고는 대책이 서지를 않아 멍한 기분이었다. 그것도 하필 내가 편집한 잡지였던 것이다. 만화의 내용은 그렇게 난폭한 것은 아니었다. 여자아이들은 어느 나이가 되면 '태권 V'니 '번개 아톰'이니 하는 남자애들의 세계에서 떨어지면서 딴 데로 방향을 잡는다. 그 만화의 여자 주인공도 노상 말더듬이는 아니었다. 한 회치에 한두 번 정도로, 위기에 몰렸을 때, 혹은 커다랗게 소리를 쳐야 할 컷에서 저절로 말을 더듬는다는 식이었다. 그것이 아이의 감정에 정통으로 스며들어버린 것이다.

근 일 년 남짓을 딸아이의 그 굳어버린 말버릇을 고쳐주려고 노심초사하지 않으면 안 되었다. 고쳐주려고 애를 쓴다는 것이 되레 그것을 부채질하고 깊은 데로 밀어넣었을지도 모른다. 그것이 고쳐졌을 때 아이는 의기소침한 성격으로 변해 있었다. 위험한 장난을 반복하는 것을 보고, "원숭이도 나무에서 떨어져" 하고, 아이도 잘 아는 속담으로 경고나 제동을 걸려 해도 돌아오는 대답은, "떨어져도 사뿐야"이다. 이것은 그 의기소침한 성격이 활로를 찾아 필사적인 재치로 바뀐 예에 불과하다. 만화나 텔레비전이 아니고는 그런 재담은 배울 데가 없다. 밥상을 앞에 놓고 게질게질하면서 하도 분통을 돋우길래, "너 자꾸 그러면 아빠, 터져"라고 위협하면 밥을 문 이쪽을 쏘아보면서, "터지긴 뭐가 터져, 풍선이 터지지" 하는 식의 즉각적인 대답도 그런 예이다. 무슨 방법으로든지 자신 속의 불만을 이겨내지 않으면 견디지 못하는 아이들의 그 성격이 자존심에 한번 깊은 상처를 받기라도 하면 스스로 그것을 풀기가 얼마나 어려운 일인지는, 모든 부모들이 부지기수로 겪는 경험일 것이다.

어느 휴일 오후에 가까운 지방 도시에 있는 친구 집으로 아이를 데려가서 하룻밤을 지내고 온 적이 있다. 유니라는 세 살이나 어린 그 집 여자아이가, 우리들이 가자마자 해수욕복을 꺼내 입고 미스 유니버스에 나간다고 맵시를 자랑했다. 그러다가 집 아이의 다섯번짼가 빠진 송곳니 자리를 어떻게 눈여겨보게 된 그 유니가, "나두 애만했을 때 저렇게 이빨이 빠졌다구"라고 했다. 저보다 훨씬 어린 꼬마로부터 그런 소리를 들었다는 것이 아이에게는 상당한 충격으로 받아들여졌던 모양이다. 새침해지기는 했으나 아이는 필사적으로 참고 있었던 것 같다. 시간여를 놀다 그 새침이 풀어질 때쯤 해서 결정적인 일이 또 벌어졌다. 유니가 장롱 위로 던져 올린 공을 딴에는 언니 행세를 해 보이려고 자청해 베개를 쌓아 올리고 꺼내주려던 아이가 잘못 미끄러져 꼬나박힌 것이다. 유니가 데굴데굴 구르면서 웃기 시작하자 아이의 자존심은 여지없이 뭉개져버렸다. 참 못났다, 다 큰 처녀가 그만한 일에…… 유니는 유치원에도 아직 못 가는 갓난애가 아니냐, 하고 아무리 달래고

얼러도 소용이 없었다. 자정 무렵까지 저녁도 먹지 않고 면벽한 채 버티고 서 있던 아이가 단둘이 남은 방 속에서 강제로 이부자리에 눕혔을 때야 엉덩이를 바닥에 놓았다. 두시가 넘은 시각까지 한쪽 벽 구석으로 몸을 말아붙인 채 씨근대고 있는 아이를 지켜보고 있노라니, 끝내 이쪽에서 비참한 기분이 들 지경이었다. 너는 엄마가 없다, 그러니까 아빠가 그 대신 몇백 배로 더 너를 좋아하고 있는지는 모르지? 하고 드디어 이쪽에서 거짓 눈물까지 보이면서 누선을 건드렸을 때야 아이는 울음을 터뜨리며 내게 엉겨붙었다.

그 아이의 눈물과 사장 부인의 눈물을 비교랄 것도 없이 같이 떠올리고, 포장 밑으로 들이치는 눈송이를 바라보면서 나는 거푸 소주잔을 비웠다. 제 집 아이 얘기가 나왔을 때쯤에 사장 부인은 분명히 눈가에 물기를 보이고 있었다. 포도주 탓도 있었을 것이다.

술이 꽤 센지 식사가 끝나고 나서도 계속 그녀는 마시고 있었고, 그렇게 취해 창백해진 얼굴을 외투 깃으로 감싼 채 단둘이 엘리베이터로 내려오는 그 짧은 시간 동안에 이쪽을 노려보듯 하면서,

"제게는 남편도 애인도 있어요"라는 말을 그녀는 했다.

"돈도 필요해요. 하지만 일을 사랑하는 사람도 필요해요……욕심이 너무 많죠?"

쓰러지듯한 시늉을 하고 한쪽으로 쏠리면서 그녀는 노골적으로 내 앞바지 위에다 손을 갖다 댔다. 이쪽보다는 서너 살도 더 아래로 보이는 그녀의 그런 행동이 대담하다고 해야 할지 음란하달지 나는 판별이 서지가 않았다. 사장을 돕고 싶어 설사 발버둥을 치더라도 어쩐지 이 직장 역시 오래 못 붙어 있을 것 같은 그런 예감이 나는 들었다.

두번째 찾아갔을 때 박 교수는 씁쓰레한 표정을 했다.

"동생 같은 여자라서……" 하고 꼬리를 흐리는 말투 속에는 그러나 정감의 느낌이 없었다. 그렇다고 경멸감 같은 것도 거기서는 전해져오지 않았다. 내가 헛짚었던 것일까. 동생처럼 생각하는 여자니까 그렇게도 꼿꼿하게 세우던 고집도 꺾을 수밖에 없다는 태도가 별로 실감으로 오지가 않아, 허전한 그런 느낌에 골몰했던 탓인지 캠퍼스의 얼어붙은 눈길에서 두 번이나 나는 미끄러질 뻔했다.

태도를 분명히 해둔다는 식의 깔끔함은 아마도 박 교수의 습벽인 듯했다. 그에게서 사장한테 승낙 전화가 왔었다는 얘기를 돌아오자 김 선생이 알렸다.

"그럼 기계 돌아가도 되겠군요. 인쇄소로 연락하죠."

"오늘은 안 될걸? 오야붕 자존심이 그렇게 호락호락 풀릴 리가 있나. 내일쯤이나……"

전화를 받고서도 사장은 이렇다 할 지시는 없이 여전히 혼자 있고 싶다, 라는 소리만 했다는 것이다.

"혼자 있는 것 좋아하시네. 그렇담 밖으로 나가버리면 될 것 아냐? 무슨 용가리 통뼈라고 독 피우고 앉아서 사람을 들들 볶지?"

그런 소리로 김 선생은 파트를 웃겼다. 김 선생의 예언대로였다. 박 교수의 아량을 받아들인다는 표시는 다음날에야, 출판부에 대해 처음으로 터뜨리는 사장의 포효라는 형식으로 나타났다.

"스리가 뭐야, 지라시가 뭐야. 세나까니 미다시니 언제까지 너희들 왜놈 말 그대로 쓸 거야? 나는 장사 때문에 그런다지만 너희는 문화를 맡은 놈들 아냐?"

월간부 쪽에서 목청껏 지르는 고함이 들려오고 무엇인지 닥치는 대로 내던지는 듯한 소리가 한동안 계속되더니 전집 파트의 문이 벌컥 열리고, 예의 가면을 뒤집어쓴 듯한 앙분한 그 얼굴이 불쑥 나타났다.

"인쇄소 쪽은 어떻게 되는 거야?"

"돌릴까 하고 방금 물어보려던 참야. 좀 있다 편집장이 직접 그쪽으로 가본대."

팔을 내저으면서 김 선생이 사장을 도로 몰고 나갔다. 약방의 감초격이라고는 해도, 김 선생 맡은 역이 이때처럼 돋보인 적이 없다.

그처럼 엄청난 경비를 들이고 있는 기획이 편집위원 하나의 거취 때문에 갈팡질팡한다는 것도 이해가 안 가는 점이라고 했을 때 사장 부인은, "그인 사람을 도무지 믿지를 못해요"라는 말을 했었다. 고생할 때 하도 여러 번 당해놔서……라는 것이다.

"목욕탕 물에 몸 잠그고 들앉았을 때만큼만 사람들이 믿음을 줘도 살맛이 나겠다, 미지근한 정도라도 좋다, 이건 온통 살얼음판이니…… 하는 소리를 입버릇처럼 가끔 해요."

"……"

신뢰라는 문제가 목욕탕 물로 비유되는 것이 어쩐지 적절하면서도 델리케이트한 느낌이 들어서, 믿는다는 것과 기계가 돌아간다는 것은 다른 뜻이다, 하나는 일이고 하나는 감정의 문제가 아닌가, 박 교수는 유일하게 신뢰가 가는 사람이기 때문에 편집위원이라는 추상적 명분으로 그토록 신경을 쓰는 것인가 하고 떠보았으나, 그녀는 대답을 하지 않았었다.

나는 그녀의 축축한 눈길을 생각했다. 본문 인쇄가 떨어진 것은 그 사흘 뒤다.

제본소로 그것을 실어 보내면서 곧 표지와 전단 광고 인쇄에 들어갔다. 광고는 대여섯 종이나 됐다. 단장짜리가 둘, 여섯 페이지나 되는 팜플렛 형식이 하나, 서점용 혹은 벽보용의 포스터가 둘. 책에 두르는 띠니 하는 자잘한 것까지 합하면 쉬지 않고 돌려도 이틀거리다. 표지가 떨어지고 2도 인쇄까지 끝냈는데 또 회사에서 전화가 걸려왔다.

"중단시켜요 모두!"

이번에는 다급한 듯한 사장의 직접 전화여서 나는 어리둥절했다.

"편집위원 이름 모두 빼버려!"

"……."

"한 사람이면 돼, 모두 빼요."

"벌써 2도가 떨어졌는데요."

"그런다고 뺄 수가 없나."

"돌아간 인쇄를 어떻게 합니까. 짤라낼 수도 없어요, 광고 병신 만들기 전에는."

"빌어먹을! 누가 그렇게 빨리 돌리랬어. 좀 물어보고 돌릴 수도 있었잖아?"

"거기서 통과시켜 가져온 원곤데 무슨 말씀이세요. 폐기 처분시킵니까?"

"거물 하나면 된다니까…… 할 수 없지 뭐. 버리고 그 대신 낼 아침 일찍 나와요, 일곱시쯤. 같이 갈 데가 있어요. 본문 견본 몇 장 가지고……."

"하지만 이건 경비 손실이 엄청난데요. 멀쩡한 걸 왜……."

"무슨 소리야, 누구 경빈데 그렇게 말이 많소?"

쾅 하고 수화기 내던지는 소리가 들렸다.

옥신각신하면서 옵셋에서 제판을 내리게 하고, 인쇄소를 나섰을 때는 밤이었다. 재개발 지구로 철거당한 동네가 몇 대의 중장비와 함께 거대한 쓰레기의 산이 되어 앞을 가로막고 있는 그 뒤쪽으로 나는 돌아갔다. 일변 밀어붙여놓고 다른 쪽으로는 바로 정지 작업으로 들어간 그 일대는, 밤이어서 그런지 얼어붙은 적요에 휩싸여 있었다. 선사 시대의 괴물 같은 그 쓰레기 산의 윤곽 밑으로 스며들어가 용변을 보고 있는데, 앞이 막히는 듯한 느낌이 왔다. 일을 보고 나서도 그 느낌은 없어지지 않았다. 토악질 기분과도 비슷한 그것은 곧 어마어마한 정욕으로 변해 내 아랫도리를 후려쳐왔다. 그보다 더 심한 감정의 혼란 속에서도 끓어오르지 않던 외침이 내 속에서 끓어올라왔다. 그것이 사장에게로 향한 것인지 부인에게로 가는 감정인지 아니면 박 교수에게로 향한 것인지 나는 분별을 할 수가 없었다.

시키는 대로 하마. 충성이라도 맹세하마. 좋아서 하는 일을 이런 식으로 중단시키지만 말아다오.

외침은 계속 끓어올라왔고, 으윽으윽 하는 그 외마디 비명을 지치지도 않고 나는 계속 쓰레기 더미 속에 부어넣었다.

사장이 하나면 된다고 하던 그 거물은 일계(一溪) 선생을 가리키는 말이었다.

일계 조남기(趙南基) 선생 — 국문학계의 태두다. 팔순이 벌써 넘어 노환으로 두문불출이었으나 아마도 종신이 가깝다는 풍문들이 돌았음인지 지난달부터 두어 군데 잡지들이 특집을 다루기 시작하고 있었는데, 사장의 머리가 그제야 그쪽으로 돌아간 것이다.

“앞도 못 가리는 노인을 왜 이렇게 괴롭히려는지 모르겠어……박 교수나 사장이 같은 제자들이라 해도 그렇지. 이제야 진짜 봉을 잡았다고 머리가 돌아버린 게 아닌가.”

역시 같은 호출을 받았음인지 스팀도 아직 돌지 않는 방에 벌써 나와 덜덜 떨고 있던 김 선생이 발을 바꿔 딛으며 말했다. 나는 그런 발상의 계기를 물었다.

"웃기지도 않아" 하면서 김 선생이 여성지 한 권을 들고 왔다.

"일계 선생 인터뷰 기사가 여기 있는데 말야, 이걸 본 거야. 여기 밑줄 친 부분이 보이지? '우리 아이들'이란 부분…… 일계 선생 자제분들은 지금 미국에서 살고 있는데 임종 때도 부르지는 않겠다는 기사야. 순 엉터리 소리지. 일계 선생은 벌써 반 년째 혀가 굳어 말 한마디 못 하셔. 그런 분이 이런 소리를 했을 리가 있나…… 측근이나 누가 중구난방으로 한 소릴 얽어 맞춘 거겠지. 임종에는 자식들을 절대로 부르지 않겠다…… 재미있지 않어?"

그 여성지는 얼마 전에 점쟁이들의 부적을 대형 부록으로 끼워 팔아 물의를 빚었던 잡지였다. 붉은 볼펜 선으로 가느다란 밑줄이 쳐진 '우리 아이들'이란 말은 딱 한 군데뿐으로 주위를 대강 훑어 봤으나 더이상 그런 단어는 눈에 띄지 않았다. 조작의 느낌은 고사하고라도 왜 자제들을 미국에서 부르지 않겠다는 것인지 부연 설명도 없었고, 그런 맥락도 끊겨 있었다. 아마도 글을 쓴 기자는, 대표적인 한 한글 사전의 편수자이며 수다한 대학에서 거의 생애를 보내다시피 한 선생이나 자녀들의 영광스런 이력들을 앞뒤로 채우다 지쳐서, 조미료를 친다는 기분으로 이 심술궂은 한 구절을 무의식적으로 곁들였을지도 모른다. 말하자면 따분한 기사에 그림 맞추기 같은 퀴즈를 삽입시킨 것이다. 그처럼 고고한 선비 정신과 한 나라 문화의 장래만을 일념으로 살아온 분이 '우리 아이들'만은 왜 임종의 자리에조차 이 땅에 발을 못 딛게 하려는 것인가— 보는 각도에 따라서는 그런 의문도 들게 하는 기사였다.

트릭에 걸려들었다는 느낌은 김 선생이나 나의 것이었지, 사장은 광막한 펄밭에서 한 마리 학을 혼자 발견한 기분으로 그 단어에 빨려들었을 것이다.

꿀과 인삼주와 오동나무 상자 속에 든 도자기 하나를 싣고 차가 출발한 것은 반 시간쯤 후이다. 사장은 직접 볼보를 몰고 있었다. 성북동 산 초입에 있는 일계 선생의 우거 훨씬 저쪽 골목에다 차를 세우고, 우리들에게 짐을 안긴 채 사장은 걸었다. 매서운 바람이 몰아쳤다.

그저 그런 크기의 낡은 한옥 대문을 따고 우리들을 안방으로 안내한 것은 중년의 부인이었다. 청년 하나가 뒤란 쪽에서 잠시 얼굴을 내밀다 안으로 자취를 감춰버린 집안은 적막하기 그지없었다. 일계 선생은 이십 년도 더 전에 혼자가 된 걸로 알고 있던 터였으므로, 나는 그 부인이 인척인지 단순히 시중 드는 여인인지 짐작이 가지 않았다.

"선생님, 제가 왔습니다."

북어처럼 수척한 단구의 몸이 이불에 둘둘 말린 채 간신히 눈을 뜨고 얼굴만을 이쪽으로 향하고 있는 스승 앞에 꿇어앉으며 사장이 말했다.

"제가 왔다니까요."

사장은 느릿느릿 도자기를 꺼내 들어 보였다. 그리고 무릎걸음으로 다가가 백자의 몸부분을 스승의 뺨에 잠깐 갖다 댔다. 김 선생이 꿀단지와 술병을 부인에게 건넸다. 사장이 이번에는 인쇄 원고와 한지 한 장을 들어 보였다.

"제가 이번에 아이들을 위해 작은 일을 하나 마련했습니다. 도와주십시오."

큰 소리로 말해도 먹은 귀에는 들리지 않을 것 같았으나 이건 그림책이다, 도장을 찍어달라—그런 시늉을 사장은 했다.

"안 된다고 하십니다."

꿀과 술을 한옆으로 밀어놓고 말없이 지키고 앉았던 부인이 냉랭한 어조로 입을 뗐다.

"돌아가세요, 목욕 시간예요."

사장이 그대로 앉아 있자 몸을 일으킨 부인이 냉큼 이부자리를 안아들었다. 일계 선생이 갓난애처럼 부인에게 안겨서 마루 문 저쪽으로 사라졌다. 더 어쩔 수가 없었다.

"살쾡이 같은!"

차로 돌아오면서 사장이 씹어뱉었다.

"식모 주제에……."

"가정부가 어째서 그렇게 도도하죠?"

아무래도 이상해서 물어볼 수밖에 없었는데 핸들을 잡은 사장은 대답이 없었고, 침울한 어조로 김 선생이 설명을 했다.

"조 박사…… 시중 드는 사람 가리기로 소문이 나 있어요. 마지막으로 갈아댄 식모가 사모님 자리를 차고 앉은 거야. 자제들이 미국에서 얼씬을 않는 것도 그 때문이겠지……."

그렇지 않다, 그렇지 않을 것이다……고 생각했지만, 여성지의 '우리 아이들'이란 기사가 떠올라, 차창 밖의 을씨년스런 풍경을 나는 내다보았다. 기사의 그 구절도 그럼 부인이 도맡아 나서서 지껄인 말이란 말인가 싶기도 했으나, 알 수 없는 노릇이었다.

이튿날 아침에도 비슷한 시각에 우리는 그 집 안방에 앉아 있었다. 어제 일은 괘념치 않겠다는 듯 상냥한 얼굴을 하고 사장은 이번에도 꾸러미 하나를 김 선생더러 건네게 했는데 아마 무슨 약재인 것 같았다. 사장이 봉투 하나와 도장 받을 종이를 따로 꺼냈으나 곁의 부인이 또, "안 된다고 하십니다"라고 했다.

부인이 일계 선생의 안색을 살피는 모습은 독특해서 눈을 지그시 내려뜨고 곁눈으로 음미하듯이 이윽히 주의를 기울인다는 식으로, 그 짧은 동안에 가타부타하는 의사가 단번에 통해버리는 모양이었다.

돌아가세요 하는 말이 나오기 전에, 종이와 봉투를 그대로 둔 사장이 몸을 일으켰다. 신을 꿰고 축담으로 내려선 사장이 뜰 한복판에 꿇어앉았다. 따라나온 김 선생이 머뭇거리다 사장 곁에 같이 꿇어앉았고, 엉거주춤 선 채 나는 진퇴양난의 처지에 빠졌다.

스승의 방 쪽을 향하고 그렇게 꿇어앉아 사장은 눈을 감고 있었다. 부인이 방문을 열고 나서면서 마당으로 봉투와 종이를 던졌다. 인장을 받을 한지는 공중으로 날고 돈다발이 비죽이 내밀어진 봉투는 내 발 앞에 떨어졌다. 부인의 입에서 사투리가 터져나왔다.

"해도해도 너무한다. 우리 주인이 돈 몇 푼에 떨어질 양반으로 알았등교? 도오체 이기이 무슨 짓들이라요?"

족히 이삼 분 동안이나 사장은 아랑곳 않고 그대로 앉아 있었던 것 같다. 부인이 앙분한 기색으로 뜰 쪽을 흘기듯 하면서 쾅 하고 문을 닫고 도로 들어갔다. 김 선생이 일어나 봉투와 담 밑에 떨어진 종이를 주워 왔다.

도오체 이기이 무슨 짓들이라요 하고 차 속에서 김 선생이 흉내를 내며 웃었으나, 핸들을 쥔 사장이 사납게 그를 노려보았다.

"김 선배님, 이게 장난인 줄 아쇼?"

장난이 아니면 무어란 말인가 하는 반격이 나오기를 기다렸으나, 우거지상으로 표정이 변한 김 선생은 차창 밖으로 고개를 돌려버렸다.

사흘째 아침에는 김 선생 대신 사장 부인이 운전대 옆자리에 앉아 있었다. 회사에서 출발해서 성북동 고개를 넘는 동안 어느 누구도 입을 열지 않았다. 차에 오르면서 부인과 인사는 했으나 내 바지에 대담히 손을 갖다 대던 그런 기미는 그녀의 어느 표정에

도 없었다. 기묘한 것은 대문을 두드리자 이쪽인 줄 뻔히 알면서
도 일계 선생 댁의 그 부인이 어김없이 문을 따주었다는 점이다.

사장 부인이 그 뒤를 따라 마루로 올라갔고, 이번에는 사장이 바
로 뜰 한복판에 꿇어앉았다. 진퇴양난인 채 나는 또 엉거주춤 그
곁에 서 있을 수밖에 없었다. 이때도 족히 사오 분 동안을 그러고
있었던 것 같다. 확실한 것은, 도깨비 장난 같은 그런 어처구니없
는 제스처를 하고 있는 사장에게서 어딘가 집요한 의식(儀式)의
느낌 같은 것이 전해져왔다는 사실뿐이다. 가슴 쪽으로 턱을 당기
고, 사장은 하명을 기다린다는 식으로 의연히 눈을 감고 있었다.
도장 받은 종이를 손에 든 사장 부인이 곧 방문을 열고 나왔다.

차를 몰면서 주인공이 눈물을 흘린다는 상황 같은 것은 영화
신에서나 본 기억이 있지만, 그 비슷한 장면이 돌아오는 길의 차
속에서 벌어졌다.

"나는 안 되는데 왜 임자는 단번에 통과지?"

핸들을 움직이면서 앞을 쏘아본 채 무덤덤한 어조로 사장이 입
을 뗐다.

"몇 장 넣었길래?"

사장 부인이 역시 무덤덤한 소리로 받았다.

"석 장."

"그러니까 안 되지. 나는 한 장 넣었어."

"역시 나보다는 한 수 위군. 간도 크고."

"흥! 계집애들은 나보다 훨씬 많으면서……."

싸늘한 어조로 부인이 받았다. 질투인지 질투를 부추기는 소린
지 그들은 제삼자가 뒤에서 듣고 있다는 것쯤 아랑곳하지 않았다.

"빌어먹을! 그 쌍놈의 여편네가 선생님을 팔아먹고 있어……."

스승이 매물로 내놓인 게 사실이라면 그것을 산 사람이야 누구

든 상관이 없다는 투로 사장이 내뱉었다. 백미러로 가 있는 내 눈
길을 그제야 의식했음인지 흘끗 그쪽을 향한 사장의 시선에서 눈
물이 번쩍했다. 한 장이니 석 장이니 하는 것은 십만이나 백만을
가리키는 단위였던 모양이다.

침묵이 왔다. 이들 부부간의 냉기류나 나의 처지가 불을 보듯이
분명해진 것도 그때다. 그 거리감은 강철보다 견고해서, 어떻게 생
각하고 말고 할 도리도 이미 없었다. 나는 눈을 감았다.

제본이 끝나 케이스에 들어간 책이 출고가 되기까지에는 다시
한 달이나 유예가 생겼다. S사의 비슷한 전집이 한 발 앞서 벌써
나와 있었던 것이다. 오십 권짜리의 이 전집에는 다행히 서넛 외
에는 이쪽의 만화가 이름이 끼어 있지 않았다. 그 한 달 사이에
두어 군데 일간지에서 왜색 만화를 개탄하고 매도하는 5단 특집
기사가 거의 동시에 터졌다. 그 기사의 배후에 사장이 관여하고
있었는지 어쨌는지는 알 바가 없다. 어쨌든 왜색의 본보기로 기사
에 들어간 몇 개의 컷이 S사 전집에서 발췌가 된 것이었음은 분명
하다.

일계 조남기 박사 최후의 감수(監修)─그런 대문짝만한 캡션과
함께 첫 세트 전질 케이스의 앞뒤와, 띠와, 팜플렛 전단 광고에 어
마어마하게 확대된 일계 선생의 낙관용 도장이 주홍색으로 찍혀
책의 출고가 시작되고, 일간지 두 군데에 사이를 두고 전면 광고
가 나갔다. 그 광고에도 2색쇄의 일계 선생 인장이 클로즈업된 것
은 물론이다. 문안에는 선생이 왜 만천하 어린이들을 위해 이 전
집의 마지막 감수를 하지 않을 수 없었는가 하는 그럴듯한 사연
이 사진과 함께 들어 있었다. 원고 작성자가 김 선생이었는지 누
구였는지는 알 수 없다. 엄연히 생존해 있는 사람을 두고 최후니
뭐니 하는 파렴치는 고사하고라도, 매도 기사가 있었던 뒤끝이라

판매 전망에도 상당한 영향이 있을 것 같았으나, 사장이 노린 것도 바로 그 타이밍이었을지 모른다. 말하자면 이판사판의 모험을 강행한 것이다. 먹혀들면 전면적으로든지 망할 테면 아주 망해버려라 하는 식이다. 그런 무모한 모험이 박 교수에 대한 경쟁 심리에서 기인한 것이었든, 아이들을 위한 충정에서 나온 것이었든 아무튼 그 어마어마한 광고비와 제작비를 감안하면 어차피 결판은 날 것이었다.

내가 마지막 사표를 쓴 것은 그 무렵이다. 여성지 인수의 전단계로 『슈우노 도모 主婦之友』니 『슈우세이가쓰 主婦生活』니 하는 일본 잡지들이 트럭으로 실려 들어오고, 사장이 예의 그 올해의 '빈봉투 상'을 타게 돼 경사가 겹쳤다고 출판부는 들뜨고 어수선한 분위기에 싸여 있었다. 왜 관두려 하는가고 이번에는 사장도 묻지 않았다. 그도 나도 서로 너무 많이 알아버린 것이다. 내 표정에서 전염됐는지 사장의 얼굴도 걷잡을 수 없이 권태로운 그것으로 삽시간에 변했다.

자료들을 훑고 서점을 뒤지고 하면서 며칠이나 걸려서 짠 2세트, 3세트까지의 만화가 인선을 대충 정리해 참고삼으라고 김 선생에게 넘긴 뒤, 나는 사를 나섰다. 넉 달 남짓 되는 동안에 거기서 내가 맡은 역은 무엇이었을까. 나의 그것이 단순히 빈자리를 메운다는 역에서 만약에 조금이라도 벗어난 것이었다면, 사장이 전부를 거기 걸었다고 큰소리치던 그 '양심'에 잠깐 보증을 섰던 셈이었을까.

미지근한 물에 잠겨 있는 정도로만 사람을 믿을 수 있어도……하던 사장 부인의 말이 불현듯 생각나, 눈앞의 그 목욕탕으로 내가 끌려들었던 것은 아니다. 만화가 인선은 초상집을 몇 군데나 들른 듯한 피로감을 찌꺼기처럼 내 속에 남겨놓고 있었다.

언젠가 사장 부인과 저녁을 같이 했던 같은 건물 안에 있는 그 사우나탕은, 저녁 무렵이었는데도 보기보다 한산했다. 보통 공중탕의 다섯 배 정도 비싼 값을 하느라 그런 곳의 탈의실은 대개 내무반 같은 침상 위에 잠잘 수 있는 매트리스와 홑이불이 깔려 있게 마련이다.

"오비 원 케노비! 오비 원 케노비!"

탕에서 나와 이불을 들쓰고 시간여를 정신없이 곯아떨어졌던 성싶은데, 갑자기 그런 외침 소리가 들리고 퉁탕거리는 발자국 소리와 함께 복도 쪽 문이 열리면서 전자 총을 든 아이 하나가 탈의실로 들어섰다. 가운 위로 얼굴은 열 살 정도나 먹어 보였지만, 첫눈에도 과잉 영양으로 이상비대증이 된 아이였다. 씨름꾼 같은 몸을 한 아이가 탈의실을 한 바퀴 휘젓고 눈을 두리번거렸다.

"다스 베이타가 온다, 오비 원 케노비! 레이아 공주는 어딨어?"

전자 총을 난사하면서 아이가 침상 발치에 쪼그리고 몸을 숨겼다.

"루크! 루크!" 하는 소리가 복도에서 들려왔다.

"레이아 공주는 안전해, 한솔로를 불러라!"

탈의실 안으로 가까워진 소리가 영락없어, 급히 나는 홑이불을 머리 위까지 들썼다. 사장은 들어서면서 아이와 한바탕 총격전을 벌였다. 두서넛 누워 있던 손님이 그 기세에 눌려 아무도 항의를 못 했다. 옷장 문 열리는 소리가 들리고 부스럭거리는 봉지와 쩝쩝거리는 소리들이 들려왔다. 아이가 과자를 꺼내 먹는 모양이었다. 오비 원 케노비는 공상과학 영화 〈스타 워즈〉에 나오는 정의의 기사이다. 은하 제국의 악의 화신인 다스 베이타와 광선검 대결을 벌이며, 초능력으로 위기에 처한 주인공 루크와 레이아 공주를 그때마다 구해낸다. 한솔로는 우주 밀수업자. 영화는 1편밖에 들어오지 않았지만 〈제국의 역습〉이니 〈돌아온 제다이〉니 하는 2, 3편의 영화 스토리가 이미 만화화돼 소개가 됐다. 정신력 하나로 엄청난 자력 빔도 무기력하게 만들 수 있는 오비 원 케노비. 제다이의 그 장로 기사가 사장이라면 레이아 공주 역은 사장 부인이 맡고 있음에 틀림없었다. 옷장 모서리에 잘못 부딪쳤는지 아이가 에— 하고 찡얼거리더니 끝내 울음을 터뜨렸다.

사장이 아이를 어르면서 데리고 나가는 기척을 느끼고 급히 일어나 나는 옷을 입었다. 그들이 떠들던 침상에는 과자 봉지니 만화책들이 흩어져 있었다.

미심쩍은 기분으로 허리띠를 매며 가까이 갔다가 거기 엎어져 있는 『만화 삼국지』를 나는 집어들었다. 무심히 책장을 넘겨가는 곳에 붉은 줄을 세 겹 네 겹으로 둘러놓은 컷이 눈에 들어왔다.

삼고초려(三顧草廬)—이른바 현덕이 제갈공명을 전쟁에 끌어내기 위해 세 번이나 그의 우거를 찾는 장면이다. 무수한 작은 동그라미로 표현된 눈 내리는 배경이 어딘가 낯익다 싶어, 공명이 잠든 방을 향해 뜰에 읍하고 선 장비, 현덕, 관우의 뒷모습을 재삼 나는 들여다보았다. 껑충한 키의 김 선생과 관우의 모습이 겹쳤다. 허리띠를 잡은 채 나는 웃기 시작했다.

(1986)

풀밭 위의 식사

"너희들, 이 그림을 어떻게 생각하니?"

아버지가 마네의 〈풀밭 위의 식사〉를 펼쳐들고 짐짓 굉장한 사건이라도 생긴 듯이 우리들 방으로 건너온 것은 A리(里)의 작은 교회로 부임한 지 반 년이 좀 넘었을 무렵의 여름 어느 날이었다. A리는 태백선과 지그재그로 그것을 따라 올라가는 영월 쪽의 국도가 세번짼가 네번째 교차하는 지점으로 민가 이백여 호 남짓의, 그야말로 그림 같은 산간 마을이다. 동네 앞으로는 투명한 냇물이 조잘대며 흐르고 짙고 푸른 산과 수풀들이 뒤로 병풍을 둘렀다. 정(井)자로 얽히거나 휘돌아드는 작은 길들은 눈이 부시게 희고 마을 중심부에는 이층짜리 건물도 서너 채 있다. 강원도에서도 오지에 속하는 그곳으로 아버지는 자청해서 유배를 온 셈이었는데,

석탄 가루로 한 겹 켜가 앉은 암갈색 취락들이 시작되는 바로 두 정거장 위쪽으로는 더이상 깊숙이 들 생각을 단념하고 그쯤에서 자리를 잡은 것이다.

아무리 산자수명한 풍취에 홀려서라고는 하지만, 그 동안 당신이 싸워온 역정으로 보면 그런 데서 주저앉아버린다는 것은 일종 변고라 할 수 있을지도 모른다. 불 속에 들지 않고는 거듭날 수 없다는 신념이나 또 그렇게 뛰어들기를 서슴지 않아왔던 당신의 경륜에 견줄 때는, 그런 태도야말로 불구경이나 하려고 멀찍이서 자리를 편 꼴밖에 아닌 것이다. 당신이 '불 속'이라고 하는 것은, 말할 것도 없이 이 허리 꺾인 나라에서 자행되는 온갖 악덕과 비리를 뜻한다.

『광부들을 만나고』『갱(坑) 일지』 같은 책들을 곁에 두고 가끔 읽기는 했으나, 그 마을에서 아버지는 더이상 움직이려 하지 않았다. 발령을 내린 서울 당회(堂會) 쪽의 배려나 권고의 힘도 십분 작용했으리라 여겨진다. 건강 같은 것이 문제였다기보다는, 말없이 앉은 사람들과 말없는 얘기를 나누고 싶어하는 연륜에 당신이 어느덧 이르러 있었기 때문이라고 하는 것이 옳을지 모르겠다. 아버지는 예순을 바라보고 있었다.

해거름에 잠잠해진 냇물에 꿈결처럼 그림자를 드리우고 적어도 겉보기로는 조용히 엎드린 마을보다 어째서 탄광 지대 쪽이 더 불의 중심에 가까운가 하는 문제는 따지지 않기로 하더라도, 어쨌든 그런 시기에 그런 장소에서 뚱딴지 같게도 1863년의 프랑스 어느 시골의 환한 풀밭에 주의를 기울여야 하는 기분은 좀 묘한 것이었다. 그렇다고 하는 것은, 자세히 들여다본즉 그림의 제작 연대가 그렇게 적혀 있었기 때문이다.

"어떻게 생각하다뇨?"

누이동생의 생일 선물로 사주었던 이 화집이 그 동안 보이지 않더니 어떻게 아버지 손에서 불쑥 나타났을까 싶어 퉁명스런 그런 대답을 해놓고, 나는 명화 감상의 포즈를 취했다.

"이 그림, 전람회에 처음 내걸렸을 때 그렇게 말썽이었다며?"

그것은 해설에 적혀 있는 상식이다. 아무럼 유신 정권 치하의 당신보다야 말썽이었을까 하는 생각이 문득 떠올라 소리없이 나는 쿡쿡 웃었다. 방학하자마자 서울 자취방에서 내려온 지 하루밖에 되지 않았던 누이동생은 밖을 내다보느라 눈초리가 보오애져 있었다.

"말썽나게도 생겼다" 하고, 우정 익살스럽게 아버지가 말했다.

"자세히 봐라. 남과 북이 이렇게 홀딱 벗고 마주 앉아 있으니."

대체로 아버지에게 한두 군데 문제가 있다면 바로 이런 점이 아닐까 나는 생각한다. 사물을 그 자체로서 보지 않고 반드시 거기다 무슨 상징적 의미를 부여하려 하는 것이다.

"풍습 문란으로 말썽이 됐다는 것은 나도 알아."

항의하려는 내 입을 막으려는 듯이 급히 그가 말했다.

"그건 그때 문제고…… 이 그림엔 어쩐지 깊은 뜻이 있는 것 같지 않니?"

그림 속엔 네 사람이 등장하고 있었다. 피크닉 풍경을 그린 모양으로, 왼쪽 전면엔 펼쳐진 보자기와 과일들과 음식이 보이고, 한 팔로 턱을 고인 자세를 취한 채 전라의 여자 하나가 고개를 돌려 관람객 쪽을 보며 웃고 앉아 있다. 그 뒤쪽 옆과 맞은편엔 정장을 한 남자 둘이 여인을 에워싸듯이 하고 역시 비스듬히 앉아 무어라 얘기를 하고 있는데, 훨씬 뒤의 나무들 사이 개울에서 속옷만 걸친 여자 하나가 목욕을 끝냈는지 허리를 굽히고 마악 풀밭으로 올라오려는 참이다. 이 여인은 덧옷을 찾는 것 같다. 내민 팔을 흔들며 지금 떠들고 있는 남자는 코트 차림에 모자를 썼고, 다른 남자는 그냥 미소만 띠고 있다. 평화롭고 즐겁기까지 한 정경이지만, 그림 전체가 녹색 음영과 담갈색 계통의 대비로만 이루어져 있는 탓인지 단조롭고 어딘가 나른한 느낌을 풍긴다.

"보이는 건 네 사람뿐이지만 이 속엔 수천 수만의 사람들이 들어 있는 것 같지 않으냐? 이 여인은 수천 수만의 그런 여인들을 대변하고 있어…… 남자들도 그렇고."

"아빠, 무슨 소릴 하는 거야?"

어처구니없다는 듯이 누이동생이 끼어들었다.

"이게 어째서 이북과 이남이 마주 앉아 있다는 거지?"

움찔하듯이 아버지가 그림에서 시선을 뗐다. 저놈……이라고, 언젠가 누이동생을 두고 아버지가 그런 말을 한 적이 있다. 잘 다루는 게 좋을 거야, 목사 아들치고 비뚤어지지 않는 놈 없다더니 우리집은 저놈이 왜 저러냐.

절대로 속아넘어가지 않으려고 눈썹을 세우고 누이동생은 대장과 나를 번갈아 바라보고 있었다. 길에서 주운 천원짜리 한 장을 파출소로 들고 갔다가 그것으로 순경이 아이스크림을 사서 즉석에 나눠 먹어버리는 것을 보고 '순경은 도둑' 이라고 일 년 이상을 뇌고 다녔던 동생이다. 그것은 어렸을 때의 일이었지만, 중 3이 된 지금의 동생이 아버지에게는 여전히 유일하게도 무서운 존재라면, 바로 그 '융통성 없음' 때문일 것이다. 아버지는 동생의 머리를 끌어당겨 입을 맞췄다.

"내가 지나친 상상을 한 건가…… 그럼 이 쌍통들은 남쪽도 북쪽도 아니라고 해두지……."

동생의 코웃음을 못 들은 체하면서 아버지는 그쯤으로 몸을 일으켰다. "이 그림 찢어두 되니? 붙여둘라고 그런다."

도대체 애매하기 짝이 없는 그 복사화 한 장이 어째서 그것을 다시 재현하려는 집념으로 변하고, 그 때문에 야기된 괴상한 사태들을 촉발하는 원인이 되었는지 처음에는 물론 짐작조차 할 수가 없었다. 아마도 아버지는 철들자부터 당신이 거의 한평생을 추구하고 그 때문에 싸워온, 별로 거창하달 것도 없는 한 꿈의 표상을 거기서 보았던 것일까. 혹은 당신 스스로나 그렇게 깨닫고 느낄 수밖에 없었던 한 모순에 먼저 맞닥뜨리고, 해결의 실마리를 찾던 끝에 〈풀밭 위의 식사〉를 발견했던 것일까. 어쨌든 네 귀퉁이에 압핀이 눌러져 그림은 그날로 마루 벽에 붙기는 했지만, 주일여 동안 대장은 그것에 대해서는 일체 언급을 않았다. 지금 생각하면, 찐득이 뜸을 들이고 있었던 게 분명하다.

책으로 볼 때는 그렇지도 않았는데 일단 벽에 붙게 되면, 그림은 그 나름으로 이상한 마력 같은 것을 새로 지니게 되는 모양이다. 사택이라고 해도 손바닥만한 마루를 사이에 두고 방 둘과 간이 부엌이 전부인 바라크라, 교회 마당 한쪽에 있는 공동 변소엘 가려고 밤중에 더듬대고 마루로 들면서 어쩌다 거기 붙은 그림의 희미한 윤곽에 시선이 미칠 때면, '남과 북이 마주 앉아'라는 대장식의 상념이 우선 떠올랐다. 거칠 것 없이 희희낙락하는 네 사람의 웃음소리가 들렸다. 그들 중의 한 쌍은 부부이거나 필시 연인 사이였을 것이다. "애를 가져두 되잖아?" 하는 텁석부리 사내 소리가 들린다. "제대로 키울 자신 있어요?"라고 여자가 받는다. 무의식적으로 아버지는 그림 속의 벌거벗은 여자들을 남쪽의 부르주아 사회로, 모자 쓰고 조끼 단추 여민 사내들을 북의 공산주의 사회로 보았을지도 모른다.

하지만 낮에 보면 실제의 그림 내용은 그런 해석의 근처에도 가 있지 않았다. 배경은 변함없는 숲속의 그 따분한 풍경일 뿐이고, 네 사람의 모델은 그대로 얼어붙어 옴짝도 않는, 요량이 가지 않는 여전한 그 인물들이었을 뿐이다. 마네라는 화가에게는 애초 홀딱 벗은 여자를 정장한 남자들 틈에 끼어 앉힌다는 얄팍한 선동적 의도는 없었을 것이다. 그는 단지 누드의 아름다움을 돋보이게 하려고 고심하던 끝에 그런 파격적인 배치를 선택했었음에 틀림없겠지만, 당시 풍속에 문제를 일으킬 수밖에 없었던 그 구도는 백 년이 훨씬 넘은 지금 여기서도 문제가 될 수 있다. 대장의 마음을 흔든 것도 그것이었을지 모른다.

"에이, 공갈."

벽과 무심히 마주친 누이동생은 엉거주춤 서서, 그림을 째리면서 말했다.

"이건 프랑스 사람들이라구."

아무리 철부지 동생이라 한들, 하찮은 그림 한 장에조차 그런 의미를 부여하려 하는 당신 가슴속의 염원과 한(恨)을 어렴풋이나마 깨닫지 못하고 있었겠는가. 집안 음식과 빨래들을 도맡으랴, 사식을 넣으러 다니랴 하면서 두 번에 걸친 아버지의 교도소 뒷바라지로 학교까지 한 해를 쉬어야 했던 동생은, 어린 소견에도 자칫 눅으려 하는 마음의 심지를 모지락스럽게 다잡고 있었을 것이다.

"모르겠니? 대장은 그렇게 생각하구 싶다는 거야."

"그렇기 땜에 아닌 거야."

발끈하면서 동생이 대들었다.

"저긴 엄연히 프랑스라구. 오빠두 얼렁뚱땅 꽁까구 넘어가지 마."

"그래, 저건 엄연히 다른 나라 풀밭이다."

밤 예배에 벌써 나간 줄 알았던 대장이 성경을 든 채 방문을 열고 나오면서 말했다.

"그림은 보지 말고 우리 단순하게 생각 좀 하자. 남과 북도 생각지 말고…… 세상의 모든 악과 선이 허심탄회하게 가슴을 열고 마주 앉아 있다면 어떨까, 탁 터놓고 저렇게……."

"선과 악이 어떻게 한자리에 앉을 수 있어? 그림은 보지 말랬잖아?"

"선과 악은 언제나 함께 뒤엉켜 있어. 어디에나 있구…… 인도에도 이북에도…… 이남에는 악이 없는 줄 아니? 온통 구역질나는 악투성이지……."

아버지는 토사물 게우는 시늉을 했다. 동생은 웃지 않았다.

"빨가벗은 저 여자가 그럼 악당이란 거야?……" 하고, 입을 비쭉했을 뿐이다.

유치함은 고사하고, 아버지와 동생의 대화는 처음부터 핀트가 맞아 있지 않았다. 허리를 구부리고 구두끈을 매는 대장의 등뒤에서 누이동생이 혀를 내밀며 손가락으로 머리가 돌았다는 시늉을 해 보였다. 내가 동생을 때렸고, 울음소리가 사방에 퍼졌다. 뒤에서 일어나는 그런 분탕은 전혀 모른다는 듯이 아버지는 빠르게 교회당 쪽으로 걸어갔다.

언덕에서 내려다뵈는 성냥갑 같은 정거장에 잠깐 화물 열차가 섰다가 칼칼한 경적을 울리면서 아래쪽으로 내려갔다. 광부 차림의 사내 하나가 실루엣처럼 역 난간을 훌쩍 뛰어넘었다. 그림자는 개울을 끼고 몇 걸음 걷다 망설이는 눈치더니 몸을 돌려 소롯길로 들어섰다. 남자의 모습이 어둠에 지워지고 풀벌레들이 울었다.

"절대루 목사하군 결혼 않을 거야."

팔목이 잡혀 집으로 이끌려 오면서 이를 악물듯이 하고 동생이 말했다.

"이남도 이북두 싫어."

"범위를 좀 좁혀보자" 하고 아버지가 그런 말을 한 것은 그 며칠 뒤의 일이다. 한 팔로 벽을 짚고 아버지는 골똘히 그림을 들여다보고 있었다.

"선과 악이 아니라…… 부자와 가난뱅이라면 어떻겠니?"

"……"

"똥구멍이 찢어지도록 가난한 놈과 뱃에서 비계가 터져나오도록 살찐 돼지가 이렇게……"

아무리 격렬한 싸움의 와중에서도 이런 식의 비속한 말들이 당신의 입에 담기는 것을 본 적이 없다. 신발을 찾아 꿰고 나는 밖으로 나갈 채비를 했다.

"그림의 무대가 바로 이 동네라면 어떨까, 내 생각은……"

무슨 암시를 대장은 하고 있는 것인가. 한가할 때나 한 번씩 들여다보고 한마디씩 했을 뿐인 얄따란 그림 한 장이 왜 대장의 골칫거리가 되어가고 있는 것인가 하는 의혹이 비로소 내 상념 속으로 스며들었다.

"동네에 무슨 사정이 생긴 거예요? 범위를 좁힐 양이면 아주 좁혀보시죠. 우리집으루 말예요."

집안일에 등한했던 대장을 문책하는 뜻으로 한 말은 아니었다. 누이동생을 해산하자마자 뒤끝이 좋지 않아 어머니는 문간방에서 돌아가셨지만, 그림 속의 저 여인 자리에 어머니가 대신 앉는다면? 그런 생각이 언뜻 머리를 스쳤던 것이다.

"우리 식구?"

전혀 생소한 말을 듣는다는 듯이, 미간을 모으고 아버지가 다시 그림을 들여다봤다.

"하긴 그럴 수도 있겠군, 넷이니까…… 이게 네 에미, 이게 너, 이게 본인이란 말이지. 뒤에서 목욕하는 녀석은 저놈이고……"

동생이 낮잠 든 마당귀 나무 그늘의 평상을 힐끗 돌아보고 손가락으로 하나씩 인물들을 짚어가는 대장의 눈에는 일종의 서글픔이 어려 있었다.

"이런 단란한 때가 우린 별로 없었어……."

단란하다는 기준을 대장은 왜 새삼 떠올리고 있는 것인가. 설사 그림이 갑자기 가족적인 색채를 띠고 녹색의 공간이 방으로, 나무들이 벽으로, 개울이 부엌으로 변했다 하자. 설거지를 끝낸 동생이 손을 닦으며 마루로 올라오고 있다고 하자. 모든 것을 이해하고도 모자란다는 듯이 그림 바깥으로 얼굴을 향한 채 웃음을 띤 어머니에게 설사 입을 옷 따위가 전혀 필요없다 하자. 그 앞에 퍼질러 앉은 아버지는 여전히 똑같은 변명을 늘어놓고 있을 뿐이 아니겠는가. 열여섯 살 때 우시장에서 일본 형사를 습격한 이래 왜 당신이 평생 쫓겨다니는 신세를 못 면하고 있으며, 아직도 왜 여전히 싸움을 계속 않을 수 없으며, 그런데도 악은 왜 여전히 뿌리조차 드러내려 하지 않고 있으며…….

"우리 식구라면 나이들이 틀리잖아요? 저 사람들은 어른들예요."

밖으로 나가려는 나를 대장은 물끄러미 바라보고 있었다. 그 눈초리에 이끌려 삽살개처럼 나는 다시 마루로 돌아와 앉았다.

"저런 멋진 피크닉을 한 번 가져보구 싶다."

쾌활하게 대장이 말했다.

"소풍이야 얼마든지 갈 수 있지…… 하지만, 저런 피크닉이라면……."

피크닉과 소풍을 대장이 구별하고 있다는 것을 나는 눈치챘다. 그것은 단순한 용어상의 차이는 아닐 것이다…….

"교회에 문제가 생겼어요?"

"그런 일 없다" 하고 아버지가 잘라 말했다.

"양경이, 방학 끝나기 전에 한 번 놀러 오라지 그래?"

"네에?"

왜, 요새는 편지도 안 하기루 했니? 하는 눈빛을 대장은 했다.

"오라구 할 수 없어?"

"피크닉 가시게요?"

"못 갈 것두 없지."

아버지가 말했다.

"너희들 요새 안 만나는 것보구 마음이 언짢아, 까닭이야 있겠지만서두…… 좋은 한 쌍이라구 생각했는데."

"……"

천도복숭아 나무를 보듯이 대장은 축담 아래에 서서 다시 그 그림을 바라다봤다.

"저건 위대한 화해의 자리야……"

입맛을 다시며 대장이 말했다.

"남과 북이 어떠니 저떠니 할 게 아니라…… 개인끼리라구 하더라도 말이다…… 개인이란 게 뭐냐. 그게 모이면 국가가 되는 것 아니냐. 이건 현실을 거꾸루 짚어 올라가는 유토피아적 논린지는 모르겠지만…… 아무리 제 욕심에 들떠 눈이 먼 개인에게도 당대 국가가 안구 있는 문제의 본질이 조금씩은 다 스며 있다구 나는 생각한다. 감춰져 있다 뿐이지. 그걸 탁 트려구 저렇게 마주 앉아 있다고 생각 좀 해봐, 굉장하지 않니? 그런다구 하루아침에 통일이 된다는 것은 아니겠지…… 열강이다, 그간의 변질이다, 실은 가장 어려운 그런 문제들이 들이닥칠 거야. 거의 해결 가망이 없을지도 모르고…… 하지만 그런 문제들은 현실이긴 해도 본질은 아냐. 아무리 절망적이더래두 본질만은 피차 확인하고 있자 이

거야. 내 말은, 그것조차두 요샌 안 되구 있잖니? 옷 벗은 저 여인이나 뒤쪽에 앉은 저 남자의 미소를 좀 보라구…… 기가 막힌다……."

무슨 어린애 같은 망상을 대장은 하고 있는 것인가. 이런 식의 구라를 풀 때면 대장의 얼굴은 이상하게도 엄숙해진다. 그것은 강단에서 설교할 때의 모습과도 또 다르다.

"화해하시구 싶은 분이 동네에 생겼어요?"

무슨 소릴, 형제 자매들인데…… 하듯이 대장은 절레절레 고개를 흔들었다. 나는 넘겨짚었다.

"혹시 재혼하시구 싶은 거 아녜요, 설마?"

어이쿠 하듯이 대장이 나를 바라봤다.

"어떻게 알았니? 내가 아니구…… 실은 저 그림하구 똑같은 사람들이 있어. 꼭 성사시켜주구 싶은 사람들이…… 광부 김씨 알지?"

"……상대는요?"

"그게 까다롭다."

아버지는 손바닥을 들여다보고, 그것을 문대기 시작했다.

"김씨는 문제없어. 이젠 보채기까지 하구 있으니. 애초 그런 발설을 낸 것부터가 잘못인지두 모르겠다…… 둘 다 홀애비에 애도 없는 과부겠다, 나이도 알맞고…… 되려니 했어. 그런데 씨가 먹힐 것 같지가 않아. 신부 쪽이 워낙 기가 세놔서…… 실력자야. 동네 박통(朴統)인 셈이지…… 부자고……."

겨우 그런 문제로 그렇게 폼을 잡고 계셨어요 하는 실망의 기색이 내 얼굴에 드러나 있었던 모양이다. 대장은 무슨 그런 경망한 눈자위를 하고 있니 하듯이 얼굴을 찌푸렸다.

"두 사람이 맺어진다는 건 흔하긴 하지만 예삿일은 아냐. 요즘

애들 모두 잊구 있는 게 바로 이것이라구 생각한다. 흔하니까 제 멋대루 그렇게 되는 것 같으냐. 생각 좀 해봐라. 그건 극과 극의 결합이구 기적이구 일종의 상징이야. 연분이니 뭐니 하지만 그건 화해와 용서라구. 어떤 부부끼리도 그러지 않고는 지탱이 안 돼. 가령 한푼두 없는 빈털터리와 모든 걸 갖구 있는 사람 사이에 극적인 화해가 이루어진다 하자. 물질적인 비유긴 하다만 그건 이 나라가 제일 먼저 해결해야 될 가장 절실한 근본 문제가 아니겠 니? 저 〈풀밭 위의 식사〉를 내가 자꾸 쳐다보는 것도 그 때문이라 구. 처음부터 가망이 없었다면 또 모르겠어. 좋은 사람이라고 물어 볼 때마다 서로 추켜올리면서 성사가 안 되니…… 더구나 남녀 사이에……"

그 어처구니없는 착오를 그대로 지적했더라면 대장은 또 화를 냈을지도 모른다. 곧 폭발할 것만 같은 웃음을 참느라 나는 변소 쪽으로 달려갔다.

근간의 사정이야 어쨌건, 동네 실력자요 명화 한복판에 보란 듯 이 벌거벗고 버티고 있던 그 주인공은 우연인지 할 수 없어서였 던지, 그 사흘쯤 뒤에야 제 발로 모습을 드러냈다.

동생이 빨래를 주무르고 있는 냇가에서 묵은 잡지를 뒤적이고 있노라니, 뒤에서 기침 소리가 들렸다.

"도령이 목사님 아들인가, 맞지?" 하고, 여인이 말했다.

"나, 조합장이야. 이 동네 최 보살이라구."

주일 예배 때마다 늘 보는 이분이 새삼 왜 이러는 건가 하고, 버드나무 아래에서 나는 몸을 일으켰다.

"아버님 안녕하시냐?"

교회 하나 없던 인근 마을에 주님의 회당을 있게 해준 공로자 라고, 전에 있던 목사가 아버지께 인수 인계를 하고 떠나면서 맨 처음 소개를 했던 사람이 이분이었다. 그 때문은 아니었겠지만, 집 사나 권사직을 맡기려고 아버지가 여러 번 권고를 했으나 한사코 사양했던 여인이다. 마흔은 넘어 보이는 나이였으나 당당한 체구에, 세상 만사를 통달한 듯한 웃음이 늘 표정에 어려 있었다.

"목사님 뵙거든 설교에 물 좀 타시라구 그래라. 광산 김씨도 그러더라. 너무 짜다고…… 서로 애끼면서 살아야제?"

영문을 몰라 나는 우두커니 그녀를 보고 있었고, 빨래터에서 다가온 동생의 머리를 그녀는 쓰다듬었다.

"몇 번 말씀은 드렸다만서도…… 요즘 점점 더하시더구나. 내게도 생각이야 없겠냐만서도……."

허리를 출렁이듯한 걸음걸이로 동네 어귀에서 그녀는 빨래터를 다시 돌아봤는데, 아무리 떨어져 있어도 웃는 표정은 여전했다.

"뭐야?" 하고 대장이 허리를 폈다.

"뭘 섞어?"

최 보살 아주머니가요, 하고 동생이 의외로 조심스럽게 말을 꺼냈을 때부터 아버지는 뭘 잘못 깨문 듯한 얼굴을 하고 있었다. 유신 헌법이 공표됐을 때 밥상을 차고 일어나던 서슬이 당신의 전신에서 다시 살아나는 것을 보고, 나는 긴장했다.

"광산 김씨도 그러신다는데요. 그분 왜 그러시죠?"

"그걸 내가 어떻게 알겠니?"

대장은 취조관을 대하듯 힐끔 나를 노려보고, 고개를 돌렸다. 조합장이 그런 말을 해?…… 하고, 다짐하듯이 한 번 중얼거렸을 뿐이다. 아버지는 곤혹스런 표정을 하고 있었다.

조합이란 물론 협동조합 창고를 말하지만 농산물이라기보다, 이 마을에서는 산나물의 그것을 뜻한다. 인근 국도변이나 산자락에 논밭이 없다는 건 아니나, 그 소출로는 주식(主食)이나 꾸려갈 정도이고, 실수익이나 소득은 오히려 산나물 채집에서 나오고 있는 것이다. 주민의 태반이 그 일에 매달리고 있다. 버섯·도라지·더 덕·고사리들이 주종으로, 취나물이니 다래순이니 그 밖에 산삼 같은 것이 끼어들 때도 있다. 소규모이기는 했으나 그것들의 처리 가공 공장이 계곡 아래쪽에 있었고, 건조된 제품의 공판장이 마을 복판에 있었다. 작은 트럭 앞에서 끈다리 바지 차림으로 포장이나 발송을 지시하고 소리치는 최 보살을 몇 번인가 본 일이 있지만, 그런 모습이 당신의 설교 내용과 무슨 관련이 있다는 것인가.

부임 초 아버지는 비교적 온건한 교훈조의 설교로 일관했다. 아직 마을에 남아 있는 전래의 풍습이나 환경 같은 것을 당신은 즐겨 강론에다 인용했고, 납득이 될 만한 결론을 거기서 유도하려고 애썼다. 아름드리 홰나무의 가지가 어디로 뻗는가. 그 가지의 향방을 보고도 빛의 근원을 깨닫지 못한다면, 예수의 옷자락을 붙들고 길을 묻던 소경과 어디가 다르겠는가.

당신의 논리가 차츰 죄의 문제로 접근하고, 그것을 피력하는 어조가 차츰 열기를 띠고, 그래도 눈뜨지 못한 자의 마음속의 나락이 가차없이 모습을 드러내기 시작하고는 있었지만 그것은 어디까지나 듣는 이의 마음의 문제였을 뿐, 귓바퀴에 석탄 가루를 묻히고 순한 표정으로 시침을 떼고 앉은 김씨나 박씨 같은 광부들과는 별로 상관이 없어 보인다. 최 보살의 언동은, 이건 일종의 협박이 아닌가.

그 다음다음 날이었던가, 이 무렵 설상가상으로 서울 당회에서 노태준 목사가 내려왔다. 교회 3주기 창립일이 가까워 그 행사도 의논할 겸 사정도 살필 겸 해서였던 모양이었으나, 〈풀밭 위의 식사〉의 재현이 만약 서울에서의 그런 농성이나 데모의 D데이 같은 성격을 띠고 있었던 것이라면, 이런 일도 당신이 옭혀든 딜레마의

156

그 한 원인이었을지 모른다. 아버지는 D데이를 당길 결심을 한 것이다. 결심을 유발시킨 것은 노 목사 일행과의 사소한 언쟁이었을 것이다.

한여름인데도 모시 두루마기를 입은 세모돌이 청년 하나를 노 목사는 달고 왔던 것인데, 유명한 민중 시인이라 했다.

'농촌 현황과 민중'이라는 그 민중 시인의 인터뷰 기사가 실린 신문을 내밀며 노 목사가 말했다. "모르세요 이분? 대단한 열의를 갖구 계세요."

그들은 하룻밤을 사택에서 묵었다. 벗으세요, 벗으세요 하고 부채질을 해주며 동생이 졸졸 따라다녔으나, 청년은 완강히 두루마기를 벗으려 하지 않았다. "덥지두 않으세요?" 하고 누이동생이 민중 시인의 두루마기를 잡아당겼고, 청년이 드디어 몸을 비틀며 옷을 벗었다. 그때부터 청년은 마루와 방을 들락거리기 시작했다.

"놀라뿌렸다" 하고 마루 벽의 그림을 힐끗 쳐다보며 민중 시인이 말했다.

"이거 〈풀밭 위의 식사〉 아닌가. 퇴폐한 프티 부르주아의 대표적인 이런 작품이 어떻게 여기 있어?"

언쟁은 느지막이 저녁들을 끝내고 아버지가 여담으로 『수호지』를 재독한 소감을 얘기하면서부터 비롯됐다. 아까부터 아버지 서가에서 그 책을 빼든 채 표지를 훑고 있던 청년이 그것을 내던진 것이다.

"야담조의 이런 교훈이 대 사회 응전력(應戰力)에 무슨 도움이 돼?"

청년이 혼잣소리를 했다.

아버지는 얘기를 멈추었다가, 다시 양산박이니 노지심이니 하는 이름들을 들먹이기 시작했다.

"글쎄, 그런 것으로는 안 된다니까요."

청년이 집요하게 끼어들었다. 왜 내 인터뷰 기사를 아직 읽지 않는 거요? 하는 기색이 청년의 표정에 역력했다.

"협도(俠盜)나 의적(義賊) 정신이 진정한 응전력은 못 돼요."

"응전력?" 하고 아버지가 말했다.

"응전력이란 게 뭡니까. 처음 듣는 소린데?『수호지』가 그 응전력을 방해해요?"

"맞받아치는 힘 말예요. 저쪽에서 페퍼포그를 쏘면 이쪽에선 화염병이라두 터뜨려야죠."

"무슨 소립니까? 여긴 서울 바닥이 아닌데?"

놀란 듯이 청년이 아버지를 보았다.

"목사님은 싸우러 여기 오신 거 아뇨?"

"싸우러? 물론이죠."

아버지가 말했다.

"하지만 싸운다는 게 뭡니까? 여긴 동네예요. 나팔도 북도 필요 없는 그냥 동네란 말예요. 응전력이니 뭐니 하는 식으루 말하면 의식화 못 된 허약한 소집단이 되겠군. 그러니까…… 그 소집단을 절더러 들쑤시라는 거예요? 살기등등해 이를 갈지 않아도 매일 서로 만나게 되는데? 적이니 아군이니 깡통 두들기지 않아도."

"깡통?"

민중 시인이 혀를 찼다.

"이거 왜 이러쇼 목사님? 우린 개체를 만나지 않는 줄 아쇼? 우리도 수탈당하고 착취당하는 개인을 만나구 있는 거요."

"공장이나 노조에 시침 떼고 한두 달 들어가서? 그건 착취당하는 집단이라는 개념이든지 정보를 얻기 위해서겠죠. 개체를 만나는 길은 아무 소리 말고 그 한 사람 자체가 되는 거예요. 그것 외엔 길이 없어요. 남을 부추기지도 말고."

"집단적인 응전력을 믿지 못한다? 짓밟는 구둣발을 보고도 그냥 평생 당하기나 하라는 그런 말이군."

청년이 입을 비쭉였다.

"으르릉댄다고 그게 민중을 위하는 길이요, 곧 민중을 해방시키는 길이요 하는 몰염치한 착각이 어디서 생겼는지 모르겠어요. 민중은 입이 없으니까 대신 말해줘야 한다 이거죠? 민중 전문의 특권층이지 그게 어째서 민중예요? 그렇게 떠들고 때려부숴서 가령 민중을 해방시켰다 합시다. 다음 지배자는 누가 됩니까. 떠들던 사람들예요? 지배욕도 없는 민중들예요? 새 민중은 또 누가 되고?"

"무슨 말씀을 그렇게 하십니까."

노 목사가 웃으며 끼어들었다.

"그렇다고 선한 싸움을 그만둘 수야 없지요."

"저 사람들이 구역질나고 밉지 않다는 게 아녜요. 방법이 틀렸다는 거지."

억지로 웃으면서 아버지가 말했다. 대장은 화가 난 것 같았다.

"민중을 입에 달구 다니는 사람들이 하루만 제 못생긴 낯짝 매스컴에 디밀지 못하면 똥줄이 빠져 하니 원, 분칠한 여자도 아니고…… 부르주아 부르주아 하면서 그게 바로 부르주아 근성 아닙니까? 자기 현시욕 하나 제어 못 하는 주제들에……."

청년이 자리를 박차고 일어났다.

"앉게" 하고 노 목사가 청년을 바라보았다.

"그럼 목사님은 어쩌라는 건지 말씀해보쇼."

소리치며 청년이 다시 털썩 자리에 주저앉았다. 노 목사가 아버지를 바라보았고, 대장은 피곤한 듯이 눈을 감고 있었다.

"우린 사천 년을 참아왔어요."

눈을 뜬 아버지가 말했다.

"앞으로 오백 년쯤을 못 참겠어요?"

노 목사와 청년이 어처구니없다는 듯이 아버지와 나를 번갈아 바라봤다.

마을을 한 바퀴 둘러보고 그들은 아침에 떠났다.

"사람을 보내드리지 않아도 될까요, 도와드릴 좀 팔팔한 사람이?"

노 목사가 그런 말을 했고, 아버지가 필요없다고 했다.

"인재는 이 마을에두 얼마든지 있어요."

"당회하구 의논해보겠습니다"라고 노 목사가 말했다. 민중 시인은 이번에는 줄창 두루마기를 벗어 들고 있었다.

그들이 떠난 뒤에도 아버지는 멍하니 버스 길을 바라보고 있었다. 당회에서 사람이 파견되는 것을 대장은 겁내고 있는 것이나 아닌가 하는 생각이 나는 들었다. 그들이 '선한 싸움'이라고 하는 것은 물론 복음을 전파하는 그것을 뜻했지만, 몇 개의 파로 쪼개져서 다시 당신이 적을 두고 있는 그 당회는 그중에서도 가장 전투적인 교회로 알려져 있다. 당면한 싸움이야 어떨지 모르지만, 온갖 잡다한 응전력이 끼어드는 그 결과까지도 그들은 책임을 져줄 것인가.

"양경이한테 편지는 했니? 이번 주일 예배에 봤으면 좋겠다만."

〈풀밭 위의 식사〉의 재현은, 그 주일날 오후에 단행되었다. 광부 김씨는 물론 좋아서 뛰어왔을지 모르나, 최 보살이 피크닉에 선선히 응한 것은, 처음에는 좀 의외로 생각되었다. 대장은 씨가 먹히지 않는다고 말하지 않았던가.

점심 뒤 심방도 제쳐둔 채 아버지는 김씨를 대동하고 나섰고, 연락을 받았던지 최 보살이 소롯길에서 기다리고 서 있었다. 편지를 하지 않아 양경이는 물론 오지 않았지만, 왔더라도 우리는 하릴없는 엑스트라였을 뿐이 아니었겠는가.

대장은 언제 꾸렸는지 음식 보자기를 들고 있었고, 전혀 말을 않았다는 건 아니지만 그들은 마치 전투에 나가는 사람들처럼 엄숙한, 시무룩한 얼굴들을 하고 있었다. 마을을 벗어나 산길로 오르면서도 그들의 표정은 풀리지 않았다.

"이 사람 요새 몸 좀 불었군" 하고 대장이 김씨의 어깨를 쳤다.

언제 그런 장소를 보아두었던가 싶을 만큼 흡사한 장소에서 대장은 걸음을 멈췄다.

"야, 좋다" 하고 아버지가 말했다.

"신선 놀음이 따로 없군."

모두들 비를 흠뻑 맞은 듯이 땀들을 흘리고 있었는데, 거기서는 마을이 작은 손바닥 속에 든 듯이 바투 내려다보였다.

최 보살의 좋은 점은 무엇보다도 그 시원시원한 성격에 있지 않나 생각된다.

"그거 어서 좀 풀어요"라고 그녀가 외쳤다.

"이거 목타 미치겠군."

대장의 보자기에서 소주병과 안주들이 나왔다. 대장은 그들에게 술을 권했다. 탄광촌에서 주일마다 예배에 오는 김씨의 신앙심을 아버지는 우선 칭찬했다.

"뭘이요" 하고 김씨가 머리를 긁적였다.

"보고 싶은 사람이 있나 부죠."

최 보살이 가느스름히 눈을 뜨고 그 말을 듣고 있었다. 아버지는 김씨가 사북 사태 때 현장에 있었는가 어디에 있었는가 하고 그 실상을 알고 싶어했다. 김씨가 자세한 얘기를 하고 있는 동안 최 보살은 개울로 내려가서 손을 씻고 왔다. 얘기가 끝나자 그들은 다시 멍청히 앉아 있었고, 이번에는 계속 술만 마셔댔다. 시뻘게진 최 보살이 다시 개울로 내려갔고, 김씨가 웃통을 벗었다. 목 바로 아래까지 부숭부숭 털이 난, 보기 좋게 우람한 김씨의 가슴팍이 드러났다.

최 보살이 개울에서 나를 불렀다.

"동생은 왜 안 데리고 왔제?"

밥을 해야 하기 때문에……라고 대답하면서 지금쯤 쌀을 담그고 있을 그 탓할 도리 없는 어린 얼굴을 나는 떠올렸다. 이애만은 앞으로도 남북 문제에만은 절대로 끼어들지 말아야 하리라.

"야, 이거."

대장이 감탄한 듯이 김씨의 가슴팍을 훑으며 말했다.

"찰톤 헤스턴이 울겠군."

"그 아래는 더 근사하겠네."

깔깔대며 최 보살이 말했다.

"별거 아닌지 혹 모르겠다만서도."

"궁합만 맞는다면 아래가 문제겠소?"라고 김씨가 받았다. 그들은 갑자기 활기에 넘쳐 떠들기 시작했고, 얘기들이 끝나자 또 시무룩해졌다.

본론이 아직 나오지 않고 있었으나, 그들은 해가 기울기만을 기다리고 있었을지 모른다. 처음에는 콜라만 마시다가 술 한두 잔에 빨개진 아버지가 가쁜 숨을 몰아쉬었다. 수풀 속이 약간 으스름해지고 구름이 연한 황금색으로 물들었다.

"내려가기 전에 말씀들을 마저 마무리지으십시다."

대장이 본론을 꺼냈다.

"전 또 밤 예배 준비를 해야 하니."

아버지는 이 기회에 당신이 정식으로 다시 중매를 서겠다고 말했다. 최 보살이 김씨를 바라보았고, 김씨가 외면했다. 이쪽은 승낙이 된 일이라고 아버지가 운을 뗐다.

"어떠십니까, 최 여사님은?"

"글쎄요."

최 보살이 말했다.

"죽은 우리 영감쟁이가 이젠 용서하겠다 그런 말을 하긴 했어요, 꿈에……."

"기도부터 하십시다."

대장이 말했다.

"두 분은 손을 잡으세요."

머뭇거리는 김씨의 손을 끌어다가 아버지가 잡혀줬고, 최 보살이 웃으면서 가만히 있었다. 좀 길지 않나 싶을 만큼 아버지는 오래 기도했다. 일일이 기억하기는 어렵지만, 가진 것과 못 가진 것의 차이와 그 진정한 의미를 아버지는 역설했고, 물질적인 것의 있음이 도대체 무엇이겠는가고 대장은 하늘에 반문을 던졌다.

"성사가 되면 탄광은 어쩌실 거예요?"

눈을 뜬 최 보살이 손을 빼며 물었다.

"그냥 나가실 거예요?"

"그게 왜 어떻소?"

김씨가 볼멘 소리를 했다.

"나라고 언제까지나 굴만 파먹으란 법은 없지 않아요?"

"제 소리가 그 소리예요."

최 보살이 말했다. 그녀는 말이 어려운 듯이 한참이나 뜸을 들이고 있었다.

"나는 탄광 내보내기 싫을 거구 김씨는 여편네 덕에 굴 파지 않아도 됐다는 소리 듣기 싫을 거구…… 전 공장 확장을 서둘러야 할 처지에 있어요 실은, 판매처도 늘고 해서…… 자금이 필요해요."

"……."

"역시 돈이군."

김씨가 중얼거렸다.

아버지는 꾸짖는 듯한 눈으로 김씨를 바라보고, "좀 들어봅시다" 했다.

"죽은 영감이 그러시는 걸 전들 어떡하겠어요. 재혼은 용서할 테니 공장 확장부터 서둘러라…… 별 도리 없죠."

"자금을 댈 만한 조건이 아니면 어렵다 이런 말씀입니까?"

대장이 왜 그렇게 서글픈 표정을 짓고 있었던지 알 수가 없다.

"반려자의 힘은 자금을 댄다는 그런 정도의 것이 아니에요."

최 보살이 애매한 웃음을 띠었다.

"목사님은 신앙으로 사시니까…… 목사님 정력엔 저도 놀라군 해요. 오늘 설교는 더 짜시더만. 독사의 자식들아…… 음욕의 무리들아……."

그녀가 대장의 말투를 흉내냈다. 아버지가 억지로 웃었다. 그 정도로 피크닉이 끝나고 뒷마무리가 된 것을 다행으로 나는 생각한다. 김씨가 과하게 취했던 것이다.

"돈 한푼 없이 실은 뭘 할 수 있겠어요?" 하고, 김씨에게서 주사의 기미가 보였다.

"씨이팔."

최 보살이 서둘러 자리를 일어섰고 아버지가 마지못해 따라 일어섰다.

아버지의 공상은 고사하고, 〈풀밭 위의 식사〉의 결과는 엄청난 것으로 나타났다. 평소 참석하던 교인의 3분의 1쯤이 그날 밤 예배에 빠져 있었으나 처음에는 이상하게조차도 생각지 않았다. 수

요일 밤 예배에는 반쯤 되는 교인이 줄어들어 있었고, 주일 예배에
는 겨우 서른 명 남짓이 앉아 있었다. 아이들을 빼고도 백여 명에
가깝던 주의 종들이 이게 어찌 된 일이냐고 대장은 물었으나 박
장로도 서 집사도 모르겠다고 대답했다. 그날 밤에는 겨우 스무
명이 앉아 있었다. 그 스무 명이 다음 수요일 밤에는 열다섯 명으
로 줄었다.

"세상에……" 하고 아버지가 말했다.

"이럴 수가?"

최 보살이 막강한 그 영향력을 과시하고 있다는 걸 대장은 그때
까지도 눈치채지 못하고 있었을지 모른다. 겉으로는 평온한 얼굴
을 하고 있었던 것이었으나 그 피크닉이 최 보살의 기분을 돌이
킬 수 없을 정도로 완벽하게 잡쳐놓았던 것이다.

그 주일 예배에는 김씨조차 모습을 보이지 않았다. 번갈아 어쩌
다 한 번씩 예배에 참석해오던 서넛 되는 광부들 중에, 낙반 사고
로 팔을 다친 광부 하나만이 잠시 보였을 뿐이다. 그는 목걸이 팔
을 한 채 교회 안을 들여다보고 서성거리기만 하다가 웬일인지
그대로 사라져버렸다.

스무남은 명의 교인들을 앉히고 예배를 끝낸 아버지는 곧 심방
길에 들어섰다. 한집 한집을 방문하면서 점심조차 거르고 아버지
는, 어찌 된 일이냐고 물었다. 그건 최 보살이 알고 있을 것이라고
그들은 대답했다.

"최 보살이 어쨌길래 교횔 나오지 않으세요?"

눈치도 없느냐는 듯이 비죽비죽 웃으면서 그들은 최 보살에게
가보라고 되풀이했다. 뒤통수를 얻어맞은 듯이 발 밑을 내려다본
채, 아버지는 마을 복판에 서 있었다. 대장은 가공 공장 맞은편에
있는 솟을대문 집으로 그녀를 만나러 갔다. 나를 밖에 두고 꽤 오

랫동안 아버지는 나오지 않았으나, 거기서의 협상도 결렬되었었던 것임에 틀림없다. 왜냐면 교회로 다시 내려오자 곧바로 단식 기도에 아버지는 들어갔던 것이다. 저녁 예배는 그런 대로 치렀으나 교인들이 돌아가자 대장은 강단 밑에 꿇어앉은 채 일어나려고 하지를 않았다. 몇몇 당직자들이 이튿날 죽을 끓여 들고 와서 기웃거리며 권했지만, 아버지는 사흘 동안 식음을 전폐했다. 동생은 아버지의 지긋지긋한 농성이 또 시작됐다고 했다.

"오빠, 언제까지 아빠는 저래야 하지?"

잠도 물론 그 자리에 꿇어앉은 채 대장은 잤고, 물조차 거절했다. 누가 설득하려 해도 대장은 듣지 않았다.

"부임할 때부터 어쩐지 눈치가 이상했다"고, 그런 알쏭달쏭한 말만 한두 번 되풀이했을 따름이다.

최 보살에게 탄원을 해야 하나 협상을 벌여야 하나 망설이다가 나는 동네 고로(故老)들의 의견을 먼저 듣기로 했다.

"최 보살?"

마을 귀퉁이 홰나무 그늘에 무료히 앉아 있던 노인은 눈을 껌벅이며 말했다.

"사당집 딸 말여? 똑똑한 여자지……."

구부살(九夫煞)이 낀 여자여…… 하고 노인이 침을 뱉었다.

"남편 아홉 잡아먹을 팔잘 타고났다 이 말이여…… 그 에미들이 무당이었걸랑? 서울 가 점치고 굿해서 한밑천 잡았던 거여, 이 대에 걸쳐서…… 그 딸년이 하 똑똑허니께 여 와 맘 잡고 동네 돈줄을 움켜쥐었제? 전화 달고……."

아버지는 나흘째 되던 날, 혼절해 앞으로 엎더졌다. 빈 껍데기나 다름없는 그 대장의 몸을 최 보살이 와서 떠메고 갔다.

"의사 선생님 오라구 했다만…… 아버님은 내 정성이 약이다."

앞을 막는 내게 최 보살이 말했다.

"업게" 하고, 같이 온 일꾼에게 초췌한 모습의 그녀가 지시했다. 아마도 그녀는 그 사흘 내내 숨듯이 하고 대장의 그런 상태를 기다리고 있었던 듯하다.

아버지가 최 보살네 솟을대문 속으로 사라질 무렵에, 이건 내 환각인지 모르겠으나 하늘이 쪼개지고 두 마리의 용틀임 같은 번개가 그 한복판을 달렸으며, 귓속을 우비는 듯한 천둥과 함께 비가 쏟아졌다. 비는 한나절이나 멎지 않았다.

열흘 동안 아버지는 최 보살의 간호를 받았다. 거기서 무슨 일이 벌어졌던지는 동네 사람들조차 모른다. 아버지의 건강이 회복되자 교회는 조금씩 다시 붐비기 시작했다.

아버지는 이듬해인 재작년 시월에 타계하셨다. 당신은 강단에서 정욕(情欲)의 가증스러움과 물욕의 허망함을 역설하던 중 주(主)의 부름을 받았으며, 설교대를 짚은 팔은 그대로 굳고, 입은 크게 열려 있었다. 대장은 선 채 운명했던 것이다.

(1985)

소렌토에서

'합성 사진'이란 것이 있다. 영화 쪽에서는 '몽타주'라고도 부르는 모양인데 혼합이라고는 해도 서로 다른 두 장면을 겹치는 게 아니고, 연결을 뜻하는 것 같다. 이를테면 기억(장면)과 기억의 연결, 혹은 기억과 연상(聯想)의 연결 같은 것도 거기에 포함된다. 기억도 연상도 아닌 동떨어진 두 장면을 병치시킴으로써 효과를 노리는 경우도 있다. 영화는 영상을 매개로 하는 시공간 언어이기도 해서 이렇게 해야 비로소 혼합이 가능한 모양이다. 목격자들의 인상(기억)을 모아서 하나의 범인 얼굴을 만들어가는 수사 기관의 몽타주와는 어딘가 다르다. 사진 쪽의 합성은, 더구나 인물 사진의 경우에는 그야말로 두 개의 얼굴을 겹쳐서 전혀 다른 하나의 얼굴을 만드는 것이다. 전에는 그렇지도 않았으나 현상 기술이 발달한 요즘에는 그렇게 감쪽같이 만들어진 얼굴을 사진 잡지 같은 데서 심심치 않게 대할 수 있다. 표정, 주름살, 머리칼까지가 교묘히 합성돼서 보통 사람과 다름이 없지만, 이 세상에는 없는 얼굴이다. 두 얼굴 사이에서 태어난 자식 같은 얼굴이라고도 할 수 없고, 두 얼굴의 장점만으로 만들어진 얼굴이라고도 할 수가 없다. 사실 주름살 따위에 무슨 장점이 있으랴. 여러 개의 얼굴이 합성돼서 한 얼굴이 되었을 때는 특히 그렇다. 만약에 유전공학 같은 것이 극도로 발달해서 실제의 사람이 그렇게 합성될 수 있고 지구의 종말이 왔을 때, 신과 대면하는 그 마지막 인간의 얼굴이 어떤 것일까 하고 망상해본 적이 있다. 신이 태초에 자신의 모습을 본떠서 만든 대로 '보기에 심히 어여쁘지'는 틀림없이 않으리라.

천만 단위로 사람이 복대기를 치는 도시에서 이름도 신원도 모르는 한 얼굴을 때와 장소의 구별 없이 불쑥불쑥 정기적으로 맞닥뜨리는 경우를 그 '몽타주'와 '합성 사진'이 합해진 것 같은 경험이라고 말하면 꼭은 아니더라도 비슷한 표현이 될지 모른다. 때와 장소의 구별 없이 정기적으로 마주친다는 말이 우선 논리 어법으로 어긋나고, 억지를 쓰더라도 그런 사실이란 실상 있을 수 없는 일이기는 하다.

그러나 그 '때'라는 것이 근 삼십 년의 세월을 의미하고, '정기적'이란 말에 '이삼 년의 간격을 두고 한 번씩'이란 설명이 붙는다면, 아아 그럴 수도 있겠군…… 하고 은밀히 고개를 끄덕여줄 사람이 나설지도 모르겠다. 몇 해 만에 한 번쯤 '어디선가 만났던 듯한' 사람을 다시 마주치게 되는 경험이란 그리 드문 일은 아니기 때문이다. 어디서 만났더라, 저 사람?…… 하고 미간을 모으는 동안에, '그 사람'은 벌써 등뒤 인파와 차량의 잡답 속으로 모습이 사라져간다. 돌쳐서서 우두커니 걸음을 멈춘 채, 아무리 고개를 기울여보아도 방금 시야에서 녹아 없어지고 있는 옷자락의 그 생생함말고는 '그 사람'을 만났던 시간도 장소도 생각 속에는 떠올라주지 않는다. 기를 쓰면 쓸수록 추억의 모서리는 뭉텅뭉텅 잘려나가고, 기억의 그 나머지 알맹이나 막연한 내용도 뭉클리는 연기처럼 와해돼서 끝내는 '어디선가 만났던' 그 사실마저도 이쪽에서는 머리를 흔들며 부정하게 된다. 그러는 쪽이 떠오르지 않아 괴로워하는 쪽보다 살아가기에 편리한 때문일지도 모른다. 시공간에 대한 사람의 고정 관념이란 이처럼 터무니없고, 이처럼 카멜레온마냥 제 보호 본능에 교활하고, 그리고 속절없는 것인가.

'요(嬈)'라는 얼굴을 내가 반평생을 두고 맞닥뜨리게 된 것도, 결국은 그 비슷한 경험의 되풀이가 계기가 되었다고 할 수밖에는 없다. 그나마 상이한 점을 기어이 들추어보라고 한다면, 그런 경험에는 편리하게도 그 상대의 생김새라는 것이 금세 실루엣으로 바꾸어져 잊어버리기 좋게 두루뭉수리로 분별이 가지 않기가 일쑤인 반면에, '요'의 그것은 너무 구체적이고 생생해서 세월이 흐를수록 눈매라든가 코의 생김새라든가 얼굴 윤곽 같은 것이 더한층 분명해지고, 따라서 도저히 잊어버릴 수 없을 만큼 모든 것이 너무나 또렷해졌다는 사실 정도일 것이다. '요'를 내가 최초로 맞닥뜨린 것은 1957년 여름이었다.

내 나이 스물셋, 갓 학교를 끝내고 쇳덩이라도 뚫고 나갈 뱃심과 열망으로 늘 눈앞이 뿌우옇게 흐려져 있던 무렵이다.

"뒤돌아보지 마, 오빠!"

입영하기 위해 역으로 나가는 길이었는데, 김밥이니 삶은 달걀이니 그런 것을 보자기에 꾸려 들고 뒤따라오던 동생이 갑자기 외마디 비명을 지르며 걸음을 멈췄다. 그렇게 호들갑을 떨지 않았으면 돌아보고 말고 할 심산도 아니었으나, 별수 없이 걸음을 멈추고 나는 누이 쪽으로 몸을 돌렸다.

"봤어, 오빠?"

순식간에 누이의 이마는 창백해지고 입은 꽉 다물어졌다.

"으음……."

건성으로 흐린 대답을 해놓고 기다렸으나, 저쪽에서 지루할 정도로 움직일 기미를 보이지 않아 할 수 없이 나는 가까이 다가갔다.

"봤느냐니깐."

"글쎄, 봤어. 그만 가자."

"어쩜 영순이하고 저렇게 똑같아?"

영순이?라고 되물으려다 황급히 나는 입을 다물었다. 한 가지 사물이 시야의 각도가 약간 다르다는 것 때문에 이렇게도 서로 다르게 보이는 것일까…… 그런 느낌에 오히려 나는 충격을 받았다고 할밖에는 없었다.

방금 우리들 곁을 지나쳐간 사람의 무리 한복판에서 결국 동생은, 내가 꿈도 꾸고 있지 않았던 영순이의 얼굴을 발견하고 전율했던 것이다. 내가 본 것은 계모의 얼굴이었다. 어째서 계모의 모습이 그때 누이동생에게는 하필 영순이로 보였던 것일까.

동생이나 내가 본 것은 같은 대상임에 틀림없었고, 동생이 그 순간 받았던 그 정도 강도의 충격을 내 쪽에서는 별로 느끼지 못했다고 하면 거짓말이 될지 모르지만, 내가 얼어붙는 듯한 느낌에 저도 모르게 움찔한 것은 계모의 모습이거나 그때의 정황 때문만은 아니었다.

정황이란 별것이 아니다. 형사로 보이는 두 남자가 한 여자를 앞세우고 우리 곁을 스쳐 지나갔던 것이다.

여자는 한여름인데도 숄 비슷한 윗도리를 어깨에 걸치고 있었는데, 필시 앞으로 수갑이 차인 손을 가리기 위한 방편이었던 성싶다. 두 남자는 챙이 짧은 모자들을 쓰고 있었으며, 그렇게 연행되어가던 계모 비슷한 얼굴 모습이란 것도 금방 남의 눈에 띄게 유별히 생겼다든가 예쁘다든가 하는 그런 생김새는 아니었던 것 같다.

영순이와 똑같다고 누이가 외쳤을 때, 본능적으로 내가 반발하고 부정한 것도 실은 그 때문이었을지 모른다. 얼굴 생김새라는 측면 하나로만 따진다면 영화건 텔레비전이건 여태껏 내 눈에 직접 간접으로 띈 그 모든 여자들 중에 계모의 그것만큼 완벽하고 빈틈없는 얼굴을 기억하고 있지 못하다. 그것은 '미인'이라는 말과는 또 틀린다. 철두철미한 얼굴인 것이다. 그 여자는 영순이도 계모도 전혀 닮아 있지 않았다. 동생에게 영순이를 연상시켰던 것은 무엇이었을까.

내장을 조이는 통증 비슷한 충격이라면 과장이지만, 그 여자가 내게 계모의 모습으로 들이닥쳤다면 오히려 윗도리 밑에 입고 있던 그 옷 빛깔 때문이었을 것이다. 몇십 년을 바래고 바래다가 더 이상 퇴색하기를 멈추어버린 듯한 흐린 군청색…… 그런 빛깔의 헐렁한 내리닫이옷을 여자는 걸치고 있었다. 벨트가 매여 있었으나 그것이 내 감정에 무슨 역할을 하고 있었던지는 알 길이 없다.

계모와 군청색이란 이미지도 따지고 보면 막연한 것에 지나지 않는다. 계모는 내가 열네 살, 동생이 열두 살 때 우리집에 들어왔다. 어머니의 고교 동창이었다. 아버지의 결혼 때 어머니의 들러리를 섰고 신접 살림 때도 이틀에 한 번쯤은 꼭꼭 들렀다고 한다. 불미스런 감정 때문이 아니라 어머니의 간청 때문이었다는 사실도 나는 알고 있다. 천성적으로 몸이 허약했던 어머니는 이 건강하고 대범한 단짝에게서 아버지가 채워주지 못한 섬세한 배려를 찾았을지도 모른다. 딴 도시로 몇 번씩 직장을 옮겨가도 멀다 않고 열흘에 한 번꼴로 찾아오는 이 여인 때문에 아버지와 어머니가 가끔 싸우던 것을 나는 기억하고 있다. 오지 못하게 하라고 아버지는 트집을 잡았고, 도리에도 어긋나는 그런 일을 왜 문제삼느냐고 어머니는 붙잡고 늘어졌다. 그런 되풀이가 십육 년이나 계속된 것이다. 아버지는 어머니와 이 여인의 도를 넘는 우정이 차츰 거북살스러워졌을 것이다. 올 때마다 아버지를 우리들 방으로 내쫓고 안방을 차지하는 이 여인에게 우리가 때로 기묘한 느낌을 받았던 것도 사실이다. 따로 결혼을 하고서 그랬다면 또 모른다. 우리들 눈에는, 어머니 때문에 이 여인이 결혼도 포기하고 창창한 청춘을 모두 허송해버린 것처럼 비쳤다. 병세가 도저히 가망 없다는 것을 깨닫자 어머니는 그 며칠 동안 일체 우리를 병실에 들지 못하게 했다. 마지막 날은 예외였지만, 결국 어머니는 이 여인의 품에 안겨서 숨졌다. 아버지의 손을 끌어다 억지로 여인의 손에 잡혀주고, 어머니를 끌어안은 이 여인이 흐느끼고 하는, 신파거나 숭엄한 고전극 같은 눈에 보이지 않는 그런 묵약이 세 사람 사이에 있었더란 말인가. 어머니가 타계한 지 일 년 뒤에 아버지는 이 여인과 재혼했다. 감정상으로가 아니라 이성으로는 그것이 용납되지 않고, 오히려 감정이 당연한 듯이 받아들이고 있던 아버지의 이 재혼 이후 삼 년은 집안에 활기가 찼던 시기이다. 어머니란 소리가 본능적으로까지 입에 익지는 않았으나 우리는 이 여인에게 완전히 매료되어 동화해버렸다. 철두철미하다는 느낌은 거기서 비롯되었을 것이다. 그만큼 이 여인의 모든 것은 자연스러웠다. 새어머니의 그 갑작스런 횡사도 따라서 자연스럽게만 느껴졌다.

그녀의 권유로 어느새 독실한 크리스천이 되어버린 아버지와 교회 사람들과 함께 수해 지구의 복구 작업에 나갔다가 새어머니는 무너지는 축대에 깔린 것이다. 한나절이나 뒤에 흙더미가 모두

파헤쳐졌을 때 새어머니는 흙을 들이마시지 않으려고 본능적으로 손으로 입을 틀어막고 있었다. 오른쪽 손의 손가락들이 파일 정도로 턱을 움켜쥐고 있었는데 그 틈으로 손수건 자락이 비어져나와 있었다.

청색 계통이었다고는 해도 그 손수건 빛깔이 남색이거나 군청이었다는 것은 아니다. 에메랄드 그린에 가까운, 그것의 느낌이 막연히 밖으로 내배 떠오른 듯한 엷은 그런 것이었다. 오히려 그녀가 입던 옷 종류에 같은 색깔의 것이 더러 있었다. 그런데도 수갑 찬 여자가 입고 있던 내리닫이 그 옷 빛깔의 느낌은 새어머니의 그때 그 손수건이 아니고는 연결이 되지 않는다. 낡았다든가 천의 질감이 어떻다든가 하는 그런 유의 비교가 아니라 이 세상의 그 어떤 사물의 빛깔과도 비유가 되지 않을 듯한, 따라서 무슨 방법으로도 표현이 불가능할 것 같은 색깔을 그 손수건이나 여자의 내리닫이옷이 한순간 발현하고 있었다는 데 문제가 있었을지 모른다. 군청은 모든 청색 계통의 빛깔이 합쳐진 일종 종합색이다. '울트라마린'이라고 물감 같은 데서는 간단히 그렇게 적고 있지만, 인쇄소의 색상 세분도 같은 것을 보면 그 내용은 다시 여남은 종류의 비슷비슷한 색깔로 분류가 된다. 청(靑), 녹(綠), 자(紫)의 퍼센티지로 그 다양함은 결정되었겠으나, 이쪽에서 깨닫는 군청이 그중의 하나와 '흡사하다'고 애매한 장담을 할 자신조차도 내게는 없다.

그로부터 십여 년이 더 지난 뒤에야, 우연히 찾아든 어느 피서지의 바닷물빛이 그것에 흡사한 빛깔이 아니었던가 싶어 잠깐 놀란 적이 있다. 비 뿌리기 직전의 잔뜩 흐린 하늘 밑에서 몸을 뒤채며 수시로 변색하고 있던 바다가 으음 하는 신음이 저절로 나올 정도로 그것에 흡사한 색깔로 닮아 있었다. 그러나 그것도 한

174

순간뿐이었다. 정신을 차렸을 때는 바다는 이미 원래의 제 빛깔로 돌아가 있었고 그것하곤 달라…… 하는 안도의 느낌이 저도 모르게 들면서, 터무니없는 착각에 빠졌었다는 것을 나는 제풀에 깨닫지 않을 수가 없었다.

　영순이는 작은 항도(港都) J시에서 우리가 사귀었던 아이 중의 하나다. 아버지가 J시로 전근을 간 것은 초등학교 3년 때였다. 그러니까 내가 바다를 처음 본 것은 아홉 살 때가 되는 셈이다.
　소형 어선들의 깃발과 수많은 돛대, 간이 목로집의 천막 지붕이 펄럭이고 와글대는 선창의 잡답, 선착장 바위 틈바구니에서 기어 나오던 게고둥과 이름 모를 작은 갑각류의 벌레들에 홀려 이사를 한 이틀 뒤부터 동생과 나는 그 부근을 헤맸다. 길을 잃어버리고 집을 못 찾아 허둥댄 것도 한두 번이 아니다.
　"늬들 보굴났지러?"
　빗지 않은 머리칼을 목덜미까지 내려뜨리고 아랫도리를 홀랑 벗은 계집애 하나가 바다 쪽으로 비스듬히 기울어진 낡은 이층집 앞에서 우리에게 말을 걸었다. '보굴났다'는 것은 화가 났다는 뜻이었다. 열에 떠 상기한 동생과 나의 얼굴이 그애에게는 그렇게 보였었던 모양이다.
　"보굴 안 났으모 와 그리 눈이 시퍼레가지고……."
　꽤는 어른스러워 보이는 어엿한 표정을 하고서 계집애는 뒷짐을 진 채 아랫배를 내밀었다. 그애가 영순이었다.
　"오냐 오냐, 늬들 이층에 가서 놀거라."
　툭 트인 아래층 바닥에서 생선 함지박을 휘젓고 있던 아낙이 주먹질을 하며 우리들에게 일렀다. 우리는 자주 그 이층으로 기어 올라갔다. 곧 쏟아질 듯이 바닷물 위로 내민 그 길쭉한 다락방은 우리들 키에나 간신히 닿지 않았을 뿐, 어른들은 일어서지도 못할 자리였다. 땟국에 전 이부자리 하나가 한구석에 말려 있고, 바닥은 비닐이니 장판 조각 같은 것이 이어진 채 텅 비었다.

"저 할망구 우리 엄마 앙이다"라고 영순이가 말했다.

"할망구가 나, 주워다 길른다. 우리 엄마 아배능 없대이."

"죽었어?" 동생이 그렇게 물었고, "불쌍타"고 내가 말했다. 영순이는 대답을 안 했다. 그애는 노상 그렇게 아랫도리를 벗고 있었다.

어느 때라고는 해도, 옷 벗고도 견딜 수 있는 한철이었겠지만, 동생이 나무 계단을 기어 내려가더니 갈대 가닥 하나를 주워 올라왔다. 그 끝으로 영순이의 아랫도리를 건드리던 동생이 무슨 생각이 들었던지 저도 아랫도리를 벗었다. 동생의 그것은 속의 팬티까지 벗어야 했던 터여서, 그 과정이 영순이에게는 우습게 보였던 모양이다. 영순이가 윗도리마저 훌렁 벗었다. 동생이 곧 그 짓을 따라했고, 둘은 홀랑 벗은 채 서로 엉덩이에 코를 디밀고 냄새를 맡으면서 방을 기어다니기 시작했다.

"오빠두 벗어."

거기에 싫증난 동생이 일어서면서 내게 말했다. 내가 옷을 벗었다. 영순이가 갈대를 주워가지고 내 아랫도리를 건드렸다.

"오빠가 영순이하고 결혼해."

그런 말을 동생이 했고, "좋소" 하고 내가 대답했다.

내 정확한 기억은 여기서 끊어져 있다. 그러고는 어떤 의식 흉내를 냈던 것인지, 무얼 어째야 할지를 몰라 멍청히 서로 보고만서 있었던지는 알 바가 없다. 어쩌면 그렇게 깨복숭이로 홀랑 벗은 채 나도 덩달아 방을 더 기었던 것 같기도 하다. 방파제 쪽에서 먹을 감던 영순이가 변을 당한 것은 그 훨씬 뒤의 일이었을 것이다. 죽은 영순이의 모습은 볼 수가 없었으나 그 아래층 밖에 몰려 기웃거리는 사람들에게 의붓어머니가 악을 쓰고 있었다.

"이 사람들아 내 탓이 아니라 캉이. 갸 에미 애비가 남로당으로 죽어삐릿는데 내가 더 무슨 말을 할 끼고?"

아마도 누이동생에게 영순이를 연상시키고 충격을 준 것은, 그 내리닫이 입은 여자의 숄에 휘덮인 수갑 찬 손이었을지 모른다. 안이한 추리긴 하지만 방파제 저쪽의 그 넘실대던 바다를 억지로나마 떠오르게 하는 것은 그것밖에는 없다.

동생이 떠올린 영순이나 내가 떠올린 계모가 아무리 서로 동떨어지고 이질적인 존재라고는 해도 그것이 한 얼굴에서 연상된 것임은 의심의 여지가 없다. 그 얼굴에 붙인 '요'라는 대명사는, 옥편에서 내가 임의로 찾아낸 글자에 지나지 않는다. 까다로울 요, 혹은 예쁜 체할 요자의 이 앞뒤에는 같은 발음의 재미난 글자 둘이 있었다. 남자 하나에 여자 둘인 샘낼 요(嫐)자와, 여자 하나에 남자 둘인 가댁질할 요(嬲)가 그것인데 한자를 만든 고대 중국인들은 그때부터 벌써 여자의 속성을 안절부절못하는 그런 것으로, 남자의 그것을 희희거리는 그런 것으로 단정을 내리고 있었던 모양이다. 가댁질은 숨고 달아나고 하는 아이들의 장난을 일컫는다.

그렇더라도 그 뒤 띄엄띄엄 나타나기 시작한 '요'의 얼굴과 마주치는 횟수가 점점 잦아져서 일종의 장난기 같은 느낌마저 스며 있었더라도, 혹은 그 얼굴이 무슨 색깔의 어떤 옷을 걸치고 어떤 모습으로 내 앞에 나타났건, 해명이 안 되는 그 군청색은 언제나 그 얼굴의 등뒤로 멀리 넓게 깔리면서 배경이 되고, 무슨 상징처럼 어디까지나 내 뒤를 따라오기만 한다.

두번째로 내가 '요'를 맞닥뜨린 것은 계모를 만난 그 이 년 뒤, 좀 뭣한 얘기이긴 하지만 처음으로 동정을 잃은 사창가에서였다. 대한민국의 알톨 같은 상병이 아직도 멀쩡한 총각이라니 이 무슨 해괴한 사고 뭉치란 말이냐, 차라리 번갯불에 콩이나 구워 처먹어…… 어쩌고 하는 막사 분위기에 몰려 어느 날 밤, 외출을 나서는 동료를 따라갔던 것인데, 그는 동정을 발설해서 나를 구경거리로 만들었던 당자였음은 두말할 것도 없다. 게딱지 같은 하꼬방에 숨어들긴 했으나 처음부터 잡치고 어그러지면서 내 성년식은 끝났다. 남자 구실을 나는 할 수가 없었던 것이다. 긴장이 심하면 창녀에게건 초야의 신부에게건 똑같은 임포(不能)에 빠지고 마는 것은 남자들 생리의 일반적인 속성이다. 초야의 신부를 노려볼 수가 없는 것과 마찬가지로 남자는 어둠 속에서라도 창녀를 똑바로 바라볼 수가 없다. 겨우 안간힘을 해서 어떻게 접촉이 이루어지긴 했으나 눈 깜박할 새에 이미 바깥에서 사정이 끝나버린 현실에 아연해서, 황급히 옷을 찾아 입고서야 나는 비로소 불을 켜라는 말을 그녀에게 할 용기를 얻었다.

여자는 거기에는 대답도 않고, 돌아누운 자세 그대로 꼼짝도 않고 엎어져 있었다. 이런 여자들에게도 고집 불통의 탓하지 못할 성격이 더러 있는 모양이군 싶어, 일어서자 나는 더듬더듬 알전등의 스위치를 찾기 시작했다.

"켠다."

그런 촌스런 외마디 말을 입 밖에 내려고 했을 때, 내 속에는 이미 틀림없는 직감에 대한 공포가 종잡을 수 없이 밀어닥치고 있었다. 입대 직전 길 한복판에서 잠깐 엇갈리면서 그토록 나를 겁주었던 바로 그 '요'의 얼굴이 갑자기 환해진 방 한복판에서 엎드린 채 숨으려고 하듯이 나를 올려다보고 있었다. 왼쪽 목덜미 쪽에 보일 듯 말 듯 찍혀 있는 까만 점 하나가 내 눈을 쏘고 들어왔다. 이런 경우엔 어떻게 해야 하지……, 그런 생각조차 할 겨를도 없이 스위치를 비틀어 도로 불을 끄고, 떠박질리듯이 그 방에서 나는 뛰쳐나왔다.

'요'에게서 두번째로 겪은 이 심적인 충격은, 스스로는 깨닫지 못하고 있었으나 그 이래 엄청난 힘으로 내게 작용하고 있었던 게 틀림없다. 서른여섯이 넘도록 왜 결혼을 하지 않고 있는가. 그 까닭은 짐작건대 이러이러하리라고 수없이 남의 구설수에 오르면서도 그때마다 심상하니 잘 느끼지조차 못하고 있었는데, 최근에 와서야 그 원인이 틀림없이 그날 입었던 상처에서 기인하는 후유증이 아닌가 깨달아지는 것이다. 그렇지 않고는 그 이후의 십여 년이 넘는 나의 그 터무니없는 공백 기간이나 무기력감 같은 것이 도저히 설명이 되지를 않는다.

무기력했다고는 해도, 이성에 대한 감정 면에서 주로 그랬다는 것이지, 일반적이고 기본적인 정서거나 혹은 바깥 사회에 대해서까지 그렇게 내가 게을렀다는 뜻은 아니다. 서른여섯이라는 나이에 작지만 바탕이 튼튼한 한 회사의 차장이 되어 있었다고 하면 되레 '출세가 너무 빠른데?' 라는 평을 들을지도 모른다. 자신이 몸담고 있는 기업체의 앞날이 이십여 년쯤 앞까지도 훤히 내다보이는 듯한 의식의 명료함과는 반대로, 한쪽 귀를 잃어버린 듯한, 어딘가 멍청하고 사방이 벽으로 막힌 듯한 미세한 자폐감이나 그런 공간 속에 자신을 방치해버린 채, 결혼 같은 것은 염두에조차 나는 두지 않고 있었던 것이다. 회사의 섭외 일 때문에라도 술집이거나 심지어 고고 클럽 같은 데까지 자주 드나드는 형편이긴 했지만, 그런다고 한번 늪에 잠긴 감각이 쉽게 정상적인 자리로 떠올라와주는 것은 아니었다.

'요'의 얼굴을 세번째, 네번째, 혹은 일고여덟번째 맞닥뜨린 것이 사실이라고 한다면, 그것은 주로 그 공백 기간 동안에 그렇고 그런 장소에서였다는 의미가 된다.

왼쪽 목덜미에 점이 찍히고 계모를 한꺼번에 연상시키는 그 얼굴이 이제는 무섭지도 않고, 더이상의 충격도 동요도 이쪽에 끼치지 못한다고 하면, 백번을 맞닥뜨리건 천번을 마주치건 결국은 마찬가지란 뜻이 아닌가.

'요'는 나를 부둥켜안고 빤히 이쪽을 건너다보면서 같이 스텝을 밟기도 했고, 혹은 제 흥에 겨워 콘크리트로 발라놓은 표정과 찔러도 피도 안 날 그런 미소를 띠고, 눈앞에서 엉덩이를 흔들며 방자하게 퍼마시는 그런 모습도 내게 보였다. 어쨌든 분명한 것은, 그 '요'에게 진짜 이름이 무언가, 태어난 곳이 어디쯤인가 하고 그 따위 질문은 일체 내가 하지 않았다는 사실뿐이다. 그런 것을 캐묻기에는 이미 때가 늦어 있었다. 너무 잦다 싶을 만치 '요'를 마주치는 횟수는 늘어났지만, 그에 비례해서 처음의 그 생생했던 충격이 다시 내 속에서 환기될 기미는 전혀 보이지 않고 있었다.

그 선열했던 감각이나 하다 못해 진저리난다고까지 생각했던 충격을 어느새 가뭇없이 잊어버리면서부터 '요'의 얼굴도 쌍둥이처럼 서서히 내 속에서 따라 죽고 말았던 것이었다.

"내 본명은요" 하고, 어느 해 추석 전날 밤이던가 '요'는 벌거벗은 어깨를 내 등에 비스듬히 기댄 채 사뭇 진지한 어조로 그런 말을 한 적이 있다.

"호선(好善)이에요. 좋아할 호자, 착할 선자…… 곧이들리지 않으세요?"

만약 누이동생이 이런 천연덕스런 얘기를 지껄이는 영순이와 똑같은 얼굴의 여자를 눈앞에서 보았더라면, 지금이라도 기절초풍을 하고 말았으리라.

"어쩜 영순이와 저렇게 똑같아?" 하는 외침만은 결사적으로 억제하고 내뱉지 않을지도 모른다. 십몇 년이라는 공백은 내게뿐만 아니라 누이에게도 똑같이 작용했을 테니까 말이다. 그 대신 목덜미의 점만은 재삼 확인하려고 가까이 다가들지도 모른다. 영순이의 목덜미에 점이 있었던가. 그 사실을 나는 확인할 도리가 없다.

새삼 확실하다고 깨닫는 것은, 그때 동생이 발견하고 외쳤던 그 얼굴은 완전한 오해였다는 사실이다. 설사 점이 있었다고 하더라도 말이다. 내게는 비슷한 구석조차 느껴지지 않았던 그 얼굴이 누이에게는 어째서 영원히 영순이로만 보였던 것인가.

"남자 이름 같다는 소릴 하는 친구들도 있어요. 호선이…… 어때, 괜찮은 이름이죠?"

"으음……."

'요'의 몸을 바로 일으켜 앉히고 고개를 저쪽으로 돌리게 해서, 다시 한번 나는 그녀의 목덜미를 유심히 살폈다.

"추석인데 왜 집엔 내려가지 않아?"

"당신은요?"

"나는 집이 없어, 지금은."

"이북이군요. 저는 있어요."

어때, 약오르지? 하는 시늉으로 대들듯이 얼굴을 쳐들고, 그녀는 의기양양하게 말했다.

"하지만…… 있어도 가지 못해요."

"가락 한번 잘 넘어간다."

"참말이에요. 있어도 못 가…… 너무 무서워서."

"알아, 참말이라는 것도…… 뻔할 뻔자지."

"모르실 거예요. 우리 고향은 온통 포도밭투성이라니깐요."

"……."

"그 포도밭 색깔이 지금쯤은 얼마나 무서운 색깔로 변해 있는지 정말 모르실 거야…… 온통 피 바랜 그런 색깔이라니까요. 통째 초록 일색이었다가 이파리 빛깔이 점점 말라 핏빛으로 돼가는 건데…… 보지 않으면 정말 몰라. 그게 얼마나 무서운 색깔인 지……."

"뭐야?"

내장 한쪽에서 거의 느껴지지 않을 정도의 강도로 불의에 쿡 디밀어져온 미미한 저항감을 확인하려고, 뜸을 들이듯이 나는 여자의 얼굴을 지켜보았다. 그리고 포도밭 이야기를 다시 한번 시켰다. 이 여자가 정말로 빛깔 이야기를 하고 있는 것인가 하는 의심 쩍음은 그 다음에야 머리를 쳐들었다. 술이 통째 깨는 기분으로, 분위기를 잡치고 나는 우두커니 방바닥을 들여다보고 있었다.

서른일곱에야 홀아비 신세를 면하고, 처음으로 나는 여자와 결혼식을 올렸다.

호선이라는 본명의 그 '요'가 결국 내 아내가 된 셈이지만, 그 방면에 몸을 담고 있던 전력 때문만에서가 아니라 다른 여러 가지 이유로도 이 결혼은 내게는 상당히 어려운 결단과 용기를 필요로 했던 사건이다.

무서운 것은 사람의 모습이 아니라, 그것을 수시로 변하게 만드 는 시간의 힘이라는 것을 깨닫는 데에 다시 십몇 년이 걸렸다.

세월의 여력이 아니었으면 재혼은 죽어도 않겠다고 이를 깨물 듯이 내 앞에서 맹세를 하던 누이동생이 끝내 두번째 결혼식을 올렸을 리도 없고, 그것의 그 무시무시한 풍화 작용이 아니었다면 그토록 건강한 모습으로 무난히 살림을 꾸려가던 아내가 병으로 요절하는 변고 같은 일이 또 일어났을 턱이 없다.

아내는 중학에 갓 입학한 딸 하나와 초등학생인 아들 하나를 남긴 채 마치 포도밭의 색깔이 바래듯이 갑자기 세상을 떴다. 누이의 첫 남편은 엔지니어였으나 무슨 심산에선지 기업 경영 쪽으로 방향을 틀더니 잦은 싸움 끝에 결국 이혼했다. 회사가 번창했더라면 또 어떻게 되었을지 모른다. 두번째 남편은 뚱딴지 같게도 남의 육체를 단련시키는 재능과 그 방면의 직업으로 외국에서 자수성가를 한 사람이다. 역시 이혼 전력이 있었다.

그리고 오십을 바로 몇 해 앞으로 바라보는 나이에 이르러서야 지구의 반경을 돌아, 엉뚱하기 짝이 없게도 이탈리아라는 나라의 어느 언덕에 잠깐 내가 몸을 세우게 된 것도, 따지고 보면 그 세월의 힘이었다고 할 수밖에는 없다.

이탈리아는, 그쪽에서 진작에 일가를 이뤄 살고 있던 누이의 두번째 남편의 초청이라는 형식으로 몇몇 동료와 눈 딱 감고 구경을 갔던 것인데, 이곳에서 나는 마지막으로 '요'의 얼굴과 또 맞닥뜨렸던 것이다.

사람 사는 곳의 아귀다툼은 예나 거기나 다를 바 없어, 로마 뒷골목에서 욕지기가 나올 정도로 흠뻑 바가지들을 쓰고(트레비 분수 근처의 집 주소와 약도를 내보이며 길을 묻는 녀석이 이집트 녀석이라고 깜박 속아넘어간 것이 탈이었다. 녀석은 음료수를 권하며 쩔쩔매는 시늉을 했고 초행이니 제발 거기까지만 데려다달라고 애걸했다. 이쪽은 우쭐해서 친절을 베풀밖에. 그 주소가 술집이었다. 데려다줬더니 녀석은 한 잔만 더 하고 가라고 졸랐고 나중에 계산서 두 장이 내밀어졌다. 녀석은 술집 종업원이었던 것이다) 우리는 바다와 매몰된 도시 구경을 떠났다.

내가 '요'의 얼굴과 마주친 것은 정확히 오후 두시경, 소렌토라는 마을에서다.

아름다운 저 바다와 그리운 그 빛난 햇빛······.

소렌토는 가곡에 나오는 가사 그대로 풍광명미한 쬐끄만 항구
였다. 이탈리아라는 나라에서 가장 비싸게 팔리고 몇 대째 업을
이어온다는 가구 공장의 제품 과정을 꼭 보고야 말겠다는 동료
하나의 강권에 못 이겨 택시로 네 시간이나 걸리는 그곳을 우정
찾아갔던 것인데, 거기를 빠져나오던 도중에 '요'와 부딪친 것이
다.
"저것 좀 보게."
마을을 빠져나오면서 방금 보고 온 공장에 대해서는 별말이 없
던 그 동료가, 갑자기 차를 멈추게 했다.
택시가 간신히 턴을 해서 자리를 잡은 곳은 올 때도 통과했던,
마을로 내려가는 초입의 아슬아슬한 낭떠러지 한끝이었다.
"뭘 또 봐?" 하면서도 구경 온 촌뜨기의 호기심은 내던질 도리
가 없어서, 우리는 우우 차에서 내려 난간 쪽으로 몰려갔다.
눈앞이 아찔할 지경의 깊은 직각 절벽 아래로 소렌토가 뿌우연
그림같이 엎드려 있었다. 널찍한 붓 하나로 단번에 문대서 칠해놓
은 듯한 정지된 물빛 저쪽으로는 폼페이와 나폴리 만이 엿보이고,
빨간 보트 몇 쌍이 역시 점으로 찍어놓은 듯이 아득히 눈에 들어
왔다.
이 정도의 풍경이라면 이미 신물이 나게 보아온 그림 엽서 이
상의 감흥도 일어날 리 없어 모두 떠름한 표정을 짓고 있었으나,
저길 보라구······ 하면서 동료는 계속 한 곳을 손가락질하고 있었
다. 마을이 내려다보이는 전방 아래쪽이 아니라 바로 눈 밑에, 수
직으로 떨어져간 그 낭떠러지가 끝나는 곳에 구경거리가 있었던
것이다.

낭떠러지의 그 끝은 어느 큼직한 건물의 옥상임이 틀림없었다. 완벽한 방형(方形)의 그 옥상은 절벽의 높이 때문인지 우리의 눈에는 손바닥 속에도 능히 그릴 수 있는 작은 사각형의 평면 공간에 불과했을 뿐이다. 쉽게 눈에 띄지 않은 것도 그 때문이었고, 무슨 비밀 지도라도 발견한 듯이 반벙어리 소리를 하며 동료가 극구 손가락질을 하고 있는 까닭도 또한 그 때문이었음이 틀림없다.

그 방형의 한복판에 거미보다 약간 큰 모습으로 여자 하나가 서 있었다. 여자라고는 해도, 쓰고 있는 면사포와 팔에 받쳐들고 있는 꽃다발을 식별할 수 있었기에 그랬다는 것이지 그런 것들이 아니었으면 쉽게 판별할 수조차 없었을지도 모른다. 수직으로 내려다보이는 사람의 모습이란 그처럼 짜부라진 꼴로 기묘한 형상을 하고 있게 마련이다. 여자 곁에는 남편인지 사진산지 연미복을 빼입고 카메라 비슷한 것을 든 사내 하나가 부동의 자세를 취하고 서 있었다. 눈에 들어온 것은 그 두 사람의 모습뿐, 방형의 나머지 여분은 그야말로 먼지 한 점 없어 보이는 회색의 텅 빈 공간으로 채워져 있었다.

저 여자가 뭘 하고 있는 것일까 하는 궁리 때문에 주눅들리는 듯한 기분으로 쉽게 자리를 뜨지 못하고 있을 때, 여자가 비로소 움직였다. 뒤에 늘어뜨린 면사포 자락을 길게 끌면서 여자는 방형의 옥상 난간 한쪽 끝으로 느릿느릿 걸어갔다. 거기서 눈에 띄지 않게 빙글 몸을 돌리더니 다시 원래의 제자리에 같은 템포로 또 걸어왔다. 그 동안 사진산지 남편인지 모를 그 사내도 한 손가락이 다른 손가락을 따를 수밖에 없듯이 같은 간격을 두고 여자를 따라 움직이면서, 계속 셔터를 눌러대고 있는 듯이 보였으나 확실치 않았다.

여자가 계속 같은 짓을 되풀이하고, 남자가 반복해서 그것을 따

라 움직였다. 그렇다고는 해도, 우리들 눈에는 여래 손바닥 속의
손오공처럼 겨우 일 센티 정도의 거리를 이동했다 다시 제 위치
로 돌아왔다 한 꼴밖에 되지 않는다.

"저 아가씨 뭘 하구 있어, 모델야?"

궁금증을 끝내 풀 수가 없었던지 손가락질을 하던 동료가 우리
쪽으로 얼굴을 돌리고 고함을 질렀다.

"아닌 것 같은데? 결혼식 예행 연습을 하구 있는 거야, 보면 몰
라?"

"그렇지 않아. 결혼 예행하는 여자가 사진은 왜? 식장에서두 얼
마든지 찍을 텐데. 금혼식이나 은혼식 예행일 거야…… 그렇다고
만 한다면…… 하지만 하는 짓이 어딘가 이상하잖아? 그런 연습
을 꼭 저렇게 혀가 빠르게 해야 하나. 그게 이곳 풍습이란 말인
가…… 그럴 리는 없겠지. 예행 연습이 아냐. 이상하다구. 자세히
좀 봐…… 저 여자 몇이나 돼 보여?"

"스물두엇쯤 됐을까…… 확실치는 않아도 내 눈에는 선하다구.
하얀 목덜미…… 저 장밋빛 뺨……."

"던적떨구 있네. 처녀가 아니라 파파할머니야. 주제 파악 좀 하
구 감 잡으라구. 노인이라니깐……."

"농담하지 말기 우리…… 자네 공갈은 한국에서나 씨가 먹히지
여기서는 통하지 않아. 저렇게 쌔하얀 면사포의 신부가 할머니라
니…… 무드 잡치네 쌍……."

"내기할까 우리? 진짜 한판 걸겠어? 처년지 할망군지는 금방 알
수 있어."

동료들 새에 그런 농담과 시비가 이는 것 같더니, 그중의 하나
가 택시로 달려가 목을 디밀고 망원경을 꺼내 왔다.

그 망원경을 빼앗아 들고 심판을 자처하면서, 내가 앞으로 나섰

다. 어딘가 예감이 이상했던 것이다.

"뭐야?"

"처녀야, 노파야?" 하는 왁자지껄한 소리가 귀에 들어왔으나, 내 가슴은 이미 절벽처럼 되어 있었다. 망원경을 꽉 움켜쥐고, 죽어도 그것을 빼앗기지 않을 심산으로 택시 속으로 무작정 몸을 들이밀고 들어가 앉으면서, 나는 아무렇게나 내뱉었다.

"다 틀렸어. 처녀도 노인도 아냐, 그중간치라구. 미친 여자라니깐…… 기분 나쁘게 히히거리구 있었어. 자네들은 안 보는 쪽이 차라리 나아……."

툴툴대며 차로 몰려오는 동료들을 나는 개의치 않았다.

망원경을 얼굴에 갖다 댔을 때, 내 눈 속을 비집고 들어온 것은 여자 목덜미에 찍힌 한 알의 점이었다. 크기는 어느 정도였던지 정확히 기억이 나지 않는다. 여자 얼굴의 생김새도, 노인인지 처년지, 혹은 여자가 백인이었는지 황갈색 피부를 하고 있었는지 그런 것도 내게는 별 상관이 없었다. 그보다도, 갑자기 동요하려는 감정의 기미 쪽에 귀를 기울이고, 그것만이 오직 생사의 판가름이라도 되는 일인 것처럼 외곬으로만 나는 신경이 쏠렸던 것이다.

소렌토에서 작은 사고가 있었다는 기사는 그 나흘 뒤 귀국 수속을 밟고 있던 공항에서야 알았다. 그것도 배웅 나온 누이동생이 우연히 쥐고 있던 지방 신문의 소제목들을 지루한 대기 시간을 꺼주려고 띄엄띄엄 읽어주어서 알았던 것이지만, 그 사건이 반드시 우리가 본 그 면사포 여자와 관련이 있었다고 단정할 수는 없다. 사고는 아무 데서나 흔하고, 죽음은 여기서도 저쪽에서도 도처에서 밥 먹듯이 계속 이어지고 있지 않은가. 하지만 나는 부지중, 까마득한 푸른 바다 한복판으로 떨어져가는 꽃다발과 면사포를 생각했다. 꽃잎은 흐트러지고 천은 물에 스며들며 가라앉았다.

한 여자가 죽었다는 짧은 기사 속에는 신원도 뭣도 아직 파악이 되지 않은 그 소지품에서 나온 흐린 사진 한 장이 같이 곁들여져 있었다. 그쪽 신문이거나 이쪽 것이거나 흑백으로 찍혀 나온 동판 사진의 질감이란 거개 비슷하다. 필시 죽은 여자의 아이들인 성싶은 어린 남매의 사진은 그만큼 어느 쪽이 오빠고 누이인지 판독하기 힘들 정도로 흐려 있었다. 그쪽으로 새삼 눈길이 가기라도 하면 동생이 어쩐지 또 "이 아이 이제 보니 어쩜 이렇게 어렸을 때 오빠하고 똑같아?" 하고 짧은 비명이라도 지를 것 같아 슬그머니 신문을 구겨 쥔 채, 담배를 파는 공항 매점 쪽으로 나는 시선을 돌려버렸다.

(1985)

권투

"저것 좀 보소."

내기 장기판 곁에서 벌써 몇 번짼가 역전 광장 쪽으로 고개를
돌리고 있던 서씨가 말했다.

"저것 좀 보라 캉이."

장기판을 들여다보고 있던 김씨는 채근에 못 이겨 힐끗 그쪽으
로 눈을 주었으나, 울화통 때문인지 얼굴이 우그러져 있었다. 그는
지금 수세에 몰려 판돈의 다섯 배를 빼앗길 처지에 놓여 있었던
것이다.

"갱까도리(싸움)를 하고 있구만. 죽일 놈들."

그가 씹어뱉었다.

서씨는 몸을 일으키고, 비싯거리며 싸움질이 난 쪽으로 걸어갔

다. 그는 김씨가 틀림없이 다섯 배의 반, 즉 만이천오백원을 자기더러 내놓으라고 할 것을 알고 있었다. 수중에는 지금 삼만여 원밖에 남아 있지 않다. 흥, 그 실력에 페어 플레이를 하자꼬? 눈치가 없기는…… 웬 싸움질고? 하며 판을 엎고 일어나면 될 거 앙이가?

쭈그리고 앉은 김씨의 아이디어에 놀아나 그는 벌써 네번째나 판돈을 같이 물어주고 있다. 그 동안 재미본 적이 전혀 없었다는 건 아니지만, 다섯 번을 이기더라도 한 번을 지기만 하면 도로아미가 되어버리기 때문에, 문제가 있는 것이다. 판돈의 세 배만 배상액으로 내주자고 처음 제의했을 때 쌍통을 구기고 김씨는, 그러면 손님이 붙지 않는다고 했다. 페어 플레이란 알량한 말마따나, 어쩌다 딴 돈의 반은 어김없이 김씨가 이쪽으로 건네주긴 했으나, 용가리통뼈가 아닌 담에야 번번이 게임에 이기란 법이 없다. 그깟 실력으로 더구나 위험까지 무릅쓰고서?

장기판의 김달곤 참피온 먹었어…….

서씨는 반은 겁먹고 반은 앙분한 심사로 싸움판을 비집고 들어갔다. 교외 놀이터에서 오는 길인 듯 륙색을 멘 조무래기 대여섯 명이 구경꾼들 앞에 진을 쳐 서 있고 그중의 한 녀석이 동그라미 한복판에서 피를 흘리고 있었다.

"알겠어?" 하고 그 두 걸음 앞에 고양이처럼 등을 구부리고 있던 소년이 살기 찬 음성으로 소리쳤다.

"한꺼번에 덤비면 무기를 쓴다. 일 대 일로 오란 말야!"

"내가 녹여주마" 하고 옆 아이에게 륙색을 맡긴 한 녀석이 다시 진 앞으로 나섰다.

"×새끼야, 꼼짝 말고 거기 있어!"

싸움은 순식간에 판가름이 났다. 공갈을 치며 나섰던 아이가 사

추리를 걸어채고 턱을 젖히면서 나가떨어졌다. 아이는 입가에 피를 흘리며 일어났으나, 두번째 공격을 받고 펄쩍 뛰듯이 다시 굴렀다. "됐니?" 하고, 상대 소년이 말했다. 전혀 틈을 보이지 않고 그는 그대로 자세를 갖춘 채, 넘어진 아이를 노려보고 있었다.

"됐어?"

얻어터진 아이가 고개를 끄덕이더니, 일어나 비실비실 물러났다.

"다음!" 하고, 별로 의기양양하지도 않은 목소리로 소년이 말했다.

"다음 놈 없어?"

류색 그룹에서는 입을 악문 듯한 표정들이었으나, 이내 고개들을 꺾더니 구경꾼들 틈으로 하나씩 슬슬 꽁무니를 빼기 시작했다.

서씨는 놀라운 심사로 이 광경을 보고 있었다. 그는 둘러선 구경꾼들이 전혀 말릴 엄두를 내고 있지 않다는 점이 도무지 이해가 가지 않았다. 좀 아까, 이놈들 이게 무슨 짓고? 하면서 나서려고 했을 때, "이건 정정당당한 게임이란 말예요" 하며 앞을 막아선 류색 그룹의 한 아이에게 그는 호된 제지를 당했던 것이다. 그녀석은 눈을 볼켜뜨고 여차하면 쥐고 있던 등산용 스틱의 사용도 불사할 기세였다. 더구나 그 패들 속에 계집애가 하나 끼어 있고, 그 여자아이조차 태연자약한 얼굴로 싸움판을 관전하고 있어서 그는 말문이 막혔다. 겨우 중학생 또래밖에 안 된 것들이 일 대 일이라…… 뭐, 정당한 게임이라고? 원 세상에…… 얼이 빠져, 정신이 번쩍 드는 기분으로 그는 걸음을 멈췄다.

김씨는 못 볼 것을 본 듯한 얼굴로 그를 향해 걸어오고 있었다. 죽을 쑨 것이 틀림없어 보였으나 가까이 와서도 배상액 얘기를 꺼내지 않는 게 서씨에게는 이상하게 생각됐다. 며칠 사귀는 새에 그는 김씨가 자기보다 훨씬 성질이 마르다는 것을 알고 있었다. 그 때문에 걸핏하면 페어 플레이를 내세우는지도 모르지만 염치가 있어야 소리가 나오지, 라고 재빨리 그는 생각했다. 서씨는 대합실 쪽으로 눈을 돌리고, 그 대단한 아이녀석이 어디에 있는가, 어디로 가는가를 눈여겨보았다.

서씨는 꼭 일 주일 전 이 교외선 역 대합실에서 김씨를 만났다. 통성명을 하게 되고 통사정을 서로 꿰게 되자, 둘은 곧 풀처럼 들러붙어서 행동을 함께 했다. 식사도 같이 하고 다방에도 같이 갔으며 심지어 화장실도 함께 들락거렸다. 하긴 잠자리를 함께 하기 시작한 건 나흘에 지나지 않지만, 어차피 쳇바퀴 돌듯이 이 근처나 뱅뱅 맴돌 처지임에야 그것도 매한가지였음에 다름이 없었으리라. 그때 김씨가 아이디어를 짜냈던 것이다.

"우리에게 지금 가장 시급한 것은" 하고, 김씨가 말했다.

"앞으로 어떻게 연명을 해가느냐는 문제요. 며칠이나 우리가 같이 있을는지는 모르겠소만, 며칠이든 몇 달이든 그게 문제가 아뇨. 우선 먹고살아야 될 게 아닌가 사람이?"

"살아야 되고말고"라고 서씨가 맞장구를 쳤다.

"이노무 썩을 세상, 콱!"

그는 그러나 김씨가 정작 장기 얘기를 꺼냈을 때는 어딘가 떨떠름한 얼굴을 하고 있었다.

"장기라꼬?"

"된단 말일세." 김씨가 역설했다. "이판사판에 뭘 가려요?"

"김 선생 자신 있소?" 하고 서씨가 말했다.

"내사 밑천이 뻔해서……"

문방구에서는 김씨가 장기판을 사고 자기는 장기말을 샀지만, 아직도 그는 김씨의 페어 플레이란 말을 잘 납득하지 못하고 있었다. 모든 비용을 공평하게 반반씩 부담한다는 건 그렇다 치고, 그토록 오랜 세월을 법조계 주변에서 쓴맛 단맛 다 보며 보낸 사람이라면, 몇 번만이라도 솔선해서 자기 부담으로 시범을 보여줘야 할 게 아닌가. 김씨와 짠 대로 그는 바람잡이 장기를 두면서 다섯 배의 돈을 받고 그걸 되돌려주는 연극을 하곤 했으나, 손님 꾀는 것도 장담과는 딴판이고, 무엇보다도 이틀 만에 김씨의 실력이 들통나기 시작했던 것이다.

"미안하게 됐소잉?"

첫번째 공동 결손이 났을 때, 김씨는 갑자기 전라도 사투리로 말을 바꾸면서 웃음을 지어 보였다.

"서 선생이 한번 말을 잡아보겠소?"

"내가 왜 말을 잡아?"라고 서씨가 말했다.

"김 선생이 그냥 하소."

화장실에서 나오는 소년을 발견하고 반색을 하며 서씨가 그쪽으로 다가갔다.

"너 나 좀 보자."

"왜요?"

소년은 예상과는 달리 느슨하고 멍청한 표정으로 그를 올려다보고 있었으나, 서씨가 손을 잡으려 들자 홱 몸을 빼며 그제야 경계의 빛을 띠었다.

"너 아까 참 잘하더라. 어디서 배왔노 그 솜씨?"

서씨가 얼레발을 치려 했으나 소년은 눈살을 찌푸리고, 어딘가 여전히 멍청한 표정으로 어른을 째려보고 있었다.

"카지만 싸우면 쓰나 사람이? 기왕지 기어이 쌈을 할 바에사 머리를 써서 해야제?"

대답도 않고 몸을 돌리는 소년을 보며 서씨는 틀렸구나, 하고 생각했다. 그는 진저리치듯 몸을 한번 추스르고 소년의 앞을 막아섰다.

"빨리 들어가거라 집이 있거든. 우리사 올데갈데 없는 신세지만 서도…… 너 그 솜씨 한번 아깝다. 만약에 잘 데가 없거든……"

서씨의 표정이 우거지상이 되었다.

"우리한테 오너래이. 같이 머리를 짜서 상의 좀 하자. 도와다고……"

내가 왜 이토록 추접하게 돼버렸을까 싶으면서도 울상을 펴지 못한 채 서씨는 몸을 돌렸다.

"저기다. 저 역 대합실에 우리가 있다!"

몇 걸음 가다 돌쳐서서 그가 다시 외쳤다.

"절대로 우리는 나쁜 사람 앙이대이?"

묘한 얼굴로 그 꼴을 보고 섰던 소년이 돌다리 밑으로 휘적휘적 걸어 내려갔다.

대합실 저쪽으로 소년이 다시 모습을 보인 것은 그러나 다 저녁답이 가까워서였다. 서씨에게 그것은 먹장구름을 뚫고 갑자기 나타난 햇살을 보는 것같이 생각됐다. 그는 소리라도 지르며 내달으려다 생각을 바꾸고, 우정 시큰둥한 안색으로 손만 몇 번 흔들었다.

"이리 오너라."

"무슨 일이죠?"

대여섯 걸음 저쪽에 버티고 서서 소년이 말했다.

"거긴 싫어요."

"알았다, 알았다" 하고 서씨가, 코가 빠져 앉아 있는 대합실의 김씨를 손짓했다. 페어 플레이 하기가 이리도 어렵다…….

"기가 막힌 아이디어가 있능기라?"

김씨가 가까이 왔을 때, 비죽비죽 웃고 소년에게 다가가며 서씨가 말했다.

"이 어른께 우선 인사부터 하거라. 김 선생 이 어른은…… 그시키, 특별한 사정이 있어 집을 나와뿌렸능기라? 나는 사업이 망해서 나와뿌렸고……."

"특별한 사정이 뭔데요?"

도망칠 생각만은 버린 듯했으나 여전히 두어 걸음 곁을 둔 채, 가까이 온 어른과 마주 선 소년은 탐색하듯이 아래위로 눈을 굴리고 있었다.

"늬는 몰라도 된다, 그런 사정이 있다 캉이…… 아따 녀석, 똑똑하게 확실히도 알라 칸다. 그시키……."

서씨는 김씨를 바라보고 입을 우물거렸다. 김씨의 눈썹이 팔자로 처지면서 입술이 씰그러졌다.

"입 닥쳐요!"

"글쎄, 특별한 사정이 뭐냐니깐요."

소년이 집요하게 되풀이했다.

"나?" 하고, 서씨가 말했다.

"사업이 망했다 앙 카나 글쎄, 부산에 큰 합판 공장이 있는데 수요는 안 되지 원목 자재값은 뛰었지, 망해뿌렸다. 부도가 나서……."

"친척도 없나요?"

"글쎄, 그시키…… 친척들이 모두 빚쟁이라 캉이…… 지금 집을 차지하고 들이닥쳐서 식구들이 인질로 잽혀 있다. 내만 우떻게 빠져나오긴 했지만서도……."

"저 아저씨는요?"

험악해져 있는 표정 따위 아랑곳 않고 소년이 똑바로 김씨를 바라보았다.

"허" 하고, 김씨가 말했다.

"요 후레돌콩 같은 놈, 왜 내가 네게?"

"도와달라니까 물어보는 거죠."

사이를 가로막고 나선 서씨에게서 재빨리 뒤로 몇 걸음 물러서면서 소년이 말했다.

"싫으면 관두세요."

"네놈이 어떻게 날 도와?" 씨근거리며 김씨가 소리쳤다.

"요 애비도 모르는 놈아!"

소년은 픽 웃고, 두말없이 돌쳐서더니 돌다리 쪽으로 다시 걸어 내려갔다.

"어허, 이 사람, 한치 앞을 못 내다본다."

삿대질을 하며 나서려는 김씨를 막으며 서씨가 눈살을 찌푸렸다.

"저 아이, 닳고닳은 불량배가 아니라 캉이…… 한번 보면 나 알아요."

그는 소년을 쫓아 내려가며, "다 된 국에 코를 빠쳐?" 하고 혀를 찼다.

"저 김 선생은 마누라한테 쫓겨났능기라."

간신히 소년을 따라잡은 서씨는, 가쁜 숨을 몰아쉬며 설명을 늘어놓기 시작했다.

"이런 이야기 해도 될까 모르겠다만 그시키…… 마누라한테 애인이 생겨뿌렸다 앙 카나?"

"그런다고 쫓겨나요?"

"어허, 늬는 모른다."

서씨는 한숨을 내쉬고, 입맛을 다셨다.

"부인이 경제권을 움켜쥐고 있능기라. 재산이 깡그리 부인 소유면 도리 없제?"

"아저씨들은 그럼 지명 수배가 돼 있죠?"

"야, 야, 야가 와 이카노? 말이라고 함부로 하면 쓰나? 그렇게 따지면 그렇달 수 있기사 카지만…… 아직 그 정도꺼정은 앙이다. 두어 달 신보하면 다 잘 풀리게 돼 있다……."

서씨는, 부인 얘기를 하면서 제 감정에 못 이겨 훌쩍거리고 울던 술집에서의 김씨를 생각하고, 얼핏 불안한 시선을 그쪽으로 던졌다.

기가 막힌 아이디어란 도대체 뭔가. 너 페어 플레이란 말 알제?…… 단도직입만이 이 아이에게는 효과가 있겠다는 생각을 굳히면서, 서씨는 본론으로 들어갔다.

소년은 듣는 둥 마는 둥 하고 있었다.

"된단 말이다"라고 열이 오른 서씨가 팔짓을 시작했다. 소년은 기묘한 표정으로 그런 서씨를 바라보고, "저는 스포츠가 싫어 집에서 나왔는데요?" 하면서 미간을 찌푸렸다.

"어째서 그게 기막힌 아이디어라는 거죠?"

아뿔싸…… 하는 표정을 일부러 지으면서, 서씨가 말했다.

"나는 그것도 몰랐다. 그래서 늬 집을 나왔나? 카지만 이거는 스포츠라는 거하고는 좀 다르다. 프로란 말이다. 죽기 앙이면 살기로 작심하고 나서야 되는기라? 늬도 당분간은 묵고살어야 될 거 앙이가? 노자나 억수로 갖고 있다면 또 모른다 카지만…… 도둑질을 할 것가, 막판에?"

말을 하면서, 서씨는 자신의 설득이 별로 효과를 내지 못하고 있다는 걸 깨달았다. 소년은 턱을 쳐들고 딴전을 피고 서서, "글쎄, 그게 싫어 집을 나왔다니까요"를 되풀이했다.

"운동이라 캐도 늬가 특별히 싫어하던 기 있을 꺼 앙이가. 그기이 뭐꼬? 럭비도 있고 유도도 안 있나?"

소년은 의아한 얼굴로 어른을 올려다보고 "권투요" 했다.

"운동은 다 해봤어요. 태권도, 축구, 야구…… 어휴 내가 미쳐! 짜식을 그냥……."

갑자기 소년이 제 가슴을 쾅 쳤기 때문에, 간이 덜컥해서 서씨는 뒤로 한 발 물러섰다. 짜식이라니…… 날 두고 하는 소린가 제 애비를 가리키는 말인가…….

소년의 그런 태도를 보자 서씨는 이쪽의 그 기발한 아이디어란 게 얼마나 허황한 계획인가가 그제야 실감돼서 저절로 어깨가 처졌다. 아침에 싸움판에서는 머릿속에 불꽃이 터진 것처럼 번쩍 하면서 그렇게나 참신하고 귀신이 곡할 지경으로 느껴지던 아이디어가…….

"늬 아부지가 억지로 운동을 시킬라고 하는 갑다, 지가 싫다면 우짤 수 없는 걸 가지고? 그럼 늬는 장차 소원이 뭐꼬?"

"디자이너요."

"디자이너?"

어처구니가 없어 서씨는 물끄러미 아이를 바라봤다.

"디자이너라?…… 좌우지간 그 솜씨가 아깝다. 이소룡이 뺨치더라 캉이…… 할 수 없지 뭐."

서씨는 제풀에 완전히 풀이 죽어 돌아서면서 이번에는 소년을 본 척도 않고, 멀리 쭈그리고 앉은 김씨 쪽으로 추적추적 걷기 시작했다.

서씨의 마지막 기대대로, 한참 그 자리에서 머뭇거리던 소년이 스무남은 걸음의 사이를 두고 슬금슬금 그 뒤를 따라오기 시작했다. 돌아보지 않으려 기를 쓰며 서씨는 김씨에게 손짓을 해 보이고, 시장통으로 꺾어들었다. 배가 출출해오기 시작했던 것이다. 그는 다방 모퉁이에서 기다렸다가 해장국집을 가리키며 김씨를 들여보내고 계속 아이를 기다렸다. 제아무리 영악한 녀석이라도 아직 때가 조금만 덜 떨어진 놈이라면 얼마든지 다룰 자신이 있다고 그는 스스로 자부하고 있었다. 그것은 공장 파업 때 직공들을 무마시키면서 얻은 소신이었지만, 이 소년도 예외일 수가 없었다. 저녁을 사먹이면서 그는, "더 먹어 더 먹어" 하고 적당하게 아이를 구슬렀다.

"이런 난장판 세상에 처지가 비슷한 세 사람이 이러키 한자리에 만나기도 어렵다. 이것도 다 인연이제?"

서씨를 따라오고부터 소년은 입을 꼭 다물고 있었다. 간혹 곤혹스런 눈길로 이쪽을 골똘히 바라보긴 했으나, 마치 더이상 어른들의 일을 캐묻지도 제 신상 얘기도 않기로 단단히 결심을 한 것 같았다. 김씨는 떫은 표정으로 시종 고개를 외로 꼬듯이 하고 앉아 있었다. 왜 기를 쓰고 이놈을 끌어들이려 하는 거요? 하는 눈초리로 그는 서씨를 가끔 흘끔거렸다. 그 잘나빠진 아이디어가 대체 뭐라고…….

"아까 김 선생, 죽쑤었지러?" 싱글싱글 웃으며 서씨가 말했다. "내가 코피를 사야 되겠제?"

"그런 곳에 난 못 들어가요."

다방 출입문 앞에 이르렀을 때야 소년은 비로소 말문을 열고, 버티듯이 그 자리에 걸음을 멈췄다.

"허어" 하고 같이 걸음을 멈추며 서씨는 눈을 크게 떴다. 이런 착한 놈을 보았나…… 미성년이제?

"괜찮다. 집을 나왔으모 늬도 인제 어른 앙이가? 잠깐 주스나 마시거라."

"싫어요" 소년이 확실한 어조로 말했다.

"전 여기 있을래요."

"김 선생 참읍시다. 오늘은" 서씨가 말했다.

“야아가 싫다 카구만. 웬 코피병은 골수에 들어갔고 우리
가……”

그는 설마 소년이 그 사이에 도망칠 생각을 먹고 있다고는 생
각하지 않았다. 그보다는 커피를 시켜봤자 성난 얼굴로 말 한마디
없이 그것을 홀짝거릴 김씨의 쌍통이 홀연히 머리에 떠올라, 김이
새고 말았던 것이다.

“우리는 말이다.”

소년을 여인숙으로 데리고 가며 입맛을 쩝쩝 다시고 그가 말했
다.

“모든 거를 페어 플레이 하고 안 있나. 공동 투자 알제? 카지만
늬는 특별이다……”

밤이 이슥해서야 기분이 다소 풀린 김씨가 “춥지 않어, 너?”라
고 기껏 억지로 말을 붙여보았으나, 대답을 않고 소년은 여인숙
방 벽 한쪽으로 한껏 몸을 꼬부리고 돌아누워 있었다.

“어디서 양아치 같은 녀석을 하나 묻혀갖고……”

응답을 묵살당해 다시 앵돌아졌던 김씨가 시간여를 뒤척거려쌓
더니 웅얼거렸다.

“김 선생 가만 좀 못 있겠소?”

서씨가 몸을 일으키고 앉았다.

“우리가 진짜 깡통을 차고 나서야 옳겠소? 지금이 우떤 상황인
데 자꾸 이래쌓소? 저 아아가 우리보다 나았으면 나았지…… 김
선생 도대체 가진 돈이 울마나 되는지 모르겠소만, 개인 플레이
할라 카거든 그렇게 하소. 우리끼리 우떻게 연명할 방도를 취해볼
텡께……”

“난두 생각 좀 해야겠어……”

끙, 하고 돌아누우며 김씨가 입속말로 씨부렁거렸다.

“정 할 수 없으면 빠이를 하더래두⋯⋯.”

“내 참⋯⋯.”

한숨을 푹 내쉬며, 서씨가 혀를 찼다.

“철부지 알라를 가지고 철없이도 굴어싼다⋯⋯.”

무지개가 아니었더라면, 간밤 볼멘 소리를 하던 대로 혹은 김씨는 진짜 굿바이를 하고 딴 데로 가버렸을지도 모른다. 해장국 한 그릇들로 아침을 때우고 그들이 여인숙 골목을 꿰고 나오자, 역전 건물 한귀퉁이에 이 세상 것 같지가 않은 오색 띠 하나가 선명히 걸려 있는 게 보였다. 히야— 하고 소리를 치려다가, 비도 오지 않았는데 저게 웬일일까 싶어 불안해진 서씨는 걸음을 멈췄다. 그는 김씨를 돌아보고, “저것 봤소? 글러브를 사야제?”라고 다급하게 소리쳤다.

김씨는 갑자기 호되게 어디를 얻어맞은 듯이 입을 떡 벌리고 그 자리에 걸음을 멈췄다.

“글러브?”

“어허, 글러브가 있어야 플레이를 하제? 된다 캉이.”

서씨가 다시 소리쳤다.

“투자할라요 말라요 김 선생? 기왕 벌여논 일을 어떠카겠소? 돈 쪼금만 내소, 같이 가든지⋯⋯.”

김씨가 운동구점으로 우줄우줄 할 수 없이 서씨를 따라간 것은, 설치고 얼레발을 치는 그런 서슬에 저도 모르게 말려들었기 때문이라고 할 수밖에 없다. 그는 안주머니 깊숙이 꿍쳐둔 몇 푼 안 되는 돈을 만지작거리고 무지개를 올려다보면서, 이미 때가 늦었다고 생각했다.

멀뚱한 얼굴로 가게 안에 함께 들어선 소년은 주인이 내놓는 물건을 익숙한 제스처로 고르기 시작했다. 과연…… 하고 그 모습을 곁눈질하면서, 바로 눈앞에서 몇만 명이 일제히 몸을 일으키며 외치고 있는 특설 링을 서씨는 보았다.

교외선 열차를 타고 그들이 놀이터에 도착해본즉, 아직 점심 나절조차 채 되어 있지 않은 듯했다. 물에 발을 담그고 있는 사람, 풀을 뽑아 목걸이를 엮고 있는 여자, 둘러앉아 유치하게 수건 돌리기를 하고 있는 사람들이 왁자지껄 떠들고, 벌써 고주망태가 돼 노래를 부르고 있는 사람도 있었다.

"좀 쉬자꾸나"라고 서씨가 말했다. 그는 나무 그늘에 털썩 주저앉아 의붓자식처럼 초연한 심사로 행락객들을 둘러봤다. 부사장으로 데리고 있던 육촌 형이 저당잡혀 있던 집을 제 명의로 가등기 처분 해버린 것을 알았을 때도 같은 말을 했던 것이 그는 생각났다. 좀 쉬자고 했을 때 육촌 형은, 날도둑과는 쉬고 말고 할 것도 없다면서 다른 데로 걸어가버렸다. 서씨는 소년 또래나 될 아이들이 몇 명쯤이나 될꼬 싶어, 놀이터 여기저기로 계속 눈길을 옮겼다.

사람들의 점심 시간이 얼추 끝나갈 무렵쯤에, 김씨와 소년을 행상 아낙 앞으로 데리고 가 국수로 선심을 쓴 다음, 서씨는 몸을 일으켰다.

"시작해볼까?"라고 그가 말했다.

"우선 사람들을 모아야 되겠제?"

김씨가 갑자기 키득키득 웃기 시작했다.

"서 선생, 진짜로 하는 소리요?"

서씨는 험악한 눈으로 김씨를 쳐다보고 "장난이 밥 먹여주나?" 하고는, 어깨에 걸고 있던 글러브를 끌러 소년에게 내밀었다.

"시범 경기가 있어야 저것들이 올 끼다. 끼고 덤벼보라 캉이…… 장난으로 말고."

“아저씨하고요?”

소년이 말했다. 웃지는 않았으나 소년도 도무지 내켜하지 않는 게 분명했다.

“덤벼, 자” 하고 서씨가 말했다. 그는 마지못해 장갑을 받아 낀 소년의 주위를 돌면서 싸우는 시늉을 했다.

“쳐보라니깐.”

소년이 픽 웃더니, 서씨의 턱 앞으로 주먹을 내밀었다.

“아이쿠!” 하고, 세번째 만에 볼따구니를 정통으로 얻어맞은 서씨가 얼굴을 찡그리고 외쳤다.

“잘한다! 옳지, 옳지!”

서씨는 대번에 벌게진 얼굴이 제 것 같지가 않아 연방 눈을 깜박거렸다.

그와 소년은 이젠 힘이 저절로 나서 서로를 노리며 보이지 않는 링을 빙글빙글 돌았다. 소년이 서씨의 가슴팍을 다시 치고, 서씨가 소년의 머리를 쳤다.

“누구 이 참피온한테 도전할 사람 없겠소?”

호기심이 동해서 하나씩 모여든 사람들을 둘러보고, 가쁜 숨을 몰아쉬며 서씨가 소리쳤다.

“이래뵈도 야아가 경상도 참피온이라칼 수가 있소. 경상도라 카면 박 대통령이 태어나신 곳 앙이가? 지역 선발전이 있었능기라…… 야아를 이기면 세 배를 물어주겠소. 공갈이 아니고…… 세 배를 물어준다 캉이.”

“얼마를 건다 카면?”

구경꾼 중의 하나가 서씨의 말투를 흉내내면서 앞으로 나섰다. 만취가 됐는지 그는 그 자리에 팽이처럼 서서 앞뒤로 몸을 건들거리고 있었다. 서씨는 불청객을 슬쩍 떠밀어내고 구경꾼들 앞을 왔다갔다했다.

"어른은 나서지 마소. 거는 것이야 입맛대로지, 얼마를 걸 값에? 십만원이면 삼십만원을 주모 될 꺼 앙이가? 스포츠에 내기라 카면 하긴 우습지만서도…… 요만한 아이 없소? 학생을 내보내라 캉께네."

"이 빡싱은 법칙도 없나? 몇 라운드에 몇 분씩야?"

구경꾼 하나가 다시 외쳤다.

"무제한 라운드라요. 삼 분에."

서씨가 넉살 좋게 말했다.

"따운은 몇 번이라도 괜찮고. 케이오 당했다 카면 별수 없지만…… 안 될 성싶으면 항복하면 될 꺼 앙이가, 좆도……."

그는 관중들을 휘둘러보고 입을 오므렸다.

"보시다시피 이런 판에 무신 법칙이 있을 끼고?"

구경꾼들이 웃었다.

"만원이면 삼만원, 오만이면 십오만원. 돈 놓고 돈 묵자는 기이 앙이고…… 이 참피온을 이겨보라 이거요. 아무도 자신 없는 갑제?"

"얘가 한번 해보려는구만" 하고, 드디어 어른 하나가 아이의 등을 밀며 앞으로 나왔다.

"후보자가 나섰소."

소리치며 서씨는 껄껄 웃었다. 그는 장갑을 벗어 도전자에게 내밀었으나 아이의 아버지임에 틀림없는 그 매니저는 미간을 찡그리며 고개를 흔들고, 턱으로 소년 쪽을 가리켰다.

"재 걸 주쇼."

"아따, 까다롭다."

서씨는 계속 웃으며 소년 쪽으로 손을 흔들었다.

"바꾸자 칸다, 늬가 참으래이."

두 아이에게 단단히 장갑을 매주고 서씨는 아이의 매니저한테 손을 내밀었다.

"얼마를 걸라 카요?"

"이 사람이?" 하고, 어른이 서씨의 아래위를 훑었다.

"진짜 야바위판을 벌이려는 거야?"

서씨는 어리벙한 눈으로 그를 쳐다보고 아이들 쪽으로 고개를 돌렸다.

"무신 소리를 하능기요?"

울화통 때문에 소리를 죽이며 그가 말했다.

"돈도 안 걸 바에사 미쳤다고 내가 이 짓을 할 끼가? 권투라 카는 기 뭔데? 도전자측이 세 배를 내고 하자 캐도 내사 원통하겠다. 관두뿌리소. 할라 카거든 빨리 걸든지."

아이 아버지가 찬찬히 서씨를 바라보더니, 할 수 없다는 듯이 지갑을 꺼냈다. 그는 돈을 꺼내 서씨의 코앞에 흔들었다.

"이거 얼만 줄 알아?"

"쩨쩨하게 군다마."

서씨가 지전을 잡아채고, 다시 손을 내밀었다.

"몇 장 더 거소. 사람들이 웃겄다, 메인 이벤트에 만원이 뭐꼬? 자존심도 없나?"

"허, 이 사람?" 하고, 아이의 매니저가 서씨를 노려봤다.

"메인 이벤트 좋아하시네. 당신, 오늘 날 잘못 받았어. 후회 말라고?"

그는 한옆으로 침을 뱉고, 할 수 없다는 듯이 지전 두 장을 더 꺼냈다.

"똑똑히 보라고. 세 배를 안 주었단 봐라? 증인들이 있으니까……."

서씨는 한쪽 곁에 우두커니 서 있는 김씨에게로 가, 어때? 하는 눈으로 소년 쪽을 턱짓했다.

"타이틀 매치 한번 어렵다. 페어 플레이라 카면 이런 기이 그거 앙이가?"

"내가 심판을 보까?"

김씨가 한쪽으로 입이 비뚤어지면서 억지로 웃었다. 그는 아까부터 용변이 마려운 듯한 얼굴로 서씨가 하는 짓을 뚫어져라 바라보고 있었는데, 이 기회에 한쪽으로 마음을 굳힌 듯했다.

"김 선생은 보기나 하소."

서씨는 껑충껑충 뛰어 김씨 곁을 떠나면서 손을 흔들었다.

"자아!" 하고, 그가 다시 외쳤다.

"시작이요, 도전자한테 걸 사람 이제 나서소!"

그는 구경꾼들 앞을 수차례 왔다갔다하며 "세 배라 캉이!"를 되풀이했다. 몇 사람이 수군거리더니 약간씩의 돈을 걸었다. 서씨는 수첩을 꺼내 그들의 이름과 액수를 일일이 적었다. 아이의 아버지가 도전자 쪽으로 가 귓속말을 하는 것을 보자 그도 소년에게 다가갔다.

"좀 오래 끌어라이" 하고 서씨가 작은 소리로 속삭였다.

"단번에 결판내면 사기라 칸다. 알겠제?"

아래를 노려보듯이 하고 얘기를 들으면서, 진짜 선수처럼 소년은 고개를 끄덕였다.

"아저씨 빚을 갚겠어요."

"야가 무신 말을 하노?"

서씨가 몸을 떼면서 말했다.

"그런 소리 하면 내가 섭섭타. 두 번 다시 그런 생각 묵지 마라."

언제 준비를 했던 것인지 서씨는 호루라기를 꺼내 불었다.

게임이 시작됐다. 소년은 다리를 약간 벌린 채 탄탄히 서 있고, 비슷한 덩치의 도전자는 신중히 틈을 노리며 그 주위를 천천히 돌기 시작했다.

"한 방에 녹여버려라."

"갔다, 벌써 갔어!" 하고 구경꾼들이 응원을 해댔다.

"쳐라, 쳐!" 하고 응원꾼들이 외쳤다.

서씨는 어딘가 의심쩍은 눈으로 그들을 지켜보고 있었다. 아까 도전자의 아버지가 묘한 방법으로 돈을 걸 때부터 마음 한구석에 자리잡기 시작한 불안이 점차 현실로 나타나기 시작하고 있었던 것이다. 어떻게 된 셈인지 소년이 몰리고 있는 기색이 역력했다. 연극이라면 저렇지가 않제?…… 싶어, 서씨는 졸아드는 듯한 콧등을 손으로 문질렀다. 소년의 코에서 피가 터졌다. 서씨는 급히 시계를 보고, 호루라기를 불었다. "일 라운드 끝!" 하고 그가 부르짖었다.

"엉터리다! 무슨 심판이 저래?"

"벌써 두 라운드도 더 지났어, 똑똑히 굴어!"라고 구경꾼들이 떠들어댔다.

"야아가 무신 일고?"

급히 소년에게로 다가간 서씨는 잔디밭 복판에 끄떡없이 버티고 선 도전자를 힐끔 바라보고, 소년의 팔을 잡았다.

"어제는 그러키도 잘 싸우더니?"

"저자식, 프로예요."

서씨가 휴지로 막아주는 대로 얼굴을 젖히고 있던 소년이 코맹맹이 소리로 중얼거렸다.

"도장에 나가고 있는 녀석예요."

"늬는 프로 앙이가?" 외치다시피 서씨가 말했다.

"프로라 카면 상대를 원수로 생각해라. 원수가 뭔지 늬 아직 모르제?"

"알아요. 알고 있어요" 하고 소년이 말했다.

"우리 아버지……."

소년의 등을 두드리고 서씨가 떨어져나와 두번째 호루라기를 불었다.

소년은 코를 막았던 휴지를 글러브로 요령 있게 빼서 바닥에 떨어뜨리고, 분연히 상대에게 돌진해 들어갔다. 이번에는 잘 싸웠다. 끝판 무렵에 역시 몰리긴 했지만 어쨌건 1라운드보다는 나았다. 서씨는 초조하게 시계를 들여다보면서 땅 한끝이 조금씩 부스러져오고 있는 듯한 느낌을 받았다. 회가 거듭될수록 소년의 형세는 점점 불리해져갔다. "갔다!" 하고 외치는 관중들의 소리가 들렸다.

첫번째 다운을 당하고 카운트 일곱 만에 일어나 상대에게 엉겨붙다시피 해서 간신히 시간을 보낸 소년을 데리고 돌아왔을 때, 서씨는 아이의 팔을 휘어잡은 채 같이 주저앉았다.

"늬한테 다 말은 몬 했다만서도 우리 사정이 우떤지 늬 아나?"

곧 울듯이 입을 비쭉거리며 그는 아이의 땀을 닦았다.

"여편네가 쇼크로 쓰러졌다. 뇌출혈이 터졌다 앙이가? 지금 마비가 돼서 자빠져 있다 캉이. 저 김 선생 부인은 또 우떻게 돼 있는지 늬 모르제? 갈빗대 몇 개가 뿌러져서 병원 신세를 지고 있다 앙이가? 김 선생은 진짜로 입건이 돼 있능기라. 늬가 자꾸 이라모 우리 셋은 도대체 우짜란 말고?"

그는 일어나 소년의 주위를 맴돌면서 신음했다.

"이 일을 내사 우짜란 말고? 팔팔 오림픽은 또 우짜고?"

서씨의 그런 주접보다, 여태껏 엉거주춤 방관 상태만 보이고 있

던 김씨가 어릿거리며 드디어 소년의 등을 열심히 주무르기 시작
한 것이 오히려 아이를 자극한 듯했다. 소년은 괴로운 표정으로
얼굴을 찡그리고 몸부림치듯이 김씨의 손길을 털어냈다.

"이러지 마세요. 더럽게!"

김씨가 눈을 희번덕이며 뒤로 물러났다.

"오림삐꾸가 이 일에 무슨 상관야?"

제풀에 무안땜을 하려는 건지 그가 입을 실룩거렸다.

"왜 상관이 없어?"

으르릉거리고 눈을 흘기며 서씨가 내뿜었다.

"민생이 요꼴인데 상관이 없어?"

소년이 일어나 다시 태세를 갖췄다.

아이가 얻어맞을 때마다 서씨는 쓰러진 여편네를 눈앞에 보고
그 앞에서 아래위로 흔들어대던 자신의 팔을 보았다. "이거 보이
나?"라고 아무리 소리쳐도, 여편네의 눈길은 바로 잡히지 않고 있
었다. 시각 장애라고 의사는 간단히 그렇게 말했지만, 여편네에게
그나마 반쪽만의 시력이 회복되기까지에는 한 달 이상이 걸렸던
것이다.

"쳐라! 쳐" 하고 제 것 같지 않은 목소리로 부르짖으면서 그는
소년의 앞뒤를 이리저리 맴돌고 달렸다. 늬가 쓰러지모 우리가 다
죽는다…….

8라운드 만에 도전자가 넘어졌다. "하나!" 하고 카운트를 하며
서씨는 링으로 뛰어들었다. 케이오 당한 아이를 억지로 일으켜보
려고 고래고래 소리를 지르기 시작한 매니저를 쳐다보지 않으려
애를 쓰며 그들은 급히 놀이터를 빠져나갔다.

"십년감수는 했는 갑다" 하고 교외선 열차 속에서 서씨는 하나
씩 돌린 콜라병을 얼굴에 붙이듯이 하며 웃었다.

“내일은 충분히 조심해야제?”

“프로가 아니라야지만 돼요.”

퉁퉁 부은 얼굴로 소년이 맞장구를 쳤다.

“잘못 걸리면 진짜 국물도 없다니깐요.”

“맞다, 맞다!” 하고 서씨가 말했다. 그는 도전자와 소년의 어느 쪽이 더 엉망으로 터졌을까 싶어, 아이의 얼굴을 눈여겨보았다. 처음 도전자가 나섰을 때, 잠깐이기는 했으나 그는 부지중 두고 나온 아이들을 생각했던 것이다. 대합실을 빠져나오자 소년은 공중전화 앞으로 가 동전을 집어넣었다.

“아빠, 나야” 하고 소년이 소리쳤다.

“나 여기 있어!”

“……운동하란 말 또 안 하지?” 하고, 엉엉 울면서 소년이 외쳤다.

“또 그러면 용서 안 할 거야, 나쁜 자식……!”

소년이 계속 울면서 빠른 말로 위치를 가르쳐주는 소리가 들려왔다.

“최 순경 사이드카 타고 빨리 와…….”

서씨와 김씨는 갑자기 내장이 텅 비는 듯한 기분으로 서로의 얼굴을 마주 보았다. 서씨는 품속에 팔을 넣었다 쑥 빼내면서, 김씨 앞으로 그것을 내밀었다.

“옛소, 당신 몫. 빨리 챙기라 캉이! 이걸로 빠이제?”

김씨는 지전을 받아쥐자 얼이 빠져 서씨의 반대 방향으로 달아나면서, 대한 국민 만세다! 하고 속으로 외쳤다.

(1984)

눈〔眼〕 이야기

1. 꿈

"눈을…… 꺼내는 건가요?"

병실 문 앞에 뒷짐을 지듯이 하고 딱 버티고 서 있던 단발머리 여학생이 들릴락말락한 소리로 물었다. 중 3쯤 됐을까, 외투 속으로 보이는 세일러복의 깃이 깨끗하다. 지붕 위의 바이올린 연주자처럼 한쪽 입가로만 깊은 주름이 간 의사는 의아해하다 깨닫고 잠깐 웃는 이빨을 보였다.

"아냐."

"……꺼내지 않아요?"

"꺼내놓으면 야구공만하지."

엄포와 사실이 얼른 분별이 가지 않아 소녀의 눈초리가 증류수처럼 집요해졌다. 소녀는 외투 주머니에서 볼펜과 손바닥만한 수첩을 꺼내 그것을 펴들었다.

"병명은요?"

"사위(斜位)…… 잠복성 사시(斜視)라고도 해."

"……사팔뜨기?"

간호사의 눈살이 찌푸려졌다. 막아섰던 문 앞에서 비켜주기는 했으나 의사와 간호사가 병실에서 다시 나올 때까지도 여학생은 복도 맞은편에 놓인 장의자에 오두마니 그대로 앉아 있었다.

"좀 거들어요."

신경질이 난 간호사가 말했다.

"친척이죠?"

호주머니에서 두 손을 뺀 여학생이 얼른 일어나 바퀴침대로 달라붙었다. 걸 프렌드라면 수술도 하기 전에 와서 저렇게 극성을 떨지는 않는다, 사촌쯤 되나 보지 하고 간호사는 자신의 직감을 확인이라도 하듯 눈 높이까지 올라온 여학생의 머리통을 곁눈으로 살폈다.

"준비해놔, 십 분 뒤에 가지."

의사는 샛문으로 빠지고, 지나온 복도 어디선가 아득히 수돗물 트는 소리가 들려왔다. 대기실에는 소년의 아버지가 기다리고 있었다.

"아이구 이 자슥아" 하고 손을 비비며 그가 말했다.

"안 된다 캐도 그리 그림책을 봐쌓더니…… 수희 너 왔구나?"

(이런 수술에는 사인도 안 하는 건가.)

간호사가 멈추어둔 바퀴침대에서 멀찍이 떨어지면서 수희는 서류가 놓인 데스크나 그 비슷한 것을 찾으려고 대기실 귀퉁이 여기저기로 눈길을 돌렸다. 아버지가 뇌 수술을 받게 되었을 때, 계모를 대신해서 이름을 썼던 펜대의 감촉이 바로 어제 일처럼 생생히 살아 있다. 이쪽의 어깨를 꽉 껴안고서 울기까지 했지만 계모는 끝내 사인을 하지 못했다. 마음 약한 여자라고 느끼고는 있었으나, 그때 수희는 비로소 계모한테서 해방되는 느낌을 지닐 수가 있었던 것이다.

대기실 안쪽 문이 열리고 간호사가 다시 나왔다. 바퀴침대가 수술실로 사라져가자 아이구 이 자슥아를 뇌고 있던 소년의 아버지는 공중 전화 앞으로 달려가 동전을 집어넣기 시작했다.

"들어갔대이" 하고 그가 소리를 질렀다.

"방금 수술실에 들어갔다 캉이. 아무 걱정 말래이. 그라고……그시키 태광 상회에 원단 세 필만 더 보내라 캐라. 같은 색깔로. 글쎄 세 필이모 된다 캉이. 복권은 샀나, 머라꼬?"

멀찍이 옆모습을 보이고 서 있는 소녀를 충혈된 눈으로 흘끗거리면서 그는 이상한 표정을 지었다.

"수희 여기 있다, 와? 수술한 눈 가지고는 자를 더 안 볼라 카더라고? 그기이 무슨 말이고?…… 알았다…… 우물쭈물 말고 만원어치만 사라 캉이. 글쎄 잠깐 졸았던지 짐승을 놓쳤던지 간에 그기이 예사 꿈가? 예사 꿈이 아니라 캉이. 내 꺼는 내가 산다……어허, 이 여편네가 지금이 우떤 땐데…… 수술비가 얼마나 나올지 알고 이래쌓고 있노?"

야, 야, 수희야…… 하고 소년의 아버지는, 돌아서서 발을 내딛고 있는 소녀의 앞을 허겁지겁 막아섰다.

"오해는 마라, 여편네가 시원찮은 자슥 때문에 워낙 신경이 날카로워갖고…… 그라고 늬 한 시간만 여기 있어다고. 좀이 쑤셔서 나는 못 참고 기다리겠대이. 내 나갔다 곧 오마, 좀 봐주라……

우리집 사정이 지금 말이 아니대이?"

고개를 숙인 채 소녀는 입을 꼭 다물고 있었다.

"……알겠어요" 하는 대답이 한참 만에 그 입에서 나왔다. 연방 뒤를 돌아다보면서 출입구 쪽으로 나가고 있는 어른을 그녀는 쳐다보지 않았다.

잘 보이지가 않아…… 하는 말을 언젠가 소년에게서 얼핏 들은 적이 있는 듯하긴 해도, 막상 수술에 들어가면서까지 어쩌면 자기에게는 한마디 알리지도 않다니…… 하고 그녀는 바퀴침대 위에 줄곧 멍청히 누워서 실려가던 그의 얼굴을 열심히 생각하기 시작했다.

'……사팔뜨기의 눈으로 너를 생각한다. 사팔뜨기의 눈으로 너를 기다리고…… 사팔뜨기의 눈으로 쓸쓸히 돌아가면서……'

하긴 그런 편지를 그에게서 받을 때부터 어딘가 좀 이상한 데가 있다고는 생각했었다. 겉으로 보기에는 아무렇지도 않았지만, 어쩌면 그는 자신의 병을 그때 이미 알고 있었을지도 모른다. 늘 만나는 장소에도, 도서관에도 닷새 동안이나 나타나지 않아 할 수 없이 그녀는 집으로 전화를 걸었고, 그의 어머니한테서 사실을 알았던 것이다. 아파트가 비어 있기 때문인지 낮에는 줄창 신호만 가다가 겨우 통화가 된 것은 밤중이었다. 아이가 갑자기 내 앞에 엎어지더니 한쪽 눈이 전혀 안 보인다면서 운다, 글쎄…… 하고, 그의 어머니가 말했다. 넌 아무것도 몰랐냐?

손을 씻고 화장실에서 나온 수희는 외투깃을 세우고, 주머니에 두 손을 단단히 찌른 채, 병실로 통하는 복도로 다시 들어섰다. 모든 소리, 모든 빛이 갑자기 등뒤에서 죽고 그녀가 지나쳐 감에 따라 복도 한쪽으로만 나 있던 병실의 문들이 차례차례 젖혀지듯이

열렸다. 소리없이 열린 그 문 안에는 그녀 또래의 여자아이 하나
씩이 방마다 뒤통수를 보이고 누워 있었다. 수희는 그 여자아이들
이 모두 자기 자신이라는 걸 깨달았다. 여기도 아닌데? 여기도 아
닌데? 하면서 비어 있는 방이 보일 때까지 그녀는 계속 걸어갔다.
마침내 방 하나를 찾아내고 거기로 들어갔으나 그녀의 몸은 이미
땀으로 흠뻑 젖어 있었다.

  복도 창으로, 쟁반에다 커다란 눈알 하나를 담아 들고 아까 그
간호사가 지나가는 것이 보였다. 침대에 팔꿈치를 짚고 두 다리를
양껏 벌린 채 벌렁 자빠진 듯이 몸을 누이고 있던 그녀는 간호사
가 들고 간 쟁반이 걱정이 돼서 다시 몸을 일으켰다. 그녀가 나간
방향은 복도의 끝이었다. 열린 문 저쪽으로 활짝 개어 눈이 시도
록 밝은 하늘이 펼쳐져 있고, 그 아래 구릉이 보였다. 병원 뒤뜰임
직한 곳으로 돌아나가보았으나 거기에도 눈알이 담긴 쟁반은 놓
여 있지 않았다.

  그녀는 어느새 구릉 사이 언덕길을 울면서 걸어 내려가고 있었
다. 돼지 새끼 한 마리가 든 대나무로 엮은 통을 옆구리에 끼고
낯이 익은 듯한 사람이 곁을 엇갈리며 지나갔다. (이걸 놓치면 안
돼) 하고 그 사람은 들리지 않는 소리로 그녀에게 주의를 주었다.

  (아버지가 틀림없어. 아아, 아버지가 나를 구해주시는구나) 깨달
으면서 그녀는 몸을 돌려 그 낯익은 듯한 사람을 따라 다시 병실
로 돌아왔다. 내려놓은 통에서 나온 돼지가 꿀꿀대며 방 안을 돌
아다니기 시작했다. 다리를 붙들거나 뒤에서 허리를 움켜잡아도
돼지는 용케 그녀의 손을 빠져나갔다. 동물은 커지기도 작아지기
도 했으며 팔을 휘젓기 시작하자 나중에는 견딜 수가 없었던지
덮쳐 누른 그녀의 손바닥 밑에서 세 마리 네 마리의 딱정벌레 같
은 것으로 변하면서 흩어졌다.

(달아나면 안 돼. 이 일을 어쩌지?)

벽을 수없이 헛짚고 천장까지 따라 기었으나 돼지는 그때마다 그녀의 손아귀에서 벗어났고 마지막으로 덮쳐 누른 손을 살며시 열고 보았을 때는 동물은 어이없게도 불개미만하게 작아져 있었다. 그리고 그 불개미마저 녹듯이 곧 사라지려 하고 있다는 걸 이내 그녀는 깨달았다.

저녁 여섯시에 수술실로 들어갔던 소년은 열시에야 거기서 실려 나왔다. "아프지 않니, 이 녀석아?"라고 물어도 대답은 않고, 한쪽 눈으로 그는 멀뚱멀뚱 어머니를 보기만 했다.

"이 자슥, 마취는 깼는 갑다"라고 그의 아버지가 말했다.

"두시쯤 되면 또 아파진다 카드라, 국소 마취가 그때사 깬다 캉이. 아파도 참아라."

수희는 그가 실려 들어올 때부터 병실 한쪽에 놓인 머리받이 없는 가족용 취침 침대 곁에 가만히 서 있었다. 특별히 환자 쪽을 쳐다보고 있지도 않았지만, 그의 아버지 쪽도 어머니 쪽도 바라보지 않았다. 막연히 눈을 깜박거리면서 얼굴을 들고, 그녀는 마치 모든 사람들이 자기를 다 함께 볼 수 있는 위치는 어디쯤인가 하고 그것만 열심히 생각하는 듯했다. 여기 앉아라 하고 소년의 어머니가 말했다. 수희, 여기 앉아.

그제야 소녀는 얼핏 그쪽으로 눈길을 돌렸지만, 네, 하고 곧 순순히 그녀의 말에 따랐다. 열한시에 그의 아버지는 병실을 떠났고, 삼십 분이 지나자 웅 하고 새로 스팀 들어오는 소리가 들렸다. 그의 어머니는 보자기를 풀고, 이부자리 펼 준비를 했다. 너도 셀 작정이냐?

"지금 어떻게 집엘 가죠" 하고 소녀가 말했다.

"통금 십 분 전인데?"

애, 수희야 이리 와라…… 하고 그의 어머니가 그녀의 어깨를 껴안고 병실 문 쪽으로 다가갔다. 요 앞에 호텔 비슷한 여관이 있더라…….

여학생이 잠잘 만한 데가 있는가, 이 호텔에서 제일 조용하고 밝은 방은 몇 호실인가, 하고 그의 어머니는 종업원에게 작은 소리로 마구 으르딱딱거렸다. 보이는 앞장서 계단을 올라갔다. 거기서는 병원이 한눈에 내려다보였다. 창가에 서서 소녀의 등에다 한 손을 얹고, 마치 다시는 병실로 돌아가지 않을 듯이 그의 어머니는 또 뭔가 한참이나 낮은 소리로 얘기를 했다. 생존이란 무어며 그 경쟁에서 탈락한다는 건 무얼 의미하는 것인가. 열 사람과 백 사람이 달음질을 하는 거와 혹은 그렇게 달리고 있을 때 중간에 끼어 있던 하나가 주저앉아버리는 것은 어디가 어떻게 다른가. 아이가 전자공학을 선택하지 않으면 안 되었던 까닭과 기어이 그 시험에 붙지 않으면 안 될 또하나의 이유와, 그럼에도 그의 아버지가 의대를 적극 권유하고 있는 당위성은 또 무엇인가.

여관비에 대한 언급을 끝으로 그의 어머니가 나가자 수희는, 방을 단단히 지키라고 보이에게 돈을 치르는 소리가 들리지 않나 하고 문에다 바싹 귀를 가져갔다. 아래서는 아무 소리도 들리지 않았다.

잠에 곯아떨어졌던 그녀가 누군지 끊임없이 부르는 소리에 눈을 뜬 것은 정확히 세시였다. 그의 국소 마취가 깨서 아프기 시작한 지 한 시간, 날이 밝기까지 두 시간이나 남아 있었다.

지금 새삼 수술 때의 기분을 물어보아도 바보처럼 그는 답을 못 할 것이다. 수술실은 복잡한 부엌보다 더 복잡해…… 알전구가 수십 개 틀어박힌 스포트 아래 누워 있었는데, 메스만 해도 수십 종이 넘고…….

창을 열고 내려다보니 불개미로 변한 돼지 한 마리가 악착같이 땅바닥에 들러붙어 꼼지락거리며 그녀를 부르고 있었다. 그녀 눈앞에서 멀리 도시의 집들이 무너지는 것이 보였다. 큰 건물들은 자욱한 재를 연기처럼 피워올리면서 허물어지고, 작은 건물들은 그것대로 작은 먼지를 거품처럼 바닥에 깔면서 소리조차 없이 차례차례 가차없이 무너져갔다.

여관방 창에서 그녀가 뛰어내린 전말을 애기해야 할 때마다 훗날 소년의 어머니는, 조그만 계집애가 웬일로 그날 밤 눈을 딱 볼 켜뜨고 덤비더니 앞이 안 보이려고 씌었지 씌었어 하는 말을 곧잘 서두나 끝에 덧붙이곤 했다.

2. 경매

점심이 끝날 때쯤인 두시를 넘어서자 예상했던 사람들이 예상했던 표정들을 짓고 하나씩 띄엄띄엄 문으로 들어섰다. 상공회의소의 D씨, K상사의 B씨, 모처의 전(前)부장이었던 H씨, N출판사 R씨, J일보 사장 A씨와 생명보험의 손 회장, 그리고 S그룹의 권 회장은 두시 반이 거진 넘어설 무렵에야 모습을 나타냈다. 전혀 구경삼아 따라온 듯한 사람들도 있긴 했으나 출입문 앞에서 안내를 맡고 있던 미스터 최는 일일이 정중한 예의를 갖췄다.

화랑 이층에서는 이미 경매가 시작되고 있었다. 사정이 있어서라기보다 어쩔 도리가 없어 비공개로 은밀히 벌인 일이라고 해도, 이렇게 되면 본격적인 옥션(競賣) 냄새가 나는 셈이군…… 하고 진작부터 와서 자리를 잡고 있던 계간 미술지의 T주간은 흥분해서 생각했다. 그럴 기회가 있어 그는 이 화랑 삼층 창고에 정연히 보관되어 있던 진품들을 두어 번 점검한 일이 있다. 바깥에서는 아무리 불황 운운해도 그것은 그것을 타는 부류들에게나 그렇다는 것이지, 소파를 서너 줄로 잇대어 붙여 만든 임시 회장에 뻣뻣하게 걸어 들어와 듬성듬성 사이를 두고 앉아 있는 도무지 눈의 초점이 어디를 향하고 있는지 요량이 가지 않는 사람들의 무미건조한 표정에는 그것은 분명 어불성설인 성싶었다. 사람 잡는 인간들만 다 모여들잖아.

고서화 연맹 회장이자 화랑의 주인인 C씨는, 한쪽으로 난 별실의 문을 드나들면서 손수 하나하나 물품들을 들고 나왔다. 자수성가로 육십 평생을 보낸 사람다운 빈틈없는 배려와 태도이다. 먼지 한 점을 이쪽에서 소홀히 하면 상대방도 그것을 짚고 넘어간다는 사실을 그는 체득하고 있다. 8곡(曲)짜리 이당(以堂)의 신선도 한 점이 손님들의 눈앞에 펼쳐졌다.

아예 눈을 감아버리고 있는 고객이 두엇, 신선도도 그것 나름이지 싶어 시선을 깜박거리고 있는 사람이 서넛, 나머지는 그 자세대로 별 표정 없이 물끄러미 앞만 바라보고 있다.

C씨는 병풍 곁에 놓인 의자에 몸을 앉혔다. 자아…… 하고 주인이 말했다.

"찍어!"

예정 가격을 상회하는 값이 첫 응찰자의 입에서 나오는 법은 거의 없지만 십 년 전부터 극비로 소장하고 있던 물건이라, 그래도…… 싶어 주인은 미소를 띠었다. 펼쳐놓고 꽤 오랫동안 뜸을 들인 것도 그 때문이다.

"오백!"이라는 소리가 어디선가 나왔다.

"오백삼십!"이라는 소리가 나오고 이어 "오백오십!"이라는 소리가 들렸다.

"육백!"이라는 소리는 그러나 주위가 한동안 조용해졌다가 그 것이 무료한 느낌으로 바뀔 무렵에야 한쪽 귀퉁이에서 들려왔다. 주인은 그쪽을 잠깐 바라보고, 고개를 끄덕였다.

"좀 약하지만…… 떨어뜨리지."

그것을 잡은 사람은 대구에서 최근 화랑을 시작한 젊은이다…… 신출내기지만 칠백이나 팔백쯤에 처분할 데를 미리 마련해놓고 올라왔다는 것을 C씨는 짐작하고 있다. 경비와 만일의 경우를 감안하더라도 백쯤 승산이 서 있지 않으면 그가 낙찰에 응했을 리가 없다. 불황이라면 이런 점도 그 한 여파라고 할 수밖에는 없다. 한창 호황일 때는, 처분할 구멍을 미리 마련해둔다는 일 따위는 생각조차 않아도 되었다. 물건을 수요하는 계층은 벽이 없었고, 그 방면을 훤히 꿰뚫고 있는 그로서도 그렇게 흘러나간 품목의 단가가 언제 얼마로 변해서 어디까지 이를 수가 있는 것인지 짐작조차 가지 않을 때가 부지기수였다. 연전부터 구상을 다져온 것이긴 했지만, 이런 식의 유통 구조만으로는 안 된다. 시야와 시장의 폭을 넓힐 전기(轉機)가 이제 왔다는 판단이 서서 후계로 기르고 있던 장남을 밖으로 내보낸 것도 그 무렵이었다. 일찍 그쪽의 유수한 학교에서 서양 미술을 전공한 장남의 경영에 대한 감각까지 전적으로 믿고 있었다는 건 아니지만 그로부터 몇 년에 걸쳐 용의주도하게 입수한 그쪽 물건의 태반이 모사품이라는 판명이 나자 어이가 없었다. 장남은 처음부터 교묘하기 짝이 없는 그 조직망을 통해 깊숙이 끌려들어갔던 것이다. 바다 건너에서 장남이 갖고 들어온 것은 샤갈, 피카소를 비롯한 모네, 고흐, 유트릴로, 블라맹크, 시냐크 등 주로 인상파 화가들의 B급 작품 열댓 점이었다.

유류 파동과 함께 불황의 회오리가 불어닥쳤다. 어떻게 해서든 거기 휘말려 넘어지지 않으려고 손수 몇 번씩이나 바다를 건너면서 국제 관례의 서류와 절차에 시달려 녹초가 되고, 모사품이 아닌 그 나머지 품목들도 높은 단가 때문에 톱니바퀴에 꽉 물리는 사정이 되자, 별수 없이 주저앉으면서 그도 용단을 내리지 않을 수가 없었다. 겸제(謙齊 鄭歚)로 고흐의 모사품 값을 상쇄시키고, 소정(小亭 卞寬植)의 산수화 서너 점으로 세잔의 정물화 하나 값을 까뭉개려 해도 승패가 어느 쪽으로 기울지는 벌써 자명했다. 수습할 수 있는 데까지는 해보자 하는 오연한 심사와 결의가 아니었던들 차라리 평생을 어루만지고 먼지를 닦아오던 그 애장품들과 같이 소실(燒失)하기를 그는 바랐을 것이다. 청전(靑田), 의제(毅齊), 심선(心汕), 심향(深香) 등 세칭 6대가의 수준급 품목들이 차례로 손님들의 눈앞에 펼쳐졌다.

높이 삼십삼 센티의 물주전자 하나를 들고 나왔을 때 C씨는 거의 무의식적으로 S그룹의 권 회장 쪽을 얼핏 쳐다보았다. 그가 소장하고 있는 것과 거의 똑같은 물건이었기 때문이다. 청자상감진사 연변문수주(靑磁象嵌辰砂蓮辯文水注)라는 이름의 이 그릇은 13세기경 그러니까 고려 후기 때 것으로, 모양은 물론 어찌 된 셈인지 크기, 높이, 보관 상태까지가 쌍둥이처럼 닮아 있다. 그리고 전문가의 눈으로도 좀처럼 분별이 가지 않는다는 바로 그 점이 한동안 적잖이 물의 비슷한 일들을 일으켜왔고, 그 때문에 그와 권 회장 사이에도 감정의 파장이랄까 그 비슷한 눈에 안 띄는 미묘한 줄다리기 같은 것이 있어왔던 것이다. 구태여 상이한 점을 들라면 영점으로 내려가는 높이의 미미한 차이와 연전 일본의 유수한 예술지 『게이쭈수신쬬藝術新潮』에서 '동양의 명기(名器) 베스트 텐'이란 타이틀로 권 회장 것이 오히려 소개가 되었다는 정도일 것이다.

같은 조건이면 저간의 사정을 소상히 알고 있는 사람에게—라
는 감정은 비단 그 방면에 종사하는 사람들만이 본능적으로 지니
는 연민 같은 것은 아닐 것이다. 께름칙한 기분을 누르고 C씨가
손수 권 회장에게 전화로 알린 것도 그 때문이었고, 이런 자리에
는 좀처럼 직접 나서지 않는 권 회장이 모처럼 모습을 보인 것도
그 때문일 것이었다.

"찍어!" 하는 소리도 없이 응찰이 시작되었다. 천오백에서 시작
된 응찰 가격이 이천을 상회할 때까지도 권 회장 쪽에서는 반응
이 없었다. 이천오백에서 이천팔백까지 올라갔을 때 주인은 다시
한번 권 회장 쪽으로 힐끗 눈을 주었다. 이제 응할 때가 되지 않
았소? 하는 표정이다. 침묵이 계속되었다.

"삼천!"이란 소리가 어디선가 들려왔다.

"삼천오십!"

"삼천백!"

"천오백!"

잘못 들은 게 아닌가 싶어 C씨는 세번째로 권회장에게 눈을 주
었다.

"……?"

"천오백!"

거기 응답하듯이 권 회장이 다시 입을 뗐다. C씨는 짐짓 웃음을
띠고 다른 고객 쪽으로 고개를 돌렸다.

"삼천백오십!"

"천오백!"

지치지도 않고 표정도 없이 권 회장이 집요하게 되풀이했다. 이
건 중대한 사태다…… 깨달으면서 C씨는, 벌어지고 있는 일의 내
용을 파악하려고 이리저리 대중없이 눈을 굴렸다. 막무가내로 걸

고 넘어지려 한대도 이런 식으로는 되지 않을 텐데…… 싶은 느낌이 번개처럼 그의 뇌리를 번뜩이며 지나갔다. 저당에 들어 있는 이 건물과 몸을 누일 집이 흔들리고 끝내는 그것들이 와르르 무너지는 한이 있더라도, 이런 식의 도전은 용납이 되지 않는다…… 도저히 안 돼…… 이건 도의적으로도 상식 이하의 개판을 치는 게 아니냐?…… 그렇게 깨달으면서도 그는 더이상 권 회장 쪽으로 눈을 돌릴 용기가 없었다. 삼천삼백까지 올라갔던 그릇은 결국 그 반도 안 되는 값으로 권 회장에게 떨어졌다. 나머지 물품들의 응찰이 그냥 계속되고는 있었으나 좀전에 벌어진 그 해괴한 사건 때문인지 경매장 분위기는 파시(波市) 뒤끝처럼 마냥 을씨년스러웠다. 권 회장은 처음 입에 올린 가격에서 추호도 양보를 하지 않았던 것이다. 어째서 C씨가 뻔히 눈을 뜨고도 그런 곤욕을 당했나 싶어 남아서 시간을 끌던 사람들은 당자가 끝내 입을 다물고 있자, 뿔뿔이 흩어졌다. 마지막 응찰 가격을 불렀던 Y여사만이 상기한 얼굴로 그냥 남아 있었다. 화랑 경력이 십오 년을 넘고 그 방면에선 유일하게 성공한 케이스로 자타가 공인하고 있는 그녀는 자신의 육감을 반증하지 않고는 못 배겨 주저앉은 것이다.

"이 나라 경제가 매점매석의 원리 위에 성립돼왔다는 건 알아요, 하지만," 하고, 짐짓 유치한 소리로 그녀는 C씨를 유도해보았다.

"앗싸리 말해 회장님 아까 처사는 너무했어. 도대체 망발도 유분수지……"

이미 평상의 표정으로 돌아가 있던 C씨는 묘하게 쓴웃음을 짓고, 손가락으로 동그라미를 만들어 보였다.

"이걸로는 안 돼…… 그 작잔 안목이 달라요."

삼천삼백까지 부른 나는 안목이 낮아서 그렇게까지 부른 줄 아는가…… 하고 Y여사의 심사가 사나워졌다.

"회장님 안목으로도 안 되는 안목이 있습니까?"

"글쎄…… 안목이 달라" 하고 이를 가는 시늉을 하면서, 고집스럽게 C씨가 말했다.

"왜 그렇게 되는지 나도 몰랐어, 처음엔. 그 새끼 물건을 박살내려면 그 방법밖에 없다는 확신이 번쩍 들더군…… 똑같은 걸 두 개나 갖고 있어봐, 하나도 없는 거나 마찬가지 아닌가, 두고 보라구……."

3. 색맹

그 무렵 그의 눈에는 온갖 것이 마치 반투명 줄무늬 유리를 통해 보는 그것처럼 이지러지고 굴절돼서 온통 뿌우옇게 흐려 있었다. 집도 차량도, 사람의 모습까지도 잿빛 일색으로 광채 없는 무리를 뒤집어쓴 듯이 윤곽선이 없어지고, 전신주라든가 고궁의 탑이라든가 심지어 고층 빌딩의 그 예각(銳角)까지도 때로 기괴하게 우그러들고 중동이 꺾여서, 땅 쪽으로 곧 무너질 듯이 비스듬히 기울어져 있기가 일쑤였다.

흐린 눈으로 세상을 보라
모서리가 얼마나 부드러운가

머리맡에 깨알 같은 글씨의 이런 낙서까지 붙어 있었던 걸 보면, 그 정도가 짐작이 갈 것이다. 의식의 편집광적인 이런 편향은 때로 사람에게 기묘한 안도감을 가져다 주는 법이다. 아무리 비뚤어지게 세상을 본다고는 해도 일단 그렇게 한번 포지션이 정해지면, 모든 것을 얼버무리는 그 나름의 논리가 어떻게 해서든 밖으로 발을 내밀고 변명과 합리성을 찾으려 들고 조만간 그것은 어설픈 삼각대 같은 근거를 획득하는 경우도 있기 마련이어서, 그렇게 되면 그 자체로서 일종의 리듬을 지닌다. 심하게 이를 가는 버릇이 있는 사람이 아무것도 모르고 혹은 모르는 체하면서 코를 골 때의 그런 리듬과도 같다. 산다는 게 무에 별거란 말인가. 직장을 잡았으면 그저 그렇게 틈바구니에 끼어들어 남의 눈에 유별나게 띄지도 말고 불평도 줄이고 물처럼 조용히 흘러가면 되는 게 아닌가―설사 내일 세계가 잿더미로 허물어지더라도 당장은 한 그루 나무를 심으리라 하는 유의 폼 같은 것은 아니었지만, 아무튼 그는 그 비슷한 부정적인 면의 어처구니없는 안도감 속에다 어느새 통째 몸을 내맡기고 있었던 것이다. 친구는 귀찮을 때도 있지만 필요불가결한 존재다, 돈은 할 수 있는 데까지 아껴라, 여자를 멀리하라…… 등등의 그렇고 그런 몇 가지 처세훈을 무의식적으로 안주머니 깊숙이 우겨넣고, 그는 비교적 유유자적한 나날을 보내고 있었다. 퇴근하면 부담을 나눠 치를 수 있는 동료 두엇과 어울려 술집 행차를 하고, 어쩌다 토요일이나 초저녁 같은 때 그런 곳에서 외톨이라도 될 경우에는 미련 없이 거기를 벗어나 이끌리듯이 ‘재수생 광장’으로 향했다.

재수생 광장은 이를테면 그의 산책 코스의 하나로, W대 노천극장의 별칭이다.

삼십이 넘은 만학의 늙은 학생이라도 된 듯한 기분과 표정으로 교문을 들어서서 문과 대학 별관까지 일직선으로 연결된 일 킬로가 좀 못 되는 거리의 그 드넓은 포도를 느릿느릿 걸을 때면, 이상하게도 자신의 발자국 소리가 음향이 아니라 무슨 형체 같은 것으로 또렷이 떠오르는 듯이 느껴질 때가 있다. 나타났다 사라지는 회백색의 무수한 동그라미—그 비슷한 형체라고 할 수밖에는 없었지만, 그런 착각의 원인이 어디에서 비롯되는지는 알 수가 없었다. 아마도 무엇이고 분명히 식별할 수는 없을 정도로 주위가 이미 어두워져서, 사물이 뿌옇게 보이고 말고 할 그런 건덕지가 없어져버린 때문인지도 몰랐다. 그 동그라미의 형체들은 '믿을 수 있는 것은 어둠뿐이다' 하는 소리없는 아우성의, 마치 무수한 그 입자와도 같았다.

급경사의 잔디 계단이 여덟 평 남짓 되는 시멘트의 무대를 에워싸듯 하면서 꺼져 내려가고 주위가 온통 검은 숲으로 둘러쳐진 그 노천 극장은 별관 바로 뒤쪽에 있다. 땅거미가 질 무렵쯤에 거기 들를 때면, 예닐곱 명쯤 되는 인간이 늘 비슷한 포즈로 계단 여기저기에 웅크리고들 앉아 있는 모습이 보인다. 여름철이면 또 몰라도 파장 가까운 가을이거나 을씨년스런 초겨울 날씨 속에 마냥 그러고 앉아 있는 젊은 치들은 예외 없이 대개가 재수생들이다. 더부룩한 까치집 머리들을 하고 엉덩이 곁에는 반쯤 빈 2홉짜리 소주병들을 하나씩 숨기듯이 놓고 앉아서, 그들은 대개 따로따로 멀거니 빈 무대를 내려다보고 있다. 서로 다붙어 앉아 병술을 상대방에 건네는 정경이 때로 보이지 않는다는 건 아니지만 그것도 잠시일 뿐, 하나가 뒤로 넘어져 누워서 고래고래 외마디 노래나 영문 모를 소리를 잠깐 지르다가 조용해지고 말면 다른 하나는 이내 비츨비츨 몸을 일으키고, 멀찍이 피해가 앉아 다시 웅크린 채 무대를 바라보게 된다.

여덟시 반이나 아홉시 가까운 캄캄한 시각이 되면 그렇게 앉아 있던 머리의 수효도 서넛으로 줄어들고, 마지막까지 마치 무언가 견디듯이 버티고 있던 그 한두 명도 이윽고는 어둠에 용해라도 된 듯이 어느 틈에 가뭇없이 사라지고 없다. 끝없이 되풀이되는 무슨 무언극처럼 그런 과정의 광경은 어느 날이고 대체로 예외가 없었다. 예외가 생겼을 때, 그는 자신이 예외를 만든 것인지 그 예외에 이끌려든 것인지 잘 분별이 가지가 않았다.

그녀는 열시가 훨씬 넘은 시각까지도 고집불통으로 완강히 무엇과 겨루기라도 하듯이 그 쓸쓸한 객석에 혼자 버티고 앉아 있었다. 누군가가 지켜보고 있다는 것을 진작부터 깨달았더라면 사태는 달라졌을지도 모른다.

형체는 보이지 않았으나 아직도 그녀가 거기 그대로 있으리라는 막연한 확신으로 그가 다가가자, 흠칫 하고 몸을 떠는 그녀의 기척이 느껴졌다. 발치에는 술병 두 개가 하나는 비스듬히 하나는 아주 나동그라진 채 흩어져 있고 끅, 끅, 하고 곧 토할 듯이 가쁜 숨을 몰아쉬며 기댄 자리에서 엉거주춤 몸을 일으키는 그녀의 모습이 보였다. 깡똥한 스웨터가 말려 올라가면서 잠깐 드러내고 만 그녀의 벌거숭이 허리살이 이 여자도 갈 데까지 다 갔군, 하는 인상을 그에게 주었다. 필시 퍼렇게 소름이라도 돋아 있었으리라. 두터운 안경테 속으로 거의 감긴 듯한 눈을 하고, 자세히 본즉 의외에도 그녀는 무심한 표정으로 빤히 그를 바라보고 있었다.

"경비원이세요?"

"아냐……."

"설마 날 어떻게 할 작정으로 여기 온 건 아니겠죠?"

"그럴지도 모르지…… 이젠 집으로 돌아가."

"……."

대답을 않더니 그녀는 천천히 팔을 쳐들어 완벽하게 칠흑이 된 계단 어느 쪽을 손가락으로 가리켰다.

"저 아이들이 불쌍해서라도 자주 여기 올 수밖에 없단 말예요."

그제야 겁먹은 소리로, 변명하듯 빨리 그녀는 지껄였다.

한 여자를 사랑하게 되는 과정에 우연히 드러나는 장치나 소도구들이란 이처럼 어처구니없는 것이다. 만약 그때 그녀가 손가락질한 쪽에 무언가 두드러지게 눈에 띄는 물체 같은 것이 있었더라면, 그의 상념은 무산되고 적당히 얼버무리면서 그녀를 피해갈 수 있었을지도 모른다. 그쪽에 아무것도 없었기 때문에 그녀가 지칭한 것은 결국 하늘인 셈이 되었다. 너무 농밀해서 마치 끓어오르는 듯한 착각을 주는 흑청빛 하늘이 주변의 암울한 수풀을 짓누르듯이 하면서 계단 꼭대기 저쪽으로 크게 드리워져 있었다. 감동을 받았다는 건 아니었지만, 그녀가 발음한 그 '불쌍한 아이'들은 보이지 않고 그러니까 그 텅 빈 하늘 복판에서 그는 혀를 물고 나가떨어진 어느 한 시기의 자신의 모습을 억지로라도 보고 말았던 것이다.

그녀가 주위에 늘어놓는 소도구들이란 대개 일정한 품목으로 한정돼 있었다. 작은 소주병 하나, 마시기 시작할 무렵이면 반드시 어디에고 벗어놓는 네모테 안경(그것을 어쩌다 가까이 들고 보면 아찔할 지경으로 두텁고 무거워서 도대체 그녀의 시력이 어느 정도나 되는 것인지 가늠이 되지를 않았다), 늘상 맨손으로 안주를 집어먹으면서도 처음에는 어쨌든 호주머니에서 꺼내놓게 되는 나무 젓가락 두어 짝, 그리고 이 역시 호주머니에서 나와서 술병 곁에 반드시 놓이는 끈이 떨어져나간 낡은 손목 시계 따위들이다. 그렇게 만나 그들은 서너 달을 거의 하루도 거르지 않고, 그 노천 극장이거나 주변의 싸구려 술집을 전전하면서 마셨다.

퇴근부터 통금까지의 그 몇 시간 동안에, 그녀는 번번이 고주망태가 되면서도 끝내 목줄기를 가누고, 한두 번은 기어이 시간을 들여다본다. 아아 지긋지긋해, 또 일어나얀다니. 궁뎅이가 천근 같아. 이대로 숨통이 살짝 가버렸으면 꼭 좋겠구나, 씨발…… 그런

거친 소리를 웅얼거리면서도 그녀가 기다리고 있는 것은 통금 직
전 십오 분이 되는 시간이다. 그 시각에 일어날 수만 있으면 빠듯
하게 집까지 대어갈 수가 있는 것이다. 그 습관은 철저하게 지켜
졌다. 속이 뽑힌 듯한 싫고 공허한 표정을 서로가 보이고 있을 때
라도, 묘하게도 그가 억지를 쓰거나 그녀가 그 억지에 짐짓 다시
주저앉은 적은 한 번도 없다. 그런 점이 혹은 그와 그녀에게 서로
를 더욱 황폐하게 보이게 했는지는 모르지만.

　일으켜 세울 도리라곤 없어 보이는 그녀의 땅으로 잦아드는 듯
한 그 무기력감을 망연히 지키고 앉아서, 때로 종잡을 수도 없이
평온해지는 심사에 빠져드는 때가 그에게도 있다. 여기가 종착점
이란 말인가. 그렇다면 좁아터지긴 해도 바닥의 끝까지 닿았다는
셈인데, 그러니 새삼 뭐가 까뒤집히고 말고 할 건덕지도 명분도
없을 터이다. 잿빛의 집은 그냥 잿빛의 집일 따름이고, 뿌우연 자
동차는 그냥 뿌우연 자동차일 따름이다. 거기에 무슨 새로운 페인
트의 색깔이 있으리라는 따위 꿈도 꾸지 말아라. 넉 달 동안 웬
까닭으로 손가락 하나 건드릴 수가 없는 이 여자가 꼭 십 년을 해
로한 여편네만 같구나…… 그런 생각이 드는 것이다.

　"나는야 올드 미스, 만년 재수생……."

　밤하늘 저쪽으로 딴전을 부리고 앉아서, 어떤 날 그녀는 노래하
듯한 소리로 계단의 시든 잔디를 뜸을 들이듯 잡아뜯고, 다시 나
팔을 불기 위해 다른 손을 술병으로 가져갔다.

　"열다섯 번 선을 보고 열다섯 번 낙방…… 네 명의 남자를 겪
었어요. 오 년 동안에……."

　술힘을 빌려 드디어 실토하고 마는구나 싶었으나, 안경을 찾아
쓴 그녀는 성냥을 그어대 시계를 보고 뭉그적뭉그적 허리를 일으
켰다.

"자기도 겪은 여자 넷만 얘기해봐요. 딱 넷만. 나는 그저 그렇고 그랬습니다만……"

"처음 취직한 데는 무역 회사야. 사장이 도둑이라서 욕을 퍼붓고 관뒀지만……"

그가 말했다.

"두번째는 보험 회사, 세번째는 토목 회사, 네번째는 공사장…… 한 계단씩 내려갔어."

"그게 어째서 내려가는 거야, 올라가는 거지? 여자 얘기 하라니깐……"

"너는 놈팽이들을 하나씩 겪으면서 어디로 기어 올라간다는 생각이 들었냐? 거꾸로 곤두박히는 거지……"

술통이나 다름없는 이 여자에게는 제아무리 모진 질문이나 힐책도 먹혀들지 않는다…… 그런 절망감을 느끼면서 그는 고개를 돌렸다. 날품팔이 노동판이나 쓰레기 하치장의 냄새를 그녀가 알 리가 없다. 거기서는 설사 누가 공짜로 무등을 태워준대도 결국은 밑으로 기어 내려가는 꼴밖에는 되지 않는다. 피가 엉겨붙은 듯이 시꺼먼 그곳의 바닥…….

"지금 다니는 데는 그러니까 턱걸이를 한 셈인가요?"

걸음을 멈추고, 사그라드는 듯한 목소리로 뚱딴지 같은 질문을 하는 그녀의 잠긴 눈과 둥근 얼굴을 그는 물끄러미 들여다본다. 그렇게 생각해서 그런지 이런 때의 그녀는 천진한 아이가 아니라, 흡사 백치 그것이다. 술 잘 먹는 바보…… 그녀가 간신히 잡아 타고 사라져가는 합승 꽁무니를 멀찍이 보면서 하숙 생활이 정말 넌더리가 나는구나 싶은 생각이 그에게 드는 것도 이런 때이다.

"아버지가 학교에 있어요, 이 대학이 아니고 다른 대학에……"
그런 말을 그녀는 한 적이 있다.

“교수가 아니고…… 사무직 일을 보고 계세요, 일종의 수위 같
은 거죠…….”

　걸음걸이가 어지럽게 흐트러질 지경이 돼서도 부친에 관한 말
을 할 때 그녀 어조에는 어딘가 진지한 뉘앙스가 스며 있다. 기회
가 없어서라기보다 정말 싫어서, 그녀의 가족 상황을 그는 물어본
적이 없었고 그녀 쪽에서도 그것은 마찬가지였을 것이다. 벌벌 길
형편이 된 몸이면서도 통금을 어기지 않으려고 집요한 시선으로
시계를 들여다보는 그녀 모습에서는 악랄한 느낌마저 풍긴다. 그
녀는 아버지의 존재를 마지막 믿음으로 필사적으로 매달려 있는
것인지도 모른다. 열다섯 번 퇴짜를 맞고 네 놈팡이에게 걷어차이
고, 중독에 가깝게 알코올에 녹아버린 올드 미스의 심사로서라면
당연한 일일지도 모른다. 그럼 그 부친이란 사람은 이 지경이 된
딸의 그런 사실들을 털끝만치도 모르고 있다는 말인가.

　“이봐 우리 결혼할까”라는 말이 그의 입에서 튀어나온 것은 그
러나 그 두어 달도 더 지나서, 전혀 우연히 알려진 사실이 계기가
되어서이다.

　그 동안 줄곧 혹사해오던 몸이 더이상 견뎌 배길 도리가 없었
던지 그날 그녀는 처음으로 그의 눈앞에서 정신을 잃고 토했다.
무릎 밑으로 얼굴을 처박은 채 웩웩 하고 온통 내장을 뽑듯이 오
물을 게워내면서 축축한 계단에서 거꾸로 넘어박히듯 그녀는 허
리를 접었다.

　이런 꼴 보이고 싶지 않아, 않아…… 하면서도 그녀는 계속 토
했다.

　“……사실은 나 폭행당했어, 오 년 전에. 어떤 개새끼한테 당했
단 말야…… 아래가 못쓰게 됐어…….”

　“…….”

“그 미친놈이 뒤에서 덤볐다구…… 쓰레기 더미 속에서……”

“……”

그녀가 어떤 반응을 그에게 기대하고 있었던지는 알 수 없다. 그때 그가 전신으로 느끼고 있던 감정은 어서 빨리 그녀가 말짱히 모든 것을 토해버려야 한다는 일념이었다. 아무리 자연스럽게 입에서 결혼이란 말이 튀어나왔더라도, 그런 상황 속에서 그것이 실감을 지니고 그녀에게 전달되었을 턱이 없다.

“왜 이상한 소리를 하는 거야?” 하고, 낯선 사람을 보듯이 양껏 눈을 열고 그녀가 말했다.

“여지껏 손가락 하나 까딱하지 않고서?”

오물 범벅 속에서나마 끌어내리려고 허리 뒤로 그가 손을 가져가자 몸부림치듯 그녀는 그것을 피했다.

“나쁜 자식” 하고 오연하게 그녀가 내뱉었다.

“그 따위 소리, 다시는 말어……”

끅, 끅, 하고 괴상한 신음을 발하면서 그녀는 나선형의 계단 저쪽으로 게처럼 옆걸음을 치면서 계속 기어갔다.

곧장 가면 바로 코앞이 서울역이지만 반대쪽으로는 그대로 교외선과 연결된 그 조그만 역에서 아침 나절에 기차를 타면 차창을 통해 줄곧 따라오던 초봄의 햇살이 이마와 관자놀이를 어릿어릿하게 할 무렵쯤에는 목적지에 닿는다. 거기까지 이르는 동안에, 대여섯 개 그만그만한 작은 역들을 지나쳤으나, 그녀도 그도 그 정류장들이 어디였는지 심지어 내린 역의 그 이름까지도 까맣게 잊어먹은 채 한동안 우두커니 그대로 서 있었다. 물론 그녀 의식 속에 동네 이름과 동일한 역명이 잠깐이나마 떠오르지 않았을 리는 없지만 알고 싶지 않다. 어떤 마을도 사람의 이름도 알아서는 안 된다고 하는 나사못 같은 또다른 본능이 북북 지우듯 어느 틈에 그것을 까뭉개버렸을 것이다.

'그곳'을 그녀에게 확인이라도 시켜준 것은 멈추는 차창 너머 불현듯 나타난 우중충한 한 무더기 소나무 숲인 듯싶었다. 그녀는 벌레가 다리를 오므라뜨리듯 몸을 수축시킨 채, 차에서 내릴 생각도 않고 뚫어져라 숲을 바라보고 있었다. 허허벌판에 그것만이 뎅그마니 서 있는 초라한 역사를 빠져나오자, 들길 하나 건너 낮은 언덕바지에 병렬해서 도사리고 늘어섰던 예의 그 먼지투성이의 숲무더기가 성큼 앞으로 다가드는 듯이 느껴졌다. 그녀는 명령받은 병사처럼 말을 잃고 '돌아봣'을 하듯이 정거장 쪽을 다시 눈여겨봤다.

제가 음주벽을 끊지 못하는 것은 그 폭행당한 기억의 쇼크 때문일지도 몰라요, 콤플렉스에서 해방되기 위해서라면 사실을 있는 그대로 받아들이겠어요, 그것만이 제가 숨통을 트고 사는 길예요—그런 설명을 하면서 그를 설득시켜보려고 그녀가 스스로 입을 연 것은 꽤 시일이 지나서였다. 그녀의 진심이 애처로워서라기보다 어쩐지 수긍 않을 도리가 없어서 고개를 끄덕이기는 했지만, 막상 현장엘 다시 한번 가보고 싶다는 그로테스크한 그녀의 제안을 들었을 때는 그도 내심 뒷걸음질을 치지 않을 수가 없었다. 그녀의 어투에 애원이나 아닌 말로 협박조의 기미가 있었다는 건 아니다. 되레 그런 느낌이 전혀 없었기 때문에, 이건 잔인한 일이다, 잔인하긴 하지만 정 그렇다면 하는 수 없지…… 하는 정도로 그도 입을 다물고 말았던 것인데, 날짜를 제멋대로 잡고 그녀가 결단을 내렸던 것이다.

숲을 바른쪽으로 끼고 잠깐 동안 걸으니까 곧 내리막길이 시작되고 두 언덕 사이의 그 길을 허청허청 돌아가자 갑자기 동네가 나타났다.

　오십여 호쯤 될까, 변두리 같은 데서 흔히 보는 찢어질 듯한 가난의 냄새가 더덕더덕 나붙은 그런 마을이다. 굴딱지같이 납작납작하게 엎드린 잿빛의 슬레이트 지붕들, 얼기설기 얽힌 어두운 빨랫줄, 손가락을 물고 처마 밑에 몰려 선 땟국에 전 아이들, 한두어 채 보이는 개량 주택 지붕의 그 처량한 페인트 색깔, 바라크 이음새 사이로 당돌하게 머리를 내민 오종종한 작은 굴뚝들…….

　그녀는 마을 초입에서 걸음을 멈추더니 갑자기 그를 돌아다봤다. 형언할 길 없는 두려움의 표정이 그 얼굴을 쓸고 있었다.

　"괜찮아."

　곧 돌쳐설 듯한 그녀의 움직임을 보면서 이번에는 반대로 그가 다그쳤다.

　"딴 쪽으로 돌아서 가지, 우리. 나도 저 동네가 싫어."

　마을 뒤쪽 끄트머리에 있는 건널목을 멀리 눈여겨보고, 그녀의 등을 밀듯이 하면서 그는 길 없는 밭둑으로 들어섰다. 가장 빠르게 거기까지 이르려면 동네 복판을 꿰고 난 길로 빠지지 않으면 안 된다. 설사 완벽하게 숨을 멈추고 걷더라도 양쪽으로 다붙은 그 처마 밑 그늘에서는 적의로 번뜩이는 눈들을 흘기며 누군가가 숨어서 몰래 그들을 엿보리라. 마치 아득하게 잊어버린 옛날 그 어느 시각에 잘못 마을로 들어선 어느 불청객에게 그의 굶주림이 그랬던 것처럼…….

　동네를 훨씬 벗어나며 휘돌아나간 교외선 레일은 좁은 마을길의 끄트머리와 교차되고 명색뿐인 차단대의 부러진 막대기 하나가 못쓰게 된 그대로 건널목 이쪽에 여태껏 방치돼 있었다. 그 뒤쪽은 작은 트럭 하나가 간신히 드나들 만한 오르막길을 가운데 두고 질펀한 부피의 황토 언덕이 무너지듯이 앞을 가로막고, 언덕

234

을 넘어서자 바로 폐철 하치장이었다.

　완만한 구릉 사이에 폭탄을 맞은 듯이 꺼져내린 분지가 그것인 하치장은 지금은 아무도 돌보는 사람이 없었다. 습한 녹으로 차라리 시꺼메진 폐철 더미가 여기저기 나동그라진 채 마른 잡초 줄기와 검부럭지, 거미줄 따위들이 자욱이 그 아랫부분들을 휘감고 있다.

　"……여기서 얼마나 살았어?"

　침이 말라붙어 벌써 어물거리는 소리로 묻고 그녀는 멍청히 그 자리에 서 있었다.

　그는 대답을 할 수가 없었다. 우정 앙탈을 시작한 그녀를 억지로 끌고 그는 폐철 무더기 뒤로 돌아갔다.

　"처음부터 알았던 거지, 너? 언제부터야?"

　"자기 거기서 술 샀을 때……."

　"거짓말 말아."

　"정말야, 그때는 나 아무것도 안 보였다구……."

　'거기'서 술을 사준 것이 언제인지, '거기'가 어디인지 그는 기억이 나지 않았다. 노천 극장에서 그녀를 찾아내고 다가갔을 때는 눈치를 챘다고 느끼고 있었다. 아무리 앞이 안 보이고 어쩌고 했대도 그에게서 색각(色覺)까지 앗아간 그 굶주림을 조금이나마 그녀가 냄새 맡지 않았을 까닭이 없다. 그리고 마냥 굶주리기만 하는 인간의 냄새는 머리칼처럼 한번 틀어박히면 절대로 떨어지지 않는 법이다. 개도 안 먹을 그 냄새…….

　"너 또 벗어봐."

　"이 개자식" 하고 그녀가 말했다.

　"다시 날 죽여봐."

　입술이 삽시간에 일그러지더니, 바람을 빼버린 기구(氣球)처럼 그녀의 허리가 접혔다. 필사적으로 도망이라도 치는 시늉으로 그녀는 폐철 무더기 바싹 가까이로 질질 엉덩이를 끌고 갔다. 안경을 벗겨 조심스럽게 밀어놓고 그녀를 걸타고 앉아 그는 슬며시 목으로 두 손을 가져갔다.

"죽이지 말아요라고 해봐."

"왜 그 따위 짓을 했어, 안경까지 뺏고?" 하고 울면서 그녀가 말했다.

"이 개자식아."

(1983)

양말

예쁜 집은 갖고 싶고 돈은 모자라고 해서 업자들이 골조만 세우고는 역시 자금이 달려 팽개쳐둔 구조물을 곡절 끝에 싸게 손에 넣게 되었다. 초라한 신전을 연상시키는 그 뼈대들을 요량껏 이용해 공간을 배정하고 지붕을 덮고 벽을 쌓아올린 것이다. 거실 겸 서재 겸 침실 겸인 이층 중간방 벽 한복판에는 붙박이장 비슷한 홈을 파고 알 만한 사람에게 이름을 말하면 "아, 그게 그 집에도 있어?" 하게 되는 그 유명한 전축을 앉혔다. 전축이라니 표현이 촌스럽다. 앰프, 스피커, 턴테이블이 제가끔 다른 외국 유명 메이커 것이 아니면 김이 새는 그야말로 본격적인 오디오 시스템이다. 신혼 초에 직장에 나가면서 아내가 이걸 몰래 만질까 봐 자물통을 채운 사실이 소문으로 퍼져 주위에서 빈축을 산 일도 있지만, 그 기계를 중심으로 화집류와 수많은 책들, 두어 번의 해외 나들이 기회에 집중적으로 수집해온 그림 접시, 토우(土偶)류, 호화판 복사 명화와 판화, 좋아하는 피아니스트의 독주 스냅 패널, 갖가지 꼬마 종(鐘), 묘하게 생긴 과도(果刀), 발레 공연의 팜플렛, 인형, 드라이 플라워 등이 자잘하게 어우러져 걸리고 놓이고 얹히면서 네 벽을 채우고, 반닫이류, 기러기(木雁)류, 촛대와 등잔들, 제기(祭器)와 백자, 마른 갈대, 벼루와 연적류, 모조 아라비아 융단, 셜록 홈스 풍의 두루마리 스틱 꽂이 등이 아래쪽 바닥을 골고루 채우면서 퍼져나가, 방은 도대체 발 디딜 틈이 없다. 달리면서 그림을 그리는 어느 외국 화가가 달리면서 여자의 음모를 갈겨 그린 흑백 복사 스케치 한 점이 갑골문체(甲骨文體) 족자가 걸린 맞은편 벽에 달랑 붙어 있어, 방 전체의 균형을 묘하게도 위태위태하게 유지시켜준다. 간접 조명 덕으로 방은 흡사 물 속 깊이 가라앉은 호화 여객선 선실의 잔해를 연상시킨다. 소나타니 레퀴엠 따위를 만날 틀어놓고 있어서 더욱 그런지 모른다. 이 방의 주인은 아홉 권의 시집을 낸 시인 K이다. 이렇듯 가진 액세서리는 많건만 K는 세칭 온건한 참여파 그룹의 평론가 M의 밥이 되어 있다.

 M은 K가 일곱 권째의 시집을 낼 무렵부터 그를 밥으로 삼았다. 그때까지는 단짝 비슷한 사이로 지내오던 처지였는데 갑자기 변심해서 공격을 시작한 것이다. 무슨 놈의 시인이 마흔이 될까말까한 주제에 일곱 권이나 되는 시집을 어떻게 가질 수 있다는 말인가, 도대체 지금 이 땅에 일곱 권의 시집 속에 수록될 만한 시가 있기라도 하단 말인가—하는 알쏭달쏭한 소리로 씹기 시작하더니 술이 거나해지자, 인간이 그러면 못쓴다, 삶이란 그런 게 아니다 하는 식으로 유치하게 몰아붙이기 시작했다. 추켜올린 두 어깻죽지 틈에 구기듯이 머리를 틀어박고 나도 현실을 모르는 게 아

니다 하고 K는 속으로 안간힘을 쓰면서 외쳐보았지만, M이 왜 갑자기 그러는지 알 수가 없었다. 가난한 시인도 사회 생활의 요령만 터득하면 얼마든지 현실을 즐길 수 있다. 너는 무슨 잡지 논설위원에다 대학의 접장까지 하고 있으니 나보다도 수입이 많으리라. 현실과 참여를 외치는 너는 그럼 그걸 노동자 농민들에게 매달 나눠주기라도 한단 말이냐. 반 년만 진짜 노동자 농민이 돼서 공장이나 밭둑에 가 있으라면 대번에 새파랗게 질려 뒤로 나자빠질 주제에 참여 좋아하시네. 학교와 사무실과 사전류의 전문 지식과 기껏 술집 작부 주무르기가 우리 영역인데 왜 이러나? 노동자 농민 운운하고 나팔 불어서 번 돈을 너는 어디다 쓰냐?…… K는 속으로 할말이 많았으나, 죽은 듯이 잠자코 있었다. 번번이 그런 식으로 당하고 어느 신문의 월평란에서 시를 좀더 공부해야겠다는 방자한 소리까지 듣게 되자 K는 비로소 M이 자기를 밥으로 삼고 있다는 것을 깨닫고 그와 절교했다.

M의 방은 그가 표방하고 있는 현실이니 참여니 하는 소리가 실감날 만큼 을씨년스럽고 스산하다. 변두리 중고품 시장에서 사온 헌 책상과 의자가 하나, 녹슨 캐비닛이 하나, 뚜껑 덮인 요강이 하나, 전세로 얻은 집장수의 날림집인 허술한 바깥 축대에는 고무신짝이 굴러다니고, 수채에는 밥 찌꺼기가 그대로 얼어붙어 있다.

이 M은 또 평초(平超)라는 호를 가진 떠돌이 땡추중의 밥이다. 평초는 칠팔 년쯤 땡추중 노릇을 하다가 갑자기 환속해서 바가지에다 추사(秋史)류의 난이니 한시니 그런 글씨 따위를 전각해서 전람회도 하고 하면서 제멋대로 살아가는 위인인데 여자 후리기의 명수이다. 도심 가까이 있는 그의 바가지 작업실은 요즘은 좀처럼 구하기 어려운 옛 시골에서나 쓰던 볏짚 멍석이 그대로 쫙 깔려 있고 시구(詩句) 곁에 페니스를 노골적으로 전각한 바가지니 그런 요상한 것들이 한식 기둥 여기저기에 멋대로 걸려 있다. 여자들이 끊임없이 개방된 그의 작업실에 들끓는 것은 소개받은 여자를 이틀도 안 돼 이년 저년이라고 막 부르기 때문이라고 한다. 원효식 득도법(得道法)을 엽색 행각에 최대한 이용하고 있는 모양이지만, 눈독들인 여자를 안 만나야 할 운명끼리 만났다는 둥 하고 현혹시켜 사우나 호텔 같은 데로 꾀어가서 그 허리띠를 잡고 한 번 돌리면 스웨터도 바지도 스타킹도 한꺼번에 좍 벗겨져서 팬티만 남게 되는 기술이 있다는 루머까지는 믿기가 어렵다. 이평초가 M의 집에 놀러 와서 그 부인에게 악수를 청하자 술이 취하면 제 여편네에게 이년 저년 소리를 예사로 하던 M도 그만 가슴이 철렁했다. 여편네가 서슴지 않고 중놈의 악수에 응했기 때문이다. 서너 번 그 꼴을 당하자 발광할 지경이 된 M은 그때야 자신이 땡추의 밥이 돼 있는 것을 깨달았던 것이다.

이 땡추중놈은 우스꽝스럽게도 또 서말구라는 이상한 이름을 가진 사람의 밥이 되었다. 이 사람은 시니 그림이니 예술이니 그 따위 너절한 것들을 코에 걸고 다니는 속물들과는 인연이 없이 그냥 그날그날 직장에나 충실하고 어쩌다 휴가라도 생기면 강원도 산골의 숯막 같은 데나 가보고 와서 좋아라 며칠씩 흥분하곤 하는 그런 소시민인데, 우연히도 멋대로 나도는 중하고 안면이 생기게 된 것이다. 놀러 온 스님이 제 여편네에게 예의 버릇대로 악수를 청하는 수작을 했을 때 그는 모른 체 외면했다. 그러고는 술집에서 마주 앉게 되자 이번에도 모른 체하고 재떨이삼아 중놈의 손등을 담뱃불로 비벼대버린 것이다. 그후로도 중은 가끔 놀러 오긴 했지만 서말구씨가 담배를 꺼내 물기라도 하면 안색이 달라졌다. 제아무리 난다 긴다 하는 중도 갑자기 잠재 의식 속에 깊숙이 도사리기 시작한 공포의 감각만은 어쩔 수가 없었던 모양이다.

이런 서말구씨가 어째서 청오(靑吾) 선생의 밥이 되었는지는 요령부득으로 이해가 잘 가지 않는다.

"이건 일제 때 거군요."

다칠세라 뒤 마려운 듯이 탁자 위에 올려놓았던 보자기를 풀고 조심스럽게 그 속의 것을 보였던 서씨는 그걸 일별하면서 청오 선생이 무심히 중얼거린 한마디에 뒤통수를 얻어맞은 얼굴이 되었다. 딸년의 피아노를 팔면서까지도 내놓지 않던 물건인데요, 하는 소리가 그의 입술에 말라붙어 있었다. 가보로 물려 내려오던 그릇 하나를 그가 어떻게 청오 선생에게 보일 결심을 하게 됐는지 그것부터가 우선 석연치 않다. 아마도 술자리 같은 데서 백자를 제대로 식별할 줄 아는 '열 사람 중의 하나'라는 소리를 무심결에 챙겨두고 있었던 것인지도 모른다. 백자광인 어느 동양화가가 게슴츠레한 눈으로 그날 저녁 술집에서 떠들어댄 그 '열 사람'이란 것은 사천만 인구를 가진 '이 땅을 통틀어서'란 설명이 앞에 붙는 것이지만, 병아리 감별사의 기능 같은 것도 아닌 그런 막연하고도 추상적인 기능을 인정하고 경청한 것부터가 어딘가 씌려고 그랬었다고 할 수밖에 없다. 동양화가가 꼽은 그 열 사람은 거개가 문화재와 관련 있는 기관에 그럴듯한 직함을 가지고 있는 터라 심상히 흘려들었을 법도 한데 유독 거기 끼인 청오 선생만이 외톨처럼 제멋대로 혼자 표표히 떠도는 이른바 '재야 인사'의 이미지로 그에게 인 찍혀졌을 가능성도 있다.

"백자를 아는 사람은 많고 그걸 사랑할 줄 아는 사람도 많다. 하지만 진짜 백자란 것은 알거나 사랑하는 것만으로 이해가 되는 그런 것이 아니야. 백자고 그림이고 나발이고 간에 어느 분야에건 반드시 '신(神)의 부분'이란 것이 있어. 구십구 퍼센트까지는 돼. 하지만 기를 쓰고 별 발광을 다 해도 안 되는 나머지 일 퍼센트가 있단 말야. 그게 신의 부분야. 다른 건 노력이나 재능으로 되지만 그 부분만은 안 돼. 백자의 경우 구십구 퍼센트까지는 수련만 쌓으면 누구나 식별이 돼. 하지만 그것만으로 백자를 다 이해했다고 할 수는 없어. 그럴 양이면 차라리 완벽하게 무식한 쪽이 나아. 첫눈에 그릇의 중심 부분의 불꽃과 그것을 보는 사람의 혼이 일직선으로 꿰뚫리는 경지…… 거기까지 도달해야 비로소 도통한다는 게 아니겠어? 그게 제대로 될 만한 사람이 겨우 열 정도밖에 없지 않을까 하는 거야. 물론 피상적인 추론이긴 하지만…… C박물관의 N씨, E원(院)의 J씨, 또……."

이불 밑에서 만세 부르기라고, 살아가는 일의 지극히 미세한 부분도 못 되는 이런 술좌석의 구라를 침소봉대해서 물론 다 곧이들은 건 아니겠지만, 어찌 된 셈인지 청오 선생에게 첫 물건을 보이고 면구스러워한 서말구씨는 곧잘 백자류 따위를 보이러 가지고 왔다. 처음에 보였다가 가짜라는 판명이 난 것말고는 집안에 또 그런 것이 있었던 성싶지도 않아, 아마도 시내 골동품상 같은 데서 구입하거나 소개받은 지인으로부터 손에 넣은 것들인 모양이었는데 번번이 가짜만 들고 왔다. 겉으로는 평온한 얼굴이긴 했으나 서씨가 거의 광란 상태로 백자에 빠져버린 것이 분명했다. 한번 빠져들면 좀처럼 치유 가망이 없는 것이 또 백자병(白磁病)이다. 이런 사유로 해서 결국 서말구씨도 청오 선생이 권하고 추천하는 그릇만을 살 수밖에는 없게 되었다.

청오 안결(安潔) 선생—이분이 바로 나의 스승이시다.

한때 시골 중학교에서 역사를 가르친 일도 있지만 스승은 만년을 주로 자기류 같은 것만 만지면서 유유자적하게 보냈다. 남의 양말을 몰래 벗겨서 빨아 말리는 기묘한 취미만 제외하면, 그분의

생애에 별로 이렇다 할 사건이나 기복 같은 것이 있었던 것 같지
는 않다. 생활고니 동란이니 석유 파동이니 하는 것들은 누구나
비슷한 상황에서 비슷하게 겪은 일들이니까 차치하고, 생애의 대
부분의 정열을 조선조 때의 그릇에다 경주하게 된 데에도 무슨
특별한 사유 같은 것이 있었다고는 보이지 않는다. 그저 살아가다
보니까 그렇게 된 것이다.

하필이면 남의 양말을 왜 벗기고 싶어하는가고 누가 묻기라도
한다면 아마 스승은 대답할 말이 없을 것이다. 취미라고는 하지만,
이 경우 스승의 그것은 습관이나 버릇 같은 거의 본능적인 그런
것에 가까워 보였다.

맨 처음 스승에 의해 양말이 벗겨진 희생자가 어떤 인물이었는
지는 알 길이 없다. 중학생이었던 내 어린 마음에도 흑종의 미묘
한 저항감을 불러일으키는 사람들—이를테면 키가 훤칠하고 어
깨가 떡 벌어졌다든지, 선비풍의 기품으로 어딘가 범접 못 할 구
석이 느껴진다든지, 아니면 기름으로 닦인 듯이 옷차림이 지나치
게 깔끔하고 부티가 흐른다든지 하는 인물들—이 주로 스승에 의
해 차례차례 홀랑 양말이 벗겨졌다.

모르긴 하지만, 사람에게는 가장 소중한 부분일지도 모르는 두
개의 다리 끄트머리를 소중하게 감싸고 있던 덮개(천)가 홀꺼덕
벗겨지고 발가락들과 두 발바닥이 보란 듯이 벌거벗고 드러나는
극적인 첫 정경을 다음과 같이 상정해볼 수도 있으리라.

인구 십오만 정도의, 도무지 앞뒤로 발전할 기미라고는 전혀 없
는 소도시 하나가 있다. 이런 도시는 거기서 이삼 년만 살다 보면
벌써 바닥까지 밑천이 드러나 사람들 사이의 구별이 도무지 서지
않는다. 아침저녁으로 만나는 그놈이 그놈이요, 이발소에서 만나
는 김씨가 네거리에서 책방을 하는 바로 그 김씨이다. 그런데 눈

여겨본즉, 의외에도 건방져 보이는 녀석이 하나 눈에 띈다. 작달막한 키에 요즘 세상에 저럴 수가 싶은 한복 두루마기 차림을 늘 하고 있다. 두어 번 스치면서 눈길이 마주치기를 기다렸으나 오불관언, 상대는 그대로 눈을 내리깐 채 술집으로 들어간다. 건방진 놈, 네가 누구란 말이냐 싶어 따라 들어간다. 갈보가 늘펀히 죽치고 있는 그런 술청이 아니다. '외교구락부'라는 거창한 이름의, 이 도시 어느 유지가 외국인 선원들을 상대로 직영하는 살롱 같은 그런 곳이다. 거기서 비로소 통성명이 이루어진다.

"나 청오 안결이오."

"존함 익히 듣고 있었습니다. 자기류에 대한 안목이 높으시더군요. 보잘것없는 일가견을 저도 갖고는 있습니다만……"

이것 봐라? 뻗대고 나오는구나 싶은 것도 잠시, 몇 잔 위스키로 이백이 어떻고 두보가 어떻고 장자의 나비가 어떻고 하는 객담이 오가기 시작하자 스승은 십년지기를 만난 듯이 갑자기 도연해진다. 상대방의 한학(漢學) 소양이 만만치가 않다. 이렇게 해서 둘은 하루아침에 죽마고우가 되고, 며칠 새에 그 죽마고우를 드디어 집으로 데려갈 결심을 하기에 이른다. 흉금이 서로 통하고 호흡이 맞지 않으면 제아무리 상대가 잘난 놈이라도 수장한 보물들을 보여줄 마음이 일어나지 않는다. 옛 그릇을 같이 보고 즐기는 사람들 새에는 일종 눈에 보이지 않는 맥 같은 것이 있어서, 아름다움에 대한 전신이 젖는 듯한 충만감도 거기서 비롯된다. 호리꾼의 꼬챙이 끝에 와닿는 무덤 속의 맥 같은 거라고 하면 당자들은 펄쩍 뛰고 노하겠지만 아무튼 그 비슷한 것일 것이다. 유독 정갈한 방으로 안내한 죽마고우를 편히 앉게 하고는 어려서부터 훈련을 시켜서 음식 솜씨가 일품이 된, 지금은 고등학교에 다니는 외딸이 차려온 저녁과 술을 대접한다. 그리고는 솜으로 겹겹이 싸기도 하고 오동나무 상자에 신주 단지처럼 모셔져 있던 것들을 꺼내와 보여주기 시작하는 것인데, 이렇게 한번 일이 벌어지면 끝이 없다. 명기 앞에서 시간은 죽고, 그 대신 방 속은 은하계의 무중력 상태와도 같은 일종의 기(氣)가 충만해서, 앉은 자리마저 까맣게 잊고 만다.

"이 접시 바닥 좀 봐요. 이거 조선조 머슴놈이 도공 곁에 앉았다가 심심해서 작대기로 장난친 거예요. 뭘 그리느라 이랬을까……."

"음호(陰戶) 같은데요. 상사(想思)하던 주인집 딸년하고 그건 하고 싶고 성사는 되지 않고 해서……."

"밖에 약수 떠놓은 것 있으니 가서 좀 씻고 와. 에이, 그런 입으로는 안 되겠어, 낄낄……."

아끼던 그릇 하나가 다른 사람의 손으로 넘어가는 과정에는 물론 제 나름이긴 하겠지만 대체로 이 비슷한 유의 설왕설래가 반드시 있고서가 아닌가 싶기도 하다. 말하자면 일종 공감의 확인이다.

하룻저녁 곁에서 코를 골며 곤히 잠든 의기투합의 지기를 두고, 한밤중에 술이 깬 스승이 싸구려 괴기 영화의 시체처럼 갑자기 벌떡 몸을 일으킨다. 스승의 잠을 깨운 것은 정체를 알 수 없는 어떤 불안이다. 그렇게도 좋은 물건들을 골고루 보여주었건만 곁에 누운 이 녀석은 간밤 어쩐지 별로 흡족지 않아했던 것 같다. 게다가 방에 굴러다니던 사기 재떨이를 무심코 집어들면서 "난 이게 좋은데" 했것다. 녀석이 그걸 알아보는 눈이 놀랍기 짝이 없다. 재떨이삼아 아무렇게나 방에 내팽개쳐두고 있는 그 접시는 명기 중의 명기로 그건 스승이 쳐둔 일종의 그물이었다. 그 트릭이 꿰뚫리고 만 것이다. 생각은 그렇게 하고 있지만, 오밤중에 자신을 깨워 일으킨 불안의 정체가 그것이 아니란 것을 스승은 알고 있다. 나는 도대체 무엇이란 말인가? 아무것도 모르는 엿장수나 시골 무지렁이들을 단 몇 마디로 꼬여서 땡전값으로 그릇들을 뺏고 그걸 다시 몇천 배의 고가로 팔아 유유자적하게 살아가는 나는 대체 누구란 말이냐? 하릴없는 사기꾼, 눈 밝은 협잡꾼, 도통한 장사치, 나는 무엇이냐? 나는 누구냐? 왜 나는 이러고만 있냐? 뭐냐, 도대체 사는 일이란?…… 미칠 것만 같아진 눈에 이불 밖으로 비어져 나온 지기의 다리 한 짝이 희미하게 보인다. 양말을 그냥 신고 있다. 무언가 안심을 못 하고 있다는 증거다. 갑자기 기괴한 충동이 스승의 마음속에서 일어난다. 무릎걸음으로 다가가 부들부들 떨면서 그의 발을 벗기기 시작한다. 한 짝을 벗기고 다른 쪽 양말마저 벗겨버린다. 끄응 하고 돌아눕는 기척일 때는 가슴이 철렁해서 숨을 죽인다. 그 껍데기 두 짝을 들고 밖으로 나간다. 깨끗한 물을 대야 가득히 붓고 그걸 빨기 시작한다. 마음이 후련하니 흡족해질 때까지 몇 번이고 빤다. 이빨로 씹어도 괜찮을 만큼 깨끗해진 그것을 다시 방으로 들고 들어와서 적당한 곳에 널어 말린다. 다음 날 아침에 깨서 바삭바삭해진 양말을 찾아 신은 그 십년지기는 아침 밥상을 받고서도 그것에 대해서는 일언반구도 없다. 아침부터 양말짝 얘기를 꺼내기에는 체면이 앞서는 모양이다. 그 대신 표정이 한풀 꺾인 듯이 어딘가 유순해져 있다. 스승으로 하여금 이 일이 버릇이 되게 만든 것은, 바로 다음날 아침 상대방의 그 어딘가 한풀 꺾인 듯한, 유순하게 들뜬 듯한 표정이 아니었던가 싶다. 자신에 대한 신뢰를 병적으로 갈망하고 또 딴 사람에게서도 병적으로 그걸 충족시키지 않으면 안 되는 사람에게는 짜장 어딘가 계면쩍어하는 듯한, 기분 좋은 안색이 그 유일한 증좌가 될 수도 있었으리라. 어쨌든 이 비슷한 과정을 밟고 스승에게 발을 내

보인 사람들은 손가락으로 셀 수 없을 만큼 많다. 상공회의소장, 경찰서 간부, 의사, 지방 신문의 주필, 은거하고 있는 해서(楷書)의 대가…… 불의에 제 발바닥을 까뒤집힌 이런 인물들이 그렇다고 반드시 스승이 내보인 물건들을 제 값에 사들였다고는 볼 수 없다. 취미는 취미고 거래는 어디까지나 별개의 것이다. 개중에는 몰라서가 아니라 백자의 아름다움 따위는 안중에도 없는 사람도 있어서 제대로 정신이 박혀 있다는 것은 혹은 이런 사람을 두고 하는 말일지도 모른다. 그렇더라도, 갖가지 의문이 다 풀린다는 것은 아니다. 만약에 곁에서 자게 된 사람이 일찌감치 스스로 양말을 벗고 누웠다면(아마 대개 그럴 터인데) 어떻게 되는가. 모른 체 그냥 똑같은 심정으로 빨아버리는가. 또는 양말을 벗기는 중에 상대가 잠이 깨버릴 수도 있겠지만, 그런 때의 처리는 어찌 되는가. 그리고 또 제 양말을 함부로 빨았다고 해서 화내는 사람이 없으란 법도 없다. 이렇게 되면 악랄하게 생각해서 상대방의 내장을 뽑는, 다시 말해서 상대의 기를 꺾어놓기 위한 스승 나름의 이런 사전 공작은 궁지에 몰리고 스승의 행위는 숨을 구멍조차 없는 비열한 그런 것이 된다. 침을 튀기며 스승이 백자송(白磁頌)을 늘어놓을 때마다 진심으로 거기 호응해서 맞장구를 치면서도 나는 때로 고개를 쳐드는 기이한 한줄기 의문과 불안감을 떨쳐버릴 수가 없었다고 실토할 수밖에는 없다. 다행히 발이나 그걸 감싸는 양말 같은 것은 그것이 아무리 중대한 문제 제기나 상징적인 의미를 띠더라도 무좀 같은 끈덕진 병리 현상이 아닌 한 좀처럼 바깥 세계의 표면으로는 떠오르지 않는다. 하물며 아이와도 같은 무사기한 마음으로 남의 더러워진 양말을 기분 좋게 빨아주는 사소하기 짝이 없는 음덕에 있어서랴.

70년대로 접어들면서 옛 그릇에 대한 인식이 백팔십도로 새로워지고 웬만한 것이면 매기는 대로 값을 받을 수 있는 이상 호황을 누리게 될 때까지도 스승의 그런 취미는 간단없이 계속되었다. 양말을 벗기운 사람들은 제 집 거실 선반이나 구석지에 신통한 대접을 못 받고 굴러다니던 두서너 개 그릇들이 그토록 새롭고 귀한 물건이란 걸 새삼 깨닫고 눈이 커지기도 했을 것이다. 백자에 대한 일반인의 이런 인식의 보편화를 스승의 양말 취미가 갑자기 중단된 동기와 결부시키는 것은 옳지 않다. 아무리 고질화된 습성도 그것이 십 년 이십 년이나 일사불란으로 계속되면 나이가 머리를 쳐들고, 앞이 막히는 수가 있는 법이다.

밀수왕 달수(최달수) 하면 해안통을 끼고 있던 그 도시뿐만 아니라 인근 지방 일대에서는 모르는 사람이 없을 정도로 유명한 작자였지만, 이자가 스승을 두고 의식적인 싸움을 걸어온 것은 좀 의외였다. 결국 이 엉뚱한 사내와의 대결이 스승의 별난 취미를 뿌리째 내팽개치게 하는 직접적인 계기가 되었던 성싶다.

"당신 남의 양말짝 핥아주고 접시 팔아먹는다면서?"

외교구락부의 한구석으로 기억되는데, 상고머리가 뎅뎅하고 어깨가 퍼진 웬 시커먼 녀석이 술내를 풍기며 우리가 있는 자리까지 짐짓 와 스승의 코를 빤히 내려다보면서 이 따위 수작을 한 것이다.

"노루 대가리 다 곯은 불알에다 우겨박고 죽을 둥 살 둥 헤엄치는 것보다야 낫지."

시비를 모른 체 피할 줄 알았는데, 스승은 태연히 받아넘겼다. 녹용 밀수를 비꼬는 소리였으나 우핫핫 하고 최달수는 헛웃음으로 때워 넘겼다.

"내 것도 좀 핥지 그래?"

"주제에…… 접시값만 제대로 안다면야."

"내일 우리집에 올 테?"

"가지."

다음날 수소문해서 찾아간 최달수의 집은 숨어서 한 치부의 값이 만약에 감정(感情)으로 환산되기라도 한다면 바로 이렇지 않을까 싶을 만큼 한없이 휑뎅그렁하고 을씨년스럽고 쓸쓸했다. 서른댓 칸 통이나 돼 보이는 엄청난 한옥의 방임직해 보이는 곳들은 굳게 닫힌 채 어디에도 불빛도 사람의 기척도 없었고, 사랑채 비슷한 드넓은 장판방 거기에만 빤히 켜진 삿갓 전등 밑에서 술상을 앞에 두고 우리를 기다리고 앉았던 최달수도 그래서 그런지 그 장대한 몸집이 무슨 유령처럼 수척해만 보였다.

"이거 이조 중기 때 건데 괜찮은 물건야."

술상 앞에 제대로 자리를 잡고 앉자 스승은 우선 양복 윗저고리춤에서 솜뭉치 하나를 꺼내더니 탁 하고 최달수 옆에 엎어놓았다.

"으음, 이거면 되겠지."

최달수도 어느 틈에 준비했던지 무슨 돈뭉치 같은 것을 탁 하고 스승 곁에 던졌다. 그리고 둘은 그것에는 일별도 하지 않고 잡아먹을 듯이 서로를 노려보았다.

짐작이라도 해볼 눈곱만한 생각조차 내가 먹지 못할 만큼 여태껏 스승이 부드럽고 은밀히만 해오던 그 '거래'라는 것의 비정한 실상을 갑자기 구체적으로 눈앞에 보고 있는 듯해서가 아니라 그것이 불러일으키는 전혀 이질적인 감정이 낯설어서, 나는 입술이 마르는 것을 느꼈다. 사내들끼리의 세칭 그 '대결'이란 한마디로 웃기는 것이다. 아무리 낮살이나 먹은 어른의 싸움이라고는 하나 오기가 그 내용의 전부이고 보면, 승패란 아예 처음부터 있을 턱이 없다. 스승과 최달수의 그날 저녁의 소위 그 '대결'은 술추렴이란 형식으로 밤이 새도록 이어졌던 것이지만, 결말이 없었던 것은 뻔하다. 비슷한 나이인 데다 주량이라면 최달수도 그렇거니와 좋은 그릇말고 또하나 평생을 좋은 음식 찾기에 전력투구한 스승의 체력이 꿀릴 까닭이 없다. 한옆에 쌓여 있던 소주 궤짝 중의 하나가 텅 빌 새벽 무렵에는 더워서 모두 팬티 바람이 돼 있었다. 이상하게도 최달수가 "안 선생 안 선생" 하는 말이 귀에 거슬려서 나는 틈틈이 "안 선생님 하십시오" 하고 쐐기를 박았다. 이것이 기고만장한 기분들을 더욱 부채질했던 것 같다. 병나발을 불면서 최달수가 일어나더니 팬티마저 훌렁 벗어던졌다. 스승도 팬티를 벗어던졌고 나도 벗어던졌다. 최달수가 비틀대며 부엌인 성싶은 곳으로 들어가더니 커다란 식칼을 들고 기어나왔다. 스승이 또 거기 들어가 칼 같은 것을 들고 나왔고, 셋은 마당귀를 기며 칼춤을 추며 땅을 우벼파기 시작했다. 뻐개지는 듯한 머리로나마 아침에 그래도 제일 먼저 내가 눈이 뜨인 것은 천만다행이었다고 할 수밖에 없다. 조그만 동산 같은 똥그란 배를 하늘 쪽으로 발딱 뒤집은 채 스승은 마당 한쪽 귀에 누워 있었고 최달수는 또 그 나름대로 수퉁맞은 시커먼 엉덩이 두 짝을 깐 채 마당 다른 쪽 귀퉁이에 엎어져 있었다. 그 와중에도 둘 다 양말만은 죽어라 하고 그냥 꿰고 있던 그로테스크한 모습이 인상적이라면 인상적인 기억으로 남아 있다.

D재벌 총수 아무개와의 양말 벗기기 내기가 실제로 성사가 됐다고 들었을 때, 벌써 십여 년 전의 그 최달수와의 일들을 까맣게 잊어버리고 있던 나는 사실 아연한 기분이었다. 평생을 오로지 돈 불리는 일에나 주력해온 계층의 인간들 중에도 때로 뚱딴지같이 재미있는 구석의 사람들이 더러 있다는 건 상식에 속하는 일일지

도 모르지만, 그래봤자 거기서 거기일 것이다. 불린 자산으로 그들이 광장 한복판에 미술관을 세운다든가 의료 기관을 기증한다든가 하는 일들마저 대의명분을 넘어서는 그 '재미있는 일'의 차원에 속한다고 한다면 하긴 따로 할말이 있을 수도 없다. 그렇지 않고 그들이 정말로 재미있는 구석이 있다고 할 때는, 아이처럼 천진하지만 치졸한 차원의 겨우 그 정도가 고작이 아닐까 보냐고 우리는 제풀에 그것을 직감하고 모르는 척 인정을 해주고 있다. 우리들의 궁핍이, 돈의 절박함과 그런 절박함이 오물처럼 뒤집어씌우는 가진 자들에의 혐오가 일으키는 그런 감정은 결국 엄연한 그 인과 관계의 결과이다. 재벌이 골동에 미쳐 무슨 우스꽝스런 일화를 남겼다든가 혹은 광적인 모자 수집광인 모 기업체 회장이 지나가는 걸인의 벙거지가 너무 탐이 나 기십만원을 쾌척하고 겨우 얻어 썼다든가 하는 그런 특이하고 기묘한 소문 같은 것이라고 해봤자, 그러니까 따지고 들어가면 어디까지나 유치원 아이의 차원을 넘어서지 못하는 그 정도 내용일 것이다. 하지만 바로 눈앞에서 그 비슷한 사태가 실제로 일어나고 있다는 실감은 느낌이 좀 달랐다.

"선생님, 유비통신(유언비어)이겠죠?"

끝내 내가 못 미더워하는 눈치를 보이자 어허, 이 사람이? 하고 스승은 짐짓 노여운 눈으로 정색을 했다.

"내일이라니까. 이것 좀 보게."

찻집 탁자 위에 스승이 부스럭거리며 꺼내놓은 것은 반 쪽짜리 구겨진 신문 한 장이었는데 날짜를 들여다보니 이 년 전 것이었다. 어느 소매상에서 팔다가 드러난 부패한 마가린을 빌미로 D재벌 산하 한 식품 회사의 폭리와 부정 식품의 공해 공포를 표면으로 까뒤집어놓은 흔해빠진 일종 폭로 기사였으나 이것이 스승의 양말과 무슨 상관이 있을까 싶어 어리벙벙해질 수밖에 없었다.

"이 나쁜 놈의 자식을 그냥 두어야 옳아?"

정색한 채 마치 초등학생 같은 어투로 스승은 빠히 나를 건너다보았다. 나쁜 놈은 식품 회사의 우두머리니까 D재벌 총수가 틀림없었지만, 그래도 스승의 양말과 연루시키려면 첩첩산맥이 그 사이에는 있다. 더구나 그것은 이 년 전 사건이다. 무슨 포장을 풀다가 스승은 이 묵은 기사를 발견하고 새삼 화가 치민 모양으로, 거의 광적이다 싶게 깨끗하고 좋은 음식에 집착하던 스승의 어느 일면을 생각하면 그런 분노가 납득 못 될 바도 없다. "배부른 놈 치고 백자 싫어하는 놈 봤어?" 하는 상투적인 상식을 떠올리면, 어느 정도 거리가 가까워지기는 한다. 서너 달 전, 그 동안 수장해 왔던 그릇들을 깡그리 모 박물관에 기증하게 됐다는 스승에 관한 기사를 다룬 신문이 역시 D재벌 산하의 것이었던 걸 생각하고 나는 속으로 고소했다. 그런 과정에서라면 그쪽과의 접촉은 물론 묘한 차질이 생기는 기회도 없지 않았을 것이다.

"한국의 경제가 이거 어떻게 되려고 이러는 거야?"

찻집에 앉았던 사람들이 일제히 머리를 쳐들 정도로, 깜짝 놀랄 만큼 큰 의외의 소리가 스승의 입에서 튀어나왔다. 바라보니 스승의 두 눈이 바늘 끝처럼 분노로 쾡하니 불타고 있었다. 스승이 이토록 격심한 노여움을 나타내는 모습을 나는 여태 본 적이 없다. 한국 경제 운운하는 씨가 안 먹히는 그런 피상적인 소리의 내용을 따지고 음미할 계제가 아니라, 지금 스승은 평생을 감추고 눌러오기만 해서 집적돼 있던 어떤 유의 울분을 솔직히 드러내 보이고 있는 것이다.

보름쯤 앞에 이민 일자를 두고 있는 스승으로서는 온갖 감회에 마음이 번거로워졌을 수도 있다. 국제 결혼을 해서 캐나다에 살고

252

있는 딸 곁으로 아주 떠날 결심을 했다고는 하나 당신이 그 동안 해온 일이나 생리는 엄연히 된장국물 속의 그것이었다. 된장국을 좋게만 받아들인다면 또 모르지만 그 속이라는 것은 또 말할 수 없이 답답하고, 좁고, 탁해서 숨이 막힌다. 이 세상에서 가장 빛나고 청정한 살결의 그릇들을 수집하고 내보내고 보이고 해서 사람들의 마음을 즐겁게 해왔다고는 하지만, 태어날 때부터 죽을 때까지 맷돌짝처럼 짓눌리기만 하면서 살아가는 대부분의 사람들에게 그 닿을 길 없는 마음의 즐거움이란 것이 도대체 무어란 말인가. 결국 배부른 놈의 헛배만 더욱 불려온 격이 아닌가. 백자미(白磁美) 좋아하시네. 제대로 정신이 박힌 배고픈 놈들은 마치 그것을 빚던 옛 상놈들처럼 아무도 그런 허공잡이 구라를 곧이 믿지 않는다. 달라붙는 배를 불려주지도 못하고, 살아가는 데 아무 도움도 되지 않기 때문이다…… 이런 자괴감이 자제할 수 없을 정도로 스승의 심정을 앙분시켰을지도 모른다.

"나가세" 하고 평온을 되찾은 스승이 일어섰다. 저녁을 먹고 이끌려 간 스승 집에서 내놓은 그릇 하나를 보면서야 나는 일의 자초지종을 대강 들을 수가 있었다. 스승이 보여준 것은 보통 크기의 청화백자산수문화병(靑華白磁山水文花甁)이었는데 나의 예상대로 박물관에 그릇들을 기증하는 과정에 구경삼아 나왔던 그쪽에서 몹시 탐을 내기 시작했다는 것이다.

"다른 그릇들이야 어쨌건 이것 하나만은 남겨서 지닐 작정을 하고 있다는 걸 알고는 더 안달이 나서 기승을 부리던 게야. 남긴다고 해도 이걸 어떻게 밖에 갖고 나가? 자네한테 맡길 작정이었지……."

"D재벌 R회장이요? 백자에 미친 것은 그 형이라고 알고 있는데……."

"형이 미친다고 동생이 미치지 말란 법이 있나. 북망 쪽으로 나이가 기울면 사람은 다 단순해지고 싶은 게야……."

단순이라니…… 무엇 하나 부족함 없이 다 손에 넣을 수 있는 처지에 있는 사람이 단순해진다는 것은 뭘 말하는 것일까…….

"달을 두고 사람을 보내고 하면서 하 성화길래, 그럼 옛 빚을 갚게 해주오, 하고 제의를 했지. 그래서 일이 이렇게 된 게야. 내 양말을 처음 벗긴 게 누군지 알아? 바로 그 R회장놈 애비야."

"네에?"

"부산 피난 땐데 그 집안이 아직 커지기 전이지. 나도 겨우 그릇에 눈을 뜰까말까할 땐데 하루는 노인 하나가 어디서 듣고 왔는지 그릇 구경을 왔다는 게야. 태도가 정중하기도 해서 몇 점 안 되는 것을 다 보여줬는데 이 늙은이가 가지 않고 주저앉아서 그 중 하나를 팔라고 조르기 시작하는 게야. 실랑이를 하면서 밤을 새웠지. 그 늙은이 끈덕지기는…… 새벽에 지쳐서 그만 눈을 붙였는데 일어나보니까 신고 있던 양말이 없어졌어. 늙은이가 내 발을 몰래 벗겨서 빨아 말린 거라니까. 어린 마음에도 눈물이 날 지경으로 감동이 돼서 그만 넘겨주지 않을 수가 없더군. 대단한 물건이 아니었어. 하지만 나도 고집은 있었던 거니까……."

"……."

"당신 아버지가 옛날에 내 양말을 벗긴 일이 있는데 이번에는 내가 당신 것을 벗기지. 못 벗기면 공짜로라도 이걸 넘기겠소 했더니 처음에는 웃어. 유치하다는 게지. 장난삼아 하는 말인 줄 알았던가 봐. 결국 수긍이 가는지 승낙은 했지만……."

나이를 따지지 않더라도 이건 도대체 미친 짓이 아닌가…… 하고 멍한 기분으로 나는 스승을 바라보았다.

그날 저녁 스승과 나는 D재벌 직영의 S호텔 나이트클럽에서

254

진탕 퍼마셨다. 사전 답사차 거길 갔었다고 하면 우습지만, 아무튼 내게 그 비슷한 기분이 눈곱만큼도 없었다고 하면 거짓말이 된다. 디스코텍이 있는 그 지하 나이트클럽은 배가 불러서 뛰기라도 하지 않으면 안 되는 사람들과 배가 고파 전신을 뒤틀지 않으면 안 되는 그보다 더 많은 젊은이들이 짬뽕으로 범벅이 되어 초저녁부터 열기에 휩싸여 있었다.

"허무한 노릇이야…… 허무한 노릇……" 하고, 귀가 멍멍한 전자 소음 속에서 내 어깨 곁으로 취한 머리를 떨어뜨리고, 스승은 탄식하듯이 우정 고함을 질렀다. "……죽어가는 늙은 재벌놈 하나기 좀 꺾는다고 해서 그게 뭐가 되나…… 내장을 뽑아봐라. 놈들이 끄떡을 하나…… 내가 죽이고 싶은 것은 놈들이 아냐…… 그 놈은……."

그 다음 말은 저 끗발이 개끗발이…… 하는 소리로만 들리는 음악에 휩싸여 들리지 않았다. 간신히 찾아 들어가 앉은 화장실의 변기 위에서 먹은 것들을 말짱히 토하면서 나는 울었다. 고린내 나는 남의 양말을 빨아주면서 유유자적하게 살아온 스승의 생애를 생각하면서 울고, 하마터면 내 가슴에 안겨질 뻔했던 국보급의 그릇 하나가 더러운 놈들의 손에 영원히 사라져 없어져버리는 게 억울해서 울고, 남의 밥이 되지 않으려고 필사적으로 쓰레기 같은 액세서리들을 끌어모으는 시인 K, 필사적으로 여자들을 망가뜨리려는 땡추중놈, 필사적으로 낑낑대며 덜 떨어진 비평을 일삼는 M, 허황한 그릇에 홀려 필사적으로 가산을 탕진하려 드는 서말구씨, 그런 모든 친구들을 생각하면서 울고, 내가 누워본 그 어떤 방보다도 정갈하고 넓은 인조 대리석의 화장실 내부가 다시금 새삼스러워서 울고, 그리고 내일 저녁이면 도살장으로 끌려가는 소처럼 스승이 밟고 올라가야 할 이 호텔의, 돈으로 처바른 듯한 삼십육

층 계단 저쪽의 까마득한 그 어느 방을 생각하면서 울었다.

어려서부터 자폐증에 걸려서 커서도 사람과의 소통이 되지 않아 혼자 경마장 같은 데나 나가 소일하다가 기발한 장난감 하나를 발명해낸 어느 친구의 형을 나는 알고 있다. 이 사람이 경마장에서 몇 년 동안 관찰한 것은 뛰는 말의 중간 무릎 관절이다. 이 무릎 관절의 움직임이 배터리 동력에 의해 정확히 재현되어 획기적인 장난감이 되었을 때, 그것을 보자기에 싸들고 바로 이 D재벌의 아지트로 찾아간 일이 있었다. 거만한 수위가 후줄근한 옷차림의 그런 사람을 들여보냈을 리가 없다. 말은 통하지 않고 보스는 만나야겠고 해서 답답하게 실랑이를 하다가, 수위의 코앞에다 보자기를 풀고 장난감 동력의 버튼을 틀어버렸다. 안내용 매끄러운 돌책상 위에서 말이 뛰는 것을 한참 바라보던 수위가 꼭대기층으로 급하게 전화를 걸고, 그쪽으로부터 완구 파트의 판촉부장이 허겁지겁 계단을 뛰어내려왔다.

이튿날 저녁 열시쯤 스승과 함께 다시 S호텔로 들어서면서 내가 줄곧 뇌리에 떠올린 것은 장난감에 얽힌 이 신화 같은 일화였다고 고백할 수밖에 없다. 어딘가 켕기지 않았으면 이 따위 상상을 했을 까닭이 없다. 사실이었던 이 일화도 거기까지만 좋고, 특허니 디자인이니 계약이니 하는 과정에서 밀고 당기다 흐지부지 나쁜 결과를 빚고 말았지만, 그 수위 책상 위에서 뛰는 말을 보려고 허겁지겁 제 발로 내려온 것이 판촉부장이 아니라 보스였기라도 했다면, 그날 저녁의 내 심정도 훨씬 가벼운 그런 것이 되었을지도 모른다. 거창한 기업의 거물 보스가 양말 벗기기 내기를 하려고 제가 직영하는 특급 호텔의 일실에 든다는 것은 상식적으로도 도대체 납득이 가지 않고 의외로 뚱딴지 같은 기인 기질이 보스에게 있어서 설사 그런 일이 사실로 눈앞에서 벌어진다 한들 결말은 뻔하지 않은가. 유치원 아이들의 지능 게임보다 더 유치한 게임이 어른들 사이에서 이루어지려면 의당 거기 준하는 그만한 절차라도 있어야 했을 것이다. 으르렁거리면서 기분 좋은 얼굴로 호화판 저녁 만찬을 같이 든다든지 거기에 앞서 견원지간의 정적(政敵)처럼 가시 돋친 블랙코미디 풍의 농을 주고받는다든지…….

"회장님은 정각 열시 삼십분에 침소에 드시고 사십분에는 숙면하십니다. 기상은 다섯시. 차질 없도록 그 시각 전에 지정된 방에서 지정된 잠옷을 입고 대기하고 계십시오. 만약에 일 초라도 어기면 게임은 무효입니다……."

전화로 비서 앞에 불려가서 고개를 숙이고 사전 주의와 규칙을 듣고 있는 스승의 모습이 이번 일이 벌어지기까지의 모든 경과의 집약처럼 떠오르고, 물기라곤 없는 그 철저하게 비정한 상상이 무슨 상징처럼 자꾸 눈에 밟혀서, 감기약 먹은 것처럼 나는 나른해졌다.

사만여 원이나 되는 숙박비를 손수 지불하면서 스승은 따로 방 하나를 내게 얻어주고 따라 올라왔다.

"자네 설마 여자를 부를 만큼 긴장하고 있는 건 아니겠지, 그냥 편히 자게……."

"어떻게 되는 거예요? 정말 양말을 벗기고……."

"아니야, 술 한잔 들고 잡담이나 하다가 졸리면 자는 거지 뭐. 그 늙은이 정말 그릇들을 좋아하기라도 한다면 밤새 그 얘기만 하자고 들 거야…… 미운 놈 하룻밤 잠 설치게 만드는 거 그게 어딘가? 힛……."

스승의 꿍꿍이속이 거기 있었던가…… 싶어 나는 방 호수를 다시금 확인했다. 등을 돌리고 스승은 나갔다.

전화벨 소리에 잠이 깼을 때, 이리 올라오게…… 하는 스승의 목소리를 나는 허공에서 미리 들었다. 특실인지 가족실인지 어쨌든 내가 잔 데보다야 넓어 보이는 트윈베드의 방에 들어서면서 처음 내 눈에 띈 것은, 아무 일 없었던 듯한 두 노인의 모습이었다. 멀쩡하다고는 하지만 이른 아침 비슷한 몸집, 비슷한 생김새의 흐트러진 침구들을 배경으로 각각 따로 베드에 걸터앉은 잠옷 바람의 두 노인을 한꺼번에 보는 기분은 묘했다. 그리고는 거의 본능적으로 내 시선은 다시 그 발치께로 갔다. 스승은 들어선 나를 보더니 바닥에 내려서서, 벗어던진 잠옷 대신 느릿느릿 양복을 찾아 갈아입고, 탁자 위에 놓여 있던 보자기를 안아 들고 그러고는 "갑니다" 하는 말을 중얼거리듯 하면서 내 등을 밀었다. 그처럼 삭막한 작별 광경에 나는 또 기분이 질렸다. 우리가 나갈 때까지 일언반구도 없이 기우뚱하니 바닥 쪽을 내려다보듯이 하고 앉아 있던 보스의 모습이 여직도 눈앞에서 지워지지 않는다.

"작것……" 하고, 스승은 잔뜩 대기하고 있는 불 켠 택시들을 웬일로 거들떠보지도 않고 호텔 정문 쪽으로 난 내리막 포도를 휘적휘적하니 걸어 내려오다가 저고리 주머니에 한 손을 넣더니, 뚤뚤 말린 양말짝 두 개를 꺼냈다. 그것을 스승은 잡목 덤불 뒤로 던져버렸다.

"아니?……" 하고, 내가 말했다.

"정말 벗긴 거예요? 저것하고 똑같은 양말을 신고 있던데?"

"돈으로 안 되는 게 어디 있어?"

역겨운 듯이 스승이 내뱉었다.

"백 켤레를 줄줄 벗겨봐. 비서놈이 재깍재깍 제때에 같은 걸 갖다 댈 테니…… 별 지랄을 다 해봐도 그놈들은 도로아미타불야…… 이건 자네가 들게."

스승이 그릇 보자기를 내게 안기고는 길바닥에 탁 하고 침을 뱉었다. 객기의 충동이 거대한 유혹이 되어 갑자기 내 속에서 폭발했다. 그 유혹이 아무리 싸구려 감상에서 비롯된 그런 것이었다고 하더라도 이미 나는 어떻게도 자제를 할 수가 없었다.

"선생님" 하고 불러놓고 노려보자, 돌아보던 스승은 한참 동안 걸음을 멈추고, 아니 자네가? 하는 듯한 경악스런 얼굴로 대번에 표정이 변했다. 그것을 나는, 자네한테도 그럴 용기가 있는가…… 하는 뜻으로 읽었다.

이천만원짜리 그릇이 아이스크림처럼 녹아 없어지는구나 하는 공포에 앞이 뿌우예진 것은 그러나 발 밑에서 그 박살나는 희미한 소리를 내가 들은 한참이나 후였다.

(1982)

굴절(屈折)

　D호텔에 불이 나서 167명이 숯이 되고 있을 때 우리는 양동에 있었다. 춘자와 학심이가 슈미즈 위에 인조 여우 목도리 붙은 반코트를 걸치고 나갔다 와서, 아직도 남남하게 탄다고 말했다. 정평수는 불이 우리와 무슨 상관이겠느냐고 했다.
　"시상에" 하고 학심이가 웃었다.
　"죽어서 가는 불구덩도 저런 불구덩이 없겠구만, 어째서 상관이 없당가? 자네 여편네 될 사람이 타고 있는지도 모르는데……."
　"치과 닥쳐라" 하고 정평수가 소리쳤다. 그는 불 소식이 전해지고 사람들이 팔매질을 당한 듯이 고층 객실에서 툭툭 떨어져 죽을 무렵부터 흩어진 화투짝에 이불을 들쓰고 고개를 처박고 있었는데, 눈여겨보아서는 땀 같은 것을 흘리고 있는 것이 분명했다.

"여편네 좋아하지 말어."

"× 팔아 사는 주제에 매일 호텔 목간 하는 년들, 지들이나 내나."

춘자가 비감한 기색으로 가랑이를 쩍 벌리고 드러누워서, 박박 담배를 피워댔다.

"좀 돼지면 어때, 크리스마슨데. 나도 거기서 때빼고 광낸 적이 한 번 있긴 하지만서도…… 숯이 섬으로 나오겠네."

"숯이 섬으로?" 하면서 정평수가 벌떡 몸을 일으켰다.

"너 말 다 했니?"

이를 떡떡 부딪치고 몸을 떨면서 집요하게 그는 춘자를 물고늘어졌다.

"모래에서 어떻게 숯이 나와?"

학심이가 드러눕고, 내가 몸을 일으켰다.

"왜들 이러는 거야? 모래라니?"

한 작품—벌써 이렇게 말해서 좋을지 어떨지는 모르지만—의 모티프는 이처럼 뚱딴지 같은 데서 비롯된다. '숯과 모래를 위한 해프닝'이라고 필시 이름을 붙여야만 할 정평수의 자연스러운 첫 작품이 만들어진 것은 그 보름쯤 뒤의 일이었지만, 춘자가 만약 그때 '숯'이란 말 대신에 '석탄'이란 소리를 내뱉었더라면 그것을 구하려고 정평수는 강원도까지 가는 일도 불사했을지 모른다. 서울역에 설사 산더미처럼 그때까지 석탄이 남아 있었다 하더라도 정평수와 학심이의 주변머리로는 반 바케스도 얻어내지 못했을 테니까. 그만큼 그 둘의 결합은 사사건건 서로 아귀가 물리지 않고, 한편으로는 또 그만큼 어딘가가 절창(絶唱)으로 죽이 맞아떨어졌다.

'모래'란 이미지는, 아마도 그 전해 봄에 와르르 무너졌던 와우 아파트 사건의 쇼크가 그의 가슴속에 갇혀 짓눌린 채 버둥거리고

만 있다가 D호텔 화재로 탈출구를 찾아 갑자기 튀어나왔던 것임
에 틀림없다.

'모래와 숯의 결합' 혹은 그 '의식'은 그러나 그런 세속적인 사
건과는 상관없이, 처음에는 한결 의젓하고 조촐하고 그리고 쓸쓸
하게 행해졌다. 그 작품이 만들어진—이라기보다, 이루어진 것은
한강변에서였는데, 이때는 춘자 대신 순옥이가 곁에 있었다. 정평
수가 멀찌감치 놓아두었던 숯섬 하나를 일부러 낑낑거리며 점찍
어놓은 장소까지 메고 오고, 학심이가 예의 여우 목도리 붙은 반
코트를 벗어 들고 훠어이 훠어이 하고 부채삼아 부치면서 그 뒤
를 따라왔다. "이게 다 무슨 지랄들야, 무슨 지랄" 하면서 순옥이
는 추위에 발을 동동 구르고 있었는데, 모래 위에 커다랗게 하트
형으로 다붙여놓은 숯더미에 휘발유가 끼얹어지고, 이윽고 확 불
이 붙자, 그녀의 눈이 빛났다. 멧돼지든 정평수든 뭣 좀 구워 먹었
으면 좋겠다고 그녀가 씨부렁거렸다. 살을 에는 듯한 정월 강변의
저녁 무렵이라 활활 타는 숯불은, 풍족하고 뜨겁고 그리고 아름다
웠다. 정평수는 창녀 하나와 작부 하나와 자신의 유일한 이해자라
고 스스로 믿고 있던 친구 하나를 곁에 거느리고 방심한 듯이 팔
짱을 낀 채, 모래 바닥을 우두커니 굽어보고 있었다. 그가 확인하
려고 한 것은 불붙은 숯더미가 아니라 그것이 타들어가는 과정이
고 그 과정이 모래 위에 남기는 어떤 흔적이다. 천지간에 넘치는
의지할 데라곤 없는 환경—속에서 숯으로 된 커다란 심장이거나
여자의 성기 같은 것이 불타면서 남기는 어떤 흔적—아마도 그는
그 흔적조차 아예 처음부터 바라지 않았을지도 모른다. 본능적인
추위에 동물처럼 그때까지 무작정 쫓겨오기만 했던 것이니까. 그
의 행적이나 전력을 구태여 거슬러올라가면서까지 따질 필요가
있을까. 난 체하는 녀석들이 아무리 사회적 정황을 거들먹거리면

서 구역질나는 눈초리로 따진다 하더라도 우리들의 인연에는 설명이 닿지를 않는다. 술집에서 우연히 우리는 만났고, 엎질러놓은 지 얼마 되지 않은 본드처럼 곧 서로 한통속이 됐다. 강변에서 벌인 그의 짓거리는 물론 치졸하긴 했지만, 미술 분야에서는 환경과 행위의 이 비슷한 유의 결합을 해프닝이니 이벤트니 하고 부른다고 나중에서야 나는 알았다.

하지만 그날 저녁에 학심이가 벌인 소동과 그 결과가 되어 나타난 그녀의 죽음은, 이런 무상한 행위의 이념만으로는 도무지 설명이 되지를 않는다. 으레껏 하는 대로 더구나 그날은 꽃 같은 숯불 구경을 실컷 한 뒤라 한껏 상기해서 강바람을 벗어나는 길로 근처 판잣집에서 무조건 소주를 빨기 시작했던 것인데 그것이 지나쳤던 것이다. 병나발을 불던 학심이가 언제부터인지 순옥이를 상대로 찌그덕거리기 시작하더니, 곧 육탄전이 벌어지면서 상이 엎어졌다.

"이년아, 저 미친 상판 × 먼저 맛본 것이 뭣 그리 자랑야?"

"자랑이다, 호박년아, 뭐이 어때서?"

순옥이가 학심이의 머리칼을 마주 움켜잡고 쌕쌕거리며 약을 올렸다.

"저 사람 요분질에 그라운드 다 꺼졌어, 그때는 저렇지가 않았다구."

험하게 말해서 기둥서방이나 무슨 그런 쟁탈전쯤으로 끝날 줄 알았던 그 티격태격은 당사자인 정평수가 묵묵부답 어느 편이랄 것도 없이 방관적인 태도를 취하고 있었기 때문인지 의외로 크게 번졌다. 설상가상으로 보다 못한 술집 주인이 파출소에 신고를 해버린 것이다. 파출소에서 저녁 여덟시쯤 다시 동북서 마당 한복판으로 실려갔을 때까지도 언제 그랬더냐는 듯이 학심이는 얌전을

빼고 있었다. 그러고는 백차에서 내리지 않으려고 악악대기 시작
했다. 세 명의 순경이 그녀를 끌어내리려고 돌격전을 벌였고, 다
시 두 명이 더 가세해서 그녀를 보호실까지 밀고 가려고 아우성
쳤다. 동북서 마당을 세 바퀴째 돌았을 때 학심이의 슈미즈는 벌
써 거덜이 나 있었다. 온갖 잡배 잡상인들이 우글거리는 남녀 공
용의 보호실로 떠밀려 들어오자 그녀는 재빨리 팬티를 벗어던지
고, 본격적으로 춤을 추기 시작했다. 천의무봉의 그 활갯짓을 멈
추게 하려고 다시 두 명의 순경이 달려들었으나 그제야 제대로
술이 돌기 시작한 학심이의 힘을 당해낼 재간이 없었다. 영등포
즉결 재판소로 넘어갈 무렵에야 술이 깬 그녀는 순옥이를 부르면
서 목을 놓아 울었다. 통금 해제 직전에 그보다 먼저 정신이 든
순옥이가 순경한테 약을 쓰고 줄행랑을 놓아 이미 보이지 않았던
것이다. 재활원이거나 선도 보호소거나 그런 곳에 대한 뒷골목 여
자들의 공포란 상상을 절한다. 빽이든 약을 써서든 요령껏 빠져나
가고 남은 찌꺼기들을 이번에는 남녀를 각각 따로 갈라서 처싣고
철갑 드리쿼터가 새벽의 요소요소에서 멈춰 섰다. 찌꺼기의 찌꺼
기가 다시 빠져나갔다. 그 틈에 끼어 내리지도 못한 학심이가 다
급해진 막판에 가서야 달리는 차에서 무작정 뛰어내린 것이다.

　우리가 구류 사흘을 살고 나왔을 때 학심이는 이미 가매장된
뒤였으며 순옥이의 행방은 흔적이 없었다. 정평수는 동북서로 달
려가서 즉결 증명을 떼고 싶어했다. 그거라도 갖고 있으면 학심이
의 그것을 만지고 있는 듯한 기분이라도 좀 들지 않을까 중얼대
고 있었는데 동북서에서는 문짝 안에 제대로 발도 들여놓지 못하
고서 쫓겨났다. 거기에는 아예 그런 조서 따위가 없었던 것이다.
즉결 재판소의 어마어마한 부정이 폭로된 것은 그 훨씬 몇 년 뒤
의 일이었지만, 하다 못해 순옥이 비슷한 년을 만나기만 해도 수

단 방법을 가리지 않고 그것을 도려내어 씹겠다고 한동안 정평수
는 그런 소리를 씨부리고 다녔다.

창천동에 세번째로 자리를 잡은 정평수의 아틀리에엘 두번째로
내가 기웃거렸을 때 그는 수도간에 쭈그리고 앉은 채 파 다발을
하나씩 풀고 그 줄기 낱낱을 정성을 들이며 씻고 있었다.
"사십에 귀신을 본다는 얘기, 알고 있나?"
낌새로만 느꼈음인지 몸을 틀듯하다가 멈춘 채, 뒤도 돌아보지
않고 계속 파뿌리를 잘라 빨랫돌 위에 작게 패대기를 치면서 불
쑥 그가 말했다.
"귀신이 아니라 마늘이야. 사십에 마늘을 알고, 귀신을 본다는
얘기는 그 다음에 나와."
용케 미당(未堂)인지 누군지의 그 비슷한 내용의 시구 같은 것
이 문득 머릿속에 떠올라와주어서, 엉터리로 내가 정정을 했더니,
"으음, 그렇군. 마늘이나 귀신이나…… 난 아직 마흔이 채 못
돼……."
뭐라고 웅얼거리면서 비로소 그는 힐끔 나를 돌아다봤다. 전처
럼 상대를 똑바로 마치 우벼파듯이 오래오래 보던 버릇이 없어지
고 이내 시선을 돌리며 딴전을 피고 마는 것은 근래에 깨닫기 시
작한 그의 변화 중의 하나였지만 그렇기는 해도, 눈초리가 심상치
않은 열기로 들떠 있다는 것을 깨닫고 나는 말없이 그의 뒤를 따
라 아틀리에로 올라갔다. 이크, 이거 또 한 번 걸지게 먹게 되겠구
나 싶었던 것이다.
양장점을 갖고 있고 그 방면에서 꽤 이름이 알려진 디자이너 S
와 동거 생활로 들어간 이래 하루나 이틀 정도씩이었기는 해도
걸핏하면 그는 단식을 일삼고 있었는데, 그런 일이 간격을 두지

않을 때는 허겁지겁 그 동안 굶주리고 모자랐던 영양을 보충시키지 않으면 안 되었던 것이다. 우스운 일이었지만 정평수 입장으로서는 그런 시도조차 하지 않고 있으면 견딜 수가 없었을지 모른다. 학심이에 대한 참혹한 기억은 겨우 반 년도 못 되는 거리에 머물러 있었다. 처음 양장점에서 S를 소개받았을 때, '틀림없이' 순옥이를 닮았겠구나, 하고 나는 그것부터 살폈다. 잘못하면 또 한 여자가 불가사의한 정평수의 정력이거나 매력에 작살나고 말지도 모른다—그런 기우가 앞섰던 것이다. S는 생판 다른 용모와 성격의 그런 여자였다. 비록 천덕스럽긴 해도 거칠 것 없이 아래위가 탁 트였던 그 뒷골목 여자들과 S가 생판 다르다는 사실이, 그런 사실에도 불구하고 현실로는 엄연히 S와 결합해서 유유히 살아갈 수 있다는 사실이, 모르긴 해도 정평수를 더욱 굶주리게 하고 열에 들뜨게 만들었던 것 같다. 그의 배고파 허리가 왕창 접히는 듯한 그런 열기는, 객차 사이의 연결 고리처럼 곧 나의 후각에도 본능처럼 전해졌다.

작품에 대한 열기는 그런 것과는 다르다. 작품을 위해 끙끙거릴 때는, 그는 절대로 이 따위 내색을 하지 않는다. 비록 속으로는 열에 떠 안달복달 얼음 속에라도 뛰어들 심산까지 이르러 있는지도 모르지만, 아니 그러면 그럴수록 겉으로 드러나는 그의 표정은 마치 세상을 다 산 늙은이의 그것처럼 허전하기 짝이 없다. 그런 표정으로 그는 고요하게 한구석을 바라본다. 정평수에 관한 한 내가 진실로 탄복해 마지않는 점이 이것이다. 이제 갓 서른다섯을 넘길까 말까한 주제에 이런 절묘한 스타일이나 폼이 어떻게 그의 몸에 본능처럼 배어서 자연스러워진 것인지, 그것이 이해가 가지 않는 것이다. 그리고 작품이라는 것 앞에서만은, 그는 동요라는 것을 모른다.

그가 여태 해놓은 일의 결과나 성과야 어떻든, 이 부동의 신념,

흔들리지 않고, 추호도 어지러워짐이 없이, 경련도 외침도 헐떡임도 가뭇없이 온갖 모순, 온갖 갈등, 온갖 딜레마가 천성적인 방대한 동양적 정적, 동양적 허무 속을 여과해서 마치 일과를 끝낸 외초로운 한 해녀가 전라의 몸으로 수면을 향해 방심한 채 떠오르듯이 고요히 떠오른다—그의 비범함을 진작부터 깨닫고, 처음 사귀는 상대방에게서는 좀처럼 느끼지 못하던 갑작스럽고 자연스러운 외경의 감정에 내가 당황하기는커녕 일종 안도감과 함께 빨려들듯이 친밀감을 느낀 것도 실은 이것 때문이었을 것이다. 하지만 어느 편인가 하면, 작품이 아니라 나는 인생 쪽이다. 인생이란 말이 덜 떨어진 표현이라면 끼니 쪽이다.

기겁을 할 지경의 물건을 눈앞에 빚어놓고 오만한 눈초리를 하고 있는 덜돼먹은 천재보다는 옹졸하게 흙덩이를 두루뭉수리로 뭉쳐놓고 울상을 지은 채 헐떡이고 있는 쪼다 같은 인물이 내 눈에는 더욱 그럴듯해 보인다. 헌데 정평수의 경우에 이르면, 이런 대비와 은유의 평가법이 소용이 없게 된다. 사지를 완전히 방기한 그의 자세가 한마디로 그것을 용납치 않는 것이다. 요컨대 상상을 절한 기묘한 한 개의 수석(水石) 앞에서 뭐라고 할말을 잊어버리는 심정과 흡사하다. 돌과 사람이란 판연히 다른 것이긴 하지만, 또는 돌 따위 자연적인 풍마(風磨)의 흔적을 어떤 가치로 대입시킬 수는 없는 노릇이긴 하지만, 정평수의 폼에는 그만큼 천연덕스런 자연스러움이 스며 있다. 문외한인 내 눈에도 해프닝이란 장르는 분명히 서양 미술의 전통이 합리적으로 밀어올려 그 나름의 결론에 도달한 한 지엽적인 전위 형식이고, 그렇다면 그것을 접하는 매개자가 동양인이라는 것부터가 뛰어넘을 수 없는 커다란 벽이 되어 앞을 가로막을 성싶은데도, 정평수의 경우는 벌써 자연스럽게 벽 저쪽에 사뿐히 내려서 있는 듯한 느낌이다. 이 말에는 추호도 빈정거리고 싶은 뜻 같은 것은 들어 있지 않다. 말할 여지 없이 그것은 우리가 천품(天稟)이라고 부르는 그것이어서, 어떻게 해볼 도리가 없는 것이다. 내로라 하는 풋내기 작가들의 설익은 교지(狡智) 같은 것이 그에게서 약간만이라도 냄새가 났었더라 면—하고 때로 나는 생각한다. 그랬더라면 정평수가 나가는 방향 의 그 100분의 1쯤의 거리만이라도 내 힘으로 어떻게 약간 다르 게 틀 수가 있지 않았을까.

삼십 평이 넘는 호화판 아틀리에에는 파괴된 캔버스가 산더미 를 이루고 있었다. 캔버스를 파괴하는 버릇이 유독한 역대 화가들 의 이름을 몇몇 알고 있었긴 해도 이건 솔직히, 그리 유쾌한 느낌 은 아니었다. 파괴한다는 것은 그 대상이 어떤 종류의 것이든 역 으로는 일종의 상처를 남긴다. 파괴함으로써 생기는 새로운 세계 에의 경이가 아무리 놀라운 것이라고 해도, 인생은 그 양단의 저 울추의 기울어짐의 차이에 불과하다—어쨌든 서른몇 해를 살아 오면서 내 나름으로 체득한 이런 신념 때문에, 잠시 의아한 감정 으로 나는 아틀리에 문 곁에 서 있었다.

"앉아" 하고 날파를 질겅질겅 씹으면서 그가 입을 뗐을 때 오늘 은 먹을 복이 없구나, 하는 것을 직감적으로 나는 깨달았다. 보아 하니 그가 드러내고 있는 열기는 처음으로, 여자거나 굶주림 탓이 아닌 듯했다. 고급 벽지를 바른 아틀리에 사방 벽 여기저기에는 그답지 않게 작품 사진들이 너접스럽게 붙어 있고, 어떤 것에는 붉은 사인펜으로 커다란 동그라미까지가 몇 개든 그려져 있다. 더 미를 이루고 실내를 절반 이상 메우고 있는 캔버스의 쓰레기는 실은 아무것도 그려지지 않았던 그런 것들이다. 그것은 정평수를 무상의 행위 예술 쪽으로 밀어올리게 만든 결과이고, 그 도약대이 다. 비록 지금은 보란 듯이 짜부라지고 꺾이고 허물어져 쓰레기 같은 폐기 상태에 처해져 있지만 그 동안의 정평수의 그 눈에 보이지 않던 우주와 세계가 태산 같은 무게로 거기에는 실려 있다. 그렇다고는 해도, 도대체 캔버스 위에 아무것도 그려지지 않는 작품이란 것이—작품이란 말이 싫다면 그런 인과라는 것이—과연 이 세상에 존재할 수 있는 것일까. 이건 물론 캔버스의 아사천 위에다 한 겹이고 두 겹이고 징크화이트를 개바르는 제작 과정까지 비하시켜서 비꼬는 얘기는 아니다. 그 과정은 그 나름대로 고통과 의미가 따른다는 것을 충분히 인지한다. 하지만 '눈 온 날 흰 개가 지나가는 풍경'이라는 제목 같은 재치만 남은 싸구려 화가가 하얗게 칠해놓은 캔버스와, 정평수식의 그런 작품들이 근본적으로 어디가 어떻게 다른지 내 능력으로는 솔직히 감지도 구별도 할 수 없는 것 또한 사실이다. 내가 고통스러울 정도로 곤혹스러운 것은, 그러면서도 정평수 곁에 이르면 그 전혀 사실무근이고 아예 처음부터 있지도 않았던 듯한 정평수의 눈에 보이지 않는, 작품에 대한 고통을 새삼 인정하지 않을 수 없다는 점이었다. 그가 심심치 않게 굶주린 내 앞에 삼겹살이니 닭똥집이니 갈비짝이니 듣도 보도 못하던 외국산 깡통들을 수북이 내놓고 말없이 뚜껑 같은 것을 따줄 때 그의 그 무형의 고통의 무게가 구체적인 나의 무게로 감당할 수 없이 무거워져와 저절로 숙연해지는 감정 같은 것을 깨닫고, 그 반발로 염치없이 빈정대는 듯한 웃음이 내 얼굴에 떠오른 적이 있었는지도 몰랐지만, 그는 내 친구였고 나는 그의 이해자였다.

"저걸 봐."

잠긴 소리로, 그는 벽 한쪽을 가리켰다.

"저걸 어떻게 생각해? 여태 나는 잘못 살아온 것 같애. 아니, 잘못 살아왔어. 솔직히 인정할게. 인제 다시 시작해야겠어."

고개를 숙이는가 했더니 파 다발을 팽개치며 어깨를 들먹이고 눈물 방울을 뚝뚝 떨어뜨리면서 정말로 그가 울기 시작했다. 가장 순수하고 가장 처치 곤란한 그의 예술가 기질의 발작을 왜 진작 눈치채지 못했을까 하고 진퇴양난이 된 심사로, 나는 그가 가리킨 벽 쪽을 물끄러미 바라보았다.

한 사나이가 광막한 사막 한복판에다 흔적을 남기고 있다. 그림을 그린다고 해야 옳겠지만 통념적인 그 따위 그림은 아니다. 소가 쟁기로 파놓은 듯한 깊고 굵직한 이랑이 모래 위에 거대한 장방형을 그리거나 원을 그려놓거나 몇 개의 직선으로 땅을 분할해 놓은 듯한 그런 것이지만, 고공에서 비행기로 촬영한 것이 틀림없는 바다 건너 쪽의 이 새로운 예술의 모노그라피(흑백 사진)를 들여다보면서 내가 느낀 신선한 감동과 놀라움은 무어라 말할 수가 없다.

크리스토(Christo Jarachoff)라는 작가가 케룬 해안의 한 곶〔岬〕 전체를 천으로 덮어 싼다는 거창한 시도를 하고 있는 것을 보았을 때, 그 덮어 씌우고 얽어매는 밧줄의 느낌이 비록 사진이기는 해도 사람의 의표를 찌르고도 남는 기발나고 쇼킹한 것이어서, 저절로 눈이 크게 떠진다. 하나의 산(山)이 통째 방수포로 휘덮여서 밧줄로 포박당하는 모습을 보는 기분도 무어라 말할 수가 없다. 은하(銀河)를 연상시키는 끝도 없이 이어진 허연 천이 만상의 모태인 대지를 처음으로 포용하고 교접을 가지려고 하는, 그래서 듣도 보도 못하던 어떤 우주적 거창한 이미지가 잉태되자마자 곧 그 구멍으로 무슨 머리라도 내밀 듯한 긴장과 기대가 전체 공간에서 설레고 있다. 자연에의 도전이라거나 인간 의지의 허무한 자기 고백이라거나 그 따위 유의 해석이 아니라 순일(純一)한 무중력의 공간에 첫발을 내딛는 듯한, 사람의 잡스런 냄새와 멀미에서 완전히 벗어나는 듯한 그런 텅 비고 깨끗한 감동이다. 눈 덮인 허허벌판을 파랗거나 빨간 물감을 분무기로 뿜어대면서 물들이는 사람들도 있었다. 밤새 거침없이 함박눈이 내려 온 천지가 하얗게 변해 있으리라 믿었던 사람이 아침에 문을 열고 나가본즉 온통 청색이거나 갈색으로 물든 세상이 눈앞에 전개되어 있다면, 그 경악이나 어리둥절함의 신선도가 대체 어느 정도일까 싶다. 하지만 이것을 시도한 작가는 그런 어린이 같은 호기심이나 장난기가 이 작품의 동기가 될 수 있었을지는 몰라도 적어도 주제는 아니라고 해명하리라. 주제는 없다고 할 것이다. 테마 따위 개한테나 주라고. 흰 눈을 푸르게 물들이고 싶은 충동은, 보다 근원적인 본능과 무의식이 제어할 도리 없이 뱉어놓은 전혀 무상의 행위일 뿐이라고, 테마는 조센징〔朝鮮人〕한테나 주라고. 그것은 왜놈들을 찍은 사진이었다.

비 갠 거리의 일각인 성싶은 진흙 웅덩이에 남녀 예닐곱 명이 홀딱 벗고 뛰어들어 서로 어우러져 개칠을 하고 있는 사진이 있었다. 그것도 왜놈들이었다. 흙탕물 속에 드러누워서 괴성을 지르고 벌벌 기어다니는 녀석도 있고 가랑이를 벌리고 무언가 호소하듯이 미간을 찌푸리고 있는 여자도 있다. 비몽사몽의 기억 정도로 남아 있는, 어릴 때 겪은 일제의 학대와 굶주림과 모심기 논에서 발목으로 파고들던 거머리떼들을 막연히 떠올리면서 넋 나간 듯이 내가 사진들을 들여다보고 있자, 울기를 그친 정평수가 독백하듯이 중얼거리는 소리가 들렸다.

"음악도 무용도 연극도 없어진다…… 모든 것이 혼합된다…… 벽이 허물어진다…… 우주와 일상을 구분하는 벽이란 게 대체 뭐야? 똥이지……."

정평수에게 내가 꼼짝 못 하고 당하기만 한다고 느끼는 것이 바로 이런 때이다. 다시 말하지만 나는 작품이 아니라 인생 쪽이다. '똥'이란 말은 가령 내가 그것에 기껏 의미심장한 뜻을 부여하면서 생각하거나 일껏 힘들게 입 밖으로 뱉어내놓아도, 그의 입에 다시 걸리면 전혀 다른 것이 되어버린다. 작품으로서의 '똥'이 되는 것이다. 내가 정평수에게서 드문 일이긴 하지만 잠깐씩 때로 염증을 느끼는 일이 있다고 하면 아마 그건 이런 경우 때문일 것이다. 방심한 채 팔다리를 내던지고 있을 때라도 어쨌든 그는 언제나 뭔가 '하고' 있는 게 아닌가. 도대체 '뭘' 하고 있는 것일까.

그의 세번째 해프닝은 다방 '오목(五木)'에서 있었다. 첫번째의 예의 그 '숯불 놀이'는 거의 자연 발생적인 것이었으나 보도가 되지 않았고, 두번째 해프닝에 관한 언급도 여기서는 차라리 생략하는 게 좋겠다. 어떤 유의 풍조나 유행이 이방(異邦)에 상륙해서 정착하고 일반화하려고 하는 과정에서는 대개 웃지 못할 실수가 몇번씩이나 연출된다. 남에게 종아리를 보이지 말아야 된다는 일관된 교육 밑에서 자란 처녀가 모든 사람이 종아리를 드러내놓고 지내는 그런 세상에 내던져지게 되면, 전차에 받힌 사람의 꼴이 될 것은 당연하다. '갈팡질팡'이란 한마디로 그것은 표현이 되겠지만 이런 경우에도, 순진한 처녀의 체면이나 자존심 같은 것은 충분히 예외로 배려하고 존중해주는 것이 예의일 것이다. 그의 두번째 해프닝은 그러나 그런 예의를 생각하고 말고 할 여유도 없었다. 단발령에 걸려서 노상에서 머리를 깎이게 되자 정평수는 곧 그것을 해프닝으로 연결시켰다. 순경의 바리깡이 머리털을 무는 것을 노려 기계를 뒤통수에 매단 채 오 리쯤을 질주해간 것이다. 고독한 단독만의 해프닝이었고 그가 집요하게 역설했기 때문에 주위에서는, 생각하기에 따라서는 그것도 하나의 해프닝이거나 이벤트가 될 수 있다고 인정은 해주었지만, 유감스럽게도 이것은 주간지의 가십란에나 언급됐을 뿐 정식으로 기사가 되지는 않았다.

　어떻게 우연히 그 세번째 시도에 참가하게 되어서—이렇게 말하면 꽁무니를 빼는 격이 되지만, 그것도, 내가 생각하는 '인생'이라는 것과 어떤 유의 눈곱만한 관련이 없었더라면, 얘기하고 말고 할 건덕지가 없을 것처럼 내게는 생각된다.

　"여자가 벗는대."

　"진짜로? 구경났구만."

　다방에 죽치고 앉아 차를 마시던 사람들이 이런 소리로 수런대면서 가운데 쪽으로 자리를 옮겨간 것은, 일껏 불려온 기자거나 그런 한구석의 무리들에게서 쇼에 대한 발설이 트릭삼아 큰 소리로 떠들어졌기 때문이었을 것이다.

　그 주위만 탁자들이 치워진 다방 한복판에는 어느새 조명이 밝혀지고, 여자도 낀 더부룩한 머리의 그의 그룹 회원들 예닐곱 명이 저마다 여남은 개씩 부풀려서 실로 잡아맨 갖가지 색깔의 풍선을 들고, 의자 하나를 에워싸듯이 하면서 앉았다.

　"아주 색다른 쇼라는군. 제목이 '풍선의 이벤트'라던가? 이벤트가 뭐요?"

　"이벤트?"

　시끄럽던 팝송이 은은한 클래식으로 바뀐 것을 깨닫고, 입맛이 떨어지는 것을 느끼면서 나는 분장실로 그를 보러 갔다. 다방 화장실 뒤켠에 붙어 있는 연탄 창고인 듯싶은 작은 공간이 그것인 벽 속에서 정평수는 S와 격렬한 언쟁을 벌이고 있었다.

　"브라자는 걸치란 말야."

　"못 해. 팬티도 벗을 테야!"

　"돌았니, 너? 아이큐가 대체 몇이나 되길래 그래? 그거 못 입겠어?"

"왜? 내 아이큐가 어때서? 안 벗고 어정쩡하게 작품이 되느냐 말야?"

"작품 좋아하시네. 나쁜 놈의 계집애. 둔치 같으니, 너 정말 이럴 줄 몰랐다!"

"둔치는 너야. 죽사발이 되도록 벗어붙이고도 아래위가 탁 트인 년이 있었다면서? 내가 그년만 못할 줄 알아? 네 따위가 무슨 작품을 한다고…… 멍청이 새대가리!"

"이 쌍년이?"

모질게 따귀를 후려갈기는 소리가 나고 연이어 퍽 퍽! 하는 밀도 있는 소리와 함께 S의 얼굴에서 코피가 번져나왔다.

싸움을 말려놓고 나와 자리를 잡고 앉은 지 얼마 되지 않아 '풍선의 이벤트'가 시작되었다. 무엇에 홀린 듯한 기분에서 시종 깨어나지 못한 채 나는 앞을 지켜보았다. 앙분해서 여자에게 손찌검을 하는 그런 정평수의 모습을 난생 처음으로 나는 본 것이다. 그의 목소리를 그 동안 나는 제대로 분별이라도 하고 있었던 것인가. 사람의 목소리는 때로 일 킬로 밖에서도 육친의 그것처럼 고저강약이 뚜렷이 분별되기도 하지만 바로 조금 전의 그 한치 앞의 그의 목소리는 전혀 낯이 선 것이었다. 정평수가 비로소 원래의 제 목소리를 찾지 않았나 하는 그 따위 뜻은 아니다. 성이 난 한 사나이의 목구멍에서 저도 모르게 튀어나오는 그런 목소리는 모든 지구상의 수컷들의 그것과 통한다. 비로소 정평수의 굶주림의 정체가 어렴풋이 느껴져서 나는 아연한 느낌에 사로잡힌 것이다.

다방 안의 전등이 죄다 꺼졌다. 음악이 다시 흐르고, 중앙 부분에 다시 불이 켜지고, 팬티 바람만의 S가 입구 쪽에서 조용조용히 걸어나왔다. 사람들의 시선 따위 아랑곳 않는 듯 납작한 유방을 드러낸 채 사뭇 심상하기만 한 걸음걸이로 S는 걸어나와서 조명이 떨어진 빈 의자에 넓죽 걸터앉았고, 대기하고 있던 회원들이 그 벌거숭이 몸에 곧 스카치테이프로 하나씩 풍선들을 매달기 시작했다. 그 진행 과정에 정평수가 모습을 보였다. 어디서 나타났는지 불쑥 얼굴을 드러낸 그는 S의 머리에 한 손을 얹고 시 비슷하기도 하고 선언문 같기도 한 그런 소리를 기복 없는 덤덤한 억양으로 줄줄 외기 시작했다.

"이 여자는 내 아내요. 그러므로 부끄럼 없이 나는 오늘밤 진실을 벗기는 것이오. 수치와 허식 때문에 우리가 적나라한 모습으로 여러분을 대할 수가 없다고 한다면, 진실에는 입을 옷이 없다고 여러분은 말할 것이고, 진실이여, 무엇이 두렵단 말인가, 벗어라 하고 우리가 되묻는다면, 여러분은 부끄럽다고 말할 것이오……"

모두를 기억하고 있다는 것은 아니지만, 정평수가 그날 밤 주워 섬긴 소리의 내용이나 수식은 대개 이런 것에 가까운 것이 아니었나 싶다. 텔레비전 드라마 대사에나 나옴직한 그런 흰소리를 듣는 둥 마는 둥 하면서 나는 매달린 풍선이 차츰 그 몸을 휘덮고 싸여가는 S의 얼굴을 바라보았다. 그럴싸해서 그런지 무표정한 안색으로 멍하니 앞을 바라보고 있는 그녀의 뺨과 부근에는 퍼릿퍼릿한 멍자국이 번져 있는 듯도 싶었다.

말할 수 없는 싸구려 같기도 하고 욕지기가 나올 정도로 하잘것없는 쇼 같아 보이기도 하던 그 '행위 예술'은 그런 식으로 풍선들을 모두 매달자 그대로 싱겁게 끝나버렸지만, 그 허전함 때문이었는지 나는 비로소 정평수가 벌이는 그런 모든 짓거리의 동기에 대해 궁금증을 품었다. 외국에서 성행하는 풍조를 제목만 약간 바꾸어서 원숭이처럼 그대로 흉내냈다고 하기에는 스케일도 소재도 참혹할 정도로 옹졸하고 좀스러워서, 누구보다 우선 그 자신의 자존심이 용서치를 않았을 것이다. 새로운 무슨 그런 조류를 이쪽의 것에 접합시켜서 그 토착화를 진지하게 시도하려 했다고도 여겨지지 않는다. 만약 그랬던 것이라면, 대학에서 제대로 기초 실력을 닦고 다시 십여 년을 더 순전히 캔버스와만 씨름을 하면서 인내를 체득한 사람이, 그처럼 단말마적이고 그처럼 즉흥적이고, 그처럼 말초 신경적인 체계 없는 일을 벌였을 리가 없다. 하긴 바다 건너에서 갑자기 추상 미술 같은 것이 풍미하면, 여태까지 해오던 사실화를 하루아침에 버리지 못해 전신을 뒤트는 무리들이 없다는 것은 아니다.

제 연인이 벌이는 행각인지 작품인지를 완성시켜주려고 부끄럼을 무릅쓰고 팬티까지 벗으려는 여자를, 폭력을 써가면서까지 저지하려 하던 정평수의 이질적인 모습을 나는 다시 한번 머릿속에 떠올렸다. 아마도 그는 또다시 비상 계엄이 선포되고 어떻게 손댈 도리 없이 난국으로 치닫는 세상을 향해, 하나의 메시지를 전하려고 했을지도 모른다. 당자야 물론 펄쩍 뛰면서 모든 행위 예술이 두 손을 번쩍 들더라도 메시지 따위 그런 문학적인 테마는 적어도 자기한테만은 용납되지 않는다, 개한테나 주라고 떠들어댔었겠지만.

다음에 만날 때는 이젠 좀 따질 것은 따져야겠다—그런 생각을 하고 있는 동안에, 정평수의 행방은 갑자기 묘연해졌다.

뛰어야 벼룩이라고, 까마득히 잊어버리고 있다가 십여 년이 지난 최근에야 이사를 해 간 동네 반장집에서 그의 얼굴을 다시 보았을 때는 그가 정평수임에 틀림없다는 것을 알면서도 어딘가 낯이 익다는 묘한 느낌 때문에 미상불 찔끔하지 않을 도리가 없었다. 그만큼 그도 변해 있었다. 어디가 어떻게 변했다는 것은 아니지만—얼굴 모습이나 표정이나 제스처 같은 것은 약간 늙었달 뿐 옛날과 여전히 똑같다—아마도 전혀 달라지지 않은 그 모습이 그처럼 생소한 감정을 내게 불러일으켰을 것이다. 세월이 변한 것이다.

"어? 돌팔이 시인, 어서 와" 하고, 마치 엊저녁에 헤어진 사람에게 하듯한 그 스스럼없는 목소리와 눈에 익은 제스처가 그랬다. 구르지 않는 바퀴 위에 묶여서 고정된 사람을 두고 주마간산처럼 배경이 되어 무섭게 달려가버린 시간을 생각하고, 나는 쓴웃음을 지었다.

길 쪽으로 난 큼직한 약국과 약사를 아내로 거느리고, 딸 둘과 아들 하나를 둔 채 그는 4통 6반의 반장이 되어 있었다. 모여든 동네 사람들과 둘러앉아 하수구니 가로등이니 터진 상수도 파이프의 보수 문제니 하는 것들을 그는 의논했다. 반상회를 이끌어가는 말주변이나 경비 갹출을 매듭짓는 솜씨나 어딘가 그다운 면모가 엿보이는 듯하기도 해서, 때때로 웃음이 터져나오려는 것을 나는 억지로 참았다.

"좀 앉아 있어" 하고 동네 사람들을 배웅하러 나간 그가 돌아오지 않아, 단단해 뵈는 용모로 마실 것 시중을 드는 부인 쪽을 나는 돌아보았다.

"소꿉 친구셨다니…… 뭣 좀 물어봐도 될까요?"

말은 그렇게 해놓고, 고개를 숙이듯이 하고 앉아서 부인은 좀처럼 입을 떼지 않았다.

"정 형 말입니까?"

지루하고 거북살스런 느낌이 들 무렵쯤 해서 바보같이 내가 되물었을 때야 부인은 보일 듯 말 듯 혼자 고개를 흔들고, 웃음을 보이며 얼굴을 들었다.

"아니…… 아무것도 아녜요. 잔걱정 없는 집이 어디 있겠어요. 애기 아빠, 건너편 맥주집에 앉아 있을 거예요. 가끔 손님 앉혀놓고 저러시는 통에 그게 왠지 걱정이 돼서…… 자긴 재미있으라고 일부러 그런다지만⋯⋯."

그거 왕년에 해프닝 하던 버릇입니다⋯⋯ 하려다가 심상한 느낌이 들어 나는 입을 다물었다. 정평수는 술과 안주를 제대로 시켜놓고 과연 그 맥주집에서 우두커니 나를 기다리고 있었다.

"술 마시는 꼴 왠지 여편네한테는 일체 보이고 싶지 않단 말야⋯⋯" 하고 그는 설레설레 고개를 저었다. 일어설 수 있는가, 걸을 수 있는가, 하고 여러 번 그가 물어올 만큼 나는 엉망으로 녹초가 돼버렸던 것 같다.

"이 사람" 하고 어깨를 움켜잡은 손에 힘을 주면서 그가 말했다.

"이럴 때일수록 총력 안보가 첫째 아닌가?"

그 어투에 비꼬는 느낌이 조금이나마 있었더라면 나는 되레 기분을 상하고 말았을 것이다. 마치 초등학생의 그것 같은 진지한 열의와 믿음의 느낌이 그 취한 어조에 절실하게 스며 있어서 정면으로 까다로운 질문을 받은 풋내기 선생처럼 나는 당혹했다. 좋은 의미로 그가 완전히 변해버렸다는 것을 나는 비로소 깨달았다. 왕년에 한자락 안 해본 놈이 어디 있어⋯⋯ 하고 속으로 내가 맞장구를 쳤다. 마다고 하는 나를 부축하고 기어이 바래다주겠노라고 떼를 쓰듯 하면서 그는 우리집 앞까지 따라왔다. 자정을 넘어서자 들리지 않는 통금 사이렌이 엥 하고 귓속에서 울기 시작했다. 대문간의 외알 전등 밑에 간신히 버티고 선 채 눈을 부릅뜨고 나는 앞을 노려보았다. 걸을 수 있겠는가, 걸을 수 있는가 하고 계속 그가 소리쳤다.

(1982)

부조리한 일상을 구원하는 심미성의 세계

백지연(문학평론가)

1. '삐딱한' 소설의 출현

이제하는 예인(藝人)이라는 폭넓은 의미의 수식어가 어울리는 소설가이다. 시 소설 그림 영화비평 음악 등 제반 장르에 두루 걸쳐 열정적인 작품활동을 병행하며 만년 청춘을 구가해온 이 괴짜 작가는 천성적으로 방랑과 모험을 즐겨 하는 예술계의 보헤미안이다. 이제하는 소설 영역에서도 자기만의 독특한 세계를 일구어왔다. 그의 소설은 통일된 주제를 건지기 어려운 낯설고 특이한 서술 기법과 구성 방식으로 인해 일반 독자에게 쉽게 다가오지 못했던 것이 사실이다. 비평가들에게도 사정은 마찬가지여서 이제하의 소설은 일반적 감식안으로 해명되지 않는 추상적이고 난해한 작품으로 거론되기 일쑤이다. 오랜 기간 동안 창작활동을 전개하고 있음에도 불구하고 그의 소설을 대상으로 한 본격적 비평문이 많지 않은 것은 이 때문이다.

예술의 전 분야에 걸쳐 해박한 지식과 심미안을 자랑하는 패기만만한 작가에게 전통적인 규범으로서의 '소설' 형식은 지루하고 갑갑할 수밖에 없다. 첫 소설집 『초식』(1973) 이후로 이제하는 소설적 규범의 외곽에서 고독한 아웃사이더를 자처해왔다. 그는 의식적으로 소설사의 전통과 결별하려 애썼다. 이제하는 자신의 소설이 환상과 현실의 경계를 탐색하는 '환상적 리얼리즘'에 속한다고 스스로 밝히기도 했는데, 자신의 작품에 대한 이러한 직접적인 옹호와 해석은 그의 작품이 어렵다고 하소연하는 독자들의 반응을 의식한 행위이기도 하였다.

영상적 상상력이 주요 내용을 이루는 현재의 소설 경향을 고려한다면 이제하의 작품이 일찍이 시도했던 몽타주 형식의 서술 방식이나 돌연한 장면 전환, 비약적인 사건 구성이 낯설지만은 않다. 그러나 그의 소설이 집중적으로 발표되었던 시기인 70~80년대의 소설적 흐름에서 이러한 일탈과 반역은 거북하고 생경한 실험으로 다가왔던 듯하다. 미술과 문학, 음악과 문학, 영화와 문학을 거침없이 넘나드는 이제하의 기이한 소설 문법은 읽는 이를 당황하게 했던 것이다. 어쨌든 문단에서 그의 존재는 새로운 문학을 예감하는 징후로 환영받기보다는 진부한 사실주의의 밭에서 잠시 돌출한 이색적인 작품 정도로 인정되었던 것이 사실이다. 플롯과 묘사의 정확성과 선명한 감동을 주조로 하는 전통 사실주의의 테두리에 그의 작품이 포함되지 않았다는 점, 집단 공동체의 절망과 희망을 그려내는 데 몰두했던 다른 소설들과 달리 개인의 내면적 일탈과 심리 묘사에 주목했다는 점이 그러한 폄하적 시선을 가져

왔는지도 모르겠다.

역설적으로 지금 이제하의 소설작품들을 읽는 즐거움은 이러한 '삐딱한' 문법을 새롭게 발견하는 데 있다. 특히 이제하가 보여주려고 애썼던 단자화된 개인의 문제나 환상과 현실이 쉽게 구분되지 않는 카오스적 세계의 문제는 문학이 당면한 현대성의 테마와 긴밀하게 연관되어 있다. 그의 소설은 존재론적 안전을 위협당하며 정신적 병리 현상을 앓는 고독한 현대인의 문제를 주시한다. 불안정한 내면성을 지닌 개인에 대한 관심은 소외된 삶을 추동하는 반복적이고 지겨운 '일상'에 대한 묘파로 이어진다. 결국 이제하의 소설이 발견하려는 것은 개인의 정신을 강박하는 거대한 일상성의 늪이다. 아무런 낌새도 보이지 않은 채 다가와 어느새 우리를 단단히 포위하고 있는 일상성의 덫으로부터 헤어나기 위해 기괴한 일탈을 감행하는 비극적인 인간들이 그의 소설의 주인공이다. 단단한 일상의 밧줄을 풀고 하염없이 자유로운 방랑을 꿈꾸지만 결국 속세로 돌아올 수밖에 없는, 즉 초인이 되려다 좌초하고 만 비극적 인간형을 드러내는 데 바로 이제하의 소설이 지닌 개성이 있다고 할 것이다.

2. 회화적 상상력, 인물의 기형성(畸形性)

주지하다시피 이제하의 소설에서 뚜렷한 주제의식이라든지 선명한 사회적 소재를 건져내기란 쉽지 않다. 그의 소설에는 '시대적 사건'이 뚜렷하게 부각되지 않는다. 사회적 변화는 구체적 정황으로 표시되기보다 등장인물들의 소외된 심리를 추동하는 희미한 배경으로 언급되곤 한다. 70년대의 정치적 상황을 비판하고 야유하는 「초식」이라는 예외적 작품도 있지만 대개의 소설들이 개인들의 내면 심리에 초점을 맞추고 있다. 물론 그의 소설들도 전후 산업 사회의 급속한 경제 성장이 야기한 금전만능 세태나 인간성의 파편화라는 조건을 문제삼고 있다. 이 소설집에 담긴 아홉 편의 단편들 역시 도시인들의 삭막한 세태 풍속이라는 배경을 담아내고 있다. 가령 「굴절」에는 와우 아파트 사건의 쇼크와 창부 학심이의 죽음에 대한 강박에 시달리는 예술가 정평수가 등장하며, 「풀밭 위의 식사」에는 하나님의 교리를 입으로 외면서 사실은 속물적 근성을 감추지 못하는 목사가 등장한다. 철모르는 소년을 시켜 내기 권투를 하고 돈을 벌려는 무자비한 어른들의 웃지 못할 해프닝을 그린 「권투」 역시 부패하고 황막한 금전만능의 세태를 소재로 삼고 있다.

그러나 이러한 이야기들은 세태 풍자를 배경으로 하되 쉽사리 도덕적 인과율에 따른 교훈적 주제로 모여들지 않는다. 작가는 오히려 중심적 소재와 무관한 듯한 기이한 이야기들을 덧붙여나감으로써 부차적인 삽화들을 중심적인 내용으로 만들어간다. 이 점이 이제하 소설에서만 볼 수 있는 독특한 전개 방식이다. 특히 한 인물의 내면 의식세계를 파고드는 다양한 종류의 연상작용을 회화적 상상력을 통해 포착하는 점이 이제하 소설에서 주목할 만한 부분이다. 작가는 그림과 영화에 등장하는 시각적 이미지를 연상시키는 서술의 방식을 선호한다. 영화에서 불연속적인 이미지들이 순식간에 스쳐 지나가는 것처럼, 아무 연관이 없는 듯한 사건과 행동들이 동일한 이야기의 구조 속에 연속적으로 배열된다.

회화적 상상력을 동원하여 등장인물의 내면에 떠오르는 이미지들을 집요하게 쫓아가는 서술 기법의 사례는 이번 소설집에 실려 있는 「소렌토에서」에 잘 드러나 있다. 한 남자의 마음속에 떠오르

는 '낡은 군청색'의 이미지가 계모의 기억, 영순이의 기억, 우연히
잠자리를 한 창부의 기억과 겹쳐 수십 년이 흐른 후에도 머나먼
이역땅의 해변에서 다시금 환기된다는 것이 소설의 주된 내용이
다. 당연히 이 소설에서 중심이 되는 것은 개인의 내면을 뒤흔드
는 시각적 이미지이다. 문자 언어로는 딱히 포착하기 어려운 즉흥
적이고도 감성적인 이미지들, 그 이미지들 아래 가라앉아 있는 불
가해한 인간의 무의식에 이제하는 관심을 기울인다.

　이미지를 중시하는 회화적 상상력은 시간 질서의 인과율을 배
반하게 한다. 특정한 시간과 사건에 얽매이지 않는 의식의 자유로
운 유영은 이질적인 이야기들을 하나의 모티프로 묶는 시도를 보
여주기도 한다. 이 소설집에서 가장 난해하게 읽히는 「눈〔眼〕이야
기」는 자유로운 이미지의 연상에 의해 서술된 소설이다. '꿈' '경
매' '색맹'이라는 소제목 아래 세 편의 이야기가 나란히 놓인 옴
니버스 구조를 취한 「눈 이야기」는 '시선'이라는 모티프를 중심으
로 짧은 이야기들을 엮고 있다. 눈 수술을 하는 남자친구를 병원
에서 만난 후 여관방 창에서 도시의 집들이 무너지는 환영을 보
고 뛰어내리는 소녀, 예술품 경매장에서 재벌 회장과 미묘한 신경
전을 벌이는 화랑 주인, 재수생 광장에서 기이한 인연으로 만나는
남녀 등 서로 연관성이 없는 듯한 사건들이 한 이야기 속에 담겨
있다. 이야기들 중에서 가장 큰 비중이 주어지는 것은 '색맹'이라
는 제목 아래 전개되는 이야기이다. '성폭행'이라는 악몽의 기억
을 사건 당시의 현장을 찾아가서 재현하는 이해할 수 없는 남녀
의 이야기가 음산한 일탈의 이미지를 풍기고 있다. 굳이 해석하자
면 눈의 착란—시각의 착란이 빚어내는 인간사의 알 수 없는 일
들을 모아놓은 작품인데, 사실 소설에서 부각되는 것은 스토리가
아니라 서로 다른 이야기의 병렬적 배치가 풍기는 이질성의 느낌

그 자체이다.

인과율을 그다지 중시하지 않는 이제하의 소설에서는 '우연'과 '돌발적 사건'이 수시로 일어난다. 여행길을 가는 나그네가 낯모를 여인을 만나는데 그가 갑자기 죽은 아내의 환영과 겹치는가 하면 (「나그네는 길에서도 쉬지 않는다」), 주인공이 귀향길에서 살인범의 도주 사건에 말려든다(「용」). 이처럼 우연과 혼돈이 지배하는 소설 속의 세계는 작가가 관찰하는 일상의 모습을 상징하는 것이다. 이제하가 바라보는 일상은 어둠과 폭력이 가득한 생활세계이다. 고요한 듯이 보이는 일상의 뒤편으로 우리가 도저히 해명할 수 없는 또하나의 세계가 존재한다는 것이 작가의 전언이다.

삶이라는 것이 통념적으로 인식하는 것처럼 합리적이고 질서정연하게 진행되지 않는다라는 말을 쉼없이 전달하는 이제하 소설은 한결같이 '괴짜들'을 주인공으로 내세운다. 그의 소설에서 가장 두드러지는 점은 이러한 상식적 삶과 괴리되는 기형적(畸形的) 인물들을 전면에 내세운다는 것이다. 현실의 세파를 이겨내지 못하는 민감하고 연약한 감성의 소유자들인 이들은 세상 사람들이 아무렇지도 않게 행하는 거짓과 위선에 혐오스러움을 느낀다. 허구와 위선으로 가득한 세계에 대한 구역질은 자학의 몸짓으로 되돌아오기도 한다. 그들은 자신이 그토록 경멸하는 세계가 어떤 힘으로도 바뀔 수 없는 곳임을 비관하고 슬퍼한다. 그들에게는 이러한 속물적 세태 속에서 자신도 또하나의 속물로 살아야 한다는 사실이 더욱 견딜 수 없다. 자학적인 몸짓과 섬뜩한 일탈 행위는 일상으로부터의 단절을 갈구하는 이들의 욕망을 표시한다.

일탈 행위를 통해 삶의 부조리함을 고발하는 이제하 소설의 인물들은 시대와 사회 속에 내재한 공통적인 불안 심리를 상징적으로 표출한다. 이들은 상식적으로는 이해할 수 없는 기괴하고 엉뚱

한 퍼포먼스를 벌이기 일쑤이다. 「강설」에서 출판사 사장은 이름
난 학자의 이름을 책 광고에 싣기 위해 괴상한 삼고초려를 서슴
지 않으며 「양말」에서 재벌 총수 회장은 양말 벗기기 내기에 열중
한다. 「굴절」의 정평수가 벌이는 예술을 가장한 해프닝도 이러한
퍼포먼스의 연장선에 있다. 상식을 깨는 기이한 퍼포먼스 외에도
이들은 한결같이 묘한 강박 관념과 어두운 과거의 기억에 시달린
다. 「소렌토에서」의 주인공이 목덜미에 점이 있는 여성의 이미지
에 시달린다든지 「눈 이야기」의 여자 주인공이 폭행당했던 기억
을 자꾸 재생하는 것, 소녀가 건물이 붕괴되는 환영에 끌려 자살
하는 것 등이 그 예이다.

 등장인물들이 자행하는 웃지 못할 퍼포먼스와 그로테스크한 강
박 관념의 표출은 이들의 기형성이 단순한 개인적 의미의 병리적
징후만은 아님을 암시한다. 이들은 삭막한 도시 세태 속에서 심신
의 병리를 겪는 현대인 군상을 의미한다. 인물들은 기괴한 행동을
통해 순간적으로 일상을 박차고 뛰어오르지만, 그것이 삶의 규범
질서를 근본적으로 뒤흔들지는 못한다. 이제하의 소설은 완전한
초일상으로 날아가지는 않지만, 일탈의 욕구가 가져다 주는 찰나
적인 해방의 순간을 포착한다. 그것은 혼돈의 세계를 그리는 그의
방식이 겉보기와 달리 매우 엄정하고 정련된 미의식을 지향하는
점과 관련된다. 이제하의 소설을 두고 예술가 소설이라 칭하는 대
목이 바로 이런 부분에서이다.

 이제하는 비천한 일상을 견디고 혹은 그것을 박차고 뛰쳐나올
수 있는 힘을 예술에 실어주고 있다. 그의 작품은 우그러진 현실
과 기괴망측한 일상의 세태를 포착하면서도 그 밑면에 미적 감성
에 대한 신뢰와 애정을 간직한다. 그것은 일상을 날아오르고 초월
하고 견뎌나가는 힘으로서의 예술에 대한 믿음이라 할 수 있다.

이제하는 예술의 가치마저도 무화하려는 난폭한 아방가르드가 아니다. 그는 오히려 미적인 가치를 흠모하며 사랑하는 세련된 심미안을 지닌 천성적인 예술가이다. 이제하의 소설이 보여주는 실험적 면모들이 본질적으로는 모더니스트의 정교한 미의식에서 도출된 것이라 볼 수 있는 점도 그런 맥락에서이다.

3. 부조리한 일상을 구원하는 심미성의 세계

이제하가 보여주는 기묘하고 그로테스크한 세계가 본질적으로는 고도의 심미성과 예술성을 그리워하는 낭만주의에 잇닿아 있음은 주목할 부분이다. 그는 부조리한 악몽의 세계를 뚫고 나가는 하나의 출구로서 예술의 미적인 자질에 희망을 걸고 있는 정련된 심미성의 소유자이다. 이제하의 소설이 품은 예술가적인 기질과 낭만적 욕구가 가장 두드러지게 드러난 작품이 바로 「나그네는 길에서도 쉬지 않는다」와 「용」이다. 두 단편은 이 소설집에서도 가장 돋보이는 작품이다. 이제하는 두 작품을 통해서 일상인들의 내부 심리에 잠재한 일탈과 방랑의 욕구가 초월적이고 환상적인 꿈의 세계를 불러내는 장면을 생생하게 보여준다.

「나그네는 길에서도 쉬지 않는다」의 주인공은 서울에서 말단 공무원 생활을 하는 평범한 직장인이다. 그는 삼 년 전에 죽은 아내의 뼛가루를 뿌리겠다는 결심으로 갑자기 여행길에 오른다. 속초 시내 버스를 탄 그는 여행 첫날 간호사와 병든 노인을 만난다. 이들과 헤어져 문화부 공무원들과 어울려 화투를 치고 하룻밤을 보낸 나그네는 같이 놀았던 여자가 심장마비로 숨진 것을 보게 된다. 간호사와 노인이 마음에 걸려 물치 식당으로 돌아온 나그네는 이들이 원통 입구로 갔음을 확인한다. 그는 아내와 함께 신혼여행을 갔던 경포에 가서 이름 모를 여인과 하룻밤을 지낸다. 다음날 아내의 죽음에 대한 환영을 본 나그네는 노인과 간호사를 찾기 위해 원통으로 출발한다. 원통에 도착한 그는 노인이 S기업의 회장이고 간호사는 이 년여 동안 병든 노인의 '유담뽀' 노릇을 해왔음을 알게 된다. 결국 회장의 아들이 보낸 회사 상무가 간호사에게 삼백만원을 지불하고 노인은 차에 실려 서울로 되돌아간다. 나그네는 간호사와 술을 마시다가 결혼하기로 마음먹는다. 그러나 다음날 아침 오구굿을 하는 무당과 마주치면서 간호사에게 신이 내리고, 나그네는 결혼을 포기하고 서울로 돌아온다.

여행 동기나 결말이 불분명한 이 소설에서 '나그네'는 특별한 계기가 있어서라기보다는 제한된 세계를 벗어나, 미지의 시간과 공간으로 떠나려는 심리적 충동에 지배되는 인물이라고 할 수 있다. 아내의 죽음이라는 떨칠 수 없는 기억이 강박 관념으로 그의 내면을 감싸지만, 그는 본질적으로도 현실을 떠나 어디론가로 가고 싶은 충동에 시달리는 인물이다. 그는 자신을 둘러싼 갑갑한 세계를 부수기 위해 길을 떠났지만 그의 여행길에는 자기에 못지않은 소외된 인간들이 서성거리고 있다. 죽은 아내 역시 나그네 못지않게 외로운 이였다. 고향이 어디인지 모른다는 아내, 심장판막증에 걸려서도 끝까지 생활에의 집념을 포기하지 않았던 아내, 결국은 교통 사고인지 자살인지 모르게 숨져버린 아내는 나그네 못지않게 고독한 존재였음에 틀림없다.

여로소설이라는 점에서 동일한 구조를 취하는 「용」의 주인공 역시 「나그네는 길에서도 쉬지 않는다」의 주인공처럼 여정중에 우연적이고 엉뚱한 사건에 휘말린다. 기차 안에서 탈주한 범인과 한 패거리로 몰려 사문리라는 마을로 끌려가는 '나'는 과거의 기

억을 환기한다. 사문리는 사실 '나'의 고향이다. '나'는 근 삼십여
년 만에 고향땅을 밟는 셈인데, 여기에는 비밀스러운 사연이 있다.
오래 전 마을의 '얼음골'에서 보도연맹원들의 시체가 한꺼번에
발견된 적이 있는데 여기에는 행방불명이었던 '나'의 아버지도
포함되어 있었다. 이후 산 속에 사는 용에게 시체들이 쫓겨나왔다
는 맹랑한 소문이 돌면서 마을 사람들은 용신제를 지낸다. 이러한
기억들을 떠올린 '나'는 형사가 뒤쫓는 살인 강간범이 친구인 박
갑종의 아들임을 확인한다. 자식을 숨기려는 박갑종은 '나'를 술
먹여 재운 후 자기 딸을 들여보내 정사를 치르게 한다. 이상한 정
사가 치러진 다음날, 박갑종과 나는 살인범이 숨어 있을지도 모르
는 용굴 앞에서 용신제를 지내게 된다. 아들을 잡으려고 숨어 있
던 형사를 발견한 박갑종이 형사에게 돼지 피를 뿌려달라고 요청
하고 기이한 분위기 속에서 용신제가 치러진다.

　고향을 갑자기 방문하여 과거의 기억을 되찾는 주인공의 여정
과 살인범 아들을 둔 친구의 삶이 얽히면서, 용신제라는 환각적이
며 토속적인 세계로 나아가는 이 소설은 꿈과 현실의 경계를 오
가는 이제하 소설의 특징을 유감없이 드러낸다. 주인공은 음모를
드러내고 벌거벗은 채 개울 한복판에 앉아 손바닥을 들여다보는
어머니의 환영에 시달리는가 하면 꿈인지 현실인지 모르는 가물
가물한 의식 속에서 친구의 딸과 정사를 치른다. 현실과 환상이
좀처럼 구분되지 않는 의식세계는 일상으로부터 탈주하여 만나는
낯선 꿈의 세계이다.

　여로소설의 형식을 보여주는 「나그네는 길에서도 쉬지 않는다」
와 「용」은 이제하의 다른 소설과 비교했을 때 상대적으로 전통소
설에 가까운 온건한 서술 방식을 보여준다. 대신 이 여로소설의
주인공들이 일반적인 소설들의 문제적 주인공과 달리 교양적 인

물로서의 성격이 약화되어 있다는 점이 특기할 만하다. 요컨대 이제하 소설의 주인공은 어떤 빛나는 이념을 찾아 길을 떠나는 이들이 아니다. 이들이 여행을 떠나게 되는 동기는 모호하기 이를 데 없으며, 이들의 여정은 끝인지 시작인지 모를 애매한 성격을 띤다. 어느 곳에도 머무를 수 없는 낭만적 방랑인을 주인공으로 내세운 그의 소설은 부조리한 세계를 하염없이 헤매는 자의 고독감을 절실하게 보여준다.

이제하 소설의 주인공들은 자신의 운명에 드리워진 '경계'를 초월하려고 하지만, 자신의 힘을 억누르는 불가항력적인 힘 앞에 패배한다. 그들의 여행은 비극이 예정되어 있는 고독한 길 떠나기였던 것이다. 「나그네는 길에서도 쉬지 않는다」의 주인공은 간호사와 새로운 삶을 꾸리려 하지만 간호사가 신내림을 당함으로써 헤어진다. 「용」의 주인공은 삼십여 년 만에 고향을 찾지만 그의 귀향은 아버지의 비극과 어머니의 환영을 괴롭게 일깨우는 고통스러운 기억 찾기였다. 결국 용신제를 지내는 소설의 마지막 장면은 운명을 벗어나려는 인간의 시도가 얼마나 무의미하고 하잘것없는가를 일깨운다.

비극적인 현실에 저항하면서도 좌절당하고 다시 끝없는 여행을 떠나게 되는 고독한 인간들을 그려내는 이제하의 소설은 그로테스크함의 이면에 낭만적인 향기를 풍긴다. 그의 소설은 천성적인 예술가들만이 꿈꿀 수 있는 세계를 그려 보인다. 삶과 죽음이 함께 존재하는 세계, 비일상과 일상이 뒤섞인 세계 속에서 인간들은 자신을 제압하는 운명의 힘도 감지하지 못한 채 바쁘게 살아간다. 그가 어느 날 자신의 존재 의미를 묻게 될 때, 그의 삶은 이미 시들어가고 있는 것이다. 그 순간 존재는 세계와의 아득한 거리를 느낀다. 세계에 홀로 내던져진 낯선 존재로서 자신을 의식하면서 그의 마음은 더할 나위 없이 고독하고 처연해진다. 이제하의 소설은 이 쓸쓸하고 외로운 순간, 부조리한 일상을 구원하는 예술적 심미성의 세계로 회귀한다. 그는 어느 누구도 헤어날 수 없는 끈적거리는 일상성의 늪과 감히 대결하려는 불온한 예술가의 임무를 스스로 떠맡은 것이다. 설령 그러한 낭만적 꿈꾸기가 현실을 변화시킬 수 없을지라도 그 꿈꾸기 자체는 충분히 의미 있음을 우리는 알고 있다. 처음 대할 때, 낯설고 엉뚱한 진술로 읽는 이를 당황하게 만드는 이제하의 소설은 오래지 않아 그 속에 숨겨진 황량하면서도 마술적인 아름다움을 슬며시 감지하게 만든다. 우리는 이제하의 소설에서 부조리한 일상에 안주하기를 거부하는 자유로운 정신이 보여주는 도저한 심미성의 경지를 발견한다. 그의 문학세계는 관습적 규범과 끊임없이 싸우는 작가를 찾는 독자만이 만날 수 있는 흔치 않은 선물이다.

작가 연보

1937년 경남 밀양(密陽) 부북면(府北面) 사포리(砂浦里)에서 출생. 빈한한 강변마을로 소나무껍질 죽으로 연명하던 일제 때의 극한적인 사정 외에도 남천(南川) 지류의 맑은 물빛과 아랑각(阿娘閣)이 있는 읍으로 이르는 길의 대나무 숲들이 기억에 남아 있다. 위로 열 살이나 차이가 지는 두 누이 밑에서 응석받이 2대독자로 자라면서 네 살 때, 주로 외지로만 떠돌던 아버지와의 사이에 개숫물통 사건이 일어나 '오이디푸스 콤플렉스' 증세에 걸리다. 이 일이 문학과 인생에 결정적으로 작용한 것 같다. 호적등재가 한 해 늦은 나이로 소학 1년 때 해방을 맞다.

1946년 마산(馬山)으로 이사해서 회원국교(檜原國校), 마산동중(馬山東中), 마산고(馬山高)를 다니다.

1953년 중3 때 대구 피난지에서 유일하게 발행되던 학생잡지 『학원』의 독자문단에 「비 오는 날」이란 짧은 글이 우수작으로 뽑히면서 고1 때까지 투고 계속. 제1회 학원문학상 당선 시 「청솔 그늘에 앉아」로 하루 10여 통씩 서너 달 동안 팬레터가 끊이지 않는 황금기를 맞다. 마산고에는 김춘수(金春洙), 김상옥(金相沃) 등 토박이 시인 외에도 피난와 강의를 맡고 있던 김남조(金南祚), 이원섭(李元燮)과 인근학교에는 또 시인 김수돈(金洙敦), 김세익(金世翊), 화가 전혁림(全爀林), 강신석(姜信碩) 등이 표일한 풍모들을 보이고 있어 이들로부터 유형무형으로 지대한 영향을 받다.

1956년 고교 졸업하던 해 『새벗』에 동화 「수정구슬」 당선. 강소천(姜小泉) 선생을 뵙다. 홍익대(弘益大) 조각과에 입학. 문학병으로 성적이 형편없었던 데다 수화(樹話 金煥基) 선생이 학장으로 있다는 소리에 솔깃해 진학하긴 했지만 박목월(朴木月) 선생 강의나 어쩌다 들으면서 마냥 게으른 학생이었다. 습작 조각조차 제대로 못 하고 2학년 때까지 학점이 있다는 사실조차 모른 채 4학년 1학기까지 가다.

1957년　『현대문학』에 시「노을」「설야(雪夜)」「바다」가 1958년에 걸쳐 미당(未堂 徐廷柱) 선생의 추천을 받다. 『신태양』에 소설「황색 강아지」당선.

1958년　『소설계』에 소설「나팔산조(喇叭散調)」가 준당선. 러시아 문학에 심취해 있던 작가 서승해(徐升海 : 未堂 선생 장남)와 우스꽝스러운 짓들을 하며 신촌을 누비고 방황하다. 포크너, 카뮈, 그리고 표현주의, 초현실주의 화가들에 심취.

1959년　『현대문학』등 잡지에 시를 발표하기 시작. 좌골신경통으로 두 달을 꼼짝 못 하고 누워 지내다. 간신히 새로 걸음을 배우면서 기를 쓰고 입대. 극기(克己)라는 면에서도 군대는 도움이 많았다.

1961년　1년 반 복무로 의가사제대하던 다음해에 한국일보 신춘문예에 소설「손〔手〕」이 입선. 홍대 서양화과 3학년에 다시 편입하다. 1년쯤을 견디며 그림 그리는 시늉을 하다 무슨 연애사건을 빌미로 때려치우다. 표현주의풍의 단편「축하회(祝賀會)의 선생님」(신사조) 발표.

1964년　「태평양」(현대문학), 「기적」(공군) 발표. 최정희(崔貞熙) 선생을 뵙고 지원(知原), 채원(采原) 자매를 알다. 성찬경, 박재삼, 박희진, 구자운 등이 주재하던 「60년대 사화집(詞華集)」에 강위석(姜偉錫)과 함께 동인으로 참가. 시작(詩作) 활동.

1965년　「소경 눈뜨다」(현대문학) 발표.

1966년　「불멸의 청자」(문학), 「유원지(遊園地)의 거울〔鏡〕」(여원) 발표. 연작동화「노래하는 돌」을 신아일보에 연재.

1967년　「기차(汽車), 기선(汽船), 바다, 하늘」(현대문학), 「한양고무공업사」(문학), 「조(朝)」(동서춘추), 「흰 제비의 여름」(소설계) 발표. 신문, 잡지 등에 삽화를 그리면서 생활을 꾸려나가다.

1968년　「물의 기원」(현대문학), 「바람의 추(錘)」(여성동아) 발표.

1969년　「임금님의 귀」(현대문학), 「스미스 씨의 약초」(월간문학), 「유자
　　　　약전(劉子略傳)」(현대문학), 「비」(세대) 발표. 동화「느림보의 다
　　　　섯 가지 수수께끼」(대한일보) 연재.

1970년　「환상지(幻想志)」(세대), 「군화」(새생명), 「고인(故人)의 사진」(현
　　　　대문학) 발표.

1971년　「행인(行人)」(주간기독교) 발표.

1972년　「초식(草食)」(지성) 발표.

1973년　첫 창작집 『초식(草食)』(민음사) 출간.

1974년　「초식」에 주어진 현대문학상을 거부. 나눠먹기식 문학상의 행태
　　　　와 이 잡지 주간이었던 조연현(趙演鉉) 선생이나 문단 어른들의
　　　　문협선거 감투싸움에 환멸을 느낀 결과였을 것이다. 편집장으로
　　　　있던 김수명(金洙鳴)씨의 질책을 당하고 도리가 아닌 것 같아 마
　　　　음을 고쳐먹었으나 수상소감이 써지지 않아 다시 번복.

1977년　콩트 스케치집 『새』(수문서관) 출간. 「근조(謹弔)」(문학과지성)
　　　　발표. 『소설문학』 전신인 『소설문예』 창간에 이청준, 송영과 편
　　　　집위원으로 참가. 중편 「자매일기」(향장) 발표.

1978년　창작집 『기차, 기선, 바다, 하늘』(홍성사) 출간. 검열로 『현대문
　　　　학』에 유보되어 있던 「비원(秘苑)」을 같이 수록. 월간 『수상(隨
　　　　想)』(월간 『에세이』 전신)을 반 년 동안 주간(主幹).

1979년　장편 「용안(龍顔)」(한국문학) 연재 중단. 시작에 몰두. 화랑협회
　　　　의 계간미술지 『미술춘추』를 1년 동안 주간. 잡지 만드는 일의
　　　　즐거움 외에도 이때의 경험이 『광화사(狂畵師)』 소재가 되다.

1980년　세 차례 유류파동으로 가게와 집이 풍비박산. 식구들 뿔뿔이 흩
　　　　어지고 이 일을 계기로 좋아라 떠돌이 생활 시작.

1981년　중편문고집 『유자약전(劉子略傳)』(고려원) 출간.

1982년　「굴절」(현대문학), 「양말」(월간조선), 「밤의 창변(窓邊)」(문예중
　　　　앙) 발표. 첫 개인전. 개인전 기념시집 『저 어둠 속 등(燈)빛들을
　　　　느끼듯이』(청하) 출간.

1983년　일러스트집 『사라의 눈물』(우석사) 출간. 「눈〔眼〕 이야기」(문학

사상) 발표.

1984년 「권투」(문학사상), 「나그네는 길에서도 쉬지 않는다」(현대문학) 발표. 문학선집 『밤의 수첩』(나남) 출간. 서양화 10인 소품전(낙산공방).

1985년 「나그네는 길에서도 쉬지 않는다」로 이상문학상 수상. 「소렌토에서」(현실과 언어), 「용(龍)」(한국문학), 「풀밭 위의 식사」(동서문학) 발표.

1986년 창작집 『용(龍)』(문학과지성사) 출간. 「강설(降雪)」(문학사상) 발표. 동화집 『노래하는 돌』(샘터사) 출간. 장편 『광화사』를 한국일보에 연재.

1987년 『광화사』 1·2부(문학사상사) 출간. 『광화사』로 한국일보문학상 수상. 「소녀(少女) 유자」(문학사상) 연재. 송영, 김채원, 서영은 등과 함께 만든 『새와 나그네들』(청림출판)에 이장호의 영화 〈나그네는 길에서도 쉬지 않는다〉 시나리오 수록. 「가인(佳人)을 위하여」(동서문학) 연재 중단.

1988년 장편 『소녀 유자』(고려원) 출간. 장편 「시습(時習)의 아내」(경남매일) 연재. 수필집 『길 떠나는 사람에게』(동아) 출간. 이상문학상 수상작가선집 『임금님의 귀』(문학사상사) 출간. 창작집 『초식』(문학과비평사) 재출간.

1989년 「어느 낯선 별에서」(레이디경향) 발표.

1990년 장편 「시습의 아내」를 개제(改題)해 『진눈깨비 결혼』(청맥) 출간. 문학선집 『풀밭 위의 식사』(강천) 출간.

1991년 창작집 『기차, 기선, 바다, 하늘』(전원) 재출간. 동화집 『노래하는 돌』을 개제해 『느림보의 다섯 가지 수수께끼』(현암사) 재출간. 콩트집 『모래와 모래 사이에 바다가 있다』(동화문학사) 출간. 안정효, 김지원과 3인 중편집 『혼선』(경향신문사) 출간. 일러스트집 『사라의 눈물』(예문각) 재출간. 『지요〔狂畵師〕』(미학사) 재출간. 한국일보와 잡지 등에 영화 칼럼 연재 시작.

1992년 영화 칼럼집 『이제하의 시네마천국』(우리문학사) 출간.

1993년　문학선집 『어느 낯선 별에서』(청아) 출간. 소묘집 『바다』(도서출판
　　　　산책) 출간. 제2회 개인전 〈말과 바다와 여인〉(녹색갤러리).

1994년　두번째 영화 칼럼집 『괴짜들, 짱구들, 젊은 영화들』(웅진) 출간.
　　　　4월에 김채원, 송영, 서영은과 한 달 동안 이라크, 지중해 연안도
　　　　시를 여행하고 나서 4인 산문집 『사막…… 그리고 지중해에 바친
　　　　다』(문학동네) 출간.

1996년　문학선집 『소렌토에서』(솔) 출간.

1997년　「대산(對山)」(21세기문학) 발표. 회갑기념문집 『질주』 및 그림소설
　　　　『뻐꾹아씨, 뻐꾹귀신』(열림원) 출간.

1998년　선시집 『빈 들판』, CD 〈이제하 노래모음〉(나무생각) 출반. 노래발
　　　　표회(카페 나무요일). 시인 김영태와 2인 드로잉전(녹색갤러리).

1999년　시집 『빈 들판』으로 편운문학상 수상.

이제하 소설전집 5

나그네는 길에서도 쉬지 않는다

ⓒ 이제하 1999

| 1판 1쇄 | 1999년 4월 7일 |
| 1판 3쇄 | 2016년 3월 29일 |

지 은 이	이제하
펴 낸 이	염현숙
펴 낸 곳	(주)문학동네
출판등록	1993년 10월 22일 제406-2003-000045호

주 소	10881 경기도 파주시 회동길 210
전자우편	editor@munhak.com
전화번호	031) 955-8888
팩 스	031) 955-8855

ISBN 89-8281-174-5 03810

＊ 이 도서의 국립중앙도서관 출판예정도서목록(CIP)은 서지정보유통지원시스템 홈페이지
　(http://seoji.nl.go.kr)와 국가자료공동목록시스템(http://www.nl.go.kr/kolisnet)에서
　이용하실 수 있습니다. (CIP제어번호 : CIP2008001149)

www.munhak.com